ÉCLAIR D'ÉTÉ

DU MÊME AUTEUR

La Dernière Danse de Mathilda, L'Archipel, 2005 ;
   Archipoche, 2007.

TAMARA McKINLEY

ÉCLAIR D'ÉTÉ

traduit de l'anglais par
Catherine Ludet

l'Archipel

Ce livre a été publié sous le titre
Summer Lightning
par Piatkus, Londres, 2003.

www.editionsarchipel.com

Si vous désirez recevoir notre catalogue et
être tenu au courant de nos publications,
envoyez vos nom et adresse, en citant ce livre,
aux Éditions de l'Archipel,
34, rue des Bourdonnais, 75001 Paris.
Et, pour le Canada, à
Édipresse Inc., 945, avenue Beaumont,
Montréal, Québec, H3N 1W3.

ISBN 978-2-8098-0118-7

À Brandon John Morris,
premier représentant de la nouvelle génération

C'est par des actes nobles que se révèle la noblesse de l'esprit.
Rien ne trahit mieux la véritable nature d'un homme.

Edmund Spenser

Prologue

1969

Une heure avant l'apparition de l'aube, Miriam Strong sortit sur la véranda. Elle avait dormi d'un sommeil agité, troublé par des images du passé que les événements de la veille avaient fait ressurgir. En humant l'odeur fraîche de l'herbe gorgée de pluie, mêlée au parfum douceâtre qui s'élevait de la lourde terre rouge, elle sentit revenir son énergie et sa détermination. Elle en aurait besoin, car la bataille qui s'annonçait promettait d'être rude.

Les paupières closes, elle s'efforça de chasser les évocations nocturnes en s'appliquant à énumérer tous les privilèges dont elle bénéficiait. Bien que sa vie ait commencé, presque soixante-quinze ans auparavant, dans les fraîches étendues vertes de l'Australie méridionale, c'était dans la chaleur brûlante de l'univers sépia qui l'entourait aujourd'hui qu'elle avait le sentiment d'être née, au son du crissement des grillons, du rire des kookaburras et du vent tiède, soufflant doucement dans les frondaisons. Ici se trouvait son foyer, que jamais elle ne quitterait et qui seul savait lui apporter force et consolation. De son premier poney aux épreuves les plus rudes de la vie, cette immense station[1] de l'outback, qui s'étendait au nord-ouest de la Nouvelle-Galles du Sud, lui avait tout donné, veillant à lui transmettre les leçons de son âpre et terrible beauté. Miriam

---

1. Station : sorte de ferme d'élevage géante qui s'étend sur des milliers d'hectares. *(N.d.T.)*

pouvait presque entendre, à ce moment précis, dans la paix qui précédait le lever du jour, l'écho de ses larmes et de ses rires passés.

La maison de Bellbird, érigée un siècle plus tôt dans le style du Queensland, comportait six pièces – la cuisine à l'arrière, trois chambres et un salon rarement utilisé – auxquelles avaient été ajoutées, vingt ans auparavant, une salle de bains et des toilettes. Derrière le bâtiment, les anciennes latrines avaient rapidement cédé la place aux termites et aux éléments.

L'inévitable toit de tôle rouillée retombait au-dessus de la véranda, sous laquelle se déroulait une grande partie de la vie domestique de la ferme, en particulier au cours de l'été. Dans un coin, Miriam avait installé un lit recouvert d'une moustiquaire et, dans un autre, une table et des sièges. Quelques chaises cannées se dressaient çà et là parmi des fougères ou autres plantes en vastes pots. Leur présence prolongeait l'ombre verdâtre des arbres environnants, peuplés de cacatoès, de perruches de toutes couleurs et de minuscules arapongas dont l'unique note flûtée constituait l'un des sons les plus purs du bush.

Avec un profond soupir, Miriam s'assit et posa délicatement la boîte à musique sur la table bancale. Elle s'occuperait de cet objet plus tard. Son visiteur n'allant pas tarder à arriver, ce moment de calme lui était indispensable pour rassembler ses forces en vue de ce qu'elle allait devoir affronter. Dieu seul savait comment sa famille allait réagir.

Chloé lui dirait probablement de ne pas faire tant d'histoires ; sa fille, qui avait toujours détesté toute forme de perturbation, n'aimait rien tant que rester en compagnie de ses tableaux dans sa grande demeure pleine de coins et recoins, au bord de la plage de Byron Bay. Cette gamine avait toujours vécu en dehors de la réalité, pensa Miriam avec lassitude. Elle leva les yeux vers la cour, évoquant soudain la fillette aux yeux verts, auréolée d'une tignasse cuivrée dont les reflets n'avaient, depuis, rien perdu de leur éclat. On pouvait supposer qu'elle était heureuse, mais qui pouvait l'affirmer, en réalité ? Bien que Léo et elle soient divorcés, ils paraissaient s'apprécier davantage depuis leur séparation – ce qui était bon signe, certainement... ou peut-être pas, après tout. La vieille dame eut un claquement de langue réprobateur. Résoudre les problèmes éventuels de Chloé ne faisait pas, pour l'instant, partie de ses priorités, car trop de pensées se bousculaient dans sa tête.

Quant à ses petites-filles... Leur seule évocation la fit sourire. Aussi différentes que l'eau et le feu. Fiona allait probablement adorer l'aventure qu'allait représenter la lutte à venir, mais Louise ? Humiliée, frustrée, elle considérerait tout cela comme un problème de plus à surmonter.

S'efforçant d'enfiler ses bottes, Miriam bloqua toute pensée relative à ses proches, aidée en cela par son dos raide qui n'omettait jamais de lui rappeler sa condition de mortelle. Avec un juron étouffé, elle constata que les lacets, animés d'une vie propre, refusaient de se laisser dompter. Quelle foutue malédiction que la vieillesse ! Loin d'être fière de son âge, elle ne cessait de le maudire. Que n'aurait-elle pas fait pour être de nouveau jeune et souple ; pour être capable de dormir une nuit entière sans se lever afin de satisfaire un besoin pressant ou pour monter ses chevaux pendant des heures sans payer cette dépense d'énergie de plusieurs jours de douleurs et de courbatures !

Elle fit une grimace. L'alternative qui se présentait à elle n'avait rien d'attrayant, pourtant, elle n'arrivait pas à accepter totalement ce qui lui arrivait. Toute sa vie, elle avait fait preuve de combativité. Que le diable l'emporte si elle acceptait maintenant de se laisser faire ! Ayant enfin réussi à attacher ses bottes, elle poussa un grognement de satisfaction et, après un bref coup d'œil à la boîte à musique, tourna la tête vers le paddock.

Le ciel s'éclaircissait. Dans la lueur rosée de l'aube naissante, les silhouettes des arbres se découpaient sur la masse plus sombre des dépendances. Peu à peu, s'élevait le crissement strident des cacatoès, adouci par le chantonnement presque sensuel des pies.

Immobile, Miriam assista au lever du soleil. Elle contempla la fumée qui sortait de la cheminée du réfectoire, puis observa les oiseaux en train de s'ébrouer, pour effectuer leur premier vol de la journée. Dans un bruit d'ailes, ils s'élevèrent, formant un nuage rose mêlé de blanc et de gris, strié du vert des perroquets et du bleu des pies s'élançant comme des flèches en direction du petit bras de rivière. Quelques oisillons prenaient leur essor. La nouvelle génération était en route : il serait bientôt temps de lui laisser la place.

— Pas encore, dit Miriam à voix basse. Il me faut d'abord tout remettre en ordre.

Avec réticence, elle reporta son attention sur la boîte à musique. Le temps avait laissé sa marque sur le bois de merisier, incrusté de nacre, qui s'en trouvait paradoxalement embelli. Ces éraflures et marques de coups témoignaient de longs voyages à travers le monde, de séjours dans les endroits les plus rudes de la terre. Lorsqu'elle était enfant, Miriam avait essayé d'imaginer ce qui les avait causées – s'était évertuée à ressusciter l'image de ceux qui avaient autrefois possédé cet objet et l'avaient préservé.

« Jusqu'à maintenant », murmura-t-elle d'un air furieux en observant le socle endommagé. Sa maladresse avait déclenché une succession d'événements qui pouvaient aisément se transformer en tornade destructrice s'ils n'étaient pas correctement maîtrisés. De toute manière, le secret révélé par la base brisée de l'objet risquait de changer à jamais la vie des membres de sa famille.

En proie à un doute croissant, elle caressa le couvercle du doigt. Peut-être aurait-il été préférable de laisser les fantômes reposer en paix ? D'accepter tout simplement le présent que le hasard lui offrait et de laisser les siens en tirer le meilleur parti ? Elle n'en avait pas personnellement besoin – plus maintenant. Toutefois, comment aurait-elle pu ignorer la terrifiante signification de sa découverte ? Elle se trouvait désormais en présence d'une preuve tangible, la seule à ce jour, que ses soupçons ne l'avaient pas trompée. Ce cadeau du passé hurlait pour que la vérité se fasse jour.

Maladroitement, elle fit tourner la minuscule clé dorée et souleva le couvercle. Devant les miroirs ternis, les silhouettes énigmatiques de l'Arlequin à la peau noire et de sa pâle Colombine se mirent à tournoyer sur les notes métalliques d'une valse de Strauss.

La vieille dame examina les couleurs rutilantes du danseur et les volants délicats dont s'ornait la robe de sa compagne. Le fait que l'Arlequin ait la peau noire donnait probablement à cet objet magnifique une grande valeur. Lorsqu'elle était enfant, Miriam trouvait déjà quelque peu inquiétantes ces deux effigies au regard vitreux, presque entièrement dissimulé par des masques, dont l'étreinte dénuée d'émotion dégageait une atmosphère guindée, compassée. Peut-être avaient-ils toujours su ce qu'ils abritaient sous leurs pieds, songea-t-elle avec amertume. De là venait sans doute leur air supérieur.

Les dernières mesures moururent lentement, condamnant le couple à l'immobilité. Miriam referma le couvercle et plongea dans ses souvenirs, s'efforçant de reconstituer la suite d'événements qu'elle ne connaissait que par les récits de son enfance. Bien qu'une partie des faits se soit déroulée avant sa naissance, elle avait néanmoins été le témoin innocent et silencieux du drame sur lequel elle était déterminée à faire tomber le rideau, soixante-quinze ans plus tard.

1

Irlande, 1893

Avec un frisson anxieux, Maureen serra la cape trop légère autour de ses épaules. Jamais Henry n'avait eu autant de retard. S'était-il passé quelque chose dans la grande demeure ? Un événement qui ne lui avait pas permis de s'éclipser ? Elle serra les mâchoires afin d'empêcher ses dents de claquer. Depuis l'heure où elle avait quitté le village, la pluie n'avait cessé de tomber ; après avoir trempé ses longs cheveux noirs, elle ruisselait maintenant sur son cou et s'infiltrait sous sa robe. Toutefois, ce n'était ni le froid ni la morsure du vent qui la glaçaient, mais la pensée que tous deux pouvaient avoir été trahis – que son attente se révélerait peut-être vaine.

Debout sur le seuil de la cabane abandonnée du garde-chasse, elle s'appuya contre le bois rugueux et essuya de la main son visage mouillé. Le temps reflétait parfaitement son humeur : le ciel, resté de plomb toute la journée, s'assombrissait rapidement avec la tombée du jour. Il lui faudrait partir bientôt, si elle ne voulait pas que son absence soit remarquée à la maison – mieux valait éviter d'affronter Pa, qui ne manquerait pas d'exiger des explications. Cependant, la crainte de manquer Henry la faisait hésiter. Lui et elle devaient absolument discuter de la situation. Les décisions ne pouvaient plus attendre : elle tenait à ce que tout soit réglé avant son dix-septième anniversaire.

Le tambourinement de la pluie sur le toit de chaume éventré étouffait tous les autres sons. Tandis que les ténèbres s'épaississaient alentour, elle répétait fébrilement les phrases qu'il lui faudrait prononcer. Même si la morsure du doute se faisait parfois sentir, elle devait à tout prix garder confiance ; il était impossible que Henry l'abandonne maintenant.

— Maureen !

Elle fit volte-face au son de sa voix. Alors qu'il sautait à terre de son cheval, elle se jeta dans ses bras tendus avec un soupir de soulagement et de plaisir mêlés.

— Je craignais que tu ne viennes pas, s'écria-t-elle en suffoquant presque.

Lâchant les rênes, il l'attira tout contre lui et posa le menton sur sa tête en l'entraînant sous le toit défoncé.

— C'est ce qui a failli se produire, expliqua-t-il d'un air lugubre. Mon frère est arrivé et Père a insisté pour que nous discutions de la gestion du domaine. J'ai pu m'échapper uniquement parce que la jument est en train de pouliner et qu'il y a un problème. Je me suis porté volontaire pour chercher de l'aide.

Il s'écarta d'elle à regret et lissa avec tendresse les cheveux mouillés de chaque côté de son visage. Puis il lui souleva le menton de ses doigts fins et élégants.

— Je suis désolé, ma chérie, mais je ne peux pas rester. Père est particulièrement énervé et je n'ose pas m'absenter trop longtemps.

Maureen le contempla. À vingt-deux ans, Henry Beecham-Fford avait une tête aux contours harmonieux, ornée d'une chevelure blonde qui mettait en valeur ses grands yeux bleus aux cils épais, son nez droit et sa bouche sensuelle, surmontée d'une moustache bien taillée. Lentement, elle prit sa main dont elle déplia les doigts avant de planter un baiser au creux de la paume.

— Est-ce que tu ne pourrais pas rester juste un peu ? implora-t-elle. Je t'ai à peine vu ces derniers jours et nous n'avons jamais le temps de parler.

Alors qu'il l'enveloppait de ses bras, la chaleur de son étreinte l'envahit comme un brasier. Elle se fondit contre lui et goûta ses lèvres, respirant son odeur d'eau de Cologne raffinée et de tweed mouillé.

— Je te retrouverai ici demain après la chasse, affirmat-il. Nous aurons le temps de bavarder. Ce que tu as à me dire ne peut pas être si important que cela, ajouta-t-il avec un regard de tendre taquinerie. Ne venons-nous pas d'exprimer l'essentiel à l'instant même, par ce baiser ?

Elle fit un pas en arrière, déterminée à garder la tête froide : s'il l'embrassait de nouveau, elle serait perdue.

— Henry, commença-t-elle.

Il la fit taire en posant un doigt sur sa bouche.

— Demain, dit-il fermement. Si je reste, nous risquons d'être surpris. Tu sais bien que, pour réussir à amadouer Père, il faut que je me montre un fils soumis.

Après un baiser hâtif, il lui tourna le dos et saisit les rênes ; une fois en selle, il se pencha pour lui caresser les cheveux.

— Rentre chez toi et sèche tes vêtements avant d'attraper la mort. Souviens-toi que je t'aime. Aie confiance, ma chérie. Nous trouverons le moyen d'être ensemble pour toujours, je te le promets.

Maureen, les bras croisés sur sa taille, le regarda faire pivoter son cheval et s'éloigner au galop. Un long moment, elle resta immobile, écoutant le bruit décroissant des sabots et le crépitement de la pluie sur la voûte de la forêt. Elle n'avait pas insisté car il était évident qu'il ne l'aurait pas écoutée ; il était trop pressé, trop angoissé à l'idée qu'ils se fassent surprendre. Toutefois, elle ne pouvait empêcher certaines pensées détestables de lui venir à l'esprit. Pouvait-elle vraiment lui faire confiance ? Ou se contentait-il de se servir d'elle ?

L'homme qu'elle aimait appartenait à une famille de riches protestants anglais, propriétaires d'un domaine qui s'étendait des limites du port jusqu'au sommet de la colline et offrait au regard un entrelacement serré de murailles de pierre. Divisée en parcelles à peine plus vastes que l'étroit salon des parents de Maureen, la terre produisait une récolte tout juste suffisante, une fois le loyer payé, pour nourrir les métayers qui la travaillaient. Henry et elle n'avaient pas le droit de s'aimer. Aurait-il la force de s'opposer à son père tyrannique ? Tenait-il suffisamment à elle pour prendre le risque de tout perdre ?

Elle baissa vivement la tête et s'élança vers la forêt. Il l'avait priée de garder sa foi en lui, mais le pouvait-elle ? Souhaitait-il vraiment qu'ils soient réunis un jour et voudrait-il encore d'elle une fois que la saison mondaine aurait commencé et qu'il serait occupé à chasser ou à danser dans tous les bals de la région ?

Glissant de plus en plus fréquemment sur les feuilles humides, elle trébucha sur une branche cassée et faillit tomber, au voisinage d'un buisson d'épineux. De toute façon, elle n'avait pas d'autre choix que de le croire ; pas pour l'instant en tout cas. Que Dieu lui vienne en aide si elle se leurrait, comme tant de jeunes filles avant elle !

Dès qu'elle sortit de l'abri des arbres pour emprunter le chemin qui serpentait le long de la colline, vers le village portuaire, le vent l'assaillit brutalement. Le visage fouetté par sa chevelure, les pas entravés par les jupes qui claquaient sur ses chevilles, elle s'inclina contre les violentes rafales, le menton étroitement serré dans le col de sa cape. Les mouettes s'égosillaient au-dessus du port, où les bateaux de pêche tiraient sur leurs amarres, secoués par les vagues de l'océan qui s'écrasaient en tonnant contre la jetée de pierre. S'accrochant à la lueur faible et pourtant réconfortante des fenêtres éloignées, qu'elle devinait à travers ses larmes, elle poursuivit péniblement son chemin.

Lorsqu'elle aperçut les femmes, il était déjà trop tard.

Henry, assuré que son cheval était bien bouchonné et pourvu d'une large ration de nourriture, laissa Dan Finnigan s'occuper du reste. Alors qu'il traversait la cour pavée jusqu'au bâtiment principal, il constata que la pluie s'était intensifiée, tailladant la nuit avec furie de balafres presque horizontales. Il espérait que Maureen était rentrée chez elle sans encombre ; ce n'était certes pas un temps à rester dehors.

La pensée de la jeune fille fit naître un sourire sur son visage. Il gravit les marches deux à deux et s'engouffra bruyamment dans sa chambre, songeant que son amour pour elle n'avait rien de surprenant, puisqu'il l'adorait depuis leur plus tendre enfance. Après s'être dépouillé de sa chemise et de son pantalon trempés, il se changea rapidement pour le dîner. Ces jours lointains avaient été pour lui les plus heureux, car, bien qu'il ait toujours été conscient du fossé qui séparait leurs familles respectives, il bénéficiait alors de toute sa liberté, de cette liberté même qui avait permis à leur amitié de s'épanouir en dépit de leurs différences.

Luttant fébrilement contre son col empesé et ses boutons dorés, il poussa un soupir. Dès qu'il avait basculé dans l'âge adulte, il avait constaté que plus rien ne pouvait être comme avant. On aurait dit que le fossé creusé entre Maureen et lui s'était soudain élargi. Il se demanda ce qui, en Irlande, pouvait insuffler aux cœurs tant de haine ? Ce rejet furieux se manifestait de façon visible des deux côtés de la population, aussi bien dans les enclaves protestantes qu'au sein des taudis catholiques. Pourtant, il devait être possible de trouver une solution ? Un moyen d'épargner à ce pauvre pays, plongé dans les ténèbres de l'ignorance, des siècles de troubles ?

Son nœud de cravate ajusté, il enfila sa veste et leva un sourcil ironique devant le reflet que lui renvoyait le miroir. Que connaissait-il, au fond, de la politique irlandaise ? Il aurait été bien embarrassé de devoir réfléchir à la façon de mettre fin à cette lutte ancestrale. Une seule certitude emplissait son esprit : il aimait Maureen et était déterminé à trouver un moyen de vivre à ses côtés. Le fait qu'elle appartienne à une famille catholique et que son père soit l'un des fauteurs de troubles réclamant avec véhémence l'indépendance souveraine de son pays avait-il, au fond, la moindre importance ?

À l'idée d'affronter l'opposition vigoureuse que son père ne saurait manquer d'exprimer, il hésita un instant, la main sur la poignée de la porte. Les deux familles pouvaient se targuer d'une bigoterie d'autant plus aveugle qu'elle était innée. Aurait-il la force de caractère nécessaire pour défier des générations de Beecham-Fford afin de suivre l'inclination de son cœur? Maureen saurait-elle mettre fin à la tradition de haine envers les Anglais entretenue par ses aïeux, pour s'enfuir avec lui?

— Il n'y a qu'un seul moyen de le savoir, murmura-t-il en traversant le palier faiblement éclairé.

Érigé près d'un siècle auparavant par un ancêtre fortuné, Beecham Hall était un édifice de pierre quadrangulaire qui se dressait dans une solitaire splendeur, au cœur des collines abritant le Lough Leigh des vents d'ouest rugissants venus des confins de l'océan Atlantique. Ses hautes et élégantes fenêtres surplombaient des jardins à la française ainsi qu'une allée sinueuse bordée de haies de buis, splendide illustration de l'art topiaire. Une porte surmontée d'une arche, percée dans un mur de pierres patinées couvert de rosiers grimpants et de chèvrefeuille, donnait accès à la cour pavée des écuries.

Bovins et chevaux paissaient sur les terres qui s'étendaient au-delà du jardin potager, jusqu'aux bois regorgeant de gibier, où le père de Henry organisait chaque année de somptueuses parties de chasse. En dépit de ces assauts, des troupeaux de biches s'exposaient au regard, aux premières heures du matin, semblant narguer le garde-chasse, chargé de repousser les braconniers. Le fleuve qui s'écoulait du lac jusqu'à la mer fournissait une pêche abondante.

Henry, qui préférait les immenses étendues de l'Irlande à l'agitation et au brouillard de Londres, avait vécu la plus grande partie de sa vie à cet endroit. Il éprouvait envers les collines verdoyantes s'inclinant vers la côte déchiquetée, abondamment parsemée de châteaux et de cottages en ruine, un sentiment presque mystique qui faisait vibrer son âme d'artiste. La maison de sa famille, elle-même, suscitait en lui un élan irrépressible. Il en aimait les hauts plafonds, les corniches aux moulures délicatement ciselées et les banquettes fichées sous les fenêtres, derrière de lourds rideaux, sur lesquelles, quand il était enfant, il se réfugiait avec un livre. Plus que tout, cependant, il s'était attaché au pavillon d'été, où il pouvait, tout à loisir, se consacrer à sa peinture.

Parvenu à mi-étage, il plongea le regard vers l'extérieur, constatant que la nuit noire donnait aux voix lointaines, parvenant du salon, un relief particulier. Le pavillon se trouvait là, dressé dans un coin reculé du jardin, presque oublié depuis que son père avait fait édifier l'orangerie sur le côté de la maison. Redressant son nœud de cravate, le jeune homme songea qu'il aurait souhaité sauter le dîner et s'échapper vers son sanctuaire, pour travailler au tableau presque terminé. Cependant, le devoir l'appelait. Avec un profond soupir, il dévala la dernière volée de marches et traversa le vestibule. La grande horloge sonnait le premier coup de huit heures au moment où il pénétra dans le salon.

— Où diable étais-tu ? demanda Sir Oswald d'un ton impérieux.

Henry observa son père qui se tenait, comme à l'habitude, jambes écartées devant la cheminée. La lueur des lampes allumait un reflet argenté dans sa chevelure et mettait en valeur sa silhouette parfaitement entretenue, soulignée par la coupe impeccable de ses vêtements.

— Je suis allé au village chercher Dan Finnigan, répliqua Henry d'un ton neutre, et il a fallu que j'enfile des vêtements secs.

— Tu y as mis le temps, mon vieux, déclara Thomas d'une voix traînante.

Il posa un regard scrutateur sur le nouveau venu, à la recherche du moindre signe de duplicité.

— Tu es sûr que tu n'as pas une jolie petite Irlandaise dans le coin ? reprit-il en riant, lissant ses cheveux châtain clair. Non que ce ne soit pas recommandé, mais il faut être sacrément aux abois pour sortir par une nuit comme celle-là !

Henry dut lutter pour ravaler une réplique cinglante. Il jeta un coup d'œil furieux à son frère aîné qui, avec un art consommé, réussissait toujours à déceler en lui la moindre trace de faiblesse, afin de pouvoir l'écraser de son mépris.

23

— Pas en présence des dames, tonna Sir Oswald. Retiens ta langue, mon garçon.

Le visage cramoisi, Thomas tourna le dos à l'assemblée et rejoignit son épouse. Emma, assise dans un fauteuil, un ouvrage de broderie sur les genoux, gardait les yeux baissés, comme par crainte d'être remarquée.

— Approche-toi du feu, mon chéri, et réchauffe-toi.

Lady Miriam tapota les coussins posés près d'elle, sur le sofa. Tout comme Henry, elle savait avec quelle facilité les disputes pouvaient éclater quand la famille était réunie. À la façon dont elle redressa le menton, le jeune homme comprit qu'elle était déterminée à empêcher toute confrontation.

— Comment va la jument?

Le jeune homme prit un verre de xérès sur un plateau d'argent et s'assit près de sa mère en évitant de lever les yeux vers Sir Oswald. La remarque de Thomas, si proche de la vérité, risquait d'alerter le vieux grigou, dont l'esprit se révélait aussi acéré qu'une rapière quand il s'agissait de flairer les cachotteries.

— Finnigan pense qu'elle va s'en sortir, déclara-t-il avec calme. Mais il ne faut plus qu'elle mette bas. Elle est trop vieille.

Les diamants de Lady Miriam scintillèrent lorsqu'elle effleura de la main sa robe de soie.

— Merci d'être sorti par un temps pareil, murmura-t-elle.

Son regard perçant fixa son fils un long moment avant de se détourner. Henry, qui s'était souvent trouvé confronté à la perspicacité maternelle, se demanda combien de temps il pourrait continuer à tromper son entourage. Peut-être devrait-il, après le dîner, affronter son père – il était toujours préférable de s'assurer l'initiative plutôt que d'être pris la main dans le sac et sur la défensive. Toutefois, à cette idée, le courage l'abandonnait. Des gouttes de sueur lui perlèrent au front tandis que son père pontifiait sur les aléas de l'administration d'un domaine irlandais en ces temps politiquement troublés.

Réussissant malgré tout à s'abstraire de la péroraison paternelle, il tourna ses pensées vers Maureen, vêtue d'une cape trop fine pour la protéger de la pluie et du vent glacial. Comment ne pas se sentir coupable de vivre dans un tel confort, de pouvoir se réchauffer devant un feu agréable, pendant qu'elle se traînait, trempée, jusqu'au village ? Le sentiment qu'il éprouvait devint tout à coup si vif qu'il dut étouffer la protestation qui lui montait à la gorge. Si seulement il pouvait passer plus de temps avec elle ! Il détestait ces moments volés, ces rencontres furtives au cours desquelles le moindre son, le moindre mouvement risquaient de provoquer leur découverte. Le moment était venu d'agir, et vite. Il ne supporterait pas d'être séparé d'elle plus longtemps.

Le dîner se déroula dans une atmosphère de catastrophe imminente. Alors que Sir Oswald gardait le silence au long des cinq services, semblant tout à coup ignorer la présence de sa famille, Lady Miriam fit de son mieux pour meubler la conversation à l'aide de menus propos. Thomas entreprit au dessert de commenter d'un ton monocorde l'élection qui allait avoir lieu, affirmant qu'il garderait son siège au Parlement.

Emma picorait dans son assiette, le châtain terne de ses cheveux à peine ravivé par la lueur des lampes. Avec son petit visage blême et sombre, elle rappelait à Henry une souris grise qu'il avait eue comme animal domestique quand il était enfant. Sans doute aurait-il dû se montrer plus généreux à son égard. Pauvre Emma, songea-t-il alors qu'il posait finalement sa serviette à côté de son assiette, trois fausses couches en trois ans ! Si seulement Thomas pouvait se maîtriser un peu et laisser à la pauvre petite le temps de se rétablir. Quelle attitude typique de son aîné ! Jamais une pensée pour quelqu'un d'autre que lui-même.

Lorsque les serviteurs apportèrent le cognac et les cigares, Lady Miriam s'éclipsa avec Emma qui trottinait anxieusement à sa suite. Devant leur soulagement presque tangible, Henry se tortilla sur sa chaise, frustré de ne pouvoir les accompagner. Après cette soirée qui lui avait paru interminable, il aspirait à la solitude de sa chambre et à la sensation de son crayon glissant sur une feuille de papier épaisse, immaculée, pour y faire naître le visage de Maureen. Avec tendresse, il évoqua ses yeux d'un vert extraordinaire, ornés de cils aussi sombres que sa chevelure d'ébène, ses lèvres finement ourlées et la courbe douce de ses joues où chaque sourire creusait une fossette. Comment aurait-il pu ne pas l'aimer ?

La voix de son père le fit sortir en sursaut de ses pensées.

— J'ai reçu ce matin une lettre du général de brigade Collingwood, énonça-t-il d'une voix forte. Il a organisé un entretien pour toi la semaine prochaine.

Il plissa les yeux, que ses sourcils broussailleux faisaient paraître plus étroits encore.

— Il est temps que tu te rendes enfin utile au lieu de traîner tes guêtres comme un vaurien efféminé, poursuivit-il.

Le ricanement sarcastique de Thomas n'échappa nullement à Henry, non plus que le regard accusateur de son père. Le jeune homme s'intima l'ordre de rester calme. Face à cette vieille querelle, il devait faire preuve de fermeté.

— Je n'ai aucun désir d'entrer dans l'armée, déclara-t-il d'un ton neutre. Nous en avons déjà parlé, et je n'ai pas la moindre intention de…

— Bon sang de bon sang, tu feras ce qu'on te dit, espèce de chiot mal dégrossi ! explosa Sir Oswald, avec un violent coup de poing qui fit tressauter les verres sur la table de chêne. Je ne tolérerai pas ces idioties plus longtemps. Pour l'honneur de ta famille, tu as le devoir d'embrasser une carrière, et si tu refuses de t'en occuper, tu n'as pas d'autre choix que d'accéder à mes désirs.

Henry se leva, blême et tremblant de colère.

— Père, je me suis toujours efforcé de vous complaire, mais il semble que ce soit impossible. Je sais que j'ai des devoirs envers vous et Mère, mais une vie dans l'armée ou dans l'Église ne peut me convenir.

Il prit une profonde inspiration avant de poursuivre :

— Je possède un talent qui, je le crois vraiment, peut me conduire à une situation honorable si je suis autorisé à le développer, ce que je ne pourrai pas faire au milieu de quelque champ de bataille étranger, avec de la boue jusqu'au cou, ou emprisonné entre des lances de sauvages.

— Un talent !

Ses sourcils se levèrent d'étonnement, puis reprirent leur position impressionnante au-dessus du regard brûlant.

— Balivernes. Tu accordes du crédit aux compliments de quelque barbouilleur de bas étage et tu penses que tu pourrais gagner ta vie ainsi ? Allons donc !

Son poing s'abattit de plus belle sur la table, faisant vaciller la flamme des bougies.

— Tu as vingt-deux ans ; ne trouves-tu pas qu'il est temps que tu mûrisses ?

Henry fit quelques pas en arrière, la mâchoire durcie.

— Je suis suffisamment mûr pour savoir que je ne serai jamais soldat ni prêtre, décréta-t-il avec raideur. Quant à l'artiste que vous méprisez avec tant de sarcasme, il vient d'être sollicité par Sa Majesté pour faire son portrait.

Croisant les mains derrière le dos pour faire cesser leur tremblement, il toisa son interlocuteur.

— Thomas a décidé de faire carrière dans la politique. Vous vous êtes orienté vers la manufacture de coton et les mines. Je choisis ma propre voie. Tout cela, poursuivit-il en désignant d'un vaste geste du bras les lambris, le cristal et le chêne poli, tout cela ne m'appartiendra jamais. En tant que fils cadet, je dois être autorisé à suivre mon propre chemin dans la vie. Pourquoi ne pouvez-vous tout simplement m'accepter tel que je suis et me laisser agir ? J'en ai plus qu'assez de cette querelle, qui dure depuis trop longtemps.

— Comment oses-tu ? éclata Sir Oswald en bondissant de sa chaise.

Dans son visage pourpre de rage, ses yeux gris prenaient la dureté du silex.

— Tu me donnes envie de te fouetter comme tu le mérites ! conclut-il d'une voix rauque.

Au souvenir des terribles coups de fouet de son enfance, Henry serra les dents. Seul, un léger spasme musculaire de la joue trahissait sa furie intérieure.

— Je ne suis plus un petit garçon, Père, laissa-t-il tomber froidement. Vous ne pouvez plus utiliser les coups pour me contraindre à la soumission.

— Hors de ma vue !

Sur le point d'aborder le sujet de Maureen, Henry se dit qu'il ne servirait à rien de mettre de l'huile sur le feu. Sans ajouter un mot, il quitta la pièce.

— Pousse ton cul hors de là, Paddy Dempster, et t'avise pas de revenir tant que t'as pas dessoûlé.

Sous la poussée d'une main puissante, l'interpellé trébucha sur le perron du pub de Dublin. Seul le bras de la fille qui le tenait par la taille l'empêcha de tomber dans le caniveau. Ce n'était pas la première fois qu'on le jetait hors d'une taverne et, à l'âge de vingt-neuf ans, il savait que ce ne serait pas la dernière. La quantité de bière qu'il avait ingurgitée réclamant son dû, il vomit en éclaboussant ses bottes et le revers de son pantalon.

— J'irai me fournir ailleurs ! piailla-t-il en s'essuyant la bouche avec sa manche. Ta saloperie de bière me fait dégueuler de toute façon.

— T'auras de la chance si on accepte de te servir, espèce de viande soûle, rétorqua le patron en lui claquant la porte au nez.

Le corps chancelant, Paddy fixa le panneau fermé avec hébétude.

— Je vais le tuer, marmonna-t-il, serrant ses énormes poings.

— Allons, viens, Paddy. Tu m'avais promis un bon dîner, et j'ai l'ventre qui commence à croire que j'ai la gorge coupée.

La jeune femme nicha la tête sur l'épaule de l'homme et glissa son bras sous le sien pour l'inciter à bouger.

Paddy baissa les yeux sur elle, essayant de se rappeler qui diable elle pouvait bien être et comment il avait pu lui promettre un repas. Son regard brouillé adoucissait les lignes dures du visage levé vers lui, donnant aux cheveux emmêlés et au cou souillé un aspect presque séduisant.

Toutefois, l'odeur fétide du corps mal lavé lui parvenait, en dépit de sa propre puanteur. En outre, ce qui restait de la boisson qu'il avait consommée s'agitait dans son estomac.

— Viens, insista-t-elle d'une voix criarde. T'as l'intention de m'faire attendre toute la nuit ?

— Dégage ! dit-il entre ses dents. Fous-moi la paix.

Il décrocha les doigts agrippés à son bras et la repoussa. La fille, surprise, tomba contre le mur de la taverne et glissa dans le caniveau.

Paddy s'écarta du plus vite qu'il pouvait en titubant. Il fallait qu'il s'éloigne d'elle, du vacarme du pub et de la ruelle nauséabonde. En guise de protestation, ses tripes faisaient remonter la bile amère dans sa bouche tandis que les vociférations venimeuses de sa compagne le poursuivaient dans l'obscurité.

— Paye ce que tu m'dois ! hurla-t-elle en lui sautant sur le dos.

Telles des serres, ses ongles cherchaient les yeux de l'homme tandis que l'étau de ses jambes se resserrait autour de lui.

— Tu vas payer, ordure, ou j't'envoie les poulets !

Il se secoua comme un chien mouillé, la projetant de nouveau sur les pavés inégaux.

— Donne-moi mon argent, beugla-t-elle en se relevant d'un mouvement vif. À l'aide ! Police ! Police ! À moi !

La maintenant à distance, il tenta de continuer son chemin tant bien que mal.

— Arrête-toi, voleur !

Paddy vit rouge. Un nuage pourpre semblait recouvrir son univers brouillé et envahir sa tête douloureuse. Il devait la faire taire, la réduire au silence avant que la maréchaussée ne débarque. Faisant volte-face, il saisit le cou décharné, entravant le flux de vitriol qui lui martelait la tête, puis serra, serra sans relâche. Il avait besoin de silence, de paix, de temps pour réfléchir, pour soulager la douleur intense de son crâne et de son ventre. Quand elle cessa de lutter, il comprit tout à coup qu'il se passait quelque chose d'anormal.

Avec une fascination perplexe, il fixa les yeux exorbités et la langue qui sortait entre les lèvres de la catin. Il lâcha alors son corps flasque, qui s'affaissa sur le sol comme une poupée de chiffon. Après l'avoir poussée précautionneusement du bout de sa botte et constaté qu'elle n'avait aucune réaction, il laissa échapper un grognement d'horreur mêlé de stupéfaction. C'en était fait de lui. La police serait là d'une minute à l'autre, et, avec ses antécédents, il ne tarderait pas à se balancer au bout d'une corde.

Au son des coups de sifflet et des bruits de bottes qui se répercutaient dans les ruelles avoisinantes, il jeta un regard vif par-dessus son épaule. Les effets de la bière s'évanouirent aussitôt. Rien de tel que la perspective du nœud coulant du bourreau pour faire retrouver à un homme sa sobriété, pensa-t-il avec amertume.

Il se déplaça rapidement dans les ténèbres, aidé par l'expérience de plus de vingt ans de vie en marge de la légalité. Pour survivre dans la rue, mieux valait acquérir rapidement le talent de la fuite.

Après avoir zigzagué dans un labyrinthe de voies étroites bordées de maisons délabrées et de tavernes bruyantes, Paddy parvint au bord du fleuve. Sous les nuages courant à toute allure, éclairés par une lune morose, le Liffey prenait la couleur du plomb fondu. L'homme franchit en toute hâte une petite muraille de pierre et se cacha dans un espace étroit sous l'un des ponts. L'odeur rance des ordures accumulées sur la rive se mêlait à celle de la masse verdâtre et glacée de l'eau, qui s'écoulait près de lui dans un mouvement continu et silencieux.

Il s'accroupit dans l'humidité nauséabonde de sa cachette et serra les bras contre son ventre en frissonnant. Sa veste élimée recouvrait à peine une chemise maintes fois reprisée. Que n'aurait-il pas fait pour se retrouver dans sa minable petite chambre du pays de Galles ou même dans la fraîche obscurité de la mine de charbon, qui avait l'avantage de lui remplir les poches et le ventre. Pourquoi diable était-il revenu en Irlande ?

Avec une grimace, il enfouit le menton dans son col et contempla le reflet de la lune sur l'eau couverte d'écume. Se réfugier à Londres serait dangereux : il avait trop souvent échappé de justesse à la police pour prendre davantage de risques. Quant au petit village minier du pays de Galles… Certes, il y avait trouvé du travail et la chaleur d'une rude et franche camaraderie ; mais, là aussi, ses doigts agiles n'avaient pu résister longtemps à la tentation. Il s'était presque fait prendre au cours du cambriolage de l'auberge voisine.

Il passa ses mains calleuses sur son visage. De l'Irlande, il avait attendu un accueil enthousiaste, tout au moins de la part de ceux qui attachaient de l'importance à son sort. Mais à la mort de Ma, survenue en son absence, ses frères et sœurs s'étaient dispersés aux quatre coins du monde pour y chercher fortune. Le vieux cottage lui-même était maintenant occupé par des étrangers et nul ne savait ce qui était arrivé à Pa. Il était tout simplement parti un matin, et n'était jamais revenu.

— Il faut que je trouve un moyen de sortir de là avant de me faire choper par le bourreau, souffla-t-il.

Le bébé étroitement serré contre elle, Kate Kelly sortit de derrière le rideau pour observer l'homme qui s'enfuyait rapidement dans la ruelle. Les lèvres sèches, elle sentait son cœur cogner dans sa poitrine. Ce visage, qu'elle venait de voir distinctement dans la lumière qui se déversait du pub, resterait à jamais fixé dans sa mémoire.

Un frisson la parcourut tandis qu'elle posait les yeux sur la silhouette immobile étendue dans les détritus de la venelle. Elle semblait si jeune, si vulnérable, avec ses mèches sales flottant dans le caniveau gorgé de pluie et ses paumes minuscules tournées vers le ciel. Kate se signa et murmura une prière au moment où la police et les soldats faisaient leur apparition. Cette fille était morte, bon sang, alors pourquoi la frappaient-ils avec insistance comme si elle n'était qu'un quartier de viande ?

La jeune fille cilla en voyant l'un des policiers lever la tête et plisser les yeux, à la recherche de témoins. Elle recula de nouveau dans l'ombre. Leur dire ce qu'elle avait vu ne ferait que causer des tracas à sa famille, qui n'en avait pas besoin ; elle avait assez d'ennuis comme cela.

Le bébé poussa un faible gémissement dans son sommeil. Murmurant des paroles d'apaisement dans le fin duvet qui lui recouvrait la tête, elle le serra contre elle. Son nouveau petit frère était adorable, mais son arrivée avait épuisé Ma, et Pa se montrait absolument bon à rien lorsqu'il s'agissait de s'occuper un peu de ses neuf autres enfants. Le fardeau retombait donc naturellement sur les étroites épaules de Kate, qui s'efforçait de faire tourner la maison en attendant que Ma se rétablisse. Non que Pa ait peur de travailler dur pour entretenir sa famille toujours croissante. Simplement, il rentrait chaque soir de la tannerie le visage gris de fatigue.

Elle posa le nourrisson sur le matelas, près des autres enfants endormis, et retourna à la fenêtre. Une fois le corps enlevé, l'allée avait retrouvé son aspect banalement sordide.

— Qu'est-ce que tu regardes ? J'ai entendu crier tout à l'heure.

Au son de la voix éteinte de sa mère, Kate sursauta.

— Tu devrais être en train de te reposer, dit-elle doucement en inspectant les cernes sombres et le teint d'albâtre de son interlocutrice.

— Bah ! Je dormirai bien assez quand je serai morte, rétorqua Finola.

Elle écarta les protestations de sa fille d'un geste de la main.

— Alors, que s'est-il passé dehors ? reprit-elle en resserrant le châle fin autour de ses épaules. Une autre bataille de chats au milieu des prostituées ?

Kate lui raconta ce qu'elle avait vu, en s'efforçant d'atténuer la violence de la scène.

— Allons, Ma, retourne te coucher, insista-t-elle enfin. Pa va rentrer et se mettre en colère s'il te voit déjà levée.

— Ton Pa ne verra rien du tout ; il sera tellement fatigué qu'il dormira debout.

Finola Kelly agrippa soudain le bras de sa fille et l'obligea à lever les yeux vers elle.

— Ne te laisse pas prendre au piège comme moi, Kate, dit-elle avec fébrilité. Sors de cet endroit avant qu'il ait ta peau.

— Ma?

La férocité du regard de sa mère la fit reculer; jamais elle ne l'avait entendue s'exprimer ainsi auparavant.

— C'est ainsi que tu nous vois? Nous sommes un piège pour toi?

— Ah, ma fille, tu es assez grande pour comprendre ce que je veux dire. Tout évolue dans le monde, et tu es assez jeune pour tirer parti de la situation.

La main usée par le travail écarta une mèche sombre du jeune visage levé vers elle.

— Tu as dix-huit ans. Tu es plus âgée que moi quand je t'ai eue. Ne fais pas la même erreur que moi, en imaginant que ceci est tout ce que la vie peut t'offrir. Tu as une tête solide sur les épaules, ne la gâche pas.

— Je sais que les temps sont difficiles, bégaya Kate, mais, quand je retournerai travailler à la tannerie, l'argent que nous aurons en plus nous aidera.

— Il ne s'agit pas de ça, aboya Finola. Quitte l'Irlande. Pars au-delà de la mer; plus loin, si tu as assez de jugement. Ne reste pas ici à pourrir comme nous, car notre sort, à nous autres catholiques, ne peut pas être meilleur que ce qu'il est.

La jeune fille ressentit tout à coup une sorte d'excitation, entremêlée de crainte. Elle ne connaissait rien d'autre que ce logement étroit, dans une ruelle misérable de Dublin. Jamais, jusqu'à présent, elle n'avait sérieusement pensé quitter son foyer, voyager au-delà des océans pour commencer une nouvelle vie parmi des étrangers. Son imagination s'envola. Elle avait entendu parler des Amériques et des nouvelles colonies de l'Australie par des familles dont les enfants, qui avaient tenté l'aventure, envoyaient maintenant de l'argent à la maison. De même, elle s'était parfois laissé bercer par les évocations de ces vastes étendues, de l'air que l'on disait propre et frais au point de faire mal aux poumons, et des opportunités qui s'offraient dans ces endroits reculés, où la classe sociale et la religion ne représentaient plus des obstacles à la réussite.

Toutefois, le simple bon sens lui disait qu'il ne s'agissait que d'un rêve. Elle secoua lentement la tête.

— Je ne sais pas… articula-t-elle.

La main de Finola se posa sur son bras. À voix basse, avec une fièvre sur laquelle il était impossible de se méprendre, elle insista :

— Tu sais bien ce que sera ton avenir, si tu restes. Tu assisteras à des meurtres dans les rues ; tu partageras un appartement avec trois familles ; tu manqueras d'argent. Bref, tu seras prisonnière, avec un bébé par an et ton esprit réduit en poussière.

Quelques mèches grises luirent dans ses boucles noires lorsqu'elle secoua la tête, avant de se tourner vers les enfants endormis.

— Je veux plus que ça pour toi, Kate.

La jeune fille regarda ses frères et sœurs, serrés comme des harengs sur un étal. Elle savait qu'avant le matin, le matelas serait trempé. Prenant une profonde inspiration, elle mesura, pour la première fois, l'étroitesse des deux pièces humides et fétides. Grâce à la perspective nouvelle d'une promesse d'avenir, elle prit également conscience des éléments constituant la véritable odeur de la pauvreté : les relents de corps mal lavés, de cuisine et de crasse, mêlés aux remugles de couches et de couvertures souillées d'urine.

— Mais comment… commença-t-elle.

— Je ne suis pas restée couchée sans m'occuper l'esprit, déclara Finola avec une vivacité qui démentait son épuisement visible. J'en ai touché un mot au père Pat : il y a une place à prendre au presbytère de Liverpool.

Kate fixa sa mère, l'espoir surpassant la peur de l'inconnu.

— Liverpool ?

Si cette ville n'avait rien à voir avec les colonies, elle se trouvait en tout cas beaucoup plus loin que tous les endroits où elle s'était rendue jusque-là.

— Mmm… Ils ont besoin d'une gouvernante, expliqua Finola en l'enlaçant par la taille. Ce sera un travail plus facile qu'à la tannerie, et tu feras trois repas par jour. Un bon départ pour une nouvelle vie, ailleurs qu'ici.

Kate regarda par la fenêtre les pavés mouillés de pluie. C'était comme si la femme assassinée n'avait jamais existé ; il n'y avait plus la moindre trace d'elle, plus personne pour la pleurer. Quant à son meurtrier – depuis longtemps enfui –, c'était un visage anonyme dans les ténèbres de cette ruelle du désespoir. Jetant un coup d'œil à sa mère, elle étudia son regard épuisé et les sillons creusés de chaque côté de sa bouche. Oui, décida-t-elle, le moment de partir était venu, si elle voulait prendre sa vie en main.

Trempées, les femmes attendaient, la boue maculant l'ourlet de leurs robes au tissu grossier. Elles serraient les mâchoires, une expression menaçante sur le visage, les rides creusées par la colère. D'un accord tacite, elles entourèrent Maureen en silence.

S'efforçant de cacher sa peur, la jeune fille s'époumona dans le vent.

— Qu'est-ce que vous voulez ?

Elle n'eut pour toute réponse que le cri des mouettes et le choc des vagues qui se brisaient sur les remparts du port, tandis que le cercle menaçant se refermait.

Parcourant désespérément les traits de ces femmes avec lesquelles elle avait joué étant enfant, auprès desquelles elle avait ensuite travaillé dans les tourbières et qu'elle avait jusque-là prises pour des amies, elle constata qu'aucune lueur de pitié ne brillait dans les yeux féroces, aucun signe d'affection. Simplement une euphorie de façade, presque puritaine, qui les poussait à resserrer leur pression, ne lui laissant aucun espoir de s'échapper.

— Je vous en prie, implora-t-elle. Qu'est-ce que vous voulez ?

Elle chercha le regard de sa meilleure amie, sachant quelle serait la réponse, quelle punition lui serait infligée.

— Pourquoi fais-tu ça ? souffla-t-elle.

Regan redressa le menton. Sa chevelure flamboyante formait un halo démoniaque autour de son visage animé du zèle de la vertu.

— Comme si tu ne le savais pas ! aboya-t-elle. On t'a vue avec ce salaud d'Anglais. Offerte, comme la putain que tu es ! On ne veut pas de toi ici !

Le cœur de Maureen battait si fort qu'elle avait la sensation de perdre le souffle.

— Alors je m'en vais, balbutia-t-elle, risquant un pas en avant. Laissez-moi passer.

Le cri des mouettes se perdit dans les hurlements de rage qui s'élevèrent comme une seule voix. Des mains arrachèrent ses vêtements et des ongles sales s'enfoncèrent dans sa peau au son de lourdes bottes qui frappaient le sol. Luttant de toutes ses forces pour leur résister, elle sentait l'odeur de sueur qui se dégageait des corps sales, mêlée à celle du tissu mouillé, et voyait l'haleine des furies se transformer en vapeur dans l'air glacé. Assaillie de coups de griffes, de pincements et de secousses, elle arrivait à peine à comprendre leurs insultes dans le torrent de venin qui se déversait sur elle.

Malgré tout, la terreur lui donnait une force dont elle ne se serait pas crue capable et qui lui permettait de rendre coup pour coup. Toutefois, ses adversaires étaient trop nombreuses. Elles lui saisirent les jambes, les bras, et la retournèrent, pressant son visage contre terre.

— Je ne peux plus respirer, hoqueta-t-elle, essayant de recracher la boue qui pénétrait dans sa bouche et son nez.

Alors qu'elle réussissait à relever la tête, quelqu'un lui sauta sur le dos, expulsant l'air hors de ses poumons.

Maureen se débattit avec l'énergie du désespoir, ses mains voltigeant dans son effort pour respirer de nouveau. Sa bottine ayant trouvé une cible, elle entendit, non sans satisfaction, s'élever un grognement de douleur. Malheureusement, les représailles ne se firent pas attendre, sous la forme d'un violent coup de pied dans les côtes.

— Du calme, espèce de catin! siffla Regan qui pesait sur elle de tout son poids et se penchait en avant pour lui agripper les cheveux. Tu ne peux pas t'échapper, alors autant accepter ta punition sans protester.

Alors que le dos de Maureen s'arquait douloureusement en arrière, elle eut l'impression que sa chevelure allait s'arracher de son cuir chevelu. Toutes ses supplications restaient sans écho, tout comme ses sanglots et ses tentatives de plus en plus faibles pour se dégager. Soudain, des ciseaux apparurent, tranchant dans ses mèches sombres. Bientôt, sous les coups de lame, exécutés par des gestes approximatifs, un liquide tiède se mit à couler sur son visage et son cou.

Elle se figea, terrifiée à l'idée que les pointes acérées ne visent ses yeux. Quand ses assaillantes eurent terminé et que Regan se releva après un dernier coup de genou vicieux, elle s'effondra dans la boue.

Pourtant, son supplice n'était pas terminé. Des mains rugueuses s'appliquèrent à étaler quelque chose sur sa tête et sur son corps, des doigts insolents se livrant avec délectation à l'onction du châtiment. Au contact des plaies à vif, la brûlure fut si violente qu'elle ne put s'empêcher de crier. Lorsque l'odeur âcre lui révéla tout à coup ce dont il s'agissait, elle se mit à gémir de peur. Du goudron.

— Une jolie parure pour une jolie dame, s'écria l'une des tortionnaires avec un rire rauque en ouvrant le sac de toile.

Les plumes de poulet voletèrent puis se posèrent sur la jeune fille, pressées par des mains avides sur ses mèches de cheveux restantes, puis sur sa peau meurtrie, jusqu'à ce qu'elle ait l'impression d'étouffer.

— Prête à être plumée! criailla une voix aigre.

Les femmes s'écartèrent ensemble avec des éclats de rire salaces. Après un dernier regard satisfait, elles lui tournèrent le dos et redescendirent vers le village, en se tenant par le bras.

En état de choc, incapable de réfléchir, Maureen resta étendue, les genoux remontés contre sa poitrine, le corps trop douloureux pour pouvoir réagir. Elle se concentrait sur les voix qui s'éloignaient, bientôt noyées par le cri des oiseaux, tandis que peu à peu, happées par le vent, les plumes s'envolaient au-dessus de sa peau brûlante, aussi brûlante que la haine de ses assaillantes et la détermination vicieuse de leurs actes. Bien qu'elle sache qu'elle ne pouvait pas rester ainsi, la pensée de devoir retourner au village la terrifiait. Il lui fallait au moins trouver un moyen de se nettoyer avant que le goudron soit impossible à éliminer.

Elle finit par s'asseoir, effleurant avec précaution sa tête ravagée. Les plaies cicatriseraient, les cheveux repousseraient, mais jusque-là elle resterait marquée aussi sûrement que Caïn.

Près de ses vêtements en lambeaux, les longues mèches de cheveux noirs s'étaient figées dans la boue, comme des serpents pétrifiés. Par chance, sa cape n'avait pas été trop endommagée. Elle s'en enveloppa les épaules et tira la capuche jusqu'aux yeux, frissonnant sous le tissu mouillé.

Plusieurs minutes s'écoulèrent avant qu'elle puisse rassembler suffisamment de forces pour se relever. La douleur due au coup de pied dans les côtes la fit grimacer. Incapable de réprimer le tremblement qui l'agitait, elle resserra le manteau autour d'elle et jeta un coup d'œil vers le village. Elle ne pouvait se réfugier nulle part ailleurs qu'à la maison, mais comment oserait-elle affronter ainsi ses parents, son père en particulier ?

Michael O'Halloran n'était pas homme à tolérer la honte qui allait s'abattre sur sa famille, à cause d'une faute commise par sa fille – avec un ennemi, de surcroît. Jamais il ne pourrait envisager de prendre sa défense lorsqu'il aurait découvert la raison pour laquelle elle avait été agressée. Irlandais jusqu'au bout des ongles, il éprouvait pour les Anglais, détenteurs des terres, une haine qui colorait entièrement sa conception de la vie. Maureen savait que, loin de la réconforter, il s'empresserait plutôt de retirer la ceinture de son pantalon afin de renforcer la leçon qu'elle avait déjà reçue.

Terrifiée au souvenir d'autres corrections de ce type, elle caressa l'espoir de réussir à se faufiler dans la maison sans être vue. Pourtant, cette éventualité était hautement improbable. Le cottage ne comportant que deux pièces, elle partageait le lit de l'alcôve avec ses trois sœurs cadettes. Même si Pa était absent pour l'un de ses voyages secrets dans le Nord, il y avait toutes les chances pour que sa mère se tienne près du feu, attendant le retour de son mari.

Maureen jeta un coup d'œil par-dessus son épaule, en direction des bois qu'elle avait quittés peu de temps auparavant. Peut-être aurait-il été préférable d'éliminer le goudron et les plumes dans le lac? Elle repoussa cette idée aussitôt. Non seulement il y avait une bonne demi-heure de marche jusqu'au Lough Leigh, mais il fallait aussi, pour s'y rendre, traverser les terres de Sir Oswald et prendre le risque de se faire surprendre par Fergus, son garde-chasse. En outre, transie de froid, harassée de fatigue, elle se sentait presque à bout de forces. Non, il n'y avait rien d'autre à faire que de rentrer à la maison.

— Henry, gémit-elle, où es-tu quand j'ai besoin de toi? Pourquoi n'entends-tu pas mon appel?

Elle s'efforça de refouler ses larmes. Comment Henry aurait-il pu percevoir sa souffrance, son égarement? Il n'était qu'un Anglais matérialiste, incapable par essence de s'adapter aux croyances teintées de mysticisme des Irlandais. Secouant la tête, elle resserra la cape trempée sur son corps nu et amorça sa longue descente vers le village de pêcheurs.

Le cottage de pierre faisait partie d'un groupe de cinq maisons mitoyennes alignées le long d'une voie surplombant le port. Bien que le toit de chaume ait besoin d'être réparé, les carreaux des fenêtres brillaient de propreté de chaque côté de la porte fraîchement repeinte. Lorsque Maureen pénétra dans la cour boueuse par la porte de derrière, le doux meuglement de la vache laitière se fit entendre dans l'étable jouxtant la pièce principale, ponctué par le caquètement intrigué des poulets. Elle s'approcha de la fenêtre, dont les vitres reflétaient la lueur vacillante du foyer.

Paraissant beaucoup plus que ses trente-trois ans, Bridie O'Halloran, les yeux marqués par la fatigue, se tenait à sa place habituelle, devant la cheminée, entourée de vêtements en train de sécher. Un ouvrage sur les genoux, elle poussait régulièrement du bout du pied le berceau de bois brut dans lequel dormait son dernier-né, âgé de trois mois.

Maureen se mordit les lèvres avec anxiété. Il n'y avait pas le moindre signe de Pa ; peut-être pouvait-elle se confier sans danger à sa mère ?

Celle-ci leva les yeux de son ouvrage quand sa fille aînée pénétra dans la pièce, accompagnée d'une rafale de vent et de pluie.

— Sainte Mère de Dieu ! s'exclama-t-elle. Mais qu'est-ce...

Alors qu'elle se levait de son rocking-chair, le tissu tomba sur le sol et le berceau s'immobilisa lentement.

Maureen referma la porte et se précipita près du feu. Les mains tendues vers la chaleur, elle constata qu'elle ne pouvait s'arrêter de trembler.

— Je suis désolée, Mam, bégaya-t-elle. Je suis vraiment désolée. Mais je ne savais pas où aller.

Bridie allongea le bras et repoussa la capuche d'un geste vif. Les yeux écarquillés d'horreur, elle leva ses mains frémissantes jusqu'à sa bouche.

— Qu'as-tu fait ? murmura-t-elle. Dieu du ciel, qu'as-tu fait ?

— Peu importe, Ma, répondit Maureen en sortant précipitamment de derrière la porte une bassine dans laquelle elle versa l'eau de la bouilloire qui ne quittait jamais le fourneau. Il faut que je me nettoie avant le retour de Pa. S'il me voit dans cet état, il...

Un éclair de peur dans le regard, Bridie laissa échapper un sanglot et se signa en hâte.

— Vite, vite, il ne va pas tarder à rentrer, il est seulement allé chez Donovan pour boire un verre.

Lorsque, de ses doigts gourds, sa fille laissa gauchement tomber la cape mouillée sur le sol, elle ferma les yeux à moitié et se signa de nouveau.

— De qui est-il ? demanda-t-elle, après quelques secondes d'un silence glacial.

Folle d'anxiété, Maureen entreprit d'extirper les plumes de la pâte qui lui recouvrait le corps, sans cesser de jeter des coups d'œil vers la porte.

— Henry, avoua-t-elle.

— Hen... Dieu nous vienne en aide ! Est-ce qu'il le sait ? s'écria Bridie d'un ton incisif, les yeux animés d'une lueur de dégoût.

— Pas encore. Je devais lui dire ce soir.

Maureen lança les plumes dans le feu et les regarda fondre dans les flammes.

— Mais il ne pouvait rester qu'une minute, poursuivit-elle. Et...

La gifle, aussi inattendue que violente, lui brûla la joue. Au même instant, elle eut l'impression de voir s'élever un nuage sombre devant ses yeux.

— Espèce de chienne stupide ! hurla Bridie avec mépris.

Agrippant les bras de sa fille, elle la secoua violemment.

— Tu ne vaux pas mieux qu'une catin ! Une imbécile de petite pute qu'on utilise et qu'on jette ensuite. Malgré ses jolies phrases et ses belles manières, il se moque de toi. Tu n'es qu'un objet qui l'aide à passer le temps quand il n'a rien de mieux à faire !

Des larmes jaillirent sur son visage ; elle se détourna alors, les mains croisées sur sa taille maigre.

— Ton Pa va te tuer, murmura-t-elle, ou nous tuer toutes les deux s'il apprend ce qui se passe. Tu dois t'en aller, maintenant, avant son retour.

Maureen lança un regard anxieux vers la porte avant de se plonger dans l'eau chaude où elle se mit à frotter énergiquement son corps souillé.

— Je ne peux pas partir dans cet état, argua-t-elle, les dents serrées.

Sur les coupures et les contusions, le savon se révélait presque insupportable. La douleur physique s'ajoutait à celle, dévastatrice, causée par la réaction de sa mère.

— Qu'est-ce qu'il y a, Ma ?

Une voix ensommeillée provenant de l'alcôve précéda l'apparition des trois petites filles devant le rideau.

— Retournez au lit ! ordonna Bridie avec une sécheresse qui n'admettait pas de réplique.

S'attendant à l'apparition imminente de son mari, elle remplit un vieux journal des plumes restantes et le jeta dans le feu. Soudain, elle saisit la brosse de chiendent et frotta brutalement le dos de sa fille, ponctuant ses gestes d'un flot d'incantations incompréhensible.

— Tais-toi! s'exclama-t-elle en réponse aux cris de protestation qui s'élevaient de la bassine. Il ne faut t'en prendre qu'à toi. Quand je pense à toutes les fois où je t'ai avertie de rester pure! Dieu seul sait ce que le frère Paul va dire!

— Je n'ai rien à foutre de son opinion! s'écria Maureen en refoulant ses gémissements de douleur.

Une autre claque retentit, sur la nuque, cette fois.

— Surveille ton langage, ma fille. Tu n'as pas besoin d'ajouter de gros mots au déshonneur que tu causes à cette maison.

Maureen ne prit pas la peine de s'excuser. Quand Ma atteignait ce degré de colère, mieux valait se taire.

— Qui t'a fait ça? demanda Bridie d'une voix plus douce, comme si elle prenait soudain conscience de la finesse du mur séparant les deux cottages.

— Toutes les femmes qui ont réussi à monter au sommet de la colline. Elle ont adoré ça. Tu aurais dû voir leur visage. Il y avait même Regan Donovan.

— Tu sais ce que ça veut dire, hein? assura Bridie en tirant des vêtements propres du linge qui s'empilait à côté de la cheminée. On va nous éviter maintenant, alors que nous avons tant de mal à trouver du travail!

Sa main abîmée se posa furtivement sur l'épaule frêle, dans ce geste d'intimité que seules deux femmes peuvent partager. Toutefois, malgré cette preuve de compassion à son égard, Maureen comprenait confusément que sa mère ne savait comment se sortir de cette situation, qui dépassait ses facultés de raisonnement.

— Pourquoi, Maureen? Par tous les saints, pourquoi t'es-tu donnée à lui? Tu savais quelle serait ta punition si tu étais prise. Regarde ce qui est arrivé à la fille de Finbar quand elle a fréquenté ce soldat anglais.

Les larmes de Maureen s'étaient taries, mais son énergie s'épuisait dangereusement.

— Je suis désolée, Mam, chuchota-t-elle, mais je l'aime.

Elle esquissa un sourire en levant les yeux vers le visage aux traits tirés.

— Et il m'aime aussi, poursuivit-elle. Il a promis que nous serions ensemble pour toujours.

Bridie fixa durement sa fille.

— Si tu crois cela, alors tu es encore plus sotte que je ne le pensais, aboya-t-elle.

Le claquement de la porte d'entrée les fit sursauter. Bridie s'écarta de la bassine, le visage exsangue tandis que Maureen, attrapant un morceau de serviette, tentait de couvrir sa nudité.

Un silence pesant suivit l'entrée de Michael O'Halloran.

— Fais sortir cette sale garce hors de ma maison ! hurla-t-il soudain. Et si tu ouvres la bouche, Bridie O'Halloran, je vous ferai toutes les deux tâter de ma ceinture !

Sortant de leur stupeur, Maureen et Bridie s'employèrent chacune à apaiser la rage de Michael. La jeune fille attrapa les vêtements propres et s'habilla pendant que sa mère se précipitait vers l'alcôve pour cacher les trois petites qui observaient la scène à travers l'ouverture du rideau, les yeux écarquillés.

— Au lit ! gronda Michael. Ou vous allez sentir le cuir vous frotter la peau du dos !

Les fillettes disparurent aussitôt. Maureen, maintenant vêtue, éprouva soudain une pulsion voisine de la haine pour ce père incapable de réagir autrement que par la brutalité.

— C'est moi que tu veux, dit-elle calmement. Laisse-les tranquilles.

Il la fixa avec dureté, les yeux rougis par l'alcool et la colère, les mains déjà occupées à défaire fébrilement la boucle de sa ceinture.

— Ce n'est pas toi qui vas me dire ce que je dois faire dans ma propre maison ! éructa-t-il.

Ses lourdes bottes résonnèrent bruyamment tandis qu'il libérait sa taille épaisse de la lanière de cuir.

— Tu m'as couvert de honte, Maureen O'Halloran. J'ai appris ce que faisait ma fille par cette saleté de Regan Donovan. Elle ne se tenait pas d'impatience à l'idée de révéler devant tout le monde ce qui se passait. Surtout devant son père, debout derrière le comptoir, un sourire vertueux sur sa gueule de travers. Tu vas payer pour ça, ma fille.

La boucle de métal, qui se balançait au bout de son énorme main, reflétait la lumière des flammes.

Maureen saisit le tisonnier sans hésiter. Bien que tremblante de peur, elle devait se défendre et protéger le bébé qui grandissait dans son ventre.

— Touche-moi et je te rends coup pour coup, annonça-t-elle avec un calme qui la surprit. J'ai été assez punie ce soir.

Il s'immobilisa, interloqué. Elle lisait dans son regard sombre un sentiment de confusion mêlé de stupéfaction. Comme toutes les brutes, comprit-elle soudain, il était lâche, il n'avait pas le cran nécessaire pour s'opposer à qui lui résistait.

— Je t'interdis de me parler comme ça ! bégaya-t-il. Je... je...

— Tu vas remettre ta ceinture et t'asseoir, lui intima-t-elle avec une audace redoublée qui suscita une exclamation étouffée de la part de Bridie. Et quand je serai sortie, tu ne toucheras ni à Ma ni aux petites. Elles n'ont rien à voir là-dedans, rien du tout. Que Dieu te vienne en aide si tu lèves le doigt sur l'une d'entre elles.

Michael se dirigea comme un automate jusqu'au fauteuil dans lequel il se laissa lourdement tomber. Il fixait sa fille, bouche bée, comme si elle était une étrangère, n'arrivant pas à croire qu'elle ose le défier.

Maureen rassembla en hâte le reste de ses vêtements, qu'elle roula en un baluchon sommaire. Après avoir jeté un regard à sa mère, serrée contre le mur, afin de lui insuffler du courage, elle traversa la pièce et sortit en claquant la porte derrière elle, dans un dernier acte de défi.

Ce ne fut que lorsqu'elle parvint à mi-hauteur de la colline que son courage la déserta. S'effondrant contre une muraille de pierre, elle éclata en sanglots.

Dès l'aube, le nouveau jour s'annonçait froid et beau, dénué de toute trace de tempête. C'était le type de temps que Henry préférait entre tous. Il huma le parfum complexe où se mêlaient les effluves de la terre et de l'herbe humide, l'arôme du sel marin et l'odeur forte des chevaux et des chiens de chasse.

Déjà en selle, il pensait à son rendez-vous avec Maureen en attendant que le piqueur finisse d'organiser la meute. Elle trouverait tout cela étrange, se dit-il en sirotant le coup de l'étrier, mais quel beau tableau, néanmoins. Sous le soleil printanier, la vieille demeure de pierre, aux teintes douces, offrait un décor idéal aux cavaliers en tenue écarlate, dressés au milieu de la meute et des montures impatientes.

Son regard parcourut l'assemblée et se posa sur sa mère. Lady Miriam, en digne amazone, se tenait bien droite sur sa jument grise, vêtue d'une longue jupe noire et d'une veste cintrée qui mettaient en valeur sa silhouette de femme proche de la cinquantaine, admirablement conservée.

Voyant qu'il la contemplait, elle dirigea sa monture vers lui.

— Il faut que je te parle, dit-elle d'une voix paisible. Après la chasse, quand ton père sera occupé ailleurs.

Il la fixa intensément et remarqua, sous sa voilette, son menton levé avec détermination.

— J'ai à faire après la chasse, répondit-il fermement. Cela devra attendre.

La main gantée de sa mère se posa sur son bras.

— J'ai des yeux pour voir, mon fils, déclara-t-elle d'un ton incisif. Peut-être vaut-il mieux aborder ton petit problème avec moi plutôt qu'avec ton père, ne crois-tu pas ?

Caressant nerveusement sa moustache, Henry détourna la tête.

— Je ne pourrais nier que j'ai quelques préoccupations, admit-il. Mais rien qui doive vous inquiéter, Mère, ajouta-t-il avec un calme étudié.

Avait-elle découvert ses rendez-vous secrets avec Maureen ou voulait-elle revenir sur la dispute qu'il avait eue avec son père la veille?

— Il est arrivé quelque chose au village hier soir, dit-elle gravement en s'efforçant d'apaiser les trépignements de sa monture. Et si mes soupçons sont corrects, il nous faut agir au plus vite. Dès aujourd'hui, veux-je dire.

Le pouls du jeune homme s'accéléra tandis que son esprit travaillait furieusement.

— Quel genre de chose?

— Cela concerne Maureen Ó'Halloran, répliqua sa mère, le regard perçant à travers la voilette.

Henry lui attrapa la main, balbutiant d'appréhension.

— Que... que s'est-il passé? s'écria-t-il d'une voix rauque.

Lady Miriam retira brusquement ses doigts de son étreinte.

— J'avais donc raison, s'exclama-t-elle d'une voix sifflante. Espèce de sot, je t'avais prévenu de rester à l'écart de cette horrible famille!

— Que lui est-il arrivé, Mère? insista-t-il.

— Ce qui se passe dans le village ne devrait pas nous concerner le moins du monde. Comme tu as rendu cela impossible, tu vas venir dans mon boudoir aussitôt après la chasse, et je te dirai ce qu'il te reste à faire.

— Je vais retrouver Maureen, aboya-t-il en tirant sur les rênes.

Elle l'immobilisa d'une main de fer.

— Alors je ne peux pas t'aider. Tu sais quelle sera la réaction de ton père quand il saura ce que tu as fait.

— Je dois y aller, Mère, je dois m'assurer qu'elle va bien.

Rassemblant les rênes, elle redressa le dos, longuement exercée à contrôler toute émotion.

— J'ai toujours dit que les Irlandais étaient des barbares, et ce qu'ils ont fait à Maureen O'Halloran ne fait que confirmer mon opinion.

Elle se tourna vers lui d'un mouvement impérieux, les lèvres serrées.

— Même ses parents viennent de la renier, et je dois dire que je les comprends.

— Où est-elle ? souffla Henry.

Lady Miriam l'observa un long moment.

— Tu as toujours été mon préféré, murmura-t-elle finalement en relâchant les muscles de ses épaules et de son visage. Comment as-tu pu agir ainsi ? Comment as-tu pu trahir ainsi ma confiance ?

— Dites-moi où elle est ! lui intima-t-il avec rage.

Le silence s'éternisa au point que le monde sembla ralentir, puis basculer soudain.

— Je n'en ai aucune idée, dit-elle finalement. Oublie-la, mon fils, ajouta-t-elle, les yeux brillants de larmes. Nous nous occuperons de la fille O'Halloran, et bien que ton père risque de te le faire payer très cher, tu dois faire preuve de maturité, et supporter tout cela dignement.

Brusquement, elle parut reprendre ses esprits.

— J'espère que cela te servira de leçon, Henry, car tu n'auras pas de seconde chance.

— Comment avez-vous appris cela ? s'enquit le jeune homme, en rassemblant les rênes.

— J'ai mes sources, répliqua-t-elle, totalement maîtresse d'elle-même. Je sais presque tout, Henry.

— Ainsi, vous êtes au courant depuis le début ?

Elle opina vivement du chef.

— J'espérais que tu recouvrerais la raison ; tout jeune homme doit jeter sa gourme. Mais il semble que tu ne sois en possession ni de tes esprits, ni de la faculté de te contenir.

Sur ces mots, elle s'éloigna.

Momentanément abattu par les paroles blessantes de sa mère, dont il n'avait jamais eu à subir la colère, Henry prit soudain conscience du fait que son père et elle s'accordaient bien mieux qu'il ne l'aurait pensé.

Le cheval, impatient de courir, s'élança au galop vers les prés qui s'étendaient derrière la demeure et se laissa mener à bride abattue dans le matin radieux, jusqu'à la cabane abandonnée du garde-chasse.

La tempête semblait avoir enfoncé les parois de torchis dans le sol. Sous le toit dangereusement incliné contre un tronc d'arbre torturé, face à la cheminée de pierre abattue, un volet pendait misérablement sur une charnière rouillée. Dans le silence profond qui baignait la petite chaumière, Henry entendait résonner les battements précipités de son cœur.

Il sauta à terre et appela Maureen, en vain. Le goût amer de la peur lui envahissait la bouche. Passant les doigts dans ses cheveux, il observa distraitement les rayons de soleil qui traversaient le chaume éventré. Par acquit de conscience, il fit le tour du bâtiment, à la recherche de la moindre trace de présence, mais ne trouva rien.

Il remonta en selle et dirigea sa monture vers le port, le jugement brouillé par l'appréhension. Il fallait qu'il retrouve Maureen, qu'il s'assure qu'elle était saine et sauve, car ce qui s'était passé la veille ne pouvait que signifier qu'ils avaient été découverts. Si tel était vraiment le cas, son esprit s'enflammait à l'idée de l'horrible châtiment que celle qu'il aimait avait dû subir.

Fraîchement lavé par la pluie récente, le village apparut, les pavés luisant sous le soleil précoce de cette matinée dominicale. Un tintement frêle s'échappait du clocher de la petite église de pierre, frôlé par les mouettes tourbillonnant au-dessus d'une mer au calme trompeur.

Henry ralentit son cheval et remonta au trot la rue principale du village, vers le cottage des O'Halloran. Son pouls s'accéléra lorsqu'il vit les hommes cracher sur son passage et les femmes repousser les enfants à l'intérieur des maisons. La tension, presque palpable, se lisait dans les regards jetés sur lui, dans les attitudes hostiles, dans le silence même qui s'établissait soudain. Relevant le menton, il s'appliqua à fixer la route, déterminé à ne pas trahir le profond malaise qui l'envahissait, alors qu'il se rapprochait, avec une lenteur interminable, de la petite maison qui surplombait le port.

Le front et les mains trempés de sueur, il descendit de cheval et remonta l'allée étroite en feignant de ne pas remarquer la foule qui s'était formée derrière lui. Après avoir frappé à la porte, il attendit, avec une raideur quasi militaire, afin d'empêcher ses genoux de trembler.

— Tu ne poseras plus jamais les yeux sur cette putain, hurla une femme.

Henry se retourna et fit face à l'assemblée, les poings serrés.

— Où est-elle ? demanda-t-il.

Sa voix peu assurée sonnait à ses propres oreilles avec un timbre pathétiquement juvénile ; pour une fois il aurait souhaité avoir l'assurance et l'autorité de son père.

Regan Donovan se fraya un chemin à travers les badauds. Avec insolence, elle se dressa devant lui, la chevelure enflammée par le soleil, les poings fichés au creux des hanches.

— Elle est partie, lança-t-elle avec une jubilation mal déguisée.

— Où cela ?

L'impatience de Henry croissait en proportion de ses craintes.

S'humectant les lèvres, elle l'inspecta avec arrogance, parcourant des yeux sa silhouette, de la chevelure soulevée par le vent aux bottes de cuir bien cirées.

— Aussi loin de toi qu'elle le peut. Rentre dans ta belle maison, Henry. Nous ne voulons pas de toi ici non plus.

Sur ces mots, elle lui tourna le dos avec un ricanement aigu et s'éloigna, suivie de deux de ses compagnes.

Écartant toute prudence, Henry courut derrière elle. Un murmure indigné parcourut la foule lorsqu'il la saisit par le bras et l'obligea d'un geste brusque à se retourner vers lui.

— Où est-elle allée ? insista-t-il sèchement. Que lui avez-vous fait, espèces de garces ?

Elle le toisa, une expression de haine pure sur le visage. D'une secousse, elle se libéra et repoussa ses cheveux en arrière.

— Jamais je ne te le dirai ! railla-t-elle.

Son regard brûlant croisa avec éloquence celui de ses compagnes.

— Aucune d'entre nous ne le **fera**, reprit-elle triomphalement.

Henry mourait d'envie de gifler son visage plein de morgue, de la saisir par le cou et de la secouer violemment.

Toutefois, il le savait, la situation deviendrait alors incontrôlable. Il fit rapidement volte-face et sauta en selle.

— Tu regretteras ce jour, Regan Donovan, s'écria-t-il en saisissant les rênes de son cheval trépignant.

— Pas tant que toi lorsque ton père découvrira que tu as fricoté avec Maureen, rétorqua une voix puissante au milieu de l'assistance.

Presque aveuglé par la fureur, Henry poussa sa monture au milieu de la foule, qui s'écarta devant lui. Peu importait qu'il blesse quelqu'un. Pour la première fois de sa vie, il partageait l'exécration violente de son père envers les Irlandais.

2

Miriam s'efforça péniblement de revenir au présent. Après avoir jeté un coup d'œil à sa montre, elle se rendit compte qu'elle avait déjà perdu la moitié de la matinée. Avec un claquement de langue impatient, elle rangea la boîte à musique à l'intérieur de sa cachette, dans la cuisine, planta sur sa tête un chapeau cabossé et descendit les marches usagées d'un pas lourd pour se diriger vers les écuries.

Bellbird, qui avait autrefois abrité des milliers de têtes de bétail, offrait maintenant ses pâturages aux meilleurs pur-sang d'Australie. Cette transformation, opérée progressivement, au fil des années, avait atteint sa consécration quand l'un des étalons issus de la ferme avait gagné l'une des courses les plus célèbres du monde, la Melbourne Cup. Aujourd'hui, la station attirait des acheteurs et des éleveurs du monde entier. Avec une irritation impossible à réprimer, Miriam prit conscience du fait qu'elle ne serait sans doute plus là assez longtemps pour assister à la prochaine victoire de l'un de ses champions.

Le régisseur du domaine apparut soudain derrière elle alors qu'elle s'activait dans les écuries, à bout de souffle et couverte de poussière.

— Je ne sais pas si c'est une bonne idée que vous avez là, déclara-t-il d'une voix traînante.

Se redressant de toute sa taille, elle le toisa d'un regard glacial. Bien qu'ils aient le même âge, il avait pris la mauvaise habitude de la traiter comme une centenaire.

— Contente-toi de te rappeler que c'est moi la patronne, Frank, et occupe-toi de tes foutus oignons.

Il se balança gauchement d'un pied sur l'autre, véritable incarnation de la contrariété sous le large bord de son chapeau maculé de sueur. Dirigeant l'exploitation aux côtés de Miriam depuis plus de cinquante ans, il avait fini par s'habituer à ses manières. Cependant, il avait toujours du mal à affronter ses regards paralysants et se comportait parfois comme un écolier surpris en train de fumer dans les toilettes de son collège.

— Une dame de votre âge n'a rien à faire là-dedans, insista-t-il, peu préoccupé des conséquences d'une telle déclaration.

— Eh oui, j'ai le tort d'être vieille, que veux-tu, répliqua-t-elle d'un ton grinçant en attrapant un marteau.

Il secoua la tête d'un air excédé lorsqu'il la vit entreprendre de réparer l'un des box.

— Tu n'as rien de mieux à faire qu'à me faire mal aux oreilles ? s'écria-t-elle.

Il s'empourpra et s'éloigna lentement, de la démarche chaloupée d'un homme qui a passé la plus grande partie de sa vie à dos de cheval.

Avec un sourire affectueusement ironique, elle le suivit du regard, heureuse qu'il lui accorde suffisamment d'importance pour s'opposer à elle, heureuse aussi qu'il ait décidé de rester à Bellbird après s'être marié et avoir fondé une famille. Lorsque Chloé était partie pour le Queensland, la présence des enfants de Frank et de Gladys avait apporté de la gaieté dans le domaine ; et quand ces jeunes s'étaient éloignés à leur tour, ils lui avaient terriblement manqué. Elle avait d'ailleurs espéré que l'un d'eux choisirait de rester et de fonder sa propre famille dans cette station si favorable à l'élevage, mais cela ne s'était pas produit. L'outback était trop isolé – trop rude pour cette nouvelle génération d'Australiens qui n'aspiraient qu'à vivre sous les lumières clinquantes et dans la frénésie des grandes villes.

Un bruit de moteur l'arracha en sursaut à ses pensées moroses. Elle se retourna vers le pick-up couvert de boue qui bringuebalait sur les nids-de-poule et le suivit des yeux jusqu'à ce qu'il s'arrête avec un grincement de freins devant la véranda. Tout à coup, elle prit conscience de son aspect négligé et de ses vêtements souillés, tout en constatant qu'il était trop tard pour y remédier. Elle se contenta donc de frotter les mains sur le dos de son pantalon, redressa son chapeau et se dirigea vers son visiteur, doutant que Wilcox, qu'elle attendait, puisse être au volant de ce véhicule, à moins qu'il n'ait retrouvé une seconde jeunesse.

La portière de l'utilitaire s'ouvrit brusquement. À son grand agacement, Miriam dut reculer pour voir le visage de l'étranger de haute taille qui la fixait avec curiosité. Il était séduisant, certes, mais beaucoup trop jeune pour la mission qui l'avait incitée à solliciter le conseil d'un avocat.

— En quoi puis-je vous aider ? demanda-t-elle.

— Jake Connor, articula-t-il d'une voix grave. Êtes-vous madame Strong ?

Ôtant ses gros gants de travail, elle secoua la main qu'il lui tendait et le regarda de nouveau. Au cours de sa longue vie, elle avait appris à décrypter le langage des poignées de main. Celle-ci se révélait sèche et franche, sans trop de brutalité.

— Que puis-je faire pour vous, monsieur Connor ?

— Il serait probablement plus judicieux de me demander ce que je peux faire pour vous, répondit-il avec un sourire.

Elle le considéra avec suspicion. Il n'avait certainement pas le style de Wilcox, mais n'avait pas non plus l'air d'un représentant de commerce ni d'un marchand itinérant.

— Ah oui ?

Il s'esclaffa, parfaitement à l'aise et visiblement peu déconcerté par la froideur de son accueil.

— Vous avez appelé mon bureau afin de solliciter un avis.

Miriam se redressa de toute sa hauteur – un mètre cinquante-trois environ – et constata, à son grand agacement, qu'elle s'adressait encore au diaphragme de son interlocuteur.

53

— Si j'avais voulu un gamin pour un avis, je ne me serais pas adressée à Me Wilcox, rétorqua-t-elle avec raideur. Vous avez fait tout ce trajet pour rien, monsieur Connor.

Il croisa les bras et s'adossa contre le pick-up, les bottes croisées au niveau des chevilles, puis baissa la tête vers elle.

— Pas si vous m'offrez une tasse de thé et un morceau de votre fameux gâteau au chocolat.

Miriam cilla, un instant décontenancée. Qui lui avait parlé de son gâteau ? Elle l'examina ouvertement de haut en bas, admirant secrètement son aplomb, tout en se sentant irritée devant l'art consommé avec lequel il avait contourné son manque d'amabilité. Elle remarqua les bottes éculées, au cuir couvert d'éraflures, ainsi que le pantalon de velours et le chapeau usagé. Même s'il s'agissait d'un jeune citadin, il paraissait totalement à l'aise au milieu de la chaleur, de la poussière et des mouches de l'outback. Il l'intriguait, indéniablement. En outre, il ne manquait pas de culot, se dit-elle en détournant les yeux.

— Est-ce que vous n'allez pas un peu trop loin ? rétorqua-t-elle.

— Pas du tout, déclara-t-il paisiblement, une lueur d'amusement dans son regard sombre. Votre gâteau est célèbre dans le monde des courses. J'en sais quelque chose : quand mon père a commencé à assister aux ventes de chevaux, j'étais haut comme trois pommes, mais je me souviens que nous nous précipitions toujours vers la tente de Bellbird à l'heure du thé.

À contrecœur, elle dut s'avouer que ce jeune homme lui plaisait plutôt bien, et qu'il pourrait être agréable de passer un peu de temps en sa compagnie avant de le renvoyer d'où il venait. Quant à la raison de son déplacement... il était ridicule de penser qu'il puisse posséder l'expérience dont elle avait besoin.

— Bon, il vaut mieux que vous entriez, laissa-t-elle tomber de mauvaise grâce.

Il ouvrit la portière de l'utilitaire et tendit le bras pour attraper son porte-documents. Miriam, bouche bée, aperçut alors l'autre occupant du véhicule.

— Mais, qu'est-ce que…

— Je vous présente Éric, déclara Jake avec un large sourire. Le chat le plus distingué, le plus collet monté et le plus têtu que l'on puisse trouver de ce côté de l'équateur. Éric, poursuivit-il en s'adressant au matou roux qui trônait impérialement sur le siège du passager, voici Mme Strong.

L'animal fixa sur Miriam un regard dédaigneux et, soucieux d'exprimer sans attendre son indifférence méprisante, souleva une patte pour se lécher l'arrière-train.

— Je suis, moi aussi, très heureuse de vous rencontrer, susurra Miriam, amusée.

— Excusez-le, dit Jake en refermant la portière. Il s'est toujours montré distant avec les femmes. Cela n'a rien à voir avec vous.

La vieille dame continuait d'observer le chat qui terminait sa toilette et se réinstallait sur le siège pour dormir.

— Je n'ai jamais vu ça, décréta-t-elle. N'est-il pas dangereux de conduire avec cet animal en liberté ? Ne le mettez-vous jamais dans un panier ?

Son interlocuteur hocha la tête d'un air entendu.

— C'est moins dangereux que de le laisser à la maison. Il saccage tout si j'ose monter dans le pick-up sans lui, puis va s'installer chez ma voisine jusqu'à ce qu'il consente de nouveau à m'adresser la parole. Elle n'aurait rien contre sa présence s'il n'insistait pas pour coucher dans le panier de son chien et ne devenait furieux quand elle essaie de le déloger. Son pauvre berger allemand est terrorisé.

Miriam contempla le chat qui lui rendit solennellement son regard, comme s'il était conscient que l'on parlait de lui.

— Ma femme a fait appel aux services d'un comportementaliste félin, mais sans le moindre succès, reprit-il. C'est la raison pour laquelle j'en ai eu la garde après le divorce.

Décidément amadouée, Miriam le précéda sur les marches menant à la véranda, remarquant intérieurement qu'elle l'appréciait de plus en plus. Quel dommage qu'il ne puisse faire l'affaire.

— Il nous faut un en-cas, murmura-t-elle. Asseyez-vous, je vais faire du thé.

Lorsqu'elle revint avec un plateau chargé, il sauta sur ses pieds et le lui prit des mains. Avant qu'elle ait eu le temps de protester, il versa le thé dans les deux épaisses tasses de porcelaine, ébréchées par l'âge et la négligence, puis découpa deux larges parts de gâteau.

Miriam s'assit dans le vieux fauteuil en osier et le regarda faire. Il avait les mains fines, mais adroites, aux ongles propres, nettement taillés. Elle leva les yeux jusqu'à son visage, et constata qu'il l'observait.

— Qu'est-ce qui a pris à Wilcox de m'envoyer quelqu'un d'aussi jeune ? s'exclama-t-elle sans ambages.

Il avala la dernière bouchée de sa portion et lécha sur ses doigts les dernières traces de glaçage.

— Il n'y avait que moi de libre, dit-il calmement. En outre, je me trouvais dans le voisinage.

Elle jeta un coup d'œil vers le pick-up. Éric, maintenant assis sur le tableau de bord, fixait l'extérieur d'un regard sinistre en remuant sa queue rayée en signe de dégoût.

— Vous avez des plaques de Brisbane, ce qui n'est pas tout près.

— Rien n'est tout près en Australie, répondit-il. Nous sommes tous éparpillés sur le continent. On ne va pas, entre amis, faire une histoire pour quelques centaines de kilomètres, n'est-ce pas ?

Il posa la tasse sur la table et se pencha vers elle.

— J'ai peut-être l'air trop jeune, mais je suis sacrément bon dans ma partie. Vous devriez vous garder d'émettre des jugements trop hâtifs. Dites-moi quel est votre problème et je ferai tout mon possible pour le régler.

Miriam leva un sourcil.

— Vous semblez bien sûr de vous, lança-t-elle d'un ton sec. Il s'agit d'une affaire de famille. J'attendais Wilcox, non un blanc-bec inexpérimenté.

Il s'adossa contre sa chaise, visiblement peu troublé par son scepticisme, croisa les jambes et plongea les mains dans ses poches, la contemplant d'un air pensif.

— Je n'aurai jamais le dernier mot, n'est-ce pas ? Wilcox m'avait prévenu. Il m'avait dit que vous étiez à la fois fière et têtue.

Miriam redressa le menton et s'efforça de prendre un air sévère, peu désireuse de laisser paraître à quel point cet échange lui plaisait.

— Oui, notre famille est fière, déclara-t-elle avec hauteur. Nous sommes forts parce qu'il nous a fallu l'être, et si vous restez assez longtemps, vous constaterez qu'ici les femmes ne sont pas des mauviettes.

— Indéniablement, soupira-t-il en la contemplant d'un air faussement sérieux. Êtes-vous décidée à me dire pourquoi il vous faut de l'aide, ou êtes-vous déterminée à ne rien révéler avant que Geoff Wilcox ne soit disponible ?

Miriam, évoquant le vieil avocat, reconnut intérieurement qu'il était beaucoup plus rigide, beaucoup plus sec, beaucoup plus inintéressant que son interlocuteur. De surcroît, se dit-elle avec aigreur, il était beaucoup moins agréable à regarder.

Effleurant Jake Connor du regard, elle détourna aussitôt les yeux. Il était difficile de ne pas lui rendre son sourire. À l'instar de Edward, son défunt mari, il était doté d'un visage expressif, d'un sourire capable de charmer la terre entière et de la faculté de communiquer aisément avec ses semblables.

Bien, se dit-elle ; inutile d'user de faux-fuyants.

— Comment puis-je savoir si vous avez l'étoffe dont j'ai besoin ? s'enquit-elle.

— Je n'ai jamais eu de réclamations jusqu'ici, répliqua-t-il en lui jetant un regard taquin.

Tiens donc ! songea-t-elle, agacée. Elle l'examina un long moment, fortement tentée de rabattre sa fatuité. Peut-être n'était-elle plus de la première jeunesse, mais elle savait pertinemment quelles cordes il essayait de faire vibrer en ce moment.

Ses pensées furent interrompues par un miaulement strident en provenance du pick-up.

— Votre chat vient de vous contredire, lança-t-elle vivement.

Jake déplia sa haute silhouette et descendit jusqu'au véhicule. Éric prit tout son temps pour sauter à terre et escalada les marches, la queue dressée. Il inspecta les alentours d'un air désapprobateur, toisa Miriam, jeta son dévolu sur un fauteuil doté d'un coussin et sauta dessus avec légèreté. Puis, fixant de nouveau la vieille dame de ses yeux jaunes, il réitéra sa requête.

Son maître parut se troubler.

— Désolé. Pensez-vous qu'il pourrait avoir une soucoupe de lait ? J'ai oublié d'en apporter.

Miriam s'efforça de contenir son hilarité tandis qu'elle versait le liquide dans une soucoupe placée sur la table. L'animal posa délicatement ses deux pattes de part et d'autre du récipient et se mit à laper avec avidité.

— Est-ce qu'il mange toujours ainsi ?

— Habituellement oui, répondit Jake, le visage cramoisi. Manger par terre est indigne de lui, tout comme chasser les oiseaux.

— Parfait ! Les oisillons quittent tout juste leur nid et je n'apprécierais pas de massacre dans ma cour.

Elle fixa longuement son visiteur, dans le silence uniquement brisé par les mouvements de langue réguliers de l'animal.

— J'ai trouvé quelque chose hier, commença-t-elle avec hésitation. Quelque chose qui pourrait avoir de lourdes conséquences pour ma famille.

Il se redressa, visiblement intéressé. Une fois de plus, elle se remémora son mari, disparu depuis longtemps. Edward, lui aussi, adorait les mystères.

— De quoi s'agit-il ? demanda-t-il, le regard grave.

Elle détourna les yeux et se mordit les lèvres. Dès que son secret serait révélé, il lui échapperait tout à fait. Elle serait alors incapable d'entraver le déroulement des événements. Mais comment aurait-elle pu rester silencieuse ? Trop d'années s'étaient écoulées sans que la vérité soit connue – il fallait en finir, une fois pour toutes.

— Je vais vous le montrer, mais vous devez promettre de garder cela pour vous jusqu'à ce que je sois absolument sûre de vouloir aller plus loin.

Jake hocha la tête tandis qu'Éric s'installait sur le coussin, le regard fixé sur elle, les moustaches ornées de fines gouttelettes blanches.

Miriam se leva péniblement de son fauteuil en refusant d'un geste de la main l'aide de son visiteur.

— Je suis peut-être tordue mais je ne suis pas encore infirme, aboya-t-elle avec une telle agressivité qu'elle éprouva le besoin de s'excuser aussitôt. C'est juste que la vieillesse est une saleté, ajouta-t-elle d'un ton bourru. Il faut que vous excusiez mes manières.

Il fit un signe de la tête et retourna s'asseoir tandis qu'elle pénétrait en clopinant à l'intérieur de la maison pour aller chercher la boîte à musique. Elle en avait fait beaucoup trop ce matin. La douleur lancinante de ses genoux battait au rythme de celle qui s'étendait dans son dos. Dès qu'elle fut entrée dans la cuisine d'une démarche traînante, elle avala rapidement deux comprimés que le médecin lui avait prescrits pour la soulager en cas de besoin.

Lorsqu'elle revint dans la véranda, Jake, accoudé à la balustrade, contemplait avec un plaisir visible le décor environnant.

— Voilà, dit-elle en posant la boîte à musique sur la table. La preuve que j'ai été spoliée de l'héritage auquel j'avais droit.

Elle l'observa tandis qu'il tournait la clé et soulevait le couvercle. Après avoir observé un moment les mouvements des danseurs, il fronça les sourcils avec perplexité.

Lorsque la musique s'arrêta, Miriam tira précautionneusement un petit tiroir secret très endommagé.

— Je l'ai fait tomber, expliqua-t-elle. Sinon, je n'aurais jamais découvert ce qu'il contenait.

Les yeux de Jake s'écarquillèrent. Il sollicita des yeux la permission de prendre ce qu'elle tenait dans le creux de la main.

— Mon Dieu ! souffla-t-il.

Leurs regards se croisèrent de nouveau.

— Avez-vous la moindre idée de ce que cet objet représente ? De ce qu'il vaut ?

Miriam ne put se défendre d'une certaine surprise en constatant qu'en dépit de sa jeunesse il savait exactement ce dont il s'agissait.

— Oh oui, dit-elle doucement. Sans aucun doute.

— Mais d'où cela vient-il ? Et pourquoi était-ce caché ?

— C'est une très longue histoire, répondit-elle, laissant brusquement les ombres du passé éclipser la chaleur du soleil. J'espère que, lorsque j'aurai terminé de vous la raconter, nous aurons tous deux une idée plus claire de la façon dont je pourrais trouver une solution à mon problème.

Après avoir retiré son casque de moto et son blouson de cuir, Fiona Wolff les rangea dans le top-case de la Kawasaki. Elle passa les doigts dans ses cheveux dans l'espoir de les lisser, puis rafraîchit hâtivement son maquillage par l'application d'un peu d'eyeliner et de rouge à lèvres. Un coup d'œil éclair dans le rétroviseur suffit à la convaincre que son effort était suffisant. Elle avait déjà assez de retard pour ne pas vouloir courir le risque de voir son père péter les plombs.

L'exposition des sculptures de Léo se tenait dans la galerie la plus en vue de la ville. Tandis qu'elle gravissait les marches et montrait son invitation à l'huissier, elle se demanda si elle n'aurait pas dû mettre une tenue plus habillée. Apparemment, le Tout-Brisbane était présent, dans un déploiement de robes élégantes. Elle se sentit soudain un peu décalée dans son minidébardeur, sa minijupe et ses cuissardes blanches.

Aussitôt, elle décida d'écarter ses doutes. Dans ses vêtements légers, elle se sentait beaucoup plus à l'aise que ces sottes arborant leurs fourrures et leurs diamants rutilants, en dépit de la température qui avoisinait quarante degrés.

Après avoir pris une coupe de champagne tendue sur un plateau par un serveur, elle parcourut la pièce du regard. Les sculptures de Léo se dressaient, resplendissantes, sur le sol de marbre noir, leurs traits délicats et leurs courbes sensuelles soulignés par un éclairage savant. Elles constituaient ce que la famille appelait son harem, car il ne sculptait que les femmes qu'il avait aimées, objets de sa passion et de sa perte. Grâce à elles, il exécutait des œuvres d'art inspirées ; à cause d'elles, la mère de Fiona s'était séparée de lui.

La jeune femme déambulait agréablement à travers la foule, heureuse de n'être pas remarquée pendant qu'elle se familiarisait de nouveau avec les statues de son père : Charlotte, dans sa paisible élégance d'albâtre ; Naomi, noire et hautaine ; Sara, sylphide sensuelle ; Roseanne, aux formes voluptueuses et Kim, si maternelle. Dans le coin près de la fontaine, se dressait Beth, magnifique et tragique. Beth qui n'avait jamais vaincu sa peur de la réalité et avait perdu la bataille contre ses addictions en dépit de la sollicitude aimante de Léo.

Fiona soupira. La main de l'artiste n'avait jamais été aussi sûre que lorsqu'il avait sculpté Beth, car il avait su saisir sa fragilité et les sombres démons qui habitaient ses yeux, en l'immortalisant penchée au-dessus d'un bassin. Comme il avait eu raison de faire en sorte qu'elle scrute éternellement l'eau étale, à la recherche du reflet de son espoir perdu.

Toutefois, se dit-elle, ce groupe de femmes illustrait magnifiquement l'infidélité de son père – les épisodes successifs d'un style de vie qui avait fini par détruire son mariage. Au début, quand elle était encore très jeune, elle avait trouvé très difficile de lui pardonner.

Trempant les lèvres dans le champagne glacé, elle fit une grimace. La boisson, trop amère à son goût, allait, comme d'habitude, provoquer un hoquet. Elle posa la coupe sur un appui de fenêtre et, dissimulée derrière le feuillage installé par les organisateurs de l'exposition, observa son père, qu'elle n'avait pas vu depuis six mois et qui se trouvait maintenant tout près d'elle.

Léo, resplendissant dans une veste de smoking en velours rouge, s'entretenait avec une blonde sculpturale qui semblait avoir été transportée par miracle de la Rome antique. Les plis de la longue robe blanche, retenus par une attache sur une épaule élégante et bronzée, épousaient sa silhouette exquise grâce au cordon qui lui serrait la taille, assorti à l'or de son collier et de son bracelet d'esclave.

Fiona s'adossa au mur en souriant. Léo bavait littéralement devant son interlocutrice, en faisant de son mieux pour le cacher. On pouvait parier qu'il venait de trouver son futur modèle, et sans doute sa nouvelle maîtresse. Pourquoi pas, après tout? Son père restait un homme séduisant. Avec sa chevelure léonine argentée, ses yeux d'un bleu saisissant et sa silhouette intacte, malgré des excès d'alcool et de nourriture, il pouvait encore faire des ravages.

— Qu'est-ce que tu nous prépares, cachée dans ton coin?

La jeune femme se retourna avec un large sourire.

— Bonjour, maman. Je ne pensais pas te trouver ici. Est-ce que tu exposes aussi?

Chloé rejeta en arrière un nuage de cheveux auburn, faisant cliqueter ses bracelets sur ses poignets délicats. Son regard vert dériva sur sa fille avant de se poser sur Léo.

— J'expose mes tableaux le mois prochain. Je ne suis là que pour surveiller un peu ce pauvre petit bonhomme, murmura-t-elle. À tous les coups, il va mettre ses gros sabots là où il ne faut pas.

— La blonde, tu veux dire?

Chloé opina du chef.

— Mariée, bien sûr. À Brendt.

Fiona saisit immédiatement ce que cela signifiait. Brendt, issu d'une famille riche et influente, gardait une main sur la politique et l'autre sur la bourse. À la mort de son grand-père, ayant entrepris de diversifier les sources de revenus de sa famille, il s'était lancé dans le transport maritime, l'immobilier, les médias et l'exploitation minière, confirmant la rumeur selon laquelle il avait hérité de l'ambition impitoyable de son aïeul. Considéré comme l'éminence grise du ministère australien des Finances, il dirigeait, affirmait-on, cette administration d'une main de fer dans un gant de velours.

— Mieux vaut alors aller à la rescousse de Léo avant qu'elle ne se retrouve en tenue d'Ève dans sa chambre.

Avec un rire léger, Chloé enlaça les épaules de sa fille, le regard rêveur.

— Je suis heureuse de te voir. Je ne pensais pas que tu serais rentrée pour l'anniversaire de Mim, encore moins pour cette expo.

Fiona sourit en entendant le surnom affectueux de sa grand-mère. Miriam elle-même en était l'initiatrice, car, toute petite, elle n'arrivait pas à prononcer correctement son prénom.

— Je n'aurais manqué ni l'un ni l'autre, affirma-t-elle. J'attache toujours une grande importance aux étés de Bellbird. En outre, j'ai fini mes photos du Brésil et il fallait que je rentre pour les faire développer correctement.

Le regard de Chloé parcourut la pièce.

— J'espère que le *National Geographic* te paie comme il faut, murmura-t-elle. Je n'ai pratiquement plus l'occasion de te voir.

Voyant soudain des orteils apparaître sous l'ourlet du caftan émeraude, Fiona comprit que sa mère avait encore oublié de mettre des chaussures. Elle décida de ne pas relever cette omission ; Chloé, réputée pour sa distraction de rêveuse impénitente, pouvait se permettre des excentricités qui, par ailleurs, rendaient plus originale encore sa réputation de peintre.

— Mieux vaut aller au secours de papa, rappela-t-elle.

— Mes chéries ! s'exclama Léo en ouvrant les bras pour les accueillir ensemble. Venez m'embrasser avant que je ne disparaisse en fumée !

Fiona, habituée à ses manières théâtrales – probablement dues à ses ancêtres gitans –, s'esclaffa tandis qu'il l'embrassait sur la joue et la serrait contre sa poitrine dans une étreinte bourrue.

— Bonjour, papa.

— « Léo », chérie, susurra-t-il à son oreille. « Papa » me vieillit trop. Je ne peux pas perdre la face en faisant savoir à tous ces gens à quel point je suis décrépit. Tu sens merveilleusement bon, poursuivit-il. Qu'est-ce que tu as mis dans tes cheveux ?

— Du shampooing brésilien, répliqua-t-elle en riant.

Pourquoi, à l'instar de Chloé, finissait-elle par tout pardonner à Léo, alors que Louise, sa sœur, considérait leur père comme un méprisable vieux beau ? En fait, tout comme sa mère, elle savait qu'il aimait sincèrement les femmes. Il adorait les contempler, faire les magasins avec elles et écouter leurs bavardages. Plus que tout encore, il savourait leur parfum, leur douceur, et même leur capacité à sortir les griffes en cas d'attaque. Nul ne pouvait nier que cette compréhension innée de la gent féminine sous toutes ses formes avait fait de lui l'artiste d'envergure qu'il était devenu.

Fiona s'écarta tandis qu'il serrait Chloé dans ses bras. Ils formaient vraiment un beau couple. Non seulement la chevelure nuageuse auburn s'harmonisait merveilleusement avec la crinière argentée, mais leurs deux corps s'épousaient parfaitement.

— Où sont ta sœur et son épouvantable mari ? dit Léo à sa fille en parcourant la pièce du regard.

— Au bar, je pense, répondit Chloé en faisant de même d'un air distrait. Ralph est tombé sur l'un de ses collègues de la banque.

Elle baissa la voix comme ils le faisaient tous lorsqu'ils faisaient allusion à l'époux de Louise.

— En train de parler boutique, sans aucun doute, grommela Léo. Est-ce que cet homme a une âme ? Je m'échine à préparer cette expo et il préfère discuter finances. Je vais l'extirper de là, conclut-il en laissant son verre sur une table voisine.

Fiona le calma en posant une main sur son bras. Léo n'était pas le tact personnifié quand il s'agissait de son gendre.

— Je vais les chercher, dit-elle fermement. Il faut que tu restes là pour charmer ton public.

Baissant la voix, elle se pencha vers lui.

— Mais laisse tomber la blonde, elle est mariée à la fortune Shamrock.

Il se lissa les cheveux avec une grimace.

— Compris, répliqua-t-il. Va chercher ta sœur et nous ouvrirons une autre bouteille de champagne. C'est la galerie qui offre.

La jeune femme vit sa mère prendre le bras de son ex-mari, qui l'entraîna dans la foule animée. Il ne servait à rien de souhaiter que la situation change entre ses parents, car ils semblaient plus heureux, plus proches, et bien plus satisfaits l'un de l'autre qu'auparavant. Le divorce, qui s'était passé à l'amiable, avait renforcé leur complicité et leur avait permis de parvenir à une meilleure compréhension de leurs besoins réciproques. En fait, pensa-t-elle en quittant la salle et en traversant l'atrium, ils se voyaient beaucoup plus souvent maintenant qu'autrefois.

Le bar, composition d'acier et de miroirs, rutilait sous la lumière du soleil qui se déversait à travers la verrière. Entre les murs ornés de tableaux aux couleurs vives, des fauteuils de cuir confortables avaient été disposés autour de minuscules tables basses pour les visiteurs désireux de se réconforter avec une boisson, après avoir découvert le prix des œuvres de Léo.

Fiona, qui avait immédiatement aperçu sa sœur, fut choquée par sa pâleur et sa maigreur extrêmes. Cette robe noire ne l'avantage pas, se dit-elle. Quant à cette coupe de cheveux masculine, elle ne sert qu'à lui creuser davantage les joues et à rendre ses cernes sombres encore plus visibles.

Plaquant un sourire sur son visage, elle s'approcha. Ralph, en plein discours, déversait ses arguments à l'oreille d'un homme corpulent vêtu d'un costume coûteux et d'un gilet criard.

— Vous voilà, s'écria-t-elle gaiement. Léo vous réclame.

Louise, qui s'était levée, jeta un coup d'œil à son mari et se rassit aussitôt.

— Tu vois bien que Ralph est occupé. Léo va devoir attendre un peu, dit-elle d'un ton pressant.

Fiona fronça les sourcils. Elle avait déjà vu chez sa sœur ce regard anxieux, hésitant, presque apeuré.

— Cela ne t'empêche pas de venir, n'est-ce pas ? insista-t-elle. Viens, papa va ouvrir une autre bouteille de champagne.

Louise regarda nerveusement Ralph qui fit mine de l'ignorer tandis qu'il se levait et serrait la main de son interlocuteur. Une fois l'homme hors de portée de voix, il tourna vers sa belle-sœur un regard venimeux.

— Je te serais reconnaissant de ne pas interrompre un rendez-vous important, aboya-t-il. Et j'aimerais que tu n'encourages pas Louise à boire ; elle est au régime.

Stupéfaite, Fiona examina sa sœur.

— Au régime ? Quel régime ? demanda-t-elle. Tu as toujours été suffisamment mince !

— Elle a perdu douze kilos, intervint Ralph. Au moins deux tailles, et je la trouve magnifique.

Son regard glacial, qui parcourait la silhouette de sa belle-sœur, ne pouvait dissimuler son expression railleuse.

Fiona n'avait jamais eu de problèmes de poids. Pourvue de quelques kilos de trop, selon les critères dictés par les magazines de mode, elle avait compris depuis longtemps qu'elle ne serait jamais filiforme et avait accepté cette fatalité avec philosophie. En regardant sa sœur, elle sentit qu'il ne servait à rien de lui dire, qu'à ses yeux, elle avait l'air d'une morte-vivante.

— Et comment te sens-tu après avoir autant maigri ? s'enquit-elle doucement.

— Superbement bien.

Avec un sourire forcé, Louise se leva et s'efforça de défroisser sa minirobe noire.

— Tu devrais essayer, dit-elle. C'est essentiellement végétarien, sans graisse, sans blé et sans produits laitiers. Bien sûr, il faut aussi supprimer le café, le thé et l'alcool, mais tu maigris très vite.

Fiona la fixa avec une stupéfaction horrifiée. Comment ne pas maigrir rapidement en s'affamant ? pensa-t-elle avec colère.

— J'aime ma viande presque crue, ma bière bien glacée et des tonnes de crème sur mes fraises, rétorqua-t-elle. La vie est déjà assez dure sans qu'on se sacrifie pour suivre une mode stupide.

Elle sortit une cigarette qu'elle alluma aussitôt pour montrer à Ralph que son influence s'arrêtait aux portes de son foyer. Il lui jeta un regard noir et agita la main pour écarter la fumée, avant de reporter son attention sur son épouse.

— Je t'ai dit qu'elle se froisserait, marmonna-t-il. Tu aurais dû porter la Courrèges que je t'ai envoyée de Paris.

— Elle se défroissera quand j'aurai marché un peu, répondit-elle avec un essoufflement nerveux. Et puis, la robe que tu m'as achetée est trop collante. Elle n'aurait pas convenu.

— Je crois que je suis bien placé pour savoir ce qui se fait ou non, murmura-t-il en lui prenant le bras. Si tu ne t'étais pas gavée de chocolats, elle n'aurait pas été trop serrée.

— Ce n'étaient que deux petites bouchées, Ralph, protesta-t-elle faiblement. Je pensais que je méritais une récompense après m'être montrée si docile !

— Pas de sacrifice, pas de bénéfice, déclara-t-il avec condescendance, en la poussant hors de la salle. Tu veux perdre du poids et j'essaie de t'aider, mais, si tu continues à faire des écarts et que tes vêtements ne te vont plus, il ne faudra t'en prendre qu'à toi-même.

S'apercevant qu'elle les observait la bouche ouverte, Fiona la referma brusquement. Ralph, qui avait toujours été imbu de lui-même, commençait vraiment à se transformer en brute épaisse.

Pauvre Louise, se dit-elle en tirant une dernière bouffée de sa cigarette avant d'écraser le mégot dans un cendrier. Pourquoi diable ne le quitte-t-elle pas ? Ils n'ont pas d'enfants, et cette maison tape-à-l'œil au bord du fleuve leur rapporterait sans doute une fortune. Assez, en tout cas, pour que Louise puisse s'acheter quelque chose de mieux adapté à sa situation. Quant au régime… Quelle sottise ! Il était déjà triste que sa sœur soit devenue végétarienne, mais là, le ridicule atteignait des sommets. Elle avait l'air malade. Ne se rendait-elle pas compte du mal qu'elle se faisait ?

— Ostéoporose, murmura-t-elle en les suivant dans la galerie, maladie du foie, carence en vitamines et une peau si fine qu'elle va se froisser bien plus vite que sa stupide robe. Il va falloir que j'aie une conversation sérieuse avec elle.

Toutefois, elle découvrit bientôt qu'un tête-à-tête avec Louise était inenvisageable. Ralph, occupé à tisser un réseau de relations étroit, maintenait sa femme à ses côtés ; il s'entretenait méthodiquement avec les personnes susceptibles de travailler avec sa banque, n'accordant aucune attention à la famille. Le couple s'esquiva une heure plus tard avec la promesse de se rendre à Bellbird à la fin de la semaine.

Léo les regarda partir avec mélancolie.

— Qu'est-ce que cet homme affreux a fait à ma ravissante petite fille, gémit-il. J'ai essayé de parler à Louise, mais elle ne le voit pas tel qu'il est et ne comprend pas pourquoi je m'inquiète.

— Mim va lui régler son compte, déclara Chloé en étirant sa longue cape violette au-dessus de son caftan de soie émeraude. Elle est une fervente adepte des trois repas par jour. Ralph va se faire écharper s'il essaie de s'interposer.

Se tournant vers Fiona, elle l'enveloppa dans un nuage de Chanel N° 5 mêlé d'un léger effluve d'essence de térébenthine.

— On se revoit donc à Bellbird, chérie. Je t'en prie, sois prudente sur cette moto.

— Ta mère est la femme la plus magnifique du monde, dit Léo en soupirant, tandis qu'ils la regardaient du perron voler vers sa voiture, puis s'éloigner dans un nuage de fumée, avec un crissement de pneus. Cependant, j'aimerais mieux qu'elle ne conduise pas. Elle fait preuve d'autant de concentration qu'un moucheron et n'a aucun sens de l'orientation.

Miriam se tut, laissant le silence dissiper les échos du passé.

Jake contempla la femme redoutable qui lui faisait face, de l'autre côté de la table. Miriam Strong, en dépit de son aspect d'oiseau, n'avait pas volé son nom[1] car, derrière cet extérieur frêle, se dissimulait la volonté de fer qui lui valait le respect du monde des courses. Elle avait pourtant dans les yeux comme un soupçon d'angoisse. Il se demanda si ce trouble était uniquement dû à ce que recelait le compartiment secret.

---

1. Strong : fort ou résistant, en anglais. *(N.d.T.)*

Le regard perdu au loin, il s'apercevait à peine de l'effervescence qui animait hommes et chevaux autour de lui. Il plongea les mains dans ses poches et s'adossa au fauteuil. Sans savoir où allait mener cette histoire, il se sentait intrigué et se remémorait l'intérêt passionné que les récits de sa grand-mère suscitaient chez ses sœurs et lui quand elle leur racontait des épisodes de sa vie de pionnière.

Un coup d'œil à sa montre lui révéla que la lumière allait bientôt décliner et qu'il lui fallait donc trouver un hébergement pour la nuit.

— Êtes-vous attendu quelque part ?

La voix de Miriam interrompit ses réflexions. Jake sourit. Décidément, rien ne pouvait échapper à cette remarquable vieille dame.

— J'étais juste en train de me demander où se trouvait l'hôtel le plus proche, avoua-t-il.

Elle écarta la question d'un geste de la main.

— Vous pouvez rester ici. Il y a une chambre libre jusqu'à la fin de la semaine. La famille arrive pour mon anniversaire, expliqua-t-elle devant son regard étonné. Je trouve cela complètement idiot, si vous voulez mon avis. C'est une dépense d'essence complètement inutile.

Le visiteur ne fut pas dupe une seconde de cette déclaration. Il était clair que son hôtesse ne se tenait pas d'impatience à l'idée de retrouver les siens.

— Vous êtes sûre ? murmura-t-il.

— Dans le cas contraire, je ne vous le proposerais pas.

Avec un large sourire, il se pencha vers elle, les coudes sur les cuisses.

— On n'a pas besoin de moi au bureau pendant un certain temps. Je vous remercie de cette occasion d'échapper un peu à la ville.

— Puisque vous êtes si brillant, comment se fait-il que vous puissiez vous absenter de votre bureau quand vous en avez envie ? s'enquit Miriam, un rien soupçonneuse.

— Je suis un associé et j'ai quelques jours de congé en retard. C'est la raison pour laquelle je me suis porté volontaire pour venir ici.

Alors qu'elle le contemplait, la tête inclinée de côté, elle lui fit de nouveau penser à un oiseau curieux.

— Vous venez de la campagne, n'est-ce pas ?

Il opina du chef.

— Pa a une propriété près de Ballarat. Ma sœur aînée y vit toujours avec son mari.

— Pourquoi en êtes-vous parti ?

— Je trouvais la vie dans l'outback trop étouffante, dit-il avec un haussement d'épaules, mais j'y reviens dès que je le peux.

Tout à coup, il décida de changer de sujet.

— Vous vous rendez compte que ce que vous projetez pourrait représenter un suicide financier, n'est-ce pas ?

Il avait veillé à parler doucement, pour atténuer la morsure de ses paroles.

— J'avais peur que vous ne disiez cela.

Elle regarda pensivement la boîte à musique où, sous le couvercle fermé, les danseurs attendaient un tour de clé pour sortir de leur immobilité.

— Mais j'ai pensé que, si je vous racontais toute l'histoire, cela pourrait éclairer des éléments qui n'ont pas encore été expliqués.

S'inclinant vers lui, elle croisa ses mains déformées sur la table.

— La sagesse rétrospective peut être une méthode merveilleuse, monsieur Connor. Quand la passion se dissipe, nous pouvons appréhender la situation beaucoup plus clairement.

Elle sourit devant sa perplexité, puis ajouta :

— J'espère que tout cela vous semblera parfaitement clair à la fin.

Sans avoir la moindre idée de ce dont elle parlait, il l'encouragea à poursuivre son récit.

— Alors, Henry a-t-il retrouvé Maureen ?

Les yeux de Miriam s'embrumèrent soudain comme sous l'emprise de voix lointaines. On aurait dit qu'une personne aimée avait pris place près d'elle et se penchait vers le passé, répétant une histoire déjà maintes fois racontée.

3

Miriam entendait clairement la voix de son père, sentait sa présence ; la découverte de la cachette secrète semblait avoir libéré son esprit, qui lui insufflait maintenant de la force. Jusqu'à présent, n'avait-elle pas eu pour seul héritage l'histoire qu'il lui avait transmise ?

— Henry savait que Maureen, même si elle avait voyagé toute la nuit, ne pouvait avoir franchi une très grande distance. Il arrêtait sa monture à chaque carrefour, toujours sous l'emprise de la frustration et de la honte suscitées par sa confrontation avec Regan. Il ne savait pas comment agir. La femme qu'il aimait avait bel et bien disparu. Elle ne s'était pas rendue à leur lieu de rendez-vous et n'avait laissé aucun message dans leur boîte aux lettres habituelle, une souche d'arbre pourrie.

Elle s'interrompit, heureuse de constater que sa mémoire n'avait perdu aucun détail, après tout ce temps.

— Il s'est alors demandé si elle l'avait vraiment aimé et s'il l'aimait lui-même assez pour rechercher sa trace, reprit-elle. Car, s'il la retrouvait, il n'y aurait pas de retour possible. Son choix serait irrémédiable.

Maureen, qui avait cherché refuge dans la cabane abandonnée, dormait d'un sommeil agité quand sa mère vint la chercher.

— Réveille-toi, ordonna-t-elle, tu ne peux pas rester ici.
— Je veux attendre Henry.

— Il ne viendra pas. Lève-toi vite et suis-moi, je n'ai pas beaucoup de temps.

— Il va venir, Ma, il me l'a promis.

— Te rends-tu compte de ce que tu dis !

Les poings sur les hanches, Bridie se voulait l'incarnation du mépris.

— Il ne veut plus de toi maintenant, et sa famille non plus. Il vaut mieux que tu partes avant que les problèmes s'aggravent pour tout le monde.

La jeune femme sentit le froid de l'acceptation poindre derrière l'espoir auquel elle ne voulait pas renoncer.

— Il faut que je le voie, s'écria-t-elle fébrilement. Je veux entendre de sa propre bouche qu'il me rejette, avant de m'enfuir.

Ayant rassemblé le ballot de vêtements, sa mère lui dit sombrement :

— Tu n'entendras pas les mots que tu espères ! Laisse-moi décider de ce qui est mieux, pour une fois.

L'hésitation de Maureen lui valut une grande poussée dans le dos.

— Je n'ai pas des heures devant moi pour agir. Ton Pa va se réveiller, il faut que je rentre. Avance, ma fille.

Avec réticence, la jeune femme se résolut à suivre sa mère dans la nuit calme et glaciale. Elles pénétrèrent dans le bois, où elles réussirent à avancer sans trop hésiter, grâce à la pleine lune qui éclairait leur chemin à travers les arbres. Enfin, elles émergèrent de l'autre côté de la colline.

— Comment m'as-tu retrouvée ? demanda Maureen en courant presque pour ne pas se laisser distancer.

— J'en sais plus que tu ne crois, marmonna Bridie.

— Où allons-nous ?

Épuisée par toutes les épreuves subies depuis quelques heures, elle trébucha soudain sur un tronc d'arbre abattu et fit un accroc à sa jupe. Le choc, consécutif à ceux que lui avait valu son agression, lui donna un haut-le-cœur.

— Dans un endroit où personne n'aura l'idée d'aller te chercher, répliqua Bridie, insensible à son malaise.

Les pensées de la jeune femme tourbillonnaient dans sa tête. Si elle partait sans avoir revu Henry, jamais elle ne saurait s'il l'avait trahie ou non. Toutefois, si elle s'opposait à sa mère, elle ferait l'objet d'un mépris sans nom.

Après avoir marché en silence pendant presque une heure, elles arrivèrent devant un petit bâtiment de pierre presque dissimulé par les rochers.

— Quel est cet endroit?

— Une cabane de berger. Tu vas rester ici jusqu'à mon retour.

Bridie poussa Maureen à l'intérieur et lui tendit un petit paquet renfermant du pain et du fromage.

La jeune fille regarda sa mère, essayant de lire dans ses pensées afin de comprendre à quoi rimait ce subterfuge.

— Où vas-tu? s'enquit-elle. Pourquoi fais-tu tout ça?

L'expression de sa mère s'adoucit pour la première fois.

— Tu es ma fille, dit-elle simplement. Malgré le déshonneur que tu as amené sur nous tous, je ne peux pas t'abandonner sans lever le petit doigt.

Serrant le bras de Maureen, elle ajouta:

— Reste là, je reviens bientôt.

La jeune femme la regarda descendre prudemment la pente escarpée et disparaître hors de sa vue. Tout à coup, ses forces l'abandonnèrent. Elle s'effondra sur le sol souillé, adossée contre le vieux mur de pierre. L'épuisement, la peur et la souffrance morale eurent raison de sa résistance : avant d'avoir pu avaler sa troisième bouchée de nourriture, elle s'endormit.

Lorsque Bridie revint, le soleil était déjà haut dans le ciel. La femme prématurément vieillie contempla sa fille, puis caressa doucement sa joue contusionnée.

— Il est temps de partir, déclara-t-elle. Tiens, prends ça. Tu peux acheter une place dans la diligence et ensuite aller jusqu'en Angleterre. Voilà l'adresse du couvent qui prendra soin de toi le moment venu.

Maureen regarda la petite bourse en cuir que sa mère venait de placer dans sa main. Elle la soupesa, entendit le tintement du métal et comprit ce dont il s'agissait.

Les larmes, trop longtemps retenues, affluèrent sur son visage.

— Chut, ma chérie, mon tout petit, murmura Bridie en l'enlaçant. Calme-toi et sèche tes larmes, il ne les mérite pas.

Dans la misérable petite cabane, les deux femmes échangèrent paroles et gestes affectueux, comme pour consacrer le lien indissoluble qui les unissait. Elles virent l'astre du jour parcourir une partie du ciel et se couvrir de nuages. Il fallut alors se séparer. Bridie retourna au petit village de pêcheurs, vers une vie régentée par l'étroitesse bigote de son mari violent ; Maureen partit loin de tout ce qu'elle avait jamais connu, vers un avenir incertain et terrifiant.

Deux routes seulement permettaient de sortir du village. L'une d'elles conduisait au hameau voisin, situé le long de la côte ; l'autre, en direction de l'est, menait à Dublin. Henry avait compris que son amour pour Maureen était trop fort pour qu'il la laisse tout simplement disparaître de sa vie. Il fallait qu'il la retrouve, qu'il sache si elle partageait vraiment ses sentiments. Sa décision prise, il rassembla les rênes et poussa son cheval au galop.

Quelques heures plus tard, il se rendit compte qu'il agissait en pure perte. Alors qu'il arrêtait son cheval au sommet d'une colline, il entendit la poitrine de l'animal siffler, tel un vieil orgue usé. Le jeune homme se dressa sur les étriers et survola les environs du regard. Une succession de monts et de vallées se déroulait harmonieusement devant lui sous un ciel encombré de nuées galopantes. Il ne voyait pas le moindre nuage de poussière susceptible d'indiquer le passage d'une malle-poste, ni la plus petite silhouette isolée, traînant sur la route. Seuls lui parvenaient le bruit du vent dans les feuillages et l'ébrouement de sa monture. Le cœur lourd, il fit demi-tour et se dirigea vers Beecham Hall.

— Ainsi, tu t'es décidé à rentrer à la maison ?

La voix de Sir Oswald, dangereusement calme, l'accueillit dans le petit salon.

— Je sais tout en ce qui concerne la fille O'Halloran, poursuivit son père, alors épargne-moi tes mensonges.

Henry éprouva un sentiment de soulagement mêlé de crainte.

— Est-ce que vous l'avez vue ? Où est-elle ?

— J'ai fait ce qu'il fallait, rétorqua son interlocuteur. Tu n'as plus besoin de t'en préoccuper.

— Elle me préoccupe, Père, lâcha-t-il. Je l'aime.

— Ne sois pas ridicule. C'est une petite pute irlandaise qui croit qu'elle peut t'attraper avec un marmot.

Henry blêmit.

— Elle attend un enfant ?

Son pouls s'accéléra brusquement sous l'effet du choc. S'humectant les lèvres, il oublia la présence imposante de son père et s'abîma dans un tourbillon de pensées. Pourquoi Maureen ne lui avait-elle rien dit de son état ? Comment pouvait-elle avoir gardé un tel secret pour elle seule ?

Sir Oswald, qui se versait un large whisky, scruta son fils cadet par-dessus le rebord de son verre.

— Sa mère est venue geindre un peu plus tôt, avec un œil au beurre noir, comme d'habitude, pour me supplier d'aider sa fille à sortir de cette situation dont vous êtes tous les deux la cause.

— Il y a combien de temps ? s'écria Henry, soulagé.

Sir Oswald posa brutalement son verre sur un petit guéridon et croisa les mains derrière le dos.

— Environ dix minutes avant que tu ne partes comme un voleur, gronda-t-il. Cette femme a interrompu la chasse et il m'a fallu rentrer pour arranger au mieux les foutus problèmes dont tu es responsable !

— Vous n'avez pas besoin de régler quoi que ce soit, Père, rétorqua Henry. Si Maureen porte mon enfant, je vais l'épouser de ce pas.

— Il faudra que tu me passes sur le corps pour cela ! Nous l'envoyons en Angleterre, dans le but de faire adopter son moutard.

L'exclamation étouffée qui accueillit cette déclaration les fit se retourner. Emma se leva de sa chaise, la pâleur de son teint accentuée par la colère qui lui enflammait les joues.

— Comment pouvez-vous vous montrer aussi vil ? sifflat-elle. C'est l'enfant de Henry. Votre petit-fils ou votre petite-fille. Vous ne pouvez pas vous en débarrasser ainsi !

— Mêlez-vous de ce qui vous regarde. Ce ne sont pas vos affaires.

À la stupéfaction générale, Emma lui désobéit.

— Au contraire, répliqua-t-elle. Vous vouliez un héritier, et Thomas également, mais il devient évident que je ne puis pas vous le donner. Ce bébé est la solution à notre problème. Dans ses veines coulera le sang des Beecham-Fford. Thomas et moi pourrions aisément procéder à une adoption discrète.

— Thomas ! tonna Sir Oswald. Occupe-toi de ta femme. Et si elle ne peut pas se taire, emmène-la hors d'ici !

Le courage sembla déserter Emma tandis qu'elle s'asseyait, le menton sur la poitrine. Toutefois, son explosion avait renforcé la résolution de Henry. Bien qu'il lui faille retrouver Maureen, il n'était absolument pas question de laisser son père faire à sa guise, surtout maintenant, alors que la vie d'un enfant, son enfant, pesait dans la balance.

— Ce bébé est le mien. Il ne sera pas adopté, décréta-t-il froidement. Et j'ai l'intention d'épouser la femme que j'aime. Rien de ce que vous me direz tous ne pourra me faire changer d'avis.

— L'argent a son mot à dire, mon cher, railla son père. Je suis prêt à parier qu'elle est déjà à mi-chemin de l'Angleterre, mon or dans la poche, sans une seule pensée pour toi.

Le jeune homme jeta à son père un regard glacial. Au cours de sa vie, jamais encore il n'avait méprisé qui que ce soit à ce point. Le fait qu'il s'agisse de son père rendait ce constat encore plus douloureux.

— Je vais faire tout ce qu'il faut pour la retrouver. Elle n'ira nulle part sans moi.

— Henry, intervint Lady Miriam d'un ton qui ne tolérait aucune interruption, j'admire ton dévouement visible pour cette fille et l'intention honorable qui te pousse à la défendre. Cependant, tu ne dois pas permettre à cette attirance de t'aveugler sur les devoirs qu'il te faut remplir vis-à-vis de ta véritable famille.

Henry, qui ouvrait la bouche pour répondre, se tut sous son regard profondément méprisant.

— Te rends-tu compte de ce qu'un scandale comme celui-ci représenterait pour la carrière politique de Thomas ? Pour la position de ton père dans le monde des affaires ?

Elle se leva et se dirigea vers lui, la soie de sa jupe bruissant autour de ses chevilles.

— Veux-tu voir notre nom dans la boue, notre réputation livrée à l'assaut des bavardages insidieux, notre position sociale déconsidérée ?

D'un geste de la tête, elle répondait elle-même à ses questions.

— Notre richesse nous impose d'accomplir des devoirs et de rendre des services aux moins fortunés. Cette Maureen n'est pas seulement catholique, elle appartient à la classe ouvrière. Au contraire de toi, elle comprend parfaitement quelle est sa place et se montre prête à accepter son sort.

Elle posa doucement la main sur le bras de son fils et leva les yeux vers lui.

— Je te supplie de réfléchir, Henry. Nous devons tous faire des sacrifices à un moment ou un autre. Je suis certaine que cette fille va rapidement trouver un mari et faire beaucoup d'autres bébés qui se chargeront de l'occuper. Tu sais comment sont ces bigots.

Stupéfié par son cynisme, Henry se dégagea.

— Pourquoi y aurait-il forcément un scandale ? dit-il d'une voix rauque. Je vais épouser Maureen et, une fois le brouhaha des commérages retombé, ma femme et moi pourrons revenir à la maison.

— Jeune imbécile ! hurla Sir Oswald. Quelle naïveté !

Il fit un effort visible pour se calmer, et poursuivit :

— Un peu de raison, mon cher. Si tu pars maintenant, ne compte pas sur mon aide ni sur celle de quelque autre membre de la famille que ce soit.

Son regard se posa sur toutes les personnes présentes dans la pièce.

— La seule idée de voir dans cette maison cette putain irlandaise, sans parler de son moutard, qui n'est d'ailleurs probablement pas le tien…

Il se tut, incapable de terminer sa phrase.

Dans un silence lourd d'émotion, Henry se redressa.

— Naïf, je le suis sans doute, mais ma conscience et mon cœur m'ordonnent de n'abandonner ni la femme que j'aime, ni notre enfant, déclara-t-il avec une fermeté démentie par l'accélération des battements de son cœur. Si vous désirez me tourner le dos, qu'il soit fait selon votre volonté.

Le visage cramoisi, Sir Oswald posa sur son fils cadet un regard luisant de dégoût. Puis il se dirigea vers la porte et se retourna avant de quitter la pièce.

— Tu n'es plus le bienvenu dans cette maison, laissa-t-il tomber avec froideur.

Involontairement, Henry fit un pas vers lui, un goût amer dans la bouche. Jamais, dans ses moments de doute les plus sombres, il n'avait imaginé l'auteur de ses jours mettant sa menace à exécution.

— Père ! s'écria-t-il. Ne…

— Seul mon fils est autorisé à m'appeler ainsi, coupa Sir Oswald. Tu n'as plus ce privilège.

Henry sursauta au claquement de la porte. Il entendit décroître le bruit des pas de son père, la vue brouillée par les larmes. La boule qui s'était formée dans sa gorge menaçait de l'étouffer.

Thomas aidait Emma à se lever de son fauteuil. Le visage sévère, il la dirigea hors de la pièce. Avant de sortir, elle jeta vers son beau-frère un regard de sympathie désespéré qui lui parut déchirant.

Lady Miriam resta immobile un long moment, visiblement secouée par des sentiments contradictoires.

— Oh ! Henry, murmura-t-elle enfin. Qu'as-tu fait ?

— Me pardonnera-t-il un jour ? demanda le jeune homme, ravagé par l'émotion.

Secouant la tête, elle se tamponna les yeux avec un morceau de dentelle.

— J'espère que cette jeune femme en vaut la peine, mon enfant.

Alors qu'elle l'étreignait et l'embrassait avec force, il respira, une fois encore, la légère odeur de rose de son parfum favori. Submergé par la douleur qu'il éprouvait, dont la violence lui paraissait insoutenable, il sentit à peine l'objet qu'elle déposait dans sa main.

— Ce n'est pas grand-chose, mais cela te permettra de commencer une nouvelle vie, si tu la retrouves, chuchota-t-elle dans un soupir. Peut-être, si tu pars suffisamment loin, ton père pourra-t-il revenir un jour à de meilleurs sentiments, mais n'attends pas trop de sa part. Il est fait d'une matière qui se fige vite et ne plie pas. Jamais il n'acceptera une catholique dans la famille.

Alors qu'elle l'embrassait de nouveau, Henry s'agrippa à elle, sachant qu'il la voyait probablement pour la dernière fois.

Elle s'écarta de lui en vacillant, prête à s'effondrer sous le poids du chagrin.

— Au revoir, mon fils. Je te souhaite bonne chance.

Maureen s'était séparée de sa mère plusieurs heures auparavant. Dans la nuit tombante, elle cheminait le long des collines vers le relais de poste où il lui faudrait prendre place dans la diligence pour un long voyage vers Dublin.

Toutes les parties de son corps la faisaient souffrir. Pourtant, cette souffrance n'était rien comparée à la douleur qui lui broyait le cœur. En quittant sa maison, elle abandonnait tout ce qui lui était familier. À chacun de ses pas, comme pour souligner le piétinement de sa réputation, les pièces des Beecham-Fford tintaient dans sa poche, tels les deniers de Judas. Elle avait été folle de croire que Henry l'aimait; folle de croire qu'il volerait à son secours dès qu'elle se trouverait en difficulté.

Parvenue au sommet de la colline, elle s'arrêta un moment pour reprendre sa respiration. Elle regarda derrière elle et constata qu'elle ne pouvait plus voir le village, ni les arbres qui entouraient Beecham Hall. Dans le silence épais, elle prit conscience de sa petitesse et de son insignifiance, au milieu des vastes étendues de la campagne déserte. Avec un profond soupir, elle ramassa une fois de plus son baluchon et, soulevant ses jupes au-dessus de l'herbe humide, entama sa descente vers les lumières de l'auberge qui brillaient au loin.

Elle s'efforçait d'apaiser les pensées qui tourbillonnaient dans sa tête, afin d'évaluer au mieux sa situation. L'enfant qu'elle portait avait pris plus d'importance à ses yeux, au cours de ces dernières heures. Il était devenu plus réel et, par là même, plus précieux. Tandis que ses pieds foulaient le sol rude et riche de Kerry, qui avait été volé à ses ancêtres, elle fit un vœu. Les Anglais pouvaient bien dérober tout ce qu'ils voulaient aux Irlandais, jamais elle ne les laisserait prendre son bébé.

Soudain, le bruit d'un cheval au galop se fit entendre, mêlé à un raclement de roues. Elle s'écarta lentement de la chaussée et descendit dans le fossé rempli d'herbes hautes pour laisser passer le véhicule. L'esprit embrumé et les yeux lourds de sommeil, elle enfonça sa capuche sur sa tête et tourna le dos pour se protéger de la poussière soulevée par les sabots de l'attelage.

— Maureen ? Maureen !

Bouche bée, elle vit Henry sauter du phaéton et se précipiter vers elle. Il l'enlaça tendrement.

— Dieu merci, je t'ai retrouvée et tu es saine et sauve ! articula-t-il, à bout de souffle. Pourquoi t'es-tu enfuie ? Pourquoi ne m'as-tu rien dit au sujet de l'enfant ?

À sa grande stupéfaction, elle le repoussa, dressant entre eux comme un bouclier de glace.

— Que fais-tu ici ?

Il fronça les sourcils, visiblement interloqué, puis, avec hésitation, tenta de la serrer de nouveau contre lui.

— Je te cherche depuis ce matin, bégaya-t-il. J'ai failli perdre la tête d'inquiétude ! Je pensais que je ne te rattraperais pas à temps.

Maureen le fixait, tentée de laisser l'amour violent qu'elle éprouvait la guider vers le pardon. Pourtant, il lui fallait rester forte. N'avait-elle pas l'argent de son honneur et de son sang dans la poche?

— Pourquoi as-tu essayé de me retrouver? laissa-t-elle tomber. Nos affaires ne sont-elles pas terminées?

Elle sortit la bourse et la secoua devant ses yeux.

— Mon ange, commença-t-il.

Il s'interrompit devant la dureté de son regard.

— Est-ce toute la valeur que j'ai pour toi, Henry? Une poignée de pièces d'argent?

Soudain, elle lut sur le visage de son amant une expression de perplexité qui se muait en honte alors qu'il s'empourprait violemment. Tentée de jeter la bourse à ses pieds, elle se ravisa, sachant que ces pièces représentaient son seul moyen de survivre.

Il se passa la langue sur les lèvres.

— Tu es plus chère à mes yeux que tout l'argent du monde, balbutia-t-il.

Après s'être éclairci la gorge, il poursuivit:

— Que t'est-il arrivé, mon cœur? Pourquoi te comportes-tu ainsi à mon égard après ce que nous avons été l'un pour l'autre? L'argent n'a rien à voir avec moi. Mon père…

Maureen agrippa la capuche de sa cape et la repoussa en arrière.

— Voilà le prix que j'ai dû payer pour ton amour, dit-elle d'un ton neutre. Qu'as-tu à ajouter, Henry Beecham?

Elle lut l'horreur dans ses yeux tandis qu'il embrassait d'un coup d'œil sa chevelure massacrée, ses contusions, ainsi que les égratignures de son visage et de son cou. Voyant lui venir des larmes aux paupières, elle sentit fléchir sa détermination. Pourtant, elle ne l'ignorait pas, un seul moment de faiblesse suffirait à causer sa perte.

— Et notre enfant? Doit-il être vendu pour une poignée d'argent, lui aussi?

Henry s'agenouilla devant elle, sans tenir compte des chevaux impatients ni de la poussière qui maculait son pantalon.

— Vous êtes tous deux des trésors inestimables à mes yeux! s'écria-t-il avec une fervente sincérité. Plus précieux que n'importe quel bijou. Je mourrais plutôt que de vous perdre.

Maureen se mit à trembler, ne sachant si c'était à cause du froid ou de l'émotion.

— Belles paroles, en vérité, Henry. Alors tu m'accompagnes de l'autre côté de la mer? Tu laisses tout derrière toi? Ta famille et ta fortune?

Il lui enlaça les hanches, posa la joue sur le ventre légèrement arrondi, et murmura alors une déclaration d'amour et de souffrance mêlés.

« Viens vivre près de moi, sois mon amour et nous goûterons tous les plaisirs que nous offrent collines et vallées, vallons et prairies, forêts ou montagnes ensommeillées. »

Levant sa tête blonde vers elle, il termina sa citation en la regardant dans les yeux.

« Là, je te ferai des lits de roses et mille bouquets parfumés, un bonnet de fleurs et une tunique entièrement brodée de feuilles de myrte. »

Des pleurs tièdes coulaient sur le visage de la jeune femme. Elle s'agenouilla dans son étreinte.

— C'est magnifique, murmura-t-elle. Comme j'aimerais savoir parler ainsi.

Il posa de petits baisers sur son visage, veillant à ne pas frôler les contusions.

— Ces mots ne sont pas les miens, hélas, mais ce qu'ils expriment convient parfaitement à ce que j'éprouve.

Lui soulevant le menton, il plongea son regard dans le sien.

— C'est un poème de Marlowe. J'aimerais le connaître par cœur, ajouta-t-il avec un rire très doux. Je te promets que je te le lirai un jour.

Elle s'agrippa à lui, se fondant dans ses bras, retrouvant force et courage dans la chaleur de son amour. Toutefois, lorsqu'ils s'écartèrent l'un de l'autre, elle sentit un frisson la parcourir jusqu'au tréfonds de son être.

Du haut d'un arbre voisin, un grand corbeau les observait de ses yeux jaunes au regard perçant. L'instinct celte de Maureen lui souffla qu'il s'agissait d'un présage funeste. Quelle que soit leur destination, elle le sentait, ils seraient suivis par cette menace ténébreuse, qui ne les quitterait pas, jusqu'à ce que soit payé le prix de l'union qu'ils avaient forgée dans le péché.

Émergeant du passé obscur, Miriam cligna des yeux dans la lumière brutale de l'après-midi.

— Ils ont pris le bateau à vapeur pour l'Angleterre, pensant qu'ils pourraient commencer avec courage une nouvelle vie, mais ni l'un ni l'autre n'étaient préparés à affronter ce qui les attendait.

Si intrigué qu'il soit, Jake ne pouvait ignorer les cernes qui se creusaient sous les yeux de Miriam.

— Vous êtes fatiguée. Peut-être devrions-nous garder la fin de l'histoire pour un autre moment ?

Le regardant d'un air pensif, elle secoua la tête.

— Le temps est le seul luxe que je n'ai pas, répondit-elle. Je suis une vieille femme, monsieur Connor, et l'histoire de mon père a été tue pendant trop longtemps. Si je veux avoir la moindre chance de prouver qu'il a été spolié – et sans aucun doute assassiné pour cet objet dans la boîte à musique –, je dois me dépêcher et non me reposer.

— Assassiné ? articula son interlocuteur, les yeux écarquillés. Vous n'avez jamais parlé d'assassinat !

— Je sais, dit-elle avec amertume. Je ne veux pas croire qu'il ait été tué, mais plus je réfléchis à tout cela, plus je suis certaine que Kate avait raison.

— Kate ? Vous voulez dire Kate Kelly ? s'écria-t-il avec une perplexité redoublée.

Se redressant sur son fauteuil, il souffla d'étonnement.

— Qu'a-t-elle à voir dans cette histoire ?

Miriam se tourna vers la cour, où Frank organisait la sortie du soir des chevaux. Devant le spectacle des animaux qui trépignaient ou dressaient noblement la tête, la robe brillant sous le soleil rude, elle éprouva un élan de fierté accompagné d'un sentiment de bien-être.

— Vous le saurez bientôt, murmura-t-elle avec un sourire.

Jake laissa tomber son sac sur le plancher de l'une des chambres d'amis. C'était une pièce agréable donnant sur les paddocks, éclairée par la lumière déclinante qui entrait par les fenêtres et faisait briller le parquet bien ciré. Des objets ayant appartenu à la fille de Miriam s'y trouvaient encore. Il prit un moment pour se familiariser avec ce décor.

Du haut d'une étagère, des poupées alignées le fixaient de leur regard vitreux, semblant vaguement lui signifier qu'elles le considéraient comme un intrus. Sur les murs s'étalaient des reproductions de tableaux célèbres, tels que *Les Nymphéas* de Monet, *Les Tournesols* de Van Gogh ou *La Leçon de danse* de Degas. Les livres se révélaient du même registre : biographies de grands peintres et ouvrages de reproductions avoisinaient un énorme volume consacré à l'histoire de l'art au Moyen Âge.

Ce cadre imprévu lui paraissait surprenant. De la fille d'une éleveuse de chevaux réputée, il s'attendait à des rubans de gymkhanas, des trophées d'équitation et des photos de poneys, mais rien dans ce lieu n'évoquait le voisinage des pur-sang. Cette absence signifiait sans aucun doute que Chloé ne partageait pas la passion de sa mère.

Avec un sourire désabusé, il sortit une chemise propre de son sac. Sans doute avait-il bien des points en commun avec la fille de Miriam, car lui aussi avait été un enfant de l'outback qui avait un jour quitté l'environnement familier de sa jeunesse, refusant de consacrer sa vie à la lutte contre les éléments.

L'existence dans une station isolée représentait à ses yeux le moyen le plus rude de gagner sa vie ; même s'il regrettait l'air pur, les vastes étendues et la majesté de ce no man's land, il savait à quel point on pouvait s'y sentir étouffé. Toujours les mêmes visages, les mêmes potins, la ronde incessante des bals et des courses suivies de pique-niques où les fils et filles d'éleveurs rencontraient leurs conjoints, pressés de recommencer un nouveau cycle. Chloé avait probablement éprouvé la même sensation que lui et ressenti le besoin de s'échapper. La connaître serait intéressant.

Il retrouva Miriam dans la cuisine, coupant des tranches épaisses de gigot de mouton qu'elle jetait sur une assiette. Éric, installé dans le panier à bois vide, surveillait attentivement chacun de ses gestes, un léger filet de salive sur le menton.

— Puis-je vous aider ? demanda Jake en ouvrant une boîte de pâtée qu'il avait apportée.

Il ne s'était jamais rendu très utile dans la cuisine auprès de son ex-femme qui lui en avait régulièrement interdit l'entrée. Depuis son divorce, il vivait de plats tout prêts ne demandant pas plus de dix minutes de préparation au four à micro-ondes.

— Je vous propose du mouton froid, de la purée de pommes de terre et des betteraves au vinaigre, il n'y a donc pas grand-chose à faire.

Miriam s'essuya les mains sur son pantalon, les yeux posés sur le chat.

— J'ai l'impression qu'il n'apprécie guère sa pâtée en boîte, décréta-t-elle avec un air morose. Vous gâtez trop cet animal, vous savez. Il ne tiendrait pas plus de cinq minutes face aux matous féroces qui rôdent par ici.

Éric renifla sa gamelle et releva le museau. Assis aux pieds de son hôtesse, la queue enroulée autour de ses pattes, il la fixait de ses yeux jaunes et déterminés.

Jake se balança d'une jambe sur l'autre lorsqu'il vit Miriam céder et donner à l'animal quelques petits morceaux de viande prélevés sur leur repas.

— C'est un compagnon précieux, marmonna-t-il. Un être vivant et chaleureux qui m'accueille à la fin de la journée.

— Depuis combien de temps êtes-vous divorcé ? s'enquit-elle d'un ton rogue.

— Cinq ans, répondit-il en s'asseyant à son invitation. Elle l'incita à se servir de la purée.

— Il est temps que vous trouviez quelqu'un d'autre. Ce n'est pas bien de rester seul aussi longtemps. On s'installe dans ses habitudes, on devient égoïste.

Soudain, elle leva les yeux vers lui.

— Je sais ce dont je parle, reprit-elle. J'ai vécu seule pendant la plus grande partie de ma vie.

— Il est probablement déjà trop tard. Quelle femme sensée accepterait de vivre avec Éric ?

Miriam jaugea le félin qui avait pris place sur une chaise et reluquait la nourriture avec convoitise.

— Si vous lui appreniez les bonnes manières et lui rappeliez de temps en temps qu'il n'est qu'un chat et non un être humain, vous pourriez sans doute trouver une femme qui vous accepterait tous les deux. Au fait, quel âge avez-vous exactement ?

Jake commençait à s'habituer aux questions impertinentes de son interlocutrice. Il décida de jouer le jeu.

— Trente-deux ans. Et vous ?

— Je suis assez vieille pour ne pas avoir envie de vous le dire.

Le repas se poursuivit dans un silence relatif. Lorsqu'ils repoussèrent leur assiette, Miriam inclina la tête de côté et l'étudia avec insistance.

— Aimez-vous les chevaux ?

Il se montra déconcerté. Oui, il les appréciait et faisait parfois de l'équitation le week-end, mais ils ne lui étaient pas indispensables.

— J'aime les regarder, répondit-il. Et j'aime aller aux courses avec mon père quand nous en avons le temps.

— Alors venez, je vais vous faire faire le tour des paddocks.

Ils se levèrent de table, enfilèrent des bottes et se dirigèrent vers les écuries. Les chevaux, revenus de leur promenade vespérale, étaient bouchonnés et préparés pour la nuit. Miriam lui désigna des juments qui avaient donné naissance à des champions et lui raconta l'histoire de tous les spécimens qu'ils avaient devant les yeux.

Jake se montra impressionné. Dans les bâtiments, parfaitement entretenus, il admira la propreté parfaite des sols, la fraîcheur de la paille et l'aspect luisant de toute la sellerie. Quant aux animaux, même un néophyte comme lui pouvait se rendre compte de leur exceptionnelle beauté. Comme son père aurait aimé voir cela, se dit-il avec regret. Il aurait cassé les oreilles de Miriam pendant des heures, en lui racontant des milliers d'anecdotes, car il en savait probablement autant qu'elle sur l'élevage des chevaux.

La vieille dame, ayant atteint le dernier box, s'appuya sur la partie basse de la porte fermière.

— Voici Pagan[1], dit-elle fièrement. Sa lignée remonte à Archer.

À son expression attentive, elle comprit que cela ne signifiait rien pour lui et entreprit de l'éclairer.

— Archer a été le premier cheval à gagner la Melbourne Cup, en 1861. Son propriétaire lui a fait parcourir à pied cinq mille kilomètres depuis Nowra, ici, en Nouvelle-Galles du Sud, jusqu'à Melbourne, et il a malgré tout gagné la course.

Elle caressa le long museau de l'alezan.

— Ce vieux démon n'a jamais gagné la Cup, mais il a été champion en son temps et a engendré quelques bons chevaux de course.

Jake remarqua le poney shetland collé contre le flanc de l'étalon.

— Que fait-il ici ?

— Il tient compagnie à Pagan. Ils ne se quittent jamais, même au-dehors. Si Snapper[2] est séparé de lui, il devient tellement insupportable que personne ne peut plus l'approcher.

— Snapper ?

En souriant, Jake contempla l'animal. C'était un pur Thelwell, orné d'une crinière pâle et d'une robe hirsute.

— Approchez vos doigts et vous verrez. Ces poneys ont l'air adorable, mais ce sont de petits faux jetons quand on les contrarie.

Elle referma la partie haute de la porte et éteignit la lumière.

---

1. Pagan : païen. *(N.d.T.)*
2. Snapper : qui a tendance à mordre. *(N.d.T.)*

— Je me suis fait pincer une fois ou deux, ajouta-t-elle. S'il n'était pas indispensable à Pagan, je le vendrais.

Ils retournèrent à la maison après que Miriam eut présenté son visiteur à Frank et aux garçons d'écurie. Lorsqu'elle eut fini de préparer le thé, ils se réinstallèrent à la table de la cuisine. Voyant Éric, de nouveau allongé dans le panier à bois, elle se pencha pour le caresser.

— Attention, dit son visiteur, il lui arrive de mordre.

En hochant la tête, elle se redressa.

— Un autre Snapper, alors? Nous semblons avoir le même goût en matière d'animaux, monsieur Connor.

— Je vous en prie, appelez-moi Jake.

Elle parut réfléchir un long moment.

— Ma famille m'appelle Mim, dit-elle enfin. Je suppose que vous pouvez faire de même dans la mesure où vous allez être au courant de tous mes secrets.

Alors qu'elle se penchait en avant, ses yeux devinrent plus verts encore dans la lueur de la lampe à pétrole.

— Ce que je vais vous dire au cours des deux jours qui viennent doit rester entre nous. C'est compris? Je mettrai ma famille au courant quand je me sentirai prête à le faire, pas avant. Puis-je avoir votre parole?

Il fit un signe affirmatif, tout en se demandant combien de temps Mim pourrait garder le silence. Non seulement la bataille qui s'annonçait était vouée à connaître un certain retentissement, mais sa famille allait devoir se préparer au scandale qui s'ensuivrait inévitablement.

Elle parut satisfaite et, après un moment de silence, reprit son récit.

— Henry et Maureen se sont mariés et installés à Londres. Ils ont loué deux chambres au-dessus d'un magasin à Fulham et Henry a essayé de trouver du travail. C'est elle qui a obtenu un emploi la première et qui a subvenu aux besoins du ménage en travaillant dans une blanchisserie.

Miriam poussa un soupir.

— Mon pauvre père ne savait plus quoi faire. Il n'avait pas la moindre chance de s'en sortir, vous comprenez. Son accent et le milieu d'où il venait rendaient les employeurs méfiants. Ses soi-disant amis de l'université l'ont rejeté dès qu'ils ont rencontré sa femme, et son salaud de père lui avait fait une mauvaise réputation auprès des patrons d'usine. Tout cela se ressentait sur sa peinture, bien sûr. Il avait emporté presque toutes ses œuvres, mais n'arrivait pas à les vendre. Humilié par le fait que sa jeune épouse enceinte devait l'entretenir, il était complètement abattu.

— Et l'argent que sa mère lui avait donné ? demanda Jake doucement. La somme ne suffisait-elle pas pour qu'ils prennent un bon départ ?

La vieille dame opina du chef.

— C'était quatre cents livres, une fortune pour l'époque, qu'ils ne pouvaient cependant se permettre de gaspiller. C'est ce qui leur a permis de s'échapper à la fin.

— S'échapper ? répéta Jake en fronçant les sourcils. Mais ils avaient déjà quitté l'Irlande. Ils auraient pu, avec cette somme, trouver une maison, un travail, puisqu'ils avaient les moyens de s'établir confortablement ?

— Cela ne s'est pas passé de cette façon. En ce temps-là, un homme du milieu de mon père voyait à chaque pas se dresser des obstacles s'il essayait de vivre en dehors de sa classe sociale. La haute société le rejetait, la bourgeoisie le désapprouvait et les ouvriers le méprisaient et se méfiaient de lui. Ce n'était pas comme aujourd'hui, où la valeur d'un homme se mesure à ses actes.

— Alors, que s'est-il passé ?

Miriam s'adossa au fauteuil et croisa les bras.

— Il a choisi de devenir un étranger et a utilisé l'argent de sa mère pour réserver deux places sur un bateau en partance pour l'Australie.

Baissant les yeux, elle poursuivit :

— Malheureusement, Maureen et lui n'étaient pas les seules personnes espérant se construire au loin une vie nouvelle.

Sur le quai bruyant et animé, l'odeur fétide de corps mal lavés se mêlait à celle des épices déchargées d'un bateau amarré tout près.

Croulant sous le poids des lourdes malles des passagers de première classe, les porteurs franchissaient la passerelle, les uns derrière les autres. Au-dessus de leur tête, les mouettes tourbillonnaient en poussant des cris stridents. Pickpockets et prostituées se frayaient un chemin dans la foule, à l'affût d'une occasion, attentifs aux attelages qui déversaient régulièrement de nouvelles proies. Ponctuellement relayés par le bruit des wagons surchargés qui tressautaient sur les pavés, tirés par des chevaux aux sabots épais, les appels des colporteurs et des marins ne réussissaient pas à étouffer les murmures excités des voyageurs attendant de pouvoir embarquer sur le *Swallow*.

Le navire à vapeur se balançait au rythme des vagues, dressant vers le ciel ses trois-mâts et ses deux cheminées. Sa coque d'acier, surmontée par des voiles qui claquaient dans le vent, frottait contre les cordes qui la retenaient aux amarres. Construit huit ans auparavant à Glasgow, ce bateau de plus de huit mille tonnes, propulsé par une unique roue et capable d'atteindre une vitesse de dix-neuf nœuds, pouvait accueillir sur ses quatre ponts presque mille cinq cents passagers.

Henry enlaça la taille épaissie de Maureen et l'attira contre lui tandis qu'ils admiraient le grand navire et que la foule bruissante s'agitait autour d'eux. Il aurait voulu qu'elle ressente la même excitation que lui pour l'aventure qui les attendait, mais il savait que, derrière son attitude retenue, elle éprouvait une nostalgie immense pour sa maison et son pays. Elle n'avait reçu aucune réponse à la lettre maladroite qu'il l'avait aidée à écrire, aucun signe indiquant qu'elle pourrait être, un jour, pardonnée par sa famille pour la honte qu'elle leur avait causée.

— C'est gigantesque, s'exclama-t-elle, bouche bée. Tu es sûr qu'on ne risque rien ?

Henry sourit de sa naïveté

— Il a déjà effectué plusieurs fois le trajet sans encombre. Crois-tu que tous ces gens souhaiteraient monter à bord s'ils pensaient risquer un naufrage ?

Apparemment peu convaincue, Maureen observa le chargement des derniers bagages et le défilé des passagers élégants qui gravissaient la passerelle. Elle se recroquevilla presque contre son mari au son du langage raffiné qui parvenait à ses oreilles.

— Nous ne serons pas là-haut, n'est-ce pas?

Il secoua la tête au souvenir de la croisière qu'il avait faite à peine un an auparavant, en compagnie de ses parents.

— Nous voyageons en troisième classe, murmura-t-il. Nous aurons besoin du maximum d'argent, une fois arrivés en Australie.

Elle resserra les rubans de son bonnet neuf et releva le col de fourrure du manteau dont Henry lui avait fait la surprise le matin même. Bien que ses cheveux, encore très courts, forment déjà une exquise auréole de boucles d'ébène, Henry savait qu'elle se sentait encore très vulnérable en public.

Il la regarda contempler la foule qui se pressait autour d'eux et la vit s'animer soudain à l'écoute d'un accent du sud de l'Irlande.

— Ce ne sera peut-être pas si pénible, déclara-t-elle d'un ton enjoué. Au moins, je vais pouvoir bavarder avec des gens comme moi.

Henry suivit des yeux les Irlandais et leurs épouses qui s'acheminaient vers la troisième classe, chargés d'enfants et de bagages. Ce voyage serait très différent du précédent, pensa-t-il ; il ne faisait plus partie de l'élite, mais de la masse du peuple. Ayant toujours su que le fait d'épouser Maureen allait tout changer pour lui, il ne regrettait pas sa décision. La vie promettait d'être beaucoup plus intéressante qu'auparavant. Il pourrait oublier les horreurs de Londres et, au cours des six mois qu'il leur faudrait pour atteindre l'Australie, aurait le temps de planifier leur avenir.

— Il est temps d'embarquer, annonça-t-il avec une pointe d'excitation. Il commence à faire froid ici.

Aucun d'entre eux ne remarqua l'homme immobile adossé contre un tas de balles de laine, qui les suivait attentivement des yeux.

Kate tira sur sa veste cintrée pour la défroisser et redressa son bonnet. La jupe et le chemisier neufs avaient été achetés avec ce qui restait de ses gages, et ses bottines bien cirées brillaient de propreté. Elle saisit le sac qui contenait ses seules possessions et s'efforça de rester calme, ce qui ne lui était pas si facile. Le spectacle animé de ce quai londonien, qui renforçait son sentiment de commencer une vie nouvelle, la faisait trépigner d'impatience.

— Tu es sûre que c'est ce que tu veux, Kate ?

Levant les yeux vers le visage affectueux du prêtre, elle répondit :

— Oui, mon père.

— Tu vas nous manquer à tous, dit-il d'un ton lugubre. Une brave petite travailleuse comme toi ne sera pas facile à remplacer, c'est certain.

Kate pensa aux heures passées à frotter les sols de ce presbytère glacial, plein de courants d'air, et à celles consacrées chaque jour à la préparation des repas des six prêtres. Elle frissonna au souvenir des attentions importunes que l'un d'entre eux lui avait fait subir, se remémorant la frayeur qu'elle avait éprouvée lorsqu'il avait brusquement surgi dans sa chambre, et la véritable terreur qui s'était ensuite emparée d'elle quand il avait essayé d'entrer dans son lit.

Elle avait réussi à le repousser, le frappant violemment là où il risquait de souffrir le plus, et s'était ensuite barricadée chaque nuit. Toutefois, il avait pris l'habitude de la suivre partout durant la journée et de surgir inopinément chaque fois qu'il pensait la trouver seule.

Sachant que ses protestations ne rencontreraient aucun écho en ce lieu, elle n'avait rien dit mais avait préparé son évasion. Lorsque le père Pat lui avait dit qu'il se rendait à un colloque, à Rome, elle avait compris qu'une occasion inespérée s'offrait à elle.

Au cours du long voyage vers le Sud, elle avait confié au prêtre qu'elle rêvait de lointains rivages et d'une opportunité réelle de donner un but à sa vie. À sa grande surprise, il s'était montré enthousiaste et avait rapidement entrepris de lui trouver un nouvel emploi. Sa place sur le bateau avait été payée par M. Reed, un veuf qui retournait en Australie et l'avait engagée pour s'occuper de ses deux jeunes enfants. Le grand jour étant enfin arrivé, elle attendait le moment d'embarquer à bord du *Swallow*.

— Merci de m'avoir trouvé ce poste, mon père, dit-elle en souriant. Je ne sais pas comment je peux vous dédommager.

Il la fixait avec solennité.

— Je pense que tu as gagné le droit à un nouveau départ, Kate ; ces deux derniers mois n'ont pas dû être faciles pour toi.

Elle écarquilla les yeux devant la signification de ces paroles.

— Si vous étiez au courant, pourquoi n'avez-vous pas…

— Nous avons des règles strictes auxquelles il nous faut obéir, ma fille ; mais sois assurée que l'Église va s'occuper de régler la question.

Il redressa les épaules en souriant.

— Je veillerai à ce que tes lettres soient reçues par le prêtre de ta famille qui les lira à tes parents. Une fois que tu seras arrivée à bon port, j'espère que tu continueras à t'instruire. Tu as sur les épaules une tête bien faite et je suis certain qu'un jour, tu seras pour nous un grand sujet de fierté.

Le visage cramoisi, Kate baissa les paupières. Grâce aux leçons du père Pat, elle avait rapidement appris à lire et à écrire. Pourtant, au moment de le remercier, elle ne trouvait pas de mots capables d'exprimer la reconnaissance qu'elle éprouvait à son égard.

— Vous vous êtes montré très généreux en me consacrant tout ce temps, murmura-t-elle.

— Ce fut un plaisir, ma fille.

Il leva les yeux au-dessus d'elle et fit un signe de la main.

— Il semble que ce soit l'heure de se dire au revoir, ajouta-t-il. Je vois M. Reed qui t'attend.

Elle esquissa une révérence. Après que le prêtre eut donné sa bénédiction, elle se fraya un chemin à travers la file d'attente et se dirigea vers la passerelle des passagers de première classe, soulevée par un sentiment d'excitation et de crainte mêlées.

Le fait de laisser derrière elle tout ce qui lui était familier teintait son départ d'un peu de tristesse, car désormais, des océans et des continents la sépareraient des siens, que peut-être elle ne reverrait jamais. Pourtant, elle ne pouvait résister à l'horizon qui s'ouvrait devant elle. Ce fut d'un pas élastique qu'elle s'approcha de l'homme de haute taille, au visage bruni par le soleil, qui venait de l'engager.

Patrick Dempster avait réussi à échapper à la police. Après être retourné à Londres, il avait péniblement rassemblé assez d'argent pour réserver une place en troisième classe sur le *Swallow*. Aujourd'hui, respirant les arômes enivrants des épices en provenance de pays exotiques, il observait ce qui se passait autour de lui, pressé de commencer une nouvelle vie. Il éprouvait le sentiment confus d'avoir su saisir sa dernière chance. Impatient d'embarquer, il se tournait maintenant vers l'avenir, se demandant à quoi ressemblait l'autre côté de la terre.

Il avait entendu parler de l'or et des pierres précieuses, prêts à être collectés par des aventuriers assez entreprenants et courageux pour partir à leur recherche, ainsi que des terres qui s'étendaient à perte de vue, acquises pour une bouchée de pain. Ce brave Nouveau Monde était une bénédiction pour les hommes comme lui, qui n'étaient retenus par aucune entrave et s'étaient déjà trouvés confrontés aux difficultés de la vie. Les hommes qui n'avaient pour seuls bagages que leur cervelle et le courage d'affronter tous les défis.

L'estomac noué d'impatience, il leva les yeux vers le grand bateau à vapeur. Il serait bientôt temps de monter à bord, mais il voulait savourer jusqu'au bout ce sentiment d'attente délicieuse. Qu'y avait-il de meilleur que de laisser monter l'excitation, jusqu'à ne plus pouvoir lui résister ?

Il savait par expérience que plus le délai entre un projet et sa réalisation était long, plus la saveur de l'aventure promettait d'être intense.

Adossé contre une pile de balles de laine, il parcourut d'un regard curieux la foule qui s'agitait autour de lui et aperçut soudain un jeune couple qui retint son attention. Il ne connaissait pas ces gens, mais son intuition bien exercée lui dictait qu'ils présentaient, pour l'observateur avisé, un intérêt particulier.

Crachant le brin de paille qu'il mâchonnait depuis un moment, il observa subrepticement les deux jeunes gens sous le rebord de son chapeau. La femme semblait mal à l'aise, tripotant sans arrêt son bonnet et s'agrippant nerveusement au bras de l'homme. Celui-ci, en revanche, paraissait plutôt calme et s'évertuait, de toute évidence, à rassurer sa compagne. Une impression étrange se dégageait de cette scène, songea Patrick, pourtant incapable de mettre le doigt sur ce qui suscitait cette impression.

Il les contemplait d'un air pensif, les yeux plissés par les reflets aveuglants du soleil sur les vitres des entrepôts. Sans aucun doute, l'homme était de la haute. Cela se voyait à son allure, à la façon dont il redressait le menton et à la montre en or, mal dissimulée par le revers de sa veste. Quant à la femme, elle était surprenante, car, en dépit de ses vêtements dernier cri, elle s'exprimait visiblement comme une fille de la campagne.

Patrick ramassa son sac et les suivit. Qu'est-ce qu'une petite paysanne faisait avec un homme comme celui-là ? Ce n'était pas sa servante, si l'on en croyait la façon dont elle lui tenait le bras. Peut-être s'agissait-il de sa maîtresse et l'accompagnait-elle jusqu'à la passerelle afin de lui souhaiter un bon voyage ?

Secouant la tête, il fit une grimace. Quelle importance, après tout ? L'homme allait voyager en première classe et il ne le reverrait pas. La fille, pour sa part, retournerait dans le taudis où le jeune lord l'avait trouvée.

Il chargea son sac sur l'épaule et s'élança en sifflant, écartant toute pensée relative à ce jeune couple mal assorti. Par cette belle journée, il était déterminé à profiter de ses derniers pas sur les pavés, car il lui faudrait six mois pour retrouver la terre ferme.

Un mouvement vif au milieu de la foule attira tout à coup son regard. Deux adolescents surgissaient non loin de lui, poussés par une intention qu'il sut identifier aussitôt. L'un d'eux bouscula l'homme que Patrick avait observé et, avec un mouvement de la main digne d'un magicien, subtilisa sa montre et la chaîne en or à laquelle elle était attachée. Puis il passa rapidement l'objet à son compagnon qui se fondit dans la foule.

L'occasion était trop belle pour Patrick, qui reprit son sac à bout de bras et suivit le pickpocket. Rendre cet objet précieux à son propriétaire lui vaudrait sans doute une belle récompense, sans compter l'avantage d'avoir à bord un protecteur fortuné.

Alors qu'il s'élançait à la poursuite d'une tête couverte d'une casquette verte crasseuse, il n'entendit aucun cri d'alarme. Le gentleman ne s'était même pas rendu compte du vol dont il venait d'être victime.

Il vit le gamin se faufiler derrière un attelage, puis se réfugier dans l'ombre d'un entrepôt abandonné. Après avoir caché son sac derrière une pile de paniers contenant des poulets – il aurait besoin de ses deux mains si la situation dégénérait en bagarre –, Patrick s'engagea derrière lui, dans l'obscurité, guidé par le bruit des pas qui résonnaient sur le sol de pierre.

Le jeune garçon poussa un cri de douleur mêlé de frayeur lorsqu'une poigne de fer s'abattit sur son cou et le plaqua contre le mur.

— Donne-les-moi ! gronda Patrick.

— J'sais pas d'quoi tu parles, éructa le gamin.

Il se tortillait pour se dégager, à grand renfort de coups de pied.

— La montre et la chaîne. Où sont-elles ? insista son agresseur.

Sur le point de perdre patience, il resserra sa prise.

— Ma poche, croassa l'adolescent.

En le maintenant fermement contre le mur, Patrick fouilla dans les poches du pantalon en loques. Ce freluquet n'a pas chômé aujourd'hui, se dit-il avec un sourire amer, en sortant plusieurs portefeuilles, un bracelet, une breloque, des mouchoirs de batiste et une montre. Desserrant les doigts, il garda la main sur la poitrine de son adversaire en inspectant le butin.

— Tu peux garder ça, murmura-t-il. Je prends la montre et l'argent.

— T'as pas l'droit !

— Sans blague ? railla Patrick en lui donnant une violente secousse. Maintenant, tire-toi et cherche un autre endroit pour tes rapines.

Il suivit des yeux le jeune garçon qui décampait vers l'arrière du bâtiment, puis l'entendit monter quelques marches et s'éloigner. Lui aussi, dans sa jeunesse, s'était trouvé confronté à de telles situations, lorsqu'il lui fallait céder le produit de ses larcins à des garçons plus âgés qu'il n'avait pas encore la force de combattre.

Empochant l'argent, il récupéra son sac et, la montre à la main, se dirigea vers le navire.

Le jeune lord et sa compagne, qui s'étaient rapprochés de la passerelle, se tenaient immobiles, admirant le bateau. Patrick comprit qu'ils ne s'étaient pas encore rendu compte de ce qui leur était arrivé. L'espace d'un instant, il fut tenté de ne rien dire. Toutefois, poussé par la perspective de la récompense qui lui serait sans aucun doute accordée, il fit un pas en avant.

— Pardon, monsieur, je crois que ceci est à vous ? déclara-t-il avec une obséquiosité marquée en tendant la montre. J'ai poursuivi un jeune pickpocket qui se sauvait après vous avoir volé.

Henry porta la main à la poche de son gilet en pâlissant.

— Bon sang ! s'exclama-t-il. Je n'ai rien senti.

Patrick fixa la jeune femme qui le regardait avec suspicion et détourna aussitôt les yeux.

— Pour sûr, ces gamins sont vifs. Faudrait avoir des yeux derrière la tête pour les pincer.

— Je vous remercie, monsieur…?

— Patrick Dempster, monsieur. À votre service.

— Henry Beecham, et voici mon épouse, Maureen.

Le jeune homme hésita, fouillant inutilement ses poches étroites.

— Je suis très embarrassé car je n'ai pas de monnaie pour l'instant, reprit-il, le visage empourpré. Mais croyez sincèrement à ma gratitude et à mon admiration pour votre honnêteté.

Patrick le jaugea du regard, ses pensées tourbillonnant dans sa tête tandis qu'il digérait cette information. Ce bâtard radin n'allait pas lui donner le moindre penny! S'il avait gardé cette maudite montre, il aurait pu en tirer un bon prix.

Soudain, son amertume s'évanouit. Devant cet homme et cette femme, il comprit ce qui l'avait confusément gêné à leur sujet. Henry Beecham partait en exil, banni par sa famille à cause de cette Irlandaise. Allons, un peu de patience; il suffisait de la jouer fine. Le fait que le jeune homme n'ait pas de pièce sur lui ne signifiait rien, car les riches donnaient toujours à leurs enfants assez d'argent pour s'installer dans leur nouvelle vie.

— Vous partez aujourd'hui, monsieur, ou vous êtes venu dire au revoir à quelqu'un?

Henry tapota la main de sa femme et lui sourit.

— Nous embarquons aujourd'hui, monsieur Dempster. Et vous?

Patrick fit un signe affirmatif de la tête.

— Je ne pense pas que nous aurons l'occasion de nous revoir, déclara-t-il, car je voyage à l'entrepont.

Frôlant le bord de son chapeau, il regarda de nouveau la jeune épouse. Celle-ci le fixait toujours, la méfiance inscrite sur le visage. Il comprit que son petit numéro ne l'avait pas du tout convaincue.

— Je vous souhaite un bon voyage ainsi qu'à madame, lança-t-il en se détournant.

La voix de Henry l'interrompit dans son mouvement.

— Ma femme et moi serions heureux si vous vouliez vous joindre à nous pour dîner, monsieur Dempster.

Il regarda Patrick droit dans les yeux et ajouta :

— Il semble que nous devions voyager dans les mêmes conditions.

Devant l'expression contrariée de la jeune Irlandaise, Patrick garda les yeux baissés. Il accepta l'invitation et serra rapidement la main de son interlocuteur, ne voulant pas trahir l'espoir qui luisait dans son regard.

Oui, il lui fallait jouer serré s'il voulait vaincre cette résistance féminine. Il se trouvait indéniablement en présence d'une fille futée, qu'il lui fallait à tout prix mettre de son côté, sous peine de voir échouer ses projets.

Et quels projets ! se dit-il en suivant ses nouvelles connaissances sur la passerelle. En présence de Beecham, qui était déjà son débiteur, il sentait une idée, qui lui avait traversé l'esprit, prendre forme. Six mois lui étaient offerts pour l'amener à la perfection et la soumettre à ce gentleman, qui n'aurait pas d'autre choix que d'en accepter les termes. Il ferait tout le nécessaire pour s'en assurer.

4

Fiona sortit de la piscine. Alors qu'elle enroulait une serviette autour de sa taille, elle constata que le soleil déclinait rapidement. Après cette journée torride, la venue de la nuit promettait une fraîcheur bienvenue. Tout en se frottant les cheveux, elle referma la barrière de sécurité et se dirigea, pieds nus et mouillés, vers son appartement du rez-de-chaussée. Non seulement il lui restait encore quelques papiers à trier après sa longue absence, mais il lui fallait également vérifier toute l'iconographie avant de donner les photos à l'éditeur du magazine.

Le petit immeuble de deux étages, perché sur une colline, dominait la ville de Brisbane et le fleuve du même nom. Y étaient attachés une piscine, une salle de sports, deux spas et une crèche. Fiona se disait souvent qu'elle avait eu de la chance de pouvoir acheter cet appartement avant la montée en flèche des prix de l'immobilier. Cette résidence de luxe, qui se trouvait à la fois assez loin de la voie rapide à grande circulation et relativement près de l'eau – ce qui lui permettait ainsi d'emprunter les taxis fluviaux –, était aujourd'hui très recherchée par les hommes d'affaires.

Elle entra dans le salon et referma la porte. Quel bonheur d'être de nouveau à la maison, de retrouver enfin son espace et ses objets familiers après avoir campé plusieurs semaines dans la forêt tropicale humide du Brésil ! Et quel soulagement de pouvoir faire absolument tout ce qu'elle voulait, sans être entravée par les obligations qu'impliquait la cohabitation avec un homme !

À la pensée de Barney, elle sourit avec tendresse. Il était si facile d'être attirée par un être comme lui, affectueux et amusant, sachant écouter et faire du quotidien une aventure chaque jour renouvelée. Pourtant, leur relation s'était révélée un désastre. Elle avait rapidement compris que les nombreux voyages de son compagnon, dus à sa profession de grand reporter, exigeraient beaucoup d'abnégation de sa part et reconnaissait que son propre métier réclamait un grand investissement personnel. Toutefois, ce qu'elle reprochait surtout à son ex-petit ami, c'était de ne jamais la prévenir quand il devait partir en mission. Elle ne comptait plus le nombre de fois où elle s'était attendue à le trouver chez lui et où, quelques jours après avoir constaté son absence, elle recevait un coup de fil de Mongolie ou de quelque autre endroit aussi reculé du globe. Au cours des deux ans qu'avait duré leur relation, les excuses de Barney étaient devenues de plus en plus ténues, ce qui était aussi le cas de la patience de Fiona. Lorsqu'il ne s'était pas montré au moment de partir pour un week-end en amoureux prévu depuis longtemps, elle avait mis ses affaires dans de grands sacs, s'était rendue au journal et avait jeté le tout sur son bureau.

Repoussant toute pensée perturbatrice, la jeune femme regarda autour d'elle. La grande pièce rectangulaire, accompagnée d'une kitchenette, était entièrement blanche, ainsi que le carrelage du sol, agréablement frais sous ses pieds nus. Elle avait de même choisi le blanc pour le canapé et les fauteuils, veillant à animer cet ensemble immaculé de couleurs vives, apportées par une profusion de coussins et de tapis. Elle regrettait d'avoir dû se passer de plantes vertes, mais, en raison de sa vie trop irrégulière, il lui aurait été impossible d'en prendre soin.

Même lorsqu'elle était petite, Fiona n'avait jamais été attirée par les bibelots et les fanfreluches ; la vaste étagère qui couvrait un pan de mur ne comportait que des livres bien alignés, et les deux tables basses ne s'ornaient que de quelques photos de famille. Un petit nombre de ses propres clichés s'étalaient sur les murs, à côté du prix encadré qu'elle avait gagné l'année précédente pour une série de portraits d'enfants aborigènes.

Sa chambre à coucher, avec salle de bains attenante, s'ouvrait sur un petit patio qui, lui-même, donnait sur la piscine. Des rideaux de mousseline filtraient doucement la lumière du soleil qui pénétrait généreusement par les hautes et larges baies vitrées occupant presque un mur entier. Au bout du couloir se trouvait une autre chambre, elle aussi munie d'une salle de bains.

Elle ôta son bikini mouillé, se laissa tomber sur le lit et finit de se sécher les cheveux. Si elle terminait son travail ce soir, elle pourrait envisager de partir rejoindre Mim dès le lendemain matin, ce qui lui permettrait d'avoir sa grand-mère pour elle seule un certain temps. Cela faisait des siècles qu'elles n'avaient pas bavardé pendant des heures, comme autrefois. Fiona attendait avec impatience ce qu'elle appelait l'été de Bellbird – les deux semaines au cours desquelles la famille se retrouvait au cœur de l'outback.

Remarquant que sa chevelure, comme toujours, semblait animée d'une vie propre, elle fit une grimace. Que n'aurait-elle pas donné pour avoir des cheveux raides et brillants, qui ne frisottaient pas dès le moindre signe d'humidité ! Elle n'avait même pas hérité de l'auréole flamboyante de sa mère – juste d'une toison châtain terne. Lançant la brosse de côté, elle étudia son reflet dans le miroir. Le soleil brésilien avait fait ressortir ses taches de rousseur, et, bien que le bleu de ses yeux soit indéniablement mis en valeur par son bronzage, elle se dit une fois de plus qu'elle aurait préféré ne pas hériter du nez patricien de Léo.

Après avoir enfilé un jean et un tee-shirt, elle fourragea dans le réfrigérateur à la recherche d'un morceau à se mettre sous la dent. Lorsque la salade de pâtes et le verre de vin blanc glacé furent posés sur la petite table, elle décrocha le téléphone et essaya de joindre sa sœur. Toutefois, constatant que son appel butait de nouveau sur le répondeur, elle n'insista pas.

Louise attendait que Ralph déverrouille la porte, se forçant à paraître détendue. Non seulement il s'était montré distant toute la soirée, mais ils avaient fait le trajet de retour dans un silence total. Ce n'était pas bon signe ; quand il était de mauvaise humeur, il pouvait ne pas lui adresser la parole pendant plusieurs jours. Pourtant, comme d'habitude, elle n'avait aucune idée de la raison pour laquelle il se comportait ainsi.

Dans un tourbillon de pensées, elle traversa le sol de marbre pour se diriger vers la cuisine. Avait-elle fait ou dit quoi que ce fût qui lui avait déplu ? Peut-être n'avait-il pas apprécié qu'elle parle si longtemps avec ce directeur financier de théâtre – mais Ed s'était montré si intéressant qu'elle avait perdu la notion du temps. D'ailleurs, n'était-ce pas Ralph lui-même qui lui avait suggéré d'occuper cet homme pendant qu'il s'entretenait avec quelqu'un d'une autre société ?

Elle prit fébrilement la bouilloire et faillit la lâcher pendant qu'elle la remplissait. Ce mutisme récurrent la rendait terriblement nerveuse. Plus il se prolongeait, moins elle le supportait.

— Café ? demanda-t-elle en entendant ses pas se rapprocher.

Il attrapa du jus d'orange dans le frigo dont il referma violemment la porte et, après lui avoir jeté un regard glacial, sortit de la pièce.

Elle s'appuya contre le comptoir blanc qu'elle agrippa de ses mains crispées.

— Parle-moi, Ralph, murmura-t-elle. Dis-moi au moins ce que je suis supposée avoir fait, ou mal fait…

Il n'y eut aucune autre réponse que le bruit de ses chaussures sur les marches de bois clair de l'escalier.

Louise se tourna vers la fenêtre. La lumière intérieure l'empêchait de voir le jardin et le ciel nocturne : elle n'était confrontée qu'à son propre reflet. Le reflet d'une inconnue, d'une étrangère mince et pâle qui agrippait l'évier comme si sa vie en dépendait.

— J'en ai assez, reprit-elle. Je ne supporterai pas cela plus longtemps.

Ces paroles résonnant encore dans sa tête, elle se dirigea à son tour vers l'escalier.

La demeure, immense, se dressait sur un terrain de presque cinq hectares, particulièrement bien situé. Elle comportait cinq chambres, chacune avec salle de bains, trois pièces de réception et une salle de jeu, régulièrement entretenues par deux femmes de ménage qui venaient plusieurs fois par semaine. Le jardin, abritant une piscine et un spa, faisait lui aussi appel à une aide extérieure. Dans des moments tels que celui-là, Louise détestait cette opulence, qui lui donnait le sentiment d'être bloquée dans un hôtel de luxe. En fait, elle n'avait jamais considéré cette demeure comme son foyer mais plutôt comme une maison témoin. Peut-être, s'ils avaient eu des enfants, tout aurait-il été différent, mais Ralph avait maintes fois fait valoir ses arguments, selon lesquels ils ne pourraient alors plus conserver le même mode de vie et seraient contraints de sacrifier les relations mondaines qui contribuaient à leur position sociale. Bon gré mal gré, elle en était venue à reconnaître qu'il avait probablement raison.

Une fois sur le palier, elle hésita un moment avant d'ouvrir la porte de leur chambre à coucher. Celle-ci était vide, mais la douche coulait dans la salle de bains. Elle se dévêtit rapidement, enfila sa chemise de nuit et s'enveloppa dans un peignoir. Lorsque Ralph entra dans la pièce, elle était assise devant sa coiffeuse.

— J'aimerais vraiment que tu me parles, articula-t-elle avec une légèreté délibérée en se démaquillant. Si tu ne me dis pas ce que tu me reproches, comment veux-tu que j'en tienne compte à l'avenir ?

Le cœur cognant dans sa poitrine, elle poursuivit avec détermination son rituel nocturne.

Dans le miroir, elle vit Ralph préparer ses affaires pour le lendemain matin. Le visage crispé, il serrait les lèvres avec désapprobation. Elle se retourna sur le tabouret et croisa nerveusement les mains sur ses genoux tandis qu'il lui faisait face.

— Pas besoin de tergiverser. Je sais où tu veux en venir, Louise, déclara-t-il froidement.

— Je ne veux en venir nulle part.

Sous son regard pénétrant, elle ne put s'empêcher de serrer fébrilement la ceinture de son peignoir. Comment fait-il pour me donner constamment un sentiment de culpabilité alors que je n'ai rien à me reprocher? se demanda-t-elle, tout en s'efforçant de conserver une expression calme et sereine.

— Ton visage te trahit. Je ne suis pas stupide, tu sais. Je sais que tu as une liaison avec cet homme !

Les yeux écarquillés, elle le fixa, le visage blême.

— Ne sois pas ridicule, laissa-t-elle échapper avant de se mordre les lèvres. Je ne l'avais jamais rencontré avant ce soir.

— Ridicule? Moi? Ridicule? Je pense que tu devrais examiner ton propre comportement avant de commencer à m'insulter. Est-ce que tu te rends compte à quel point il est embarrassant pour un homme que son épouse flirte avec tous les pantalons qu'elle croise? Voir une femme d'âge mûr minauder devant des hommes qui ont la moitié de son âge, ce n'est pas ridicule, peut-être?

— Tout cela n'est que le fruit de ton imagination !

Avec un vague sentiment de culpabilité, elle se demanda fugitivement si, au fond, elle n'avait pas un peu flirté avec Ed, sans s'en rendre compte. Il était séduisant et d'une compagnie très agréable. De surcroît, il l'avait fait rire, ce qu'elle avait vraiment apprécié, car cela ne lui arrivait plus si souvent.

Ralph ouvrit la porte de la chambre.

— Au fait, nous n'irons pas chez Mim, j'ai un rendez-vous important, aboya-t-il.

Il sortit bruyamment, sans doute pour souligner son désir de mettre fin à la conversation.

Louise, pétrifiée par tant de mauvaise foi, retournait dans sa tête tout ce qu'elle aurait aimé lui répliquer. Elle savait pourtant qu'elle ne lui dirait rien. Pourquoi avait-elle bavardé aussi longuement avec Ed, sachant que Ralph était d'une jalousie féroce ? Elle aurait dû prévoir sa réaction.

— Quelle idiote, mais quelle idiote j'ai été ! marmonna-t-elle en abandonnant le peignoir sur le tabouret.

Elle se glissa dans la douceur des draps fraîchement repassés, s'adossa aux oreillers et laissa son esprit revenir sur la petite scène éprouvante qui venait de se dérouler.

Ralph était un bon mari. Elle ne savait pas comment elle pourrait survivre sans lui. Il lui avait appris à s'habiller, à se comporter en société, bref, à devenir une hôtesse presque parfaite. En outre, il l'avait initiée au fonctionnement de la banque et lui avait offert une maison et un style de vie pour lesquels d'autres femmes auraient tout sacrifié. Généreux sur le plan financier, il ne discutait jamais ses achats et l'encourageait à suivre son régime alimentaire, ne cessant de lui répéter à quel point elle était ravissante. Combien de fois lui avait-il expliqué que sa jalousie représentait, au fond, le moyen suprême de lui prouver à quel point il l'aimait ? Elle s'était comportée comme une imbécile.

Cependant, ne se montrait-il pas capable de cruauté en annulant le voyage annuel à Bellbird, alors qu'il savait à quel point elle attendait ce moment ? Elle enfouit son visage dans l'oreiller pour dissimuler les larmes tièdes qui ruisselaient sur ses joues. Peut-être, si elle essayait de lui faire plaisir, changerait-il d'avis et saurait-il lui pardonner ? Non, vraiment, elle ne voulait pas risquer de le perdre, elle l'aimait beaucoup trop pour cela.

Miriam souhaita une bonne nuit à Jake et referma la porte de sa chambre. De nouveau en proie à la douleur, elle aspirait à s'enfoncer dans son lit et à laisser les comprimés faire leur effet. Après avoir jeté ses vêtements de travail sur le dossier d'une chaise, elle se dit qu'ils feraient bien l'affaire encore une fois ; il était beaucoup trop tard pour mettre en route la lessiveuse de cuivre.

Elle posa la boîte à musique sur sa coiffeuse et la contempla un instant avant de tourner la clé. Au son de la valse mélodieuse qui résonnait dans la pièce, elle enfila sa longue chemise de nuit de coton et se coucha.

Cette journée avait été étrange, se dit-elle, le regard posé sur le petit couple de danseurs en attendant que le médicament desserre les doigts de fer qui lui broyaient le dos. La compagnie de Jake avait été agréable, même si elle n'approuvait pas que le chat dorme sur le lit. Sacré Éric, pensa-t-elle avec un sourire. Il sait vraiment ce qu'il veut !

Elle se pelotonna contre les oreillers et livra son esprit à la musique apaisante. Sentant la douleur s'évanouir peu à peu, elle se concentra sur la suite de son récit. Car il lui fallait présenter les faits avec exactitude et précision, afin que le jeune avocat comprenne à quel point tout cela était important pour elle.

Au bout de quelques minutes, elle ferma les yeux et dériva vers le sommeil, bercée par le rythme d'un navire fantôme qui traversait l'océan.

Maureen agrippa le bastingage et offrit son visage au vent. Il était agréable de se trouver à l'extérieur après avoir respiré l'atmosphère étouffante et plutôt fétide de l'entrepont. Peut-être le souffle froid et salé dissiperait-il l'état nauséeux qui ne la quittait pas depuis si longtemps, et que la houle constante ne faisait rien pour arranger ?

Elle ne comprenait pas pourquoi elle se sentait si malade, car elle avait souvent accompagné son oncle sur son bateau de pêche et avait toujours savouré avec plaisir l'ample balancement des vagues de l'Atlantique. Instinctivement, elle posa une main protectrice sur son ventre légèrement rebondi et sourit. Il est vrai que jamais elle n'avait été enceinte auparavant. Peut-être l'explication de son inquiétude se trouvait-elle simplement dans cette constatation.

Respirant à fond, elle s'appliqua à écarter de son esprit toute pensée angoissante et à contempler paisiblement l'étendue grise du vaste océan. Toutes les femmes avaient des nausées matinales ; sans doute les siennes étaient-elles un peu plus sévères à cause du voyage. La douleur qu'elle éprouvait au côté provenait probablement des coups de pied qu'elle avait reçus quelques mois auparavant, et quoiqu'il lui soit parfois difficile de dormir, elle se sentait un peu mieux. Le bébé bougeait bien. Cet inconfort disparaîtrait bientôt, tout comme les ecchymoses. Elle se faisait du souci pour rien.

Par-dessus son épaule, elle jeta un coup d'œil à Henry. Ses mèches blondes, légèrement soulevées par le vent, luisaient dans la pâle lueur du soleil. Assis sur une chaise de toile, il esquissait avec concentration la silhouette d'un homme pourvu d'une barbe nettement taillée. Quelle chance qu'il ait trouvé une occupation, songea-t-elle, et qu'il soit, de surcroît, largement payé. Grâce au bouche à oreille, de nombreux passagers voulaient un portrait signé de lui en souvenir de ce voyage inoubliable.

Elle observa sa main habile, ses coups de crayon assurés sur le papier ivoire et sa tête aux yeux brillant de concentration, penchée sur l'esquisse. Il avait un tel talent et un tel désir de se faire un nom, afin de pouvoir prouver à son père à quel point celui-ci s'était trompé ! Si seulement ils avaient pu rester à Londres et trouver un mécène !

Alors qu'elle se retournait pour regarder de nouveau la mer, une douleur fulgurante la traversa. Elle se mordit les lèvres, afin d'étouffer un cri involontaire. Déterminée à ne pas montrer sa souffrance à Henry, elle enroula les bras autour de sa taille et attendit que le spasme se calme, puis explora doucement ses côtes du bout des doigts, sachant que là se trouvait le foyer de la douleur – là où un pied féroce l'avait fait hurler. Au moins, ces furies n'avaient pas tué son bébé.

— Est-ce que tout va bien ?

La voix de Henry la fit sursauter. Aussitôt, elle s'adossa contre lui avec un sourire rassurant.

— Juste un peu de nausées, expliqua-t-elle légèrement. Je pense que je vais m'allonger un moment.

— Tu veux que je vienne avec toi ? J'ai presque fini, déclara-t-il en posant sur elle un regard inquiet.

— Non, non, répliqua-t-elle précipitamment. Je préfère être seule et je vais sûrement m'endormir tout de suite.

Elle embrassa sa joue froide, au goût salé, se sentant un peu coupable de manquer d'honnêteté envers lui. Toutefois, elle se rassura en se disant qu'elle avait réussi depuis cinq mois à lui cacher sa douleur, et qu'il ne servait à rien de l'inquiéter puisqu'il ne saurait comment la soulager.

Sans cesse de se cramponner à la rampe de bois, elle descendit l'escalier vers le dortoir des passagers de troisième classe. Elle entendait un bébé pleurer et des accords de violon s'élever au-dessus d'un brouhaha de rires et de bavardages. Il n'y a pas de doute, pensa-t-elle, les Irlandais savent vraiment tirer le meilleur parti de toutes les situations.

Les couchettes superposées n'offraient pour toute intimité que de lourds rideaux pouvant être tirés pendant la nuit. Maureen et Henry se trouvaient dans la section des couples mariés, située avant celle des femmes, dont elle était séparée par de longues tables à tréteaux, bordées de bancs, sur lesquelles se déroulaient tous les repas. Les hommes et les adolescents se trouvaient à l'arrière du bateau, d'où provenait le joyeux vacarme. Cette zone était spontanément devenue le lieu où l'on se retrouvait pour potiner, échanger des propos dictés par le bon sens populaire, jouer du violon et du tambour ou entonner de vieux refrains irlandais.

Elle baissa la tête pour éviter la couchette supérieure, et se laissa tomber sur le matelas bosselé. La douleur, qui s'estompait peu à peu, cédait la place à un vertige mêlé d'écœurement. Tirant la couverture rugueuse sur ses épaules, elle se coucha sur le côté et releva les genoux. Si seulement elle pouvait dormir, peut-être irait-elle mieux? Elle se sentait terriblement fatiguée, si fatiguée que le moindre geste devenait un effort.

Kate dévala l'escalier, le visage cramoisi par la précipitation avec laquelle elle se rendait des cabines de première classe à l'entrepont. Les cheveux décoiffés par le vent, elle sauta les deux dernières marches et se dirigea vers le compartiment de Maureen. D'ici une heure, les enfants auraient de nouveau besoin d'elle, mais, dans l'intervalle, il fallait qu'elle sache si son amie se sentait mieux.

— Hé Kate, viens danser avec nous, ma fille !

Au son de la voix familière, elle sourit et lança :

— J'ai mieux à faire qu'à tourbillonner avec toi, Seamus Dooley !

— Oh, chérie ! rétorqua-t-il d'un ton volontairement pathétique. Tu me brises le cœur !

Sa déclaration fut aussitôt ponctuée de railleries et de miaulements sonores de la part de ses compagnons.

La jeune fille ne ralentit pas son allure. Malgré la séduction de ce brun à la langue bien pendue, qui ne manquait visiblement pas d'audace, elle n'avait pas l'intention de se laisser subjuguer. Il avait les yeux partout et une façon de s'y prendre avec les femmes, qui lui porterait préjudice un jour. Pas question pour elle de se mêler à un tel groupe. À quoi bon se rendre de l'autre côté du monde si elle s'en laissait conter par le premier beau garçon venu ?

Le quartier des couples mariés se révélait beaucoup plus calme, car la plupart des passagers profitaient du pont dans la journée. Elle ralentit l'allure et s'approcha à pas silencieux de la couchette de Maureen, dont elle écarta légèrement le rideau.

Les paupières de la jeune femme tressaillirent ; elle ouvrit les yeux en souriant.

— Qu'est-ce que tu fais ici ? murmura-t-elle. Je croyais que tu devais garder les petits ?

— C'est l'heure du déjeuner, répliqua Kate en s'asseyant au bord du matelas. M. Reed aime avoir les filles avec lui dans la salle à manger.

Maureen se redressa et s'appuya sur son coude avec une grimace, qu'elle tenta de dissimuler en bâillant exagérément.

— Je dois m'être endormie.

Kate n'était pas dupe. Elle remarqua la pâleur de son amie, ainsi que les cernes sombres de ses yeux malgré la sieste qu'elle venait de faire.

— Est-ce que tu souffres beaucoup ? s'enquit-elle doucement.

— Oh, ce n'est rien, assura Maureen avec un haussement d'épaules. Je serais simplement heureuse de ne pas avoir en permanence la sensation de tanguer.

— Est-ce que tu ne crois pas que tu devrais en parler à Henry ?

— Non ! Il a assez de soucis comme ça.

Scrutant le visage levé vers elle, Kate aurait aimé trouver des arguments pour convaincre sa compagne de consulter un médecin, car ses nausées permanentes et ses douleurs au côté ne présageaient rien de bon. Pourtant, elle ne pouvait pas trahir sa confiance.

— Je suis désolée, reprit Maureen avec un pâle sourire. Je ne voulais pas te parler sur ce ton. Ton amitié nous est si précieuse. Je ne crois pas que tu puisses te rendre compte à quel point je t'en suis reconnaissante.

Kate lui tapota la main en souriant.

— Pas besoin de t'excuser, répondit-elle. Concentre-toi seulement sur ton rétablissement.

Lorsque Maureen s'allongea de nouveau en fermant les yeux, la jeune fille lui tint la main jusqu'à ce qu'elle se soit rendormie.

Elles s'étaient rencontrées peu après que le *Swallow* avait pris la mer. Après avoir aidé M. Reed à installer les enfants pour la nuit, Kate, qui se précipitait jusqu'à l'entrepont, avait bousculé Henry et Maureen au moment où le bateau plongeait au creux d'une vague. La jeune fille, qui avait aussitôt remarqué la maladresse avec laquelle Henry essayait de venir en aide à sa femme souffrante, avait proposé ses services ; grâce à la grande amitié née de cet heureux hasard, elle jouait maintenant le rôle de confidente auprès de chacun des deux époux.

Maureen lui avait raconté leur fuite d'Irlande et les circonstances de leur départ. Henry lui avait confié son espoir de devenir un artiste célèbre en dépit de l'attitude de son père. Admirant leur courage, Kate espérait qu'un jour, elle rencontrerait quelqu'un comme ce jeune lord remarquable ; un homme qui saurait l'aimer, la protéger et n'hésiterait pas à se sacrifier pour elle.

Elle se leva et reposa la main de son amie sous la couverture avant de refermer le rideau. Ayant passé plus de temps que prévu auprès d'elle, il lui fallait maintenant courir à toute allure pour remonter au pont supérieur avant que les enfants ne la réclament.

Sans plus attendre, elle se précipita dans l'étroit corridor, rassembla ses jupes et gravit l'escalier. Elle ne vit pas l'homme qui se dirigeait vers elle en haut des marches. Alors qu'ils se percutaient violemment, elle rebondit sur la poitrine puissante, tel un ballon d'enfant.

Vacillant dangereusement, elle fit de grands mouvements de bras pour garder l'équilibre. Des mains puissantes la saisirent par la taille et l'attirèrent loin du vide d'un mouvement brusque qui la fit lourdement tomber avec son sauveteur sur le sol.

— Merci, dit-elle à bout de souffle.

Elle lissa ses jupes et repoussa une mèche de son visage.

— Tout le plaisir est pour moi.

Une poigne vigoureuse lui attrapa le poignet et la remit debout.

Levant les yeux, elle demeura figée d'étonnement. Le visage qui lui faisait face, entraperçu dans une ruelle quelques mois auparavant, était resté imprimé dans sa mémoire.

— Je, je… commença-t-elle.

— Ne vous inquiétez pas, s'écria-t-il d'un ton enjoué. Je m'appelle Patrick Dempster, mais mes potes m'appellent Paddy. Enchanté de faire votre connaissance, poursuivit-il en lui tendant la main.

Bien qu'elle sache qu'il ne l'avait jamais vue et qu'il ignorait totalement que son acte odieux avait eu un témoin, elle éprouva un choc en comprenant qu'ils allaient devoir voyager ensemble pendant encore au moins deux mois.

— Kate Kelly, balbutia-t-elle. Il faut que j'y aille, je suis déjà en retard.

Elle lui tourna le dos et se mit brusquement à courir, poussée par la hâte de mettre de la distance entre eux. Il fallait que la sensation de ces mains criminelles sur sa taille soit nettoyée par l'air salin, incisif et pur.

Toutefois, cette fuite n'était qu'illusion, car elle l'entendit crier :

— À très bientôt, Kate !

5

Fiona n'avait pas bien dormi, sans doute en raison du décalage horaire qui se faisait encore sentir. Alors qu'elle chargeait les sacoches de sa moto pour le voyage à Bellbird, elle se rendit compte que ses préoccupations au sujet de sa sœur contribuaient probablement à sa nervosité. Elle avait de nouveau essayé de l'appeler, sans le moindre succès.

Se mordant les lèvres, elle jeta un coup d'œil à sa montre. Il ne lui restait pas beaucoup de temps, dans la mesure où le trajet jusqu'à l'immense station lui prendrait au moins une journée et demie, mais, si elle se dépêchait, elle pouvait éviter l'heure de pointe du matin et se rendre chez Louise en une trentaine de minutes. Sa décision prise, elle verrouilla la porte de l'appartement, enfila son casque et franchit les portes de sécurité de la résidence. Quelques minutes plus tard, elle fonçait sur la voie rapide en direction de Story Bridge.

Le soleil se levait à peine lorsqu'elle s'arrêta devant le portail imposant. Avec insistance, elle appuya sur la sonnette.

— Qui est-ce ? demanda une voix étouffée.

— C'est Fiona. Laisse-moi entrer.

Après un long moment de silence, le signal d'ouverture retentit et les battants s'écartèrent lentement. Fiona pénétra dans la propriété et remonta l'allée à vive allure.

La maison, imposante et prétentieuse, s'ornait de stuc blanc et de balcons ornementés empestant l'ostentation de la richesse. Autour de la pelouse aussi lisse qu'une table de billard, arbres et buissons soigneusement taillés enca-draient la piscine recouverte d'une bâche dont le blanc immaculé rutilait déjà sous le soleil à peine levé.

Fiona éteignit posément le moteur, cala le véhicule sur sa béquille, passa la jambe par-dessus le siège et enleva son casque. En secouant sa chevelure, elle gravit les marches de marbre blanc jusqu'au portique à colonnes.

— Qu'est-ce qui te prend de venir si tôt ? Qu'est-ce qui se passe ? s'exclama Louise qui l'attendait dans l'encadre-ment de la porte, en robe de chambre.

Sans répondre, sa sœur passa à côté d'elle et pénétra dans le vestibule vaste et sombre, ses pas résonnant sur le sol dallé.

— Où est Ralph ? s'enquit-elle.

Louise parut un moment confuse.

— Il est déjà parti. Pourquoi voulais-tu le voir ?

— Pour rien.

Elle se dirigea vers la cuisine, s'assit au comptoir et se versa un café, auquel elle ajouta du sucre et de la crème.

— C'est toi que je suis venue voir, poursuivit-elle. Je ne voulais pas que Ralph se mêle de notre conversation.

Louise croisa les bras, le visage crispé de fureur.

— Tu ne manques pas de culot, s'écria-t-elle sèche-ment. Tu débarques ici à une heure indue et la première chose que tu fais, c'est insulter mon mari !

Se plantant de l'autre côté du comptoir, elle toisa sa sœur.

— Tu ferais mieux d'avoir une raison valable de te comporter ainsi, ajouta-t-elle.

La visiteuse prit conscience du fait que, comme à son habitude, elle avait agi un peu hâtivement. Oubliant à quel point sa sœur était irritable au lever, elle s'était précipitée sans les précautions d'usage.

— J'ai laissé plusieurs messages sur ton répondeur. Si tu ne voulais pas me voir, tu n'avais qu'à me rappeler pour le dire.

— Nous ne sommes rentrés du cocktail qu'après minuit. J'allais te joindre en fin de matinée.

116

Louise, dont les doigts trituraient nerveusement les manches de sa robe de chambre, paraissait sur la défensive.

Fiona l'observa un long moment. Elle connaissait parfaitement sa sœur et aurait juré qu'elle venait de pleurer. Sa détermination à lui parler de son épouvantable régime amaigrissant s'affaiblit soudain. Si Louise était déjà bouleversée, elle ne réussirait qu'à se quereller avec elle. Toutefois, sa conscience lui dictait de ne pas faire marche arrière. En renonçant à mettre sa sœur en garde, elle aurait l'impression de se rendre coupable de non-assistance à personne en danger. Car, contrariée ou non, Louise devait comprendre qu'elle était en train de risquer sa vie.

— Pourquoi n'irions-nous pas prendre ensemble un petit déjeuner? proposa-t-elle. Nous pourrions aller dans ce petit café au bord du fleuve. Tu te souviens de leurs sandwichs au bacon? Et du chocolat chaud avec des marshmallows? Tu adorais ça.

Louise secoua la tête avec véhémence.

— Tu sais parfaitement que je suis au régime, s'écria-t-elle d'un ton excédé. Tu n'as tout de même pas fait tout ce chemin pour me parler de petit déjeuner?

— Eh bien si, justement, répliqua Fiona en posant sa tasse de café sur le comptoir. J'ai l'impression que tu ne prends pas bien soin de toi.

— Tu es surtout jalouse de voir le poids que j'ai perdu, rétorqua Louise.

La visiteuse décida de ne pas tenir compte de cet argument.

— Tu ne crois pas que tu es allée assez loin? dit-elle suavement. Si tu en perds encore, tu seras bientôt la femme invisible.

— Je n'ai pas à écouter ça. Tu es la dernière personne que je consulterais en matière de régime et de nutrition. Si tu n'as rien d'autre à dire, tu peux t'en aller.

Fiona se leva, attrapa sa sœur stupéfaite par le bras et l'entraîna dans les toilettes du rez-de-chaussée.

— Déshabille-toi, ordonna-t-elle en tirant sur la robe de chambre.

Louise tenta de lui échapper, mais Fiona fut trop rapide pour elle. Le vêtement dans la main, elle réprima le cri d'horreur qui lui venait aux lèvres. La belle jeune comédienne qu'elle avait connue était devenue un squelette ambulant, côtes apparentes, os de la hanche proéminents sous la culotte de dentelle et poitrine inexistante.

— Pourquoi te fais-tu tant de mal, Louise? supplia-t-elle d'une voix rauque en forçant sa sœur à faire face au miroir. Regarde-toi, bon sang!

La jeune femme fixa son reflet, puis enfila sur ses épaules ossues la robe de chambre, dont elle attacha la ceinture avec énervement. Repoussant en arrière sa courte chevelure, elle répondit:

— Si tu n'étais pas ma sœur, je porterais plainte contre toi pour agression. Pourquoi ne te mêles-tu pas de tes affaires?

— Mais tu ne peux pas souhaiter devenir ainsi, c'est impossible, insista Fiona. Tu es en train de mourir de faim!

Voyant tressaillir les paupières de Louise, elle sentit qu'elle faisait mouche.

— Qu'est-ce qu'il y a, ma chérie, pourquoi te prêtes-tu à cela?

Alors qu'elle prenait sa sœur dans ses bras, celle-ci se figea dans son étreinte, les bras ballants, le menton levé avec défi.

— C'est mon équilibre hormonal, dit-elle avec raideur. Je mange tout ce que je veux, mais je n'arrive pas à grossir.

Fiona s'écarta d'elle, blessée par cet argument pitoyable.

— C'est parce que tu n'es pas heureuse, déclara-t-elle fermement. Tu as perdu le contrôle de tout, sauf de ce que tu avales. Attention, c'est un jeu dangereux que tu joues là.

— Tu as bientôt fini? hurla Louise avec fureur.

— Non. Je continuerai jusqu'à ce que tu retrouves un peu de bon sens. Quand Mim va voir ça, tu comprendras ce que je veux dire.

Sa sœur la repoussa et se précipita dans le vestibule.

— Nous n'assisterons pas à l'anniversaire de Mim, lança-t-elle. Ralph participe à un colloque qui se déroule pendant tout le week-end.

Pas question de la laisser s'en sortir ainsi, décida Fiona.

— Cela ne t'empêche pas de venir, dit-elle sèchement. Je peux t'emmener.

— Sûrement pas ! Tu es complètement inconsciente sur cette moto. D'ailleurs, ajouta-t-elle, les yeux brillant de détermination, Ralph a besoin de moi pour organiser la réception. Je n'ai pas le temps d'aller voir Mim.

— Foutaises !

Lasse de se retenir, Fiona donna libre cours à sa révolte.

— Ton foutu mari est un salaud ! Tu ne vois pas qu'il organise cette réunion uniquement pour t'empêcher d'aller voir Mim ? Tu ne comprends pas que c'est un lâche qui ne fait que te manipuler ?

Elle s'avança vers Louise qui recula contre le mur.

— Réveille-toi enfin ! Il t'a installée dans ce mausolée de marbre et a réussi à t'isoler du reste du monde. N'a-t-il pas commencé par dévaloriser ton talent d'actrice pour que tu laisses tomber ta carrière ? Ensuite, il a décrété qu'il n'aimait pas tes amis et les a tous bannis de la maison. Maintenant, il agit de même avec ta famille.

À bout de souffle, elle ajouta :

— Et ensuite, Louise, qui te restera-t-il ?

La visage de sa sœur était d'un blanc de cire.

— Comment oses-tu ! siffla-t-elle. Qu'est-ce que tu sais de tout cela ? Tu n'as jamais été mariée. Tu n'as jamais pu garder un homme plus de cinq minutes. Tu parcours le vaste monde à ton aise, sans te préoccuper de qui que ce soit – et moins que tout de ta famille. De quel droit te permets-tu de venir ici et de mettre en avant ton poids plutôt conséquent ? Hein ?

Fiona mourait d'envie de la gifler, mais parvint à se retenir.

— Tu n'as jamais été une garce, articula-t-elle calmement, alors ne commence pas maintenant. Nous ne parlons pas de moi ni même de la famille. Nous parlons de l'image dévalorisée que tu as de toi-même, du manque d'assurance qui t'empêche d'affronter ce salaud et de le quitter.

Sa voix s'adoucit tandis qu'elle se dirigeait vers la porte.

119

— Tu n'es pas obligée de vivre dans son ombre, Louise. Tu es charmante, intelligente et parfaitement capable d'exister sans lui.

— Pourquoi le ferais-je? Nous ne sommes pas comme toi. La bohème ne m'attire pas, ni le fait de prendre les hommes et de les jeter comme bon me semble. Au moins, je ne suis pas une putain.

Fiona, bouche bée, fixa délibérément le sol de marbre. Il lui fallait rassembler toute sa volonté pour ne pas céder au désir de saisir cette pauvre idiote par le cou et la secouer violemment.

— La famille t'attend à Bellbird, laissa-t-elle tomber. Si tu ne viens pas, je veillerai à ce que tout le monde sache pourquoi.

Sa sœur, adossée au mur, était maintenant secouée de tremblements.

— À mon avis, les chances de Ralph seront minces, une fois que Léo s'occupera de lui. Je réglerais la situation rapidement si j'étais toi.

— Va-t'en! hurla Louise, au bord de l'hystérie. Va-t'en! Va-t'en!

Fiona claqua la porte derrière elle au moment précis où un vase de cristal lancé violemment passait au-dessus de sa tête pour s'écraser sur le sol du portique. Elle dévala les marches, enfonça le casque sur sa tête et fit rugir le moteur. Après un dérapage contrôlé, elle fonça dans l'allée et franchit le portail.

Quoi qu'il arrive, elle se faisait le serment d'obliger Louise à ouvrir les yeux. Et si cela signifiait se colleter à Ralph directement, elle ne se laisserait pas impressionner.

Jake fit un rêve confus. Il se trouvait sur un navire en route pour l'Australie mais croyait entendre la sonnerie insistante d'un téléphone. Cela n'avait aucun sens. Il s'efforça d'accéder à la conscience et ouvrit les yeux sur le regard jaune d'Éric, plongé dans le sien.

Le chat, perché sur son épaule, frottait doucement la couverture de ses griffes au rythme d'un ronronnement sonore.

— Tire-toi, marmonna son maître en se levant dans un désordre de couvertures.

Il se dirigea vers la cuisine. Aucun signe de Mim ne se manifestait, et le téléphone sonnait toujours.

— Allô, dit-il sans se compromettre.

— Qui est à l'appareil ? demanda une voix féminine au bout du fil.

— Jake Connor, répondit-il avec un bâillement en se grattant la poitrine. Qui êtes-vous ?

— Où est Mim ?

Fronçant les sourcils, il se pencha pour regarder par la fenêtre, mais n'aperçut qu'une partie de la cour et un coin du paddock.

— Je ne la vois pas. Probablement aux écuries.

— Oh flûte !

Un soupir exaspéré se fit entendre, suivi d'un long silence.

Alors qu'il patientait, les pieds nus sur le sol de pierre froid, Jake constata que son pantalon de pyjama était à moitié baissé ; il s'empressa de le relever comme si l'inconnue avait pu le voir.

— Est-ce que je peux lui transmettre un message ? demanda-t-il au bout de quelques instants.

— Mais bon sang, qui êtes-vous ? Qu'est-ce que vous faites dans la cuisine de Mim ?

Le jeune avocat se sentit à bout de patience.

— Je suis en visite, déclara-t-il laconiquement. Pour tout vous dire, il fait frisquet ici et je ne suis pas encore habillé. Qui êtes-vous et que voulez-vous ?

Il entendit un rire étouffé.

— Désolée, murmura son interlocutrice. Vous devez penser que je suis très impolie. Je suis Fiona. Vous avez peut-être déjà entendu parler de moi ?

Jake comprit qu'elle le soumettait à un test afin de voir à quel point il connaissait la famille. Il se frotta la poitrine d'un air absent et sourit.

— Vous êtes la petite-fille cadette de Mim. La fille de Chloé.

— Pas mal. Est-ce que vous savez mémoriser les messages ?

Il leva un sourcil. À qui Fiona pensait-elle avoir affaire ? Un demeuré, un enfant ?

— Dans mes bons jours, je me souviens presque de tout, déclara-t-il d'un ton solennel. Sauf les nuits de pleine lune, où, vers minuit, mon esprit tend à devenir quelque peu brumeux.

Il entendit de nouveau le petit rire et décida que, bien qu'elle fût la personne la plus agaçante à laquelle il ait parlé depuis son lever, il aimait bien ses intonations rauques, sensuelles, laissant percer une touche de malice qui piquait son intérêt.

— Pouvez-vous dire à Mim que Louise et Ralph pourraient bien ne pas assister à sa fête d'anniversaire, en fin de compte.

Elle s'interrompit.

— Je pense que cela devrait suffire à lui faire décrocher le téléphone et à botter le cul de cet imbécile, reprit-elle avec conviction.

Jake tira de nouveau sur son pantalon de pyjama.

— Je suppose que vous n'allez pas m'expliquer ce qui se passe ? questionna-t-il.

— Vous avez tout à fait raison, je n'en ai pas l'intention.

Il y eut une nouvelle pause.

— Dites à Mim que je suis en route et que je devrais arriver demain dans la journée, probablement en début de soirée.

Voilà qui devrait éclairer ma journée, songea-t-il. Il ne serait pas inintéressant de rencontrer cette femme énergique et méfiante.

— Parfait, lança-t-il, à plus tard, alors.

— Combien de temps restez-vous, exactement ? s'enquit-elle d'un ton mesuré.

— Aussi longtemps qu'il le faudra, rétorqua-t-il, conscient d'obéir à une pulsion perverse, mais bien décidé à avoir le dernier mot.

— Qu'est-ce que vous entendez par là ? Et d'abord, qui êtes-vous et pourquoi êtes-vous chez Mim ? Qu'est-ce qui se passe là-bas ?

— Je n'ai pas l'intention de vous le dire, répliqua-t-il suavement, réprimant un rire.

Lorsque son interlocutrice lui raccrocha au nez, il resta un instant immobile, une expression ravie sur le visage.

Miriam, qui avait travaillé presque deux heures dans les écuries, se sentait fatiguée. Au lieu de rentrer à la maison, elle se dirigea pesamment, à travers les herbes hautes, vers son arbre favori et prit place sur le banc de bois que Edward avait construit au cours de leur première année de mariage. Les intempéries avaient eu raison de la peinture qui le recouvrait à l'origine, mais il offrait toujours ombre et tranquillité. Or elle avait besoin de récupérer des forces et de réfléchir.

Elle n'avait pas réussi à trouver le repos la nuit précédente, car les images du passé s'étaient imposées à elle avec une telle intensité qu'elles demeuraient présentes à son esprit éveillé. Malgré sa lassitude, elle sourit. L'âme de ceux qui peuplaient ses rêves et ses souvenirs restait bien vivante. Elle pouvait presque contempler de nouveau Kate, énergique et joyeuse, ainsi que son père, qui se montrait toujours déterminé, avec tendresse et fermeté, à faire ce qui était juste. Lorsqu'elle se remémora tout à coup la présence menaçante de Patrick, le soleil sembla perdre de sa chaleur et elle frissonna soudain.

— Tout va bien, Mim ?

Elle tourna la tête vers la voix affectueuse qui ne l'avait pas fait sursauter. En réalité, elle était reconnaissante à son visiteur de venir la retrouver à un moment aussi opportun.

— Je suis en compagnie de fantômes, expliqua-t-elle d'un ton las. Ils ne nous quittent jamais, n'est-ce pas ?

Sans répondre, Jake la rejoignit sur le banc, puis étendit ses longues jambes devant lui. Il baissa son chapeau sur les yeux et mit les mains dans les poches de son pantalon de velours, heureux de partager avec son hôtesse un moment d'intimité silencieuse.

En présence de cet homme paisible, Miriam sentit ses forces lui revenir. Bien qu'il soit jeune, il y avait en lui un calme communicatif, hautement rassurant. Elle aurait voulu l'interroger sur sa femme et la raison de leur divorce, mais savait que ce serait indiscret. Toutefois, elle ne pouvait s'empêcher de se demander comment un spécimen tel que lui avait pu connaître un mariage troublé – peut-être ne fallait-il pas se fier à l'eau qui dort ; peut-être ne connaissait-elle qu'une facette de Jake Connor ?

Assise près de lui, sous la protection du poivrier, elle écouta le bourdonnement des abeilles. La brise lui apportait les bruits des écuries et, de temps en temps, le croassement d'un corbeau filtrait à travers le bavardage des perruches. À ses yeux, Bellbird représentait sur terre ce qui se rapprochait le plus du paradis. Elle espérait vraiment que, lorsqu'il lui serait donné de percer le mystère de la vie après la mort, ce serait dans un endroit tel que celui-là.

Se raclant la gorge, Jake se redressa et releva son chapeau.

— Vous avez reçu un coup de fil tout à l'heure, dit-il doucement ; de Fiona.

Elle éprouva un élan de panique.

— Ne me dites pas qu'elle a dû partir de nouveau ! s'écria-t-elle vivement. Elle avait promis de venir.

Jake secoua la tête.

— C'est Louise et son mari qui ne viennent pas.

Pensant qu'il lisait de la déception dans son regard, il ajouta :

— Désolé, mais c'est tout ce que votre petite-fille a dit.

Miriam se leva et se planta devant lui, les mains sur les hanches.

— Pas besoin de vous justifier, assura-t-elle. Quelle est l'excuse de Ralph, cette fois ?

— Elle ne l'a pas précisé, articula Jake en haussant les épaules.

Tandis qu'ils retournaient tous deux à la maison, elle leva les yeux vers son immense compagnon.

— Qu'y a-t-il de si drôle? s'enquit-elle lorsqu'elle le vit esquisser un sourire.

— Fiona a dit que vous seriez furieuse.

— C'est on ne peut plus exact.

Elle monta bruyamment les marches, se précipita vers la porte et ajouta:

— Pendant que je règle ça, rendez-vous utile; la bouilloire est là.

En hâte, elle composa le numéro du bureau de Ralph.

— Ralph, dit-elle avant qu'il eût terminé de la saluer, j'espère que Louise et vous venez à Bellbird comme prévu?

— Je suis malheureusement coincé ici, répondit-il sans regret apparent. Je ne peux pas venir.

— Quel dommage! susurra Miriam sur le même ton. Je comptais sur vos conseils à propos d'une rentrée d'argent qui me tombe du ciel, mais cela ne fait rien, je vais appeler Baxter.

William Baxter était le directeur de la firme concurrente la plus importante de celle de Ralph et les deux hommes se détestaient cordialement.

— Je vais peut-être pouvoir m'organiser autrement, déclara-t-il avec une nonchalance étudiée; mais cela va me prendre un certain temps.

Il se tut et remua du papier.

— Ne pouvez-vous pas m'expliquer de quoi il s'agit au téléphone? insista-t-il.

— Pas vraiment. J'espérais garder cela dans la famille, mais si vous ne pouvez pas…

Elle laissa sa phrase en suspens, sachant qu'il ne serait pas capable de résister.

— Je vais voir ce que je peux faire. Mais je suis très occupé et je ne peux rien vous promettre avant d'en avoir parlé à mes collègues.

Miriam raccrocha.

— Quelle andouille prétentieuse, s'écria-t-elle en prenant la tasse que lui tendait Jake avant de se laisser tomber dans son fauteuil.

— Pas de chance, alors?

Jake la regardait, appuyé contre le placard, son thé fumant à la main. Miriam s'esclaffa, faisant apparaître une fossette sur son menton.

— Vous voulez parier ? dit-elle en passant la main dans son épaisse chevelure grisonnante. Il va venir. Rien de tel que l'odeur de l'argent pour stimuler le flair de ce bon vieux Ralph.

Son interlocuteur s'appuya plus confortablement contre le meuble en mauvais état.

— Fiona a dit qu'elle serait là demain, probablement en fin d'après-midi. Il vaudrait mieux que je déménage pour vous laisser à vos célébrations familiales.

Elle ne put dissimuler son intense plaisir à l'annonce de l'arrivée imminente de sa petite-fille.

— Vous n'en ferez rien, ordonna-t-elle. Je n'ai pas fini de vous raconter l'histoire de mes parents. Et il faut que vous en connaissiez tous les détails si nous voulons obtenir un résultat.

— Ce ne sera pas forcément si facile, répondit Jake après avoir bu une gorgée. La mémoire peut nous jouer des tours. Il arrive que nous soyons convaincus de l'existence d'un souvenir, mais qu'en définitive nous ayons tort.

Il la regarda, le visage grave.

— Ne vous emballez pas trop, Mim. Nous allons peut-être nous casser la figure.

Elle le fixa avec sévérité, déterminée à ne pas lui montrer à quel point son pessimisme l'affectait.

— Alors, vous pensez que je n'ai pas la moindre chance ?

— Pas vraiment, avoua-t-il. Pas d'après ce que vous m'avez donné comme éléments jusqu'ici.

— Alors il est temps que je vous raconte la suite de mon histoire, nous verrons ce que vous en penserez alors.

Elle s'extirpa de son fauteuil et prit le flacon de médicaments posé sur l'étagère, à côté du fourneau. Après avoir avalé deux comprimés avec une gorgée d'eau, elle s'essuya la bouche avec le dos de la main. Tout à coup, voyant que Jake la regardait, elle fit une grimace.

— Juste un peu de migraine, ça va s'arranger.

Il la suivit dans le couloir puis entra derrière elle dans le salon. C'était une pièce agréable, qui s'étendait sur toute la largeur de la maison et dont les fenêtres donnaient à la fois sur la cour de devant et sur le paddock, au dos du bâtiment. À peine y était-on entré, se dit-il, que le temps semblait soudain miraculeusement suspendu. Les fauteuils profonds, recouverts de chintz, étaient assortis aux rideaux dont les couleurs avaient passé sous le soleil implacable. Sur l'épais tapis, qui recouvrait presque entièrement le parquet, se dressaient de lourds meubles anciens, dépareillés, dont le lustre témoignait d'une attention particulière. Cependant, dès le premier pas, le regard était attiré par la cheminée de pierre et le tableau qui la surmontait.

Miriam recula d'un pas pour mieux observer Jake qui traversait la pièce et s'arrêtait devant la peinture. Elle était toujours intéressée par ce que les visiteurs pouvaient en penser.

— Est-ce une œuvre de votre père ? demanda-t-il en essayant de déchiffrer la signature presque illisible.

— Oui, c'est son dernier tableau.

— Je suis loin d'être un expert, murmura-t-il, mais la qualité du travail est exceptionnelle. La façon dont il a capté la lumière, l'émotion qui se dégage des personnages… c'est superbe.

Il fit volte-face pour la regarder.

— Les peintures de ce type sont très recherchées. Si vous la nettoyiez, vous pourriez en tirer une fortune. J'espère que vous l'avez assurée ?

— Le tableau n'est pas à vendre, lança-t-elle sèchement en se laissant tomber dans l'un des fauteuils, mais il est assuré. Bien qu'il n'ait jamais été perdu ni volé ni même abîmé, aucune somme ne pourrait le remplacer. C'est pratiquement le seul souvenir qui me reste de lui.

Jake s'adossa au manteau de la cheminée et croisa les bras.

— Et ses autres œuvres ? Il devait en avoir une sacrée collection au moment où il est mort ?

127

Miriam fixait le tableau, les souvenirs ravivés par la scène si familière.

— Elles ont disparu, articula-t-elle d'un ton rauque.

— Dans quelles circonstances? s'enquit-il, le visage grave.

— Chaque chose en son temps, déclara-t-elle avec une profonde tristesse. Pour comprendre à quel point je tiens à ce souvenir, vous devez en connaître l'histoire et le prix qu'il a fallu payer pour le conserver.

Pour la première fois de sa vie, Paddy Dempster avait l'impression de se trouver à sa place : il n'avait pas ressenti le besoin de voler ni de tromper ses compagnons de voyage. Son amitié avec Henry Beecham s'était épanouie au cours des quatre derniers mois et, à sa grande surprise, il se rendait compte qu'il aimait le jeune homme, en dépit de son milieu social. Pour Maureen, en revanche, c'était une tout autre question. Elle était trop futée, trop expérimentée et, bien qu'il ait fait le maximum pour se faire apprécier d'elle, il fallait qu'il se contente en retour d'une attitude de froide politesse. Peu importait, au fond. C'était Henry qui comptait ; Henry qui finirait par se laisser entraîner dans ses projets et l'aiderait à bâtir sa fortune.

Patrick appréciait l'intimité qui s'était créée entre les occupants du secteur arrière du bateau ainsi que la camaraderie qui rassemblait, en particulier, les mâles célibataires. Il y avait aussi sur l'entrepont des femmes, jeunes, libres, et désireuses de trouver un homme avant d'avoir atteint le rivage australien. Cependant, Paddy n'avait d'yeux que pour Kate Kelly.

Il était assis à sa place habituelle sur le pont, fumant la pipe et observant Henry qui dessinait, lorsqu'il aperçut la jeune fille qui venait vers lui. Son compagnon avait sans doute senti son attention soudaine, peut-être en raison de la façon faussement désinvolte dont il venait de redresser son col, car il s'interrompit brusquement et suivit Kate des yeux tandis qu'elle s'approchait d'eux.

— Je vois que notre charmante amie t'a envoûté, Paddy, dit-il avec un petit rire. Je serais prudent si j'étais toi. Elle n'est pas particulièrement commode et je ne suis pas sûr que vous vous conveniez à ce point.

Paddy vida lentement le fourneau de sa pipe et jeta les cendres par-dessus bord.

— Elle vaut vraiment la peine, murmura-t-il en admirant le balancement des hanches fines sous les amples jupes de coton. Il faudrait être idiot pour ne pas tenter sa chance.

— Je plaiderai ta cause, marmonna Henry avec un clin d'œil. Mais, à ta place, je n'aurais pas trop d'espoir. Elle a la tête beaucoup trop solide pour s'en laisser conter.

Kate, qui les avait rejoints, s'empourpra sous le regard de Paddy et se tourna rapidement vers Henry.

— J'ai quelques minutes de liberté. Je voulais parler à Maureen, mais je ne la trouve pas.

— Elle ne peut pas être bien loin, répliqua-t-il, balayant du regard la foule environnante. Pourquoi ne vous asseyez-vous pas pour bavarder avec Paddy ? ajouta-t-il. Ma femme ne devrait pas tarder et il est temps que vous fassiez un peu mieux connaissance.

Voyant l'hésitation de la jeune fille et son regard gêné, Paddy éprouva un sentiment de doute. On aurait dit qu'elle avait peur de lui. Pourtant, il n'avait rien fait pour l'effrayer. Au contraire, il avait toujours veillé, lorsqu'ils étaient seuls, à laisser entre eux une distance convenable et n'avait jamais dérogé à la plus stricte politesse. Il s'écarta pour lui faire de la place.

— Allons, Kate, venez. Je ne vais pas vous manger.

Elle lissa sa jupe et s'assit tout au bord du banc de bois.

— Je ne peux pas rester longtemps, les enfants vont bientôt avoir fini leur sieste.

Notant à quel point elle était tendue, il remarqua qu'elle se tenait le plus loin possible de lui. Au début, il avait été ravi de constater qu'elle s'entendait bien avec Henry, pensant que leur amitié commune envers le jeune lord les rapprocherait. Toutefois, en dépit des manœuvres joviales du peintre pour les réunir, au cours des derniers mois, Kate semblait déterminée à ne pas se lier davantage.

Après un échange de propos guindés, tous deux restèrent donc assis dans un silence inconfortable tandis que Henry reportait son attention sur la douairière plutôt hautaine dont il faisait le portrait. Paddy respirait le parfum de Kate, admirant le hâle de sa peau, brunie au soleil, et les seins ronds qui se laissaient deviner sous le fin tissu de coton. Il se lécha les lèvres en voyant une goutte de sueur couler le long du cou de la jeune fille et disparaître dans la discrète échancrure de son corsage.

Elle était mûre à point, prête à être cueillie. Il sentit son corps vibrer tandis que son regard s'élevait du cou mince jusqu'aux yeux sombres et à la bouche sensuelle. Kate Kelly avait beau paraître l'incarnation du dédain et de la femme vertueuse, il l'imaginait étendue au-dessous de lui, les cheveux défaits, les jambes enroulées autour de ses hanches, gémissant de plaisir tandis qu'il s'emparait d'elle.

Tournant la tête, elle le fixa, comme si elle pouvait lire dans son esprit, et se leva brusquement.

— Je dois y aller. Dites à Maureen que je la verrai ce soir.

Paddy, de nouveau fasciné par le mouvement cadencé de ses hanches, sut qu'il ne pouvait pas attendre plus longtemps. Kate Kelly devait être dressée et il était justement l'homme qu'il fallait pour cela.

Le dîner était terminé. Maureen attendit que Paddy ait quitté la table pour rejoindre ses compagnons et leur bruyant jeu de cartes. Elle tendit alors le bras et saisit la main de son mari.

— Je souhaiterais que tu ne l'encourages pas, dit-elle.

Henry écarquilla ses grands yeux couleur d'azur.

— C'est un brave garçon. Il m'a appris une astuce ou deux. Nous ne serions pas installés aussi confortablement si Paddy ne nous avait pas obtenu les couvertures, le lait et les légumes.

En frissonnant, la jeune femme tira le châle plus étroitement sur ses épaules. En dépit de la chaleur écrasante pendant la journée, les nuits étaient d'un froid mordant.

— Je n'ai pas confiance en lui, insista-t-elle. Et Kate non plus.

Henry lui tapota la main.

— C'est une petite idiote. Paddy n'est peut-être pas le plus raffiné des hommes, mais c'est un brave cœur. Il ne se rend pas compte de sa propre attitude. Pour ma part, je le trouve plutôt amusant.

Maureen comprit que le moment était venu d'exprimer ses inquiétudes.

— J'ai déjà vu des hommes comme lui, déclara-t-elle avec une fébrilité qui rendait sa voix stridente.

Elle baissa d'un ton, sans pouvoir atténuer la conviction de son propos.

— Ce n'est pas un véritable ami, Henry. Il reste près de nous parce qu'il espère en tirer profit.

Son époux la regarda avec une expression de surprise.

— Je n'ai rien qui puisse intéresser Paddy, répliqua-t-il calmement. Nous avons très peu d'argent et nous ne possédons aucun objet de valeur. Je pense que tu te laisses entraîner par ton imagination.

En souriant, il lui serra de nouveau les doigts.

— Je suis un grand garçon, ma chérie. Je suis capable de veiller sur nous deux, alors ne tourmente pas ta jolie tête avec des pensées trompeuses.

Elle réprima une envie folle de le gifler. Brusquement, elle retira sa main et se leva de table.

— Ne me parle pas comme à une enfant, Henry, lança-t-elle d'un ton sifflant. Je n'ai peut-être pas eu ton éducation ni ton expérience, mais, parfois, tu fais preuve d'une candeur désolante. Fais-moi au moins la grâce de croire que je suis capable de voir si un homme de mon milieu est quelqu'un de bien ou non.

— N'insiste pas, Maureen, rétorqua son mari. Paddy aurait pu facilement voler ma montre sur le quai, et, pas une seule fois, il n'a fait allusion à une quelconque récompense, ou laissé entendre qu'il espérait plus que mon amitié. Le sujet est clos.

Elle choisit de s'éloigner avant que leur discussion ne dégénère en véritable querelle, des larmes de fureur sur le visage. Elle aimait Henry avec passion mais, bon sang, quel idiot il pouvait être parfois! Pourquoi ne voyait-il pas ce qui crevait les yeux? Le fait de rendre la montre avait été un geste adroit de Paddy : sa présence constante, ses conseils avisés et le cadeau des couvertures et de la nourriture faisaient partie d'un plan, elle en était certaine – même s'il lui était impossible de savoir pour l'instant de quel plan il s'agissait. Elle sentait simplement qu'il fallait se méfier de cet homme. Plus tôt le bateau accosterait, plus vite ils se sépareraient de leur soi-disant ami, mieux cela vaudrait.

Kate referma doucement la porte de la cabine où les enfants venaient de s'endormir et, se retournant, se trouva face à Peter Reed qui l'observait.

— Je m'en vais, monsieur, dit-elle avec une petite révérence.

Le père Pat aurait été fier de son élève. Elle avait beaucoup évolué depuis les jours lointains du presbytère.

Il sourit, faisant naître un réseau de petites rides au coin de ses yeux.

— Toujours en train de courir, constata-t-il d'une voix traînante. Est-ce qu'il vous arrive de rester immobile, Kate?

— Il est très tard, monsieur, et j'ai promis d'aller voir mon amie ce soir.

— Ah! laissa-t-il échapper. Alors il y a un homme dans votre vie? J'aurais dû m'en douter.

Elle lui rendit son sourire.

— Non, monsieur. Maureen attend son premier enfant et j'ai promis de lui tenir compagnie.

— Venez boire un verre avec moi, Kate, proposa-t-il. Vous êtes d'une compagnie beaucoup plus agréable que tous ces gens collet monté. Je n'aurais jamais dû voyager en première classe.

— Ce ne serait pas correct, monsieur.

Pourtant, elle ne semblait pas pressée de partir. Peter Reed était indéniablement un homme séduisant qui avait le pouvoir, elle l'avait remarqué, de susciter la convoitise des jeunes filles riches voyageant avec lui sur le pont supérieur – si l'on pouvait en croire, tout au moins, les regards intéressés qu'elles lui lançaient.

— Je suis sûre qu'il y a une foule de dames sur ce bateau qui seraient d'une compagnie beaucoup plus intéressante que moi, suggéra-t-elle.

— Elles n'ont ni votre énergie ni votre curiosité et encore moins votre goût de la vie.

Il se versa un autre verre et la regarda d'un air pensif.

— Vous allez réussir en Australie, prédit-il finalement. Vous avez toutes les qualités qu'il faut pour cela.

Voyant que ses compliments la mettaient mal à l'aise, il posa la carafe et lui ouvrit la porte.

— Allez-y, Kate, dit-il doucement. Je vous souhaite une très bonne soirée.

La jeune fille accéléra l'allure en direction de l'escalier qui conduisait aux ponts inférieurs. Elle avait appris à apprécier Peter Reed. C'était un patron aimable et courtois, qui s'intéressait à ses rêves et à ses aspirations, sans jamais dépasser les limites permises. Elle aimait écouter sa voix profonde, épicée d'une pointe d'accent traînant qui n'était ni irlandais ni typiquement londonien, mais évoquait plutôt les vastes étendues australiennes où ce Britannique s'était fait une situation.

S'arrêtant un instant pour reprendre sa respiration, elle fut attirée par l'océan et s'appuya au bastingage. La lune, qui s'élevait dans le ciel sans nuages, parsemé d'étoiles, inondait d'une lueur magique les vagues sans repos tandis que le navire poursuivait sa route vers l'horizon.

— Les marins appellent ce phénomène la phosphorescence, articula une voix derrière elle.

Kate fit volte-face.

— Que faites-vous ici? demanda-t-elle d'un voix sèche, constatant que l'homme se tenait beaucoup trop près d'elle.

Paddy se gratta le menton.

— Je viens souvent ici le soir, déclara-t-il. C'est plus calme et il y a de la place pour se promener et réfléchir.

Elle voulut s'écarter, mais la carrure massive de l'homme lui barrait la route.

— J'ai promis à Maureen d'aller la voir, dit-elle en s'appliquant à garder son calme. Elle va m'attendre si je tarde trop.

L'homme esquissa un salut exagéré et lui tendit le bras.

— Alors laissez-moi vous escorter, mademoiselle.

D'un rapide coup d'œil autour d'elle, elle constata qu'ils étaient seuls.

Il lui prit la main et la coula sous son bras en souriant.

— Voilà qui est mieux.

Kate le suivit contre son gré. S'enfuir aurait paru idiot. En outre, si elle lui opposait trop de résistance, il en résulterait un tas de tracas. Face à cet individu grand et fort, elle savait que, quelle que soit sa propre énergie, elle n'aurait aucune chance de s'échapper. Elle devait à tout prix dissimuler à quel point il lui répugnait et se contenter de jouer le jeu en espérant que l'occasion de s'esquiver se présenterait rapidement. Un marin passant à côté d'eux ou un couple en promenade suffiraient à lui fournir l'opportunité voulue sans qu'elle ait besoin d'humilier son indésirable accompagnateur.

Ils marchèrent en silence, le bruit de leurs pas étouffé par le grondement sourd et incessant des moteurs. Le bateau avançait, plongeant et se relevant au gré des vagues, sous la lumière indifférente des constellations.

Elle sentait la force du bras qui tenait le sien étroitement serré, ainsi que la tension croissante de Dempster, alors qu'ils approchaient de la volée de marches. Parfaitement consciente de l'ombre épaisse projetée par les caisses arrimées au pont et recouvertes de toile goudronnée, elle commençait elle-même à devenir la proie d'une nervosité incontrôlable.

Tout à coup, elle sentit les doigts se resserrer sur elle et perçut la respiration haletante. Paddy lui agrippa l'épaule et la projeta violemment contre une caisse de bois. Avant qu'elle ait pu crier, il écrasa sa bouche sur la sienne.

Kate lui résistait de toutes ses forces, le martelant de coups de poing et s'efforçant désespérément d'échapper à cette langue répugnante qui forçait son chemin entre ses lèvres.

Paddy se frottait contre elle, pressé d'assouvir son excitation. Il souleva ses jupes, lui attrapa les cuisses, puis la souleva, la clouant de nouveau contre la caisse tout en tâtonnant pour ouvrir son pantalon.

Le hurlement de la jeune fille s'étouffa dans sa gorge alors qu'il intensifiait son baiser étouffant et insérait un doigt au-dedans d'elle. Elle se débattit de plus belle, en vain. Il était déterminé à la posséder et à ne lui laisser aucune chance de s'enfuir.

À bout de souffle, elle sentait ses forces s'épuiser. Il lui écartait les jambes, prêt à atteindre son but. Dans un mouvement désespéré, elle tendit la main, sentit un objet froid et lisse qu'elle agrippa instinctivement. Avec une violence décuplée par la terreur, elle lui assena un coup. Il ouvrit la bouche et tomba en arrière, la nuque sur le bastingage. Brusquement, desserrant son étreinte, il tomba lourdement sur le sol.

Kate se sentait paralysée. C'était comme si elle avait perdu l'usage de ses jambes en même temps que toutes ses facultés de raisonnement. Elle le regarda s'écrouler et vit sa tête heurter le sol avec un bruit horrible avant qu'il ne tombe, étendu à ses pieds. Il saignait, car elle pouvait voir une petite traînée sombre sur les planches délavées.

Il se mit alors à grogner et à racler le sol de ses ongles.

Ce mouvement la galvanisa. Elle enjamba le corps inerte et se précipita vers l'escalier, qu'elle dévala comme si son agresseur la poursuivait. Courant entre les cages des animaux, elle descendit une autre volée de marches jusqu'au dortoir. Insensible aux rires gras des couche-tard, qui s'élevaient sur son passage, elle se dirigea vers l'obscurité et le confort de sa couchette.

Une fois le rideau tiré, elle se laissa tomber sur le matelas et se recroquevilla, les genoux contre la poitrine, le visage enfoui dans l'oreiller. Après un accès de larmes bienfaisantes, elle prit calmement une décision. Elle ne dirait rien à Maureen, qui avait déjà suffisamment de soucis, mais elle trouverait le moyen de parler à Henry dès le lendemain matin. Lui seul pourrait trouver un moyen de la protéger de Paddy.

Kate s'éveilla en sursaut de ses rêves agités sous la pression d'une main rugueuse qui lui écrasait la bouche. Elle vit la lueur dangereuse du regard de l'homme et sentit son odeur de transpiration tandis qu'il se penchait, approchant son visage tout près du sien.

— Tu te tais sur ce qui s'est passé cette nuit, chuchota-t-il. Ou je te fais enfermer pour avoir cherché à me tuer.

Il lui frotta le visage du bout de son menton mal rasé.

— Ce sera notre petit secret, reprit-il.

Elle savait que ses yeux trahissaient la frayeur qu'il lui inspirait.

— Ose parler de ça et je ferai savoir à tous que tu es une petite catin, que tu étais plus que consentante. Aucun homme respectable n'osera alors t'employer pour prendre soin de ses enfants. Je serais très prudente, si j'étais toi. Il n'y a qu'une seule autre profession à laquelle une fille comme toi, sans références, sans protecteur, puisse prétendre. Et je ne veux pas qu'il arrive pareil sort à celle qui sera un jour ma femme…

La jeune fille fixa avec une stupéfaction horrifiée son sourire satisfait. Elle cligna des paupières quand elle le vit tirer le drap vers le bas et poussa un gémissement de désespoir alors qu'il parcourait son corps du bout des doigts, semblant tracer un chemin jusqu'à ses seins, puis jusqu'à son ventre.

— Je t'aurai, Kate, murmura-t-il. Tu peux en être certaine.

Le *Swallow* entra dans la rade de Port Philip le 15 avril 1894. Pendant les six mois de traversée, huit bébés étaient nés, quatre personnes étaient décédées et un marin avait basculé par-dessus bord lors d'une tempête au large du cap Horn. Trois mariages avaient été célébrés, ainsi qu'un grand nombre de fiançailles. Toutefois, nul ne pouvait dire si ces engagements nouveaux sauraient résister à la dure bataille de l'avenir.

Alors que le coup de sirène du bateau renforçait l'excitation des passagers, Maureen et Henry se joignirent à leurs compagnons de voyage sur le pont.

— Notre nouvelle patrie, s'écria Henry par-dessus le vacarme. Regarde, ma chérie, regarde comme c'est magnifique !

La jeune femme, au creux des bras de son époux, contemplait l'étendue d'eau qui les séparait du rivage.

— La mer est aussi bleue que la robe de Notre-Dame, souffla-t-elle avec émerveillement. C'est si beau ! Je n'ai jamais rien vu d'aussi splendide.

— Regarde comme le soleil y met des étoiles ; elle est si brillante qu'elle fait presque mal aux yeux !

Maureen mit sa main en visière et parcourut des yeux le rivage. Le *Swallow* se dirigeait vers une côte en forme de fer à cheval, bordée de gigantesques falaises rouges qui jaillissaient au-dessus du sable doré caressé par les vagues. Au-delà s'étendait une terre aussi verte que celle de l'Irlande. Une violente nostalgie s'empara d'elle, plus forte que toutes les douleurs qu'elle avait endurées au cours de cette interminable traversée.

— Nous sommes chez nous, ma chérie, murmura doucement Henry, les lèvres dans sa chevelure. Promettons-nous mutuellement que nous tirerons le meilleur parti de ce que ce pays peut nous offrir.

Presque aveuglée par les larmes, Maureen se retourna et l'enlaça étroitement.

— Nous sommes là l'un pour l'autre, répondit-elle. Cela suffit.

Henry leva le visage vers le soleil et inspira profondément.

— Nos enfants s'épanouiront ici. Nous ferons en sorte qu'ils ne connaissent jamais les déchirements que nous avons vécus.

Maureen hocha la tête, le cœur trop plein pour exprimer ce qu'elle éprouvait avec des mots. En outre, la douleur lancinante qui lui martelait le dos l'empêchait de vraiment se concentrer.

— Vous ne devinerez jamais ce qui m'arrive ! s'écria une voix essoufflée.

Kate se frayait un chemin à travers la foule compacte qui se pressait contre le bastingage.

— M. Reed m'a demandé de l'épouser !

— Félicitations !

Ils étaient heureux de revoir leur amie, si pleine de vie et d'exubérance ; elle leur avait beaucoup manqué au cours des dernières semaines.

La nouvelle venue secoua la tête. Quelques mèches rebelles s'échappèrent des épingles qui lui retenaient les cheveux et se déroulèrent dans son dos.

— J'ai refusé, déclara-t-elle.

Maureen la fixa avec étonnement.

— Mais pourquoi ? Je croyais que tu l'aimais bien, et il est aussi riche que séduisant !

— Je l'aime bien, en effet, répondit Kate en riant, mais ce n'est pas suffisant pour me marier avec lui. De plus, il ne fait que chercher une mère pour ses enfants, et je ne suis pas prête à m'engager pour l'instant.

La future mère enlaça les épaules de son amie. Cela faisait des siècles qu'elles n'avaient pas eu le temps de bavarder, car la jeune fille avait soudainement emballé ses affaires et, sans explication, avait déménagé sur le pont supérieur.

— Tu nous as vraiment manqué ces derniers temps ; mais je suppose que M. Reed avait besoin de toi quand les enfants étaient malades.

La jeune fille haussa les épaules en détournant le regard.

— À tout point de vue, il était plus pratique pour moi de rester là-haut, dit-elle avec légèreté. Cela faisait beaucoup moins d'allées et venues.

Maureen étudiait sa compagne. Kate avait changé de comportement. Non seulement elle se montrait moins ouverte, mais elle changeait de sujet quand on la questionnait de trop près. Paddy y était sans doute pour quelque chose, car il avait eu beaucoup de mal à cacher sa contrariété quand il avait appris que la jeune fille avait déménagé.

— Avez-vous vu tout cet espace ? s'exclama Kate. Et la taille du ciel ! Avez-vous déjà contemplé quelque chose d'aussi... d'aussi...

Elle semblait à bout de souffle et de qualificatifs.

— Grand ? suggéra Henry en riant. Oh, je suis heureux que nous nous soyons rencontrés, ajouta-t-il. Le voyage n'aurait pas été aussi amusant sans vous.

L'expression de la jeune fille se modifia tandis que des larmes perlaient à ses paupières.

— Vous allez me manquer aussi, avoua-t-elle en reniflant. Mais puisque je fais beaucoup moins de fautes d'orthographe, maintenant, je promets de vous écrire tous les mois une fois que nous serons tous installés.

Les deux femmes s'étreignirent. Maureen avait l'impression de quitter la maison une deuxième fois, ce qui lui causait une souffrance presque insupportable. Tout comme M. Reed et ses enfants, Henry et elle débarquaient du *Swallow* ici, à Port Philip, alors que Kate restait à bord pour se rendre à Sydney, où l'attendait un emploi de gouvernante.

Elle s'écartèrent l'une de l'autre. Maureen était sur le point de s'appuyer de nouveau au bastingage, lorsqu'elle remarqua Paddy un peu à l'écart, qui dévorait Kate d'un regard sombre et intense.

Alors qu'elle était sur le point de faire un commentaire, la douleur qu'elle connaissait si bien l'enserra tout à coup comme un étau. Elle inspira brusquement et leva les mains vers son ventre gonflé, sentant les mâchoires de métal se refermer peu à peu. Tout ce qui l'entourait fut soudain oblitéré.

— Maureen ! Que se passe-t-il ?

La voix angoissée de Henry ne lui parvenait qu'à travers le bourdonnement de sa tête.

— Vite, aidez-moi à la transporter au-dessous, ordonna Kate. Le bébé arrive.

— Ce n'est pas possible, articula la jeune femme en haletant. Il ne doit naître que dans deux semaines.

Elle eut à peine le temps de terminer sa phrase : un liquide tiède et poisseux coulait entre ses cuisses. Baissant les yeux, elle vit des gouttes de sang rouge vif tomber sur le plancher délavé. Elle avait assisté à suffisamment d'accouchements pour savoir que l'enfant n'attendrait pas. Sans protester, elle laissa Henry l'accompagner jusqu'à sa couchette et s'effondra avec reconnaissance sur le matelas.

— Allez chercher le docteur, intima Kate au jeune homme tandis que plusieurs autres femmes faisaient cercle autour d'elles. Elle accouche avant terme et je n'ai jamais fait cela toute seule.

Henry se précipita dans les escaliers. Maureen agrippa fermement la main de son amie tandis que la douleur montait de nouveau, par vagues régulières, en un crescendo implacable.

— Aide-moi, supplia-t-elle. J'ai peur.

Kate demanda aux spectatrices de s'éloigner. Elle s'efforçait d'apaiser sa compagne avec des mots d'encouragement, mais Maureen ne percevait que des syllabes décousues au-delà de la houle sombre qui menaçait de l'engloutir.

— Il arrive, cria-t-elle. Oh, mon Dieu, il arrive ! Aide-moi !

— Lève les genoux et pousse, s'écria la jeune fille. Voilà, ajouta-t-elle en coinçant le manche de l'un des pinceaux de Henry entre les dents de son amie. Mords et pousse comme une folle !

Maureen serra les dents sur le morceau de bois. Revenu avec la douleur, le désir d'expulser le bébé devenait impérieux. Elle agrippa ses genoux qui remontèrent de chaque côté de son ventre, rassembla toutes ses forces, releva la tête et poussa aussi fort qu'elle le pouvait.

— Bravo, l'encouragea Kate qui se trouvait maintenant au bout du matelas, plantée devant elle. Je vois la tête. C'est un bébé irlandais typique, avec des boucles noires. Allons, encore une fois !

Trempée de sueur et à bout de souffle, Maureen sentait la pièce tourbillonner autour d'elle. La souffrance semblait avoir envahi tout son corps, ravivant le feu qui lui consumait les côtes. Il se répandait dans ses poumons et cognait dans ses tempes. Vidée de toute énergie, elle inspira laborieusement et poussa de nouveau.

Alors que le bébé glissait hors de son corps, une douleur insupportable lui fendit le côté, englobant sa poitrine entière avec une telle intensité que l'air s'en échappa avec un souffle rauque. Elle retomba sur l'oreiller et porta la main à sa gorge. Son cœur cognait dans sa poitrine et ses poumons ne se remplissaient plus ; elle ne pouvait ni crier, ni respirer.

— Qu'est-ce qui se passe ?

La voix effrayée de Kate lui parvenait de si loin qu'elle se transformait en un murmure incompréhensible.

Les doigts de Maureen serraient sa gorge tandis que son corps s'arc-boutait dans un mouvement désespéré. Il fallait qu'elle inspire, qu'elle se débarrasse de ce qui expulsait sa vie au-dehors. Sa terreur s'accrut lorsqu'elle sentit les battements de son cœur résonner dans sa tête, puis ralentir en un martèlement lourd, noyant tout autre son. La faible lueur de jour qui régnait dans la salle s'éteignait peu à peu. Elle tourna la tête vers Kate et perçut enfin le cri lointain de son enfant.

Henry dévala les marches à la suite du médecin, avec une excitation nerveuse mêlée d'appréhension. Le bébé arrivait trop tôt alors que Maureen avait été souffrante pendant pratiquement toute la traversée. Il avait espéré que quelques semaines sur la terre ferme l'aideraient à reprendre des forces pour l'accouchement, mais les événements s'étaient précipités. Jamais il ne s'était senti aussi impuissant.

Tandis qu'ils arrivaient au bas de l'escalier, ils entendirent les cris angoissés de Kate. Henry avait peine à cacher sa frustration. Le médecin corpulent avançait lentement, occupant toute la largeur de l'allée.

— Dépêchez-vous, s'exclama-t-il. Il se passe quelque chose d'anormal.

— Les femmes s'inquiètent toujours dans ces moments-là, répliqua le docteur sans accélérer l'allure. Je suis sûr qu'il n'y a pas de raison de s'affoler.

Kate, qui fonçait sur eux, se jeta sur le praticien.

— Il faut que vous fassiez quelque chose, hurla-t-elle en lui tirant le bras. Elle ne respire plus.

Henry les bouscula tous deux et courut jusqu'au dortoir. Il s'immobilisa près du lit, puis tomba à genoux. Maureen était étendue sur le matelas, la bouche ouverte en un cri silencieux. Sur sa peau de marbre, les lèvres paraissaient plus bleues encore et les griffes, sur son cou, d'un rouge éclatant.

— Laissez-moi passer !

Une poigne ferme l'éloigna du lit. Le médecin laissa choir sa serviette sur le sol et se pencha sur l'accouchée.

Henry avait à peine conscience de Kate, debout près de lui, ainsi que du faible vagissement du nouveau-né. Toute son attention était fixée sur Maureen. Si paisible et si pâle, elle semblait terriblement éloignée de celle qu'il aimait. Il suppliait en silence le docteur de la réveiller, de trouver ce qui n'allait pas et de la guérir. La vie sans elle était inenvisageable.

Le médecin termina son examen et se releva. Le visage solennel, il fixa un point au-dessus de la tête du jeune époux.

— Votre femme est morte, dit-il tristement. Je vois qu'elle a eu récemment une côte cassée, ce qui lui a peut-être coûté la vie.

Avec compassion, il posa sur l'épaule de Henry sa main replète.

— Si tel est le cas, elle était condamnée.

Le jeune homme se demanda s'il avait bien entendu.

— C'est impossible, dit-il, elle ne peut pas être morte. Nous nous parlions il y a quelques minutes de cela.

Il déglutit péniblement et s'humecta les lèvres. Incapable de penser, l'esprit en tumulte, il posa son regard désespéré sur Kate, puis sur le docteur.

— Quelle côte cassée ? demanda-t-il enfin. Elle ne m'a jamais rien dit !

Le docteur ramassa sa serviette et remit son pince-nez en place.

— Cette fracture est apparemment une blessure assez récente. En l'absence de traitement, l'os ne s'est pas réparé correctement. Elle souffrait sans doute beaucoup mais ne voulait pas vous inquiéter, je suppose. L'épreuve épuisante de l'accouchement lui a sans doute été fatale. Dans cette situation tragique, je n'aurais rien pu faire.

Il regarda son interlocuteur par-dessus ses verres.

— Le stoïcisme de certaines femmes ne cessera jamais de m'étonner, conclut-il.

Henry le fixait en silence.

— Je vais faire en sorte de tout préparer pour votre épouse avant qu'elle ne soit portée à terre, monsieur Beecham. Et ne vous inquiétez pas, vous n'avez rien à me régler, je ne pouvais rien tenter sur le plan médical.

Pétrifié, Henry entendit s'éloigner les pas de l'homme. Soudain, l'horreur indicible de la situation lui apparut dans toute sa réalité. Il tomba à genoux et prit doucement la main de sa femme, déjà légèrement refroidie. Puis il lui caressa le visage, afin de la toucher, de concrétiser leur union une fois encore. Pourtant, elle l'avait abandonné ; elle avait rompu sa promesse et le laissait seul aborder le pays qui devait voir s'épanouir leur amour.

Alors que les larmes affluaient sur son visage, il la prit dans ses bras et l'étreignit. Le remords de n'avoir pas compris à quel point elle avait été malade lui paraissait intolérable.

— Je suis désolé, hoqueta-t-il, tellement désolé. Je t'en supplie, pardonne-moi de ne pas avoir vu à quel point tu souffrais, de ne pas avoir mesuré le danger qui te menaçait.

Il n'aurait su dire depuis combien de temps il tenait ainsi son épouse défunte contre lui, lorsqu'un frôlement sur son épaule le tira momentanément du gouffre obscur où il sombrait.

— Henry, dit doucement Kate, Henry, vous devez la laisser partir. Les hommes sont venus pour préparer son transport à terre.

Il étreignit Maureen et la berça quelques secondes, avant de lui donner un dernier baiser et de l'étendre avec réticence sur sa couche.

— Adieu ma chérie, ma toute petite fille, murmura-t-il dans ses boucles brunes. Je t'aime. Je t'aimerai toujours.

Quand Kate le prit par le bras, il se laissa emmener hors de la chambre, jusqu'au salon désert. S'affaissant alors sur un banc, il posa les bras sur la table, inclina la tête et s'abandonna à son chagrin.

— Je vais rester avec lui, dit une voix râpeuse.

Kate leva les yeux vers le visage de Paddy et sentit un frisson glacé lui parcourir l'échine.

— Ce n'est pas le moment, s'écria-t-elle avec une véhémence qui poussa Henry à lever les yeux.

— Paddy? dit-il à travers ses larmes. Paddy, elle est partie. Ma Maureen est partie!

Le nouveau venu, après avoir jeté un regard de triomphe en direction de Kate, s'assit près de son ami et lui enlaça les épaules. La jeune fille répugnait à laisser Henry entre ses mains, mais elle avait à faire. Elle regarda le minuscule bébé au creux de ses bras puis le veuf plongé dans son chagrin au point de ne pas remarquer la présence de son enfant. Après avoir enveloppé le nourrisson dans une couverture, elle gravit l'escalier jusqu'au pont supérieur. Il fallait qu'elle trouve Peter Reed avant qu'il ne quitte le bateau. Il saurait la conseiller et lui expliquer comment s'y prendre pour organiser les funérailles ainsi que leur débarquement sur ce nouveau continent.

Son ancien patron se révéla à la hauteur de ses attentes. Avec autant de discrétion que d'efficacité, il fit débarquer le corps de Maureen, qui fut transporté jusqu'à une chambre mortuaire, et s'occupa de réserver une suite dans un hôtel propre et bon marché pour Henry et elle. En outre, il paya pour que du lait frais soit délivré chaque jour à l'intention du bébé.

— Je ne sais comment je pourrais jamais vous dédommager, dit Kate sur le perron de l'hôtel.

Deux jours s'étaient écoulés. Maureen reposait déjà dans le minuscule cimetière et, par chance, il n'y avait aucun signe de Paddy.

144

Un lent sourire fit naître de petites rides au coin de ses yeux gris et creusa deux sillons profonds de chaque côté de sa bouche. Peter Reed frôla du doigt le rebord de son chapeau.

— Vous pourriez reconsidérer ma demande en mariage, suggéra-t-il.

— Ce ne serait pas correct, répondit-elle en secouant la tête. Nous savons tous les deux ce qui a motivé votre demande. Cela ne marcherait pas entre nous ; pas sans amour véritable.

Il plongea les mains dans les poches de sa culotte de cheval et haussa les épaules.

— J'aurais eu tort de ne pas tenter ma chance. Vous ferez le bonheur de celui que vous aimerez, Kate, c'est certain.

La jeune fille le regarda enfourcher sa monture, non sans une pointe de nostalgie. Laisser partir ce brave homme, séduisant, chaleureux, généreux et riche… sans doute une occasion en or lui passait-elle entre les doigts. Pourtant, elle le trahirait et se trahirait elle-même si elle changeait d'avis.

Il la salua de nouveau et s'éloigna, bientôt dissimulé par le nuage de poussière rouge qui s'élevait sous les sabots de sa monture.

Elle retourna à l'appartement qui se trouvait au dernier étage de l'hôtel. Une profusion de meubles sommaires semblait occuper tout l'espace disponible des deux chambres et du salon, éclairés par des fenêtres recouvertes de moustiquaires. Des tapis rudimentaires recouvraient le sol inégal. Par une porte vitrée, on accédait à une véranda qui s'étendait sur tout le dernier étage mais sur laquelle, à cause de la présence des mouches, il était impossible de rester pour prendre l'air, en dépit des nombreuses chaises cannées, parsemées çà et là.

Dans la chaleur presque insupportable, la robe de coton de Kate lui collait à la peau. Elle ouvrit une fenêtre qu'elle referma aussitôt. Le vent brûlant soulevait en rafales la poussière de la rue, qui recouvrait tout alentour d'un fin voile rouge.

Elle poussa un profond soupir. Le choc du décès de Maureen l'emplissait d'un sentiment d'abandon et de crainte pour le futur.

Alors qu'elle n'avait encore rien vu de ce nouveau pays, tous ses plans étaient ruinés. Peter Reed était parti dans sa propriété, qui se trouvait au milieu de nulle part, et Henry lui avait à peine adressé la parole depuis qu'ils avaient débarqué. Pourtant, Kate savait qu'elle ne pouvait repousser davantage le moment où il lui faudrait faire prendre conscience au jeune veuf de leur situation. D'une part, ils n'auraient bientôt plus d'argent et, d'autre part, il était temps de s'interroger sur l'organisation de l'avenir.

Ses pensées lugubres s'évanouirent lorsqu'un faible pleur s'éleva du panier posé sur un fauteuil. Le bébé tétait dans son sommeil, l'extrémité d'un pouce minuscule fichée entre ses lèvres délicates. La jeune fille sourit en soulevant le nourrisson. Sentant la tiédeur du petit corps contre sa poitrine, elle s'en fut à la recherche de Henry.

Elle le trouva étendu au travers de son lit, le visage bouffi par la fatigue et le chagrin. Il ne s'était ni rasé ni coiffé depuis qu'ils avaient débarqué.

— Laissez-moi! dit-il en ouvrant ses paupières gonflées. Vous ne voyez pas que je suis en grand deuil?

— Je pensais que vous pourriez trouver du réconfort dans la présence de votre enfant, répliqua-t-elle.

— Je ne veux pas la voir!

Afin de renforcer la signification de ses paroles, il se détourna et enfouit son visage dans l'oreiller.

Kate dut lutter pour refouler la réplique cinglante qui lui venait aux lèvres.

— C'est votre fille, insista-t-elle. Une partie de vous et de la femme que vous aimez.

Henry s'assit brusquement sur le lit, échevelé, le regard luisant de férocité.

— Emmenez-la! hurla-t-il. Sans elle, Maureen serait encore là!

Immobile dans l'encadrement de la porte, Kate vit le jeune veuf lui tourner le dos une nouvelle fois tandis que le bébé se mettait à pleurer. Cet homme n'avait rien à voir avec le Henry qu'elle connaissait, le lord qui avait rompu avec sa famille par amour, qui s'était réjoui à l'idée de la venue au monde de son bébé. La sympathie qu'elle avait éprouvée pour lui fut soudain balayée par une vague de fureur.

— C'est faux, aboya-t-elle. Ce petit trésor n'a rien à voir avec les coups de pied qui ont cassé la côte de Maureen. Vous ne pouvez pas la rendre responsable de ce qui est arrivé !

— Non seulement je le peux, mais je le fais, déclara-t-il amèrement. Je ne veux pas en entendre parler.

6

Miriam s'adossa à son fauteuil et regarda l'homme qui lui faisait face.

— Ainsi, voyez-vous, mon père ne voulait pas de moi.

Avec un profond soupir, elle regarda ses mains. Des mains de vieille femme, se dit-elle, tout à coup secouée par cette prise de conscience. Maigres, couvertes d'un réseau de veines bleues et gonflées aux articulations, elles témoignaient avec évidence du temps écoulé depuis la naissance infortunée de leur propriétaire.

La voix de Jake interrompit ses ruminations.

— Il devait se sentir coupable, répondit-il. Il ne s'était pas vraiment rendu compte de la souffrance de Maureen. Pas étonnant qu'il se soit laissé aller.

Elle le regarda, perçut la compréhension dans ses yeux et songea qu'elle avait peut-être affaire à quelqu'un qui avait fait l'expérience d'une véritable souffrance. Au fond, il n'était pas important qu'il soit plus jeune que prévu ; pas important qu'il flirte outrageusement avec elle et ne cède pas d'un pas dans leurs joutes verbales. C'était un homme, elle le sentait confusément, à qui elle pouvait faire confiance. Tout à coup, elle se rendit compte que cette constatation lui apportait une certaine paix.

— Vous avez raison, bien sûr. Il ne pouvait supporter l'idée d'avoir été en quelque sorte responsable de sa mort. À ses yeux, je n'étais que la preuve vivante de cette perte, la cause de tous ses ennuis.

Jake ne lui fit pas l'insulte de commenter cette déclaration. Il se contenta d'opiner du chef.

— Rien de tout cela ne devait non plus être facile pour la pauvre Kate, murmura-t-il. Se retrouver avec un homme éploré et un bébé indésirable, dans un pays étranger… Elle devait se demander dans quelle galère elle s'était laissé entraîner.

— Kate ne se laissait jamais abattre, répliqua Mim avec un sourire affectueux. N'étant pas du genre à s'asseoir et à attendre les bras croisés, elle a trouvé, à l'hôtel même, un emploi qui non seulement suffisait à payer son logement et sa nourriture, mais lui permettait de se familiariser avec les coutumes de ce nouveau pays.

— Bravo. Une brave petite femme, on dirait.

— Plus résistante qu'il n'y paraissait. Cependant, il y avait certaines situations qu'elle ne pouvait pas contrôler. C'est ce qui a causé la perte de mon père, en fait.

Les sons qui provenaient de l'étable semblèrent s'atténuer tandis que la voix de Kate résonnait à ses oreilles. Miriam se trouvait de nouveau transportée à une époque enfouie au fond de sa mémoire.

Kate, qui avait fini de débarrasser les tables, après le dîner, aidait à préparer les légumes pour le lendemain. Comme d'habitude, l'hôtel était plein. Les passagers des grands navires, s'accordant souvent un moment de répit dans cette ville portuaire, y séjournaient quelque temps avant de commencer leurs longs périples dans ce que l'on appelait ici l'« outback ». La cuisinière, une femme obèse issue de l'East End de Londres, semblait ne pas souffrir de la chaleur écrasante. Elle ne cessait de rappeler son intention de se rendre vers les terrains aurifères, pour y rejoindre son prospecteur errant de mari.

La jeune fille se contentait de prêter une oreille distraite aux bavardages de la grosse femme. Bien que l'on soit en hiver, il faisait aussi chaud que dans un fourneau à l'intérieur de la petite cuisine, où le thermomètre dépassait les trente-cinq degrés en raison de la chaleur produite par la préparation des plats. Les cheveux de Kate, trempés de sueur, lui collaient à la nuque et sa légère robe de coton, humide et molle, pendait lamentablement sur son corps. Heureusement, les corsets et jupons se révélaient inutiles dans ce nouveau pays ; jamais, autrement, elle n'aurait pu tenir plus de cinq minutes dans une telle atmosphère.

Toutefois, sa préoccupation la plus grande était liée à la réapparition de Paddy Dempster. Il était arrivé l'avant-veille et, depuis, Henry et lui restaient enfermés en haut pendant plusieurs heures, durant la journée ; le soir, ils s'installaient dans le bar de l'hôtel. Kate s'était arrangée pour l'éviter, s'enfermant dans sa chambre pour la nuit et s'assurant, le reste du temps, qu'elle était toujours entourée d'autres personnes. Sans en avoir la moindre preuve, elle était certaine que Paddy préparait quelque combine malhonnête, et que ce qu'il avait prévu reposait en partie sur le peu d'argent qui restait à Henry.

Elle murmurait les réponses attendues aux longues diatribes de la cuisinière contre son incapable de mari tandis que toutes deux épluchaient des kilos de pommes de terre, avant de les jeter dans la marmite remplie d'eau salée. Les mains de Kate se prêtaient à des gestes sûrs et précis, mais ses pensées ne cessaient de sauter d'un problème à l'autre.

Alors que presque trois mois s'étaient écoulés depuis la mort de Maureen, non seulement l'enfant n'avait toujours pas de nom, mais, pas une seule fois, son père ne l'avait prise dans ses bras. La jeune fille ne savait plus comment agir, comment faire comprendre à Henry à quel point cette attitude lui était préjudiciable, tout autant qu'au bébé. À quoi cela lui servait-il de boire avec excès, en traînant le soir avec Paddy, et de passer ses journées au lit, à ruminer et pleurer sur son sort ?

La patience de Kate s'épuisait. Le besoin de plus en plus pressant d'échapper aux corvées ingrates de cette cuisine se transformait en un désir violent de changement, réclamant d'être rapidement satisfait. Elle commençait à ressentir l'attraction de ce pays presque inhabité au-delà des limites de la ville et pouvait presque entendre l'appel des étendues sauvages qu'elle n'avait pas encore explorées.

L'épluchage des pommes de terre terminé, elle se sécha les mains sur un bout de torchon et s'en fut retrouver l'enfant. Le nourrisson, couché dans un panier couvert d'un morceau de filet aux mailles serrées, destiné à le protéger des mouches, dormait sur un fauteuil du porche arrière afin de pouvoir profiter de la brise légère qui venait parfois de l'océan.

— Elle a l'air de bien se porter, décréta la cuisinière qui sortait en se dandinant pour respirer un peu d'air frais, mais ne perds pas de vue qu'elle n'est pas à toi.

Ses yeux fureteurs se posèrent sur Kate avec sévérité.

— Ne t'attache pas trop à elle, insista-t-elle d'un ton sentencieux. Son Pa va sans doute la renvoyer en Angleterre maintenant que la M'man est morte.

La crainte de voir les événements prendre cette tournure causait de nombreuses insomnies à la jeune fille. Seule la rassurait la pensée que les parents de Henry ne seraient pas plus tentés d'accueillir l'enfant de Maureen qu'un chiot orphelin sans race définie. En fait, se disait-elle amèrement, un chien bâtard aurait eu plus de chance de se faire adopter. Pauvre petite chose, que personne ne semblait aimer! Elle secoua la tête.

— Cela m'étonnerait, répondit-elle d'un ton neutre. Il devra s'en occuper, qu'il le veuille ou non.

— T'as l'intention de récupérer le père pour toi, hein?

Le rire de la grosse femme faisait trembler tout son corps. Kate s'empourpra. Se pouvait-il que ses sentiments pour Henry se voient à ce point?

Elle souleva le bébé qui pleurait, réclamant d'être changé.

— Tu as l'esprit bien mal placé, Bella, rétorqua-t-elle alors que les cris du nourrisson s'intensifiaient. La mère de ce pauvre chou est à peine refroidie dans sa tombe, et voilà que tu joues les mères maquerelles.

La cuisinière essuya la sueur sur son visage.

— J'ai des yeux pour voir, ma cocotte. Je vois bien comment tu tortilles des fesses devant lui. Et laisse-moi te dire que tu perds ton temps avec celui-là, il n'a pas une seule pensée pour vous deux, maintenant qu'il a la fièvre.

Kate se mordit les lèvres. Dans le bar et la salle à manger, elle n'entendait parler que d'or et de pierres précieuses. La fièvre dont parlait Bella était celle qui semblait s'être emparée de presque tous les nouveaux arrivants. Ils se déversaient des bateaux d'émigrants, à la recherche de fortunes surpassant leurs rêves les plus fous. Supposant que Paddy s'était joint à la ruée incessante, elle avait été surprise de le voir revenir. Henry ne pouvait pas être fermé à ce qui se passait autour de lui au point de se laisser entraîner dans cette folie ? À moins que ce ne soit précisément la raison pour laquelle Paddy était revenu ? se dit-elle soudain avec un frisson.

Consciente du regard scrutateur de la cuisinière, elle secoua ses cheveux en arrière.

— Il n'est pas en état de suivre tout ce qui se passe ici, rétorqua-t-elle, sur la défensive. Tu vois bien qu'il est toujours accablé de chagrin.

Les sourcils de Bella firent un bond inattendu.

— Si tu crois ça, ma poulette, tu es prête à croire n'importe quoi.

Elle croisa les bras sous sa poitrine imposante et posa sur Kate un regard affectueux.

— Je l'ai vu, ma belle, ajouta-t-elle doucement. Lui et ce Paddy, ils discutent la moitié de la nuit au bar. Je parierais qu'ils préparent un mauvais coup ; ils sont comme cul et chemise, je le sais.

Kate lui jeta un regard perçant. Ainsi, la cuisinière avait, comme elle, remarqué Paddy et son influence sur Henry ; cette idée n'était donc pas le produit de son imagination.

— Je dois y aller, s'écria-t-elle en attrapant en hâte le panier. À demain matin.

La main bien en chair de Bella interrompit son élan.

— Il faut que tu fasses vite si tu ne veux pas rester avec le bébé sur les bras, dit-elle gravement. Une fois que l'homme a la fièvre, il perd la boule. Crois-moi, mon petit, je sais de quoi je parle.

Tandis qu'elle gravissait l'escalier sombre jusqu'au dernier étage, Kate entendait les paroles de Bella résonner dans sa tête. Henry ne connaissait rien à la prospection, et Paddy se montrait aussi rusé et patient qu'un serpent. Cette combinaison pouvait se révéler fatale pour eux tous, particulièrement pour le petit bébé sans nom. Il était temps de confronter Henry à ses responsabilités ; temps de mettre fin à cette folie avant que tout cela n'aille trop loin.

Paddy venait de partir. Henry, devant la fenêtre, laissait dériver ses pensées. Sous la lueur tremblotante des réverbères, la rue bourdonnait d'activité. Des chevaux tiraient au trot d'élégantes voitures ; des bœufs traînaient de lourdes charges sous le claquement des fouets, et des piétons risquaient leur vie en essayant de traverser au milieu de ce trafic désordonné.

Il observa une femme particulièrement bien habillée levant ses jupes pour éviter les tas d'excréments d'animaux qui parsemaient la rue, et essayant d'ignorer les exclamations vulgaires et bruyantes que son geste soulevait. Il la vit rougir et remarqua que son chemisier lui collait à la peau. Elle aurait dû suivre l'exemple de Kate, pensa-t-il, et se débarrasser de ses dessous, de tout ce harnachement inutile. Ce qui n'aurait pas été correct en Grande-Bretagne devenait ici une question de simple bon sens.

Alors que ses pensées se tournaient brièvement vers la jeune fille, il sourit. Non seulement il n'aurait pu s'en sortir sans sa loyauté déterminée et sans faille, mais il avait conscience de la chance qu'il avait de pouvoir la considérer comme son amie. Il n'ignorait pas, non plus, qu'à plus ou moins longue échéance il lui faudrait mettre un peu d'ordre dans sa vie et réfléchir à son avenir.

Son regard se posa sur les papiers et les cartes qui jonchaient la table. L'enthousiasme de Paddy était contagieux. À ce moment précis, son chagrin s'atténua. Une opportunité se présentait à lui, certes, mais il ne ressentait pas la moindre excitation pour la mine, même si ce projet pouvait lui apporter la fortune. En revanche, le besoin de peindre lui revenait ; le désir brûlant de capter sur la toile cet endroit étrange où aucune loi ne régnait le tirait hors de son désespoir, lui insufflant une sorte d'impatience stimulante.

Avec un soupir, il tourna le dos à la fenêtre et planta les mains dans ses poches. Au fond, il ne savait pas quelle décision prendre. Paddy était convaincant et son idée paraissait prometteuse, mais pouvait-il vraiment lui faire confiance ? Kate se montrait méfiante, comme Maureen l'avait été : il aurait fait preuve d'un total manque de sagesse en n'accordant pas un minimum de confiance à l'intuition féminine.

Les pensées tourbillonnaient dans sa tête alors qu'il s'interrogeait sur sa situation et sur la proposition de Paddy. Il avait besoin d'argent pour survivre dans ce nouveau pays mais tout ce qu'il avait jamais voulu, c'était être peintre. Sans Maureen, il n'avait plus aucun but dans la vie, plus aucune raison de rester ici. Chaque jour lui ramenait le souvenir de son épouse – sa silhouette de plus en plus floue, debout sur le pont du bateau, et sa chaleur, alors qu'elle se tenait serrée contre lui, sa tête aux boucles sombres posée contre son épaule.

Il serra plusieurs fois les paupières pour bloquer les larmes qui menaçaient de couler sur son visage. Personne ne pourrait jamais la remplacer dans son cœur. Personne ne pourrait jamais comprendre l'étendue de sa culpabilité, à l'idée qu'il n'avait jamais deviné à quel point elle souffrait. Comment aurait-il pu ravaler sa fierté et rentrer à la maison après ce qui s'était passé ? Que pourrait-il expliquer à sa famille ? Et que faire de l'enfant ? Il était pris au piège.

Il s'assit à la table et tira une feuille de papier vierge de son nécessaire. Sa mère saurait le conseiller utilement.

Alors qu'il réfléchissait à la façon de présenter sa requête, il sursauta à l'entrée inopinée de Kate.

— J'apprécierais que vous frappiez, dit-il d'un ton rogue. Cela ne se fait pas d'entrer brusquement dans la chambre d'un homme sans prévenir.

Devant l'expression déterminée de la jeune fille, il se sentit troublé et vaguement décontenancé. Il connaissait ce regard, qui se révélait toujours annonciateur de problèmes.

— Il est temps de discuter de l'avenir, Henry. J'ai besoin de savoir quels sont vos plans pour la petite.

Après avoir jeté un coup d'œil au bébé, Henry détourna le regard.

— Vous semblez tout à fait capable de vous en occuper, laissa-t-il tomber. Je ne vois pas pourquoi vous ne pourriez pas continuer à le faire.

Elle s'approcha de lui, resserrant son étreinte autour de l'enfant.

— J'ai d'autres projets, décréta-t-elle fermement. C'est votre fille. À vous de vous en charger.

Atterré, il la vit poser le nourrisson sur ses genoux et reculer de quelques pas. Alors que le petit corps menaçait de glisser sur le sol, il l'agrippa spontanément, surpris de sentir à la fois sa souplesse et sa solidité.

— Kate, prenez-la, supplia-t-il alors que l'enfant commençait à pleurer. Je ne sais pas quoi en faire !

— Vous apprendrez, fut la réponse, délivrée d'une voix étranglée. Et pendant que vous y êtes, réfléchissez à son prénom. Elle ne va pas traverser la vie en étant appelée « elle ».

Sur ces mots, la jeune fille claqua la porte, dévala bruyamment les marches et sortit par la porte arrière de l'hôtel. Henry regarda alors le petit être braillard et cramoisi qu'il tenta de faire sauter sur ses genoux pour le calmer.

— Chut, ordonna-t-il. Cela suffit.

À son grand étonnement, le bébé obéit aussitôt et fixa sur son père ses immenses yeux verts. Henry se sentait étrangement mal à l'aise sous ce regard scrutateur qui donnait au visage de la petite une gravité inattendue. Soudain, elle sourit.

Henry sentit monter en lui une émotion d'une puissance telle qu'il n'aurait su trouver les mots pour l'exprimer. Elle le déchirait, inondant son cœur, insufflant vie à une âme qu'il avait crue morte avec son épouse. Car le bébé avait la fossette de Maureen sur l'une de ses joues.

Il plaça doucement la petite fille dans le creux de son bras et entreprit de l'examiner soigneusement. Comment n'avait-il pas remarqué à quel point elle ressemblait à sa mère ? Elle avait ses cheveux d'ébène, ses yeux émeraude et même la courbe délicate de ses sourcils. Un frisson glacé le parcourut lorsqu'il se souvint de la façon dont il avait refusé de poser les yeux sur elle. Il l'avait tout bonnement abandonnée à Kate et, depuis, s'était contenté de l'ignorer.

Aveuglé par des larmes de remords, il sentit une main minuscule lui agripper le doigt. Le mur d'angoisse qui le séparait d'elle s'effritait : c'était son enfant. Non seulement Maureen avait sacrifié sa vie pour lui offrir le plus précieux des cadeaux, mais il avait failli le perdre.

— Jamais plus je ne te repousserai, chuchota-t-il dans les boucles humides. Jamais plus nous ne nous quitterons.

Le bébé, qui laissait échapper un gazouillis, continuait à lui agripper le doigt, la fossette sur la joue. C'était comme si elle comprenait ce qu'il lui disait, acceptant avec grâce l'attention qu'il lui avait si longtemps refusée.

Il respira l'odeur de la peau tiède fraîchement lavée de sa fille, s'émerveillant du miracle que la vie lui offrait, impatient de rattraper tous ces mois perdus, au cours desquels l'avenir lui était apparu dénué du moindre espoir. Devant le petit visage levé vers lui, il éprouva une vague d'amour si violente et bouleversante qu'il ne put la traduire autrement que par un baiser.

Fermant les yeux, il posa délicatement les lèvres sur la tête duveteuse de l'enfant.

— Je t'appellerai Miriam, déclara-t-il. Car, dans ce monde nouveau, il te faudra être forte, aussi forte que ta grand-mère.

— Kate n'était pas allée très loin, elle avait simplement marché jusqu'au bout de la rue et était revenue, expliqua Mim. Elle n'était pas du tout sûre de s'y être prise comme il le fallait, mais avait cependant pressenti que seul un choc pourrait faire réagir mon père.

S'interrompant quelques secondes, elle adressa un sourire à Jake.

— Elle a remonté l'escalier discrètement et a regardé par le trou de la serrure. Ce qu'elle a vu lui a fait chaud au cœur, mais l'a aussi rendue triste, car, maintenant que mon père et moi avions fait connaissance, que le lien qui nous unissait s'était matérialisé, elle était libre de partir.

— Et en quoi cela pouvait-il la rendre triste ? s'enquit Jake, passant les doigts dans son épaisse chevelure brune. Il est clair qu'elle désirait voir votre père s'attacher à vous pour pouvoir mener sa vie comme elle l'entendait, n'est-ce pas ?

— Vous les hommes, vous êtes tous les mêmes, rétorqua Mim. Vous ne voyez pas ce qui vous crève les yeux si ce n'est pas peint en lettres phosphorescentes !

Elle étudia l'expression de son interlocuteur, lut l'incompréhension sur son visage et poussa un soupir.

— Kate était amoureuse de Henry, expliqua-t-elle avec exaspération. Cependant, elle savait que ce n'était pas le moment de se déclarer, car elle se rendait compte qu'il ne la voyait que comme une amie. Pourtant, elle avait l'intuition que, quelle que soit la durée de leur séparation, elle le retrouverait un jour et lui avouerait ses sentiments. Elle avait la conviction qu'il était l'homme auquel elle était destinée, l'homme de sa vie.

— Oh ! dit Jake en s'adossant à son fauteuil, le menton baissé. Et qu'a-t-elle fait ?

— Elle a fait ses bagages, lui a dit au revoir, et s'en est allée.

Miriam se tut, se remémorant le récit de Kate, pour qui le départ avait été très difficile, car la séparation entre Henry et elle s'était révélée glaciale.

— Cela ne vous regarde absolument pas, aboya Henry. Taisez-vous, Kate, avant que nous ne disions quoi que ce soit que nous pourrions regretter.

— J'aurai davantage de regrets si je ne dis rien, rétorqua-t-elle à voix basse pour ne pas réveiller Miriam.

Elle le fusillait du regard, les mains sur les hanches et le visage empourpré par l'effort qu'elle faisait pour garder son calme.

— Paddy va vous voler, dit-elle d'un ton mesuré. Cet écervelé vous utilise pour réaliser ses projets parce qu'il pense que vous avez de l'argent à perdre. Si vous êtes assez stupide pour le lui donner, vous pouvez lui dire adieu, car il ne vous remboursera jamais.

— Et qu'est-ce qui fait de vous une experte au sujet de Paddy ? Bon sang, est-ce que la façon dont je place mon argent vous concerne le moins du monde ?

Elle le fixa avec horreur.

— Vous ne lui en avez pas déjà donné, n'est-ce pas ?

Henry redressa le menton et se caressa la moustache.

— J'ai investi dans une concession, dit-il avec raideur. Paddy et moi nous sommes associés. Et je ne vois pas de quoi vous vous mêlez.

— Jésus, Marie, Joseph ! s'exclama-t-elle. Ma mère m'a toujours dit qu'un idiot et son argent ne pouvaient rester longtemps ensemble. Eh bien, vous êtes sans doute l'idiot le plus remarquable qui soit !

Elle le vit pâlir et durcir son regard, mais ne céda pas d'un pouce.

— Combien ? demanda-t-elle.

Il détourna les yeux et tripota de nouveau nerveusement sa moustache.

— Si l'on considère combien je vous ai payée pour prendre soin de Miriam au cours de ces derniers mois, vous n'avez aucun commentaire à faire !

Elle le scruta un long moment. Tout l'argent qu'elle avait reçu avait été consacré à l'enfant. Henry manquait vraiment d'élégance quand il l'attaquait sur ce plan alors qu'il savait pertinemment qu'elle n'avait pas gardé le moindre penny pour elle-même. Sentant la colère monter, elle explosa et révéla dans le moindre détail ce qu'elle savait de Paddy Dempster.

— On ne peut pas lui faire confiance, conclut-elle. Dites-lui que vous avez changé d'avis et que vous voulez qu'il vous rende votre argent. Il y a mille façons plus utiles de l'utiliser.

Il se retourna vers elle en se raclant la gorge et la fixa d'un regard éteint, le visage blême.

— Je suis désolé, Kate. Je ne savais rien de tout cela.

Les épaules soudain affaissées, il détourna les yeux.

— Malheureusement, il est trop tard pour faire quoi que ce soit, reprit-il. Paddy est parti hier soir pour la

Nouvelle-Galles du Sud afin de délimiter notre concession. Miriam et moi devons le rejoindre dans quelques jours, une fois que j'aurai acheté tout le matériel nécessaire.

— Oh, Henry! s'écria-t-elle dans un sanglot. Qu'avez-vous fait?

Il cilla en entendant ces mots, comme en écho aux paroles de sa mère, puis il se redressa et releva le menton.

— J'ai acheté une concession pour assurer à Miriam un avenir dans ce pays riche. Paddy connaît le travail de la mine pour l'avoir pratiqué au pays de Galles et il veut bien me l'enseigner. J'avais les moyens de financer ce projet, c'est la raison pour laquelle nous nous sommes associés.

Il s'approcha de la table basse et prit une liasse de documents.

— Voici les titres de la concession, ainsi que les permis de prospection. De plus, j'ai demandé à un notaire de rédiger l'acte officiel de partenariat, tout est donc parfaitement légal.

Kate ravala les remarques ironiques que suscitaient en elle ce tas de papiers. Elle avait vécu assez longtemps à cet endroit pour avoir compris que, dans ce pays, les documents pesaient bien peu face à la fièvre de l'or et des pierres précieuses. Levant les yeux sur le beau visage du jeune homme, elle se sentit incapable d'exprimer son inquiétude. Pour la première fois depuis qu'ils avaient débarqué, il avait les yeux brillants, le visage animé et l'énergie nécessaire pour faire des projets et les réaliser; elle n'avait pas le cœur de détruire tout cela.

— Je vous souhaite bonne chance, murmura-t-elle. Vous en aurez besoin.

Miriam se sentait épuisée par sa lutte contre la douleur incessante, qui l'empêchait de se concentrer. Pourtant, il lui fallait faire l'effort nécessaire pour terminer son récit, car la famille n'allait pas tarder à arriver. Elle contempla l'homme assis à califourchon sur la chaise, les longues jambes tendues de chaque côté du siège et les coudes posés sur le dossier délicatement sculpté. Ses doutes l'assaillaient de plus belle. Sans avoir de vision claire de ce qui l'attendait au cours du périple qu'elle avait choisi d'entreprendre, comment pouvait-elle être sûre de ne pas commettre d'erreur, en confiant à cet étranger ses souvenirs les plus précieux?

— Je commence à comprendre où mène votre histoire, Mim, déclara son compagnon pensivement. Mais ne croyez-vous pas que vous devriez vous reposer un peu? Vous avez l'air fatiguée, et il est tard.

On aurait dit qu'il pouvait lire dans son esprit. Une fois de plus, elle lui fut reconnaissante de sa présence. Wilcox n'aurait jamais fait preuve d'une telle perspicacité ni d'une telle patience.

— C'est vrai, je me sens lasse, admit-elle, mais il vaudrait mieux que je finisse mon histoire ce soir.

Il la regarda d'un air dubitatif et, comprenant aussitôt qu'elle ne se laisserait pas convaincre, insista pour qu'elle partage avec lui un cognac.

— Uniquement pour raisons médicales, susurra-t-il en lui tendant le petit verre bombé de cristal.

Miriam ferma les yeux pour mieux sentir la chaleur de l'alcool se répandre dans son corps.

— Merci de ne pas protester contre mon insistance à tout vous raconter le plus vite possible, dit-elle en reposant le verre sur la table. J'ai mes raisons, comme vous allez bientôt le comprendre.

Ils restèrent assis en silence, chacun plongé dans ses pensées.

Le ciel s'assombrissait. Un instant, la vieille dame écouta le vacarme des cacatoès et des perruches, prêts à se poser pour une nuit de repos. L'idée qu'un jour elle ne serait plus là pour entendre ces sons avec lesquels elle avait grandi l'effraya soudain. Afin de se calmer les nerfs, elle avala une nouvelle gorgée du liquide ambré; il lui semblait entendre le tic-tac de la pendule qui égrenait les secondes de sa vie.

— Mim, vous vous sentez bien? Mim?

La voix inquiète de Jake lui parvenait de très loin. Elle termina son verre et s'appliqua à paraître à la fois calme et cohérente.

— Ce ne sont que mes fantômes, expliqua-t-elle avec un rire contraint.

— Je pense vraiment que nous devrions nous arrêter là pour ce soir, décréta son visiteur en se levant. Vous êtes visiblement épuisée, et le fait de remuer tout cela ne peut pas vous faire de bien.

— Au contraire. Je ne trouverai pas le repos avant d'avoir terminé.

Pour mieux le convaincre, elle lui adressa un franc sourire.

— J'ai besoin de poursuivre, Jake. Je faillirais à mes principes si je m'arrêtais uniquement à cause de la fatigue.

Il la fixa un long moment, mais choisit de ne rien dire. Miriam lut dans son regard expressif les émotions contradictoires, les doutes et les objections que faisait naître son attitude. Cependant, elle ne pouvait revenir sur sa décision. Pour l'aider efficacement, il ne devait ignorer aucun détail.

— Mon père, Paddy et moi avons franchi bien des routes désertiques, après avoir quitté Port Philip, reprit-elle dans le silence. Nous avons bourlingué d'un camp de mineurs à l'autre, emmenant nos affaires dans un chariot traîné par des chevaux de plus en plus vieux et fatigués, au fil des années.

Elle se tut, évoquant les nuages de poussière qui se soulevaient au passage de leur attelage lorsqu'ils traversaient le bush, le bercement des roues et la façon dont son père, dès que l'occasion se présentait à lui, fixait sur la toile la lumière extraordinaire de l'outback.

— J'étais une enfant de la mine, menant une vie bien solitaire. La plupart des prospecteurs avaient laissé une famille en ville, mais, en ce qui me concernait, la vie que je menais me paraissait toute naturelle. J'acceptais la situation telle qu'elle se présentait.

— Comment votre père s'est-il débrouillé avec un petit bébé, s'il travaillait à la mine toute la journée?

Miriam haussa les épaules.

— Il m'a raconté qu'il avait payé la femme d'un quincaillier ambulant pour s'occuper de moi au début, et que, lorsque nous avons changé de camp, elle avait été remplacée par des épouses de mineurs.

Elle adressa un sourire à son interlocuteur.

— En grandissant, je suis devenue plus indépendante et j'ai gagné ma vie en tamisant les terrils pour vérifier que les mineurs n'avaient rien laissé passer. La mine était mon terrain de jeux, les accessoires étaient mes jouets, et les mineurs mal rasés et peu scrupuleux, mes amis. Pourtant, j'étais satisfaite, déclara-t-elle en soupirant. Heureusement, j'étais une enfant facile et je ne compliquais la vie de personne. À moins que je sois en train de réécrire l'histoire, maintenant ?

— Probablement pas, car tout cela pourrait expliquer parfaitement pourquoi vous êtes si têtue, commenta-t-il en gardant son sérieux.

Elle opina du chef, faisant apparaître une fossette sur sa joue.

— Peut-être bien, à moins que ce que vous appelez « têtue » ne soit, en réalité, de la ténacité ?

Ils échangèrent un regard entendu qui réconforta la conteuse.

— C'est en 1905 que les événements se sont précipités. Personne ne pouvait prévoir ce que déclencherait son arrivée dans le camp. Personne ne pouvait prévoir la tragédie à venir.

Dans son chariot tiré par des mules, Kate pénétra à l'intérieur du camp de mineurs de Wallangulla. En relâchant légèrement les rênes afin de ralentir sa monture, elle contempla autour d'elle les terrils et les profonds puits rectangulaires creusés à pic dans la terre rouge. Elle était consciente des regards perplexes qui la contemplaient et du fait qu'elle représentait une curiosité inattendue dans cet univers rude, typiquement masculin. Au fil du temps, elle était devenue insensible aux réactions de méfiance que suscitait son arrivée. Voyageant ainsi de camp en camp depuis cinq ans, elle savait pertinemment que chaque nouvel endroit ressemblait au précédent, et que celui-ci avait donc peu de chances de lui réserver la moindre surprise.

Wallangulla était constitué d'un ensemble hétéroclite de huttes d'écorce, de cabanes de torchis et de tentes, éparpillées sur les crêtes rocheuses s'élevant au nord de la Nouvelle-Galles du Sud. Mules et chevaux sommeillaient sous les étroits abris de bois peu susceptibles de les protéger de la chaleur, tandis qu'un groupe de femmes et d'enfants en haillons passaient d'un terril à l'autre, à la recherche de petites pierres brutes négligées.

Kate savait que, contrairement à son apparence, cet endroit était considéré comme sacré par les aborigènes – le nom de Wallangulla signifiant, en dialecte local, « foudre », en référence aux orages féroces qui éclataient au-dessus de ces collines déchiquetées, capables de tuer un homme, son chien et son troupeau de moutons en un seul éclair.

Elle s'efforça d'ignorer les regards insolents des hommes et les coups d'œil spéculatifs des femmes, sachant par expérience que, dès que la raison de sa venue serait connue, sa présence serait acceptée avec plaisir.

Après réflexion, elle choisit de s'installer sur un plateau parsemé de buis et d'eucalyptus. L'endroit bénéficiait d'une vue spectaculaire, qui s'étendait jusqu'à l'horizon voilé de brume, sous un ciel délavé. Au-dessus de sa tête tournoyait un corbeau solitaire, dont le cri funèbre résonnait dans le silence. Le camp ne pouvant être atteint que par un seul chemin sinueux, elle était assurée de trouver sur ce site toute la discrétion et la tranquillité nécessaires à son travail.

Lorsque les dernières lueurs du soleil déclinèrent, elle put contempler le travail accompli. Les mules broutaient paisiblement les zones d'herbe rude qui subsistaient sur la terre desséchée, autour du chariot entièrement vidé. Ses affaires bien rangées sous la vaste tente, elle avait allumé un feu, au-dessus duquel une gamelle d'eau commençait à bouillir, et accroché son enseigne à un arbre qui se dressait à l'entrée de la piste poussiéreuse. Il ne lui restait plus qu'à se rafraîchir et à attendre son premier client.

Avec un sourire de satisfaction, elle tamponna son front couvert de sueur à l'aide d'une serviette et pénétra à l'intérieur de la tente. L'abri de toile, qui s'élevait au centre, à une hauteur de presque deux mètres, délimitait sur le sol de terre une large zone d'habitation divisée par des paravents en trois compartiments destinés respectivement aux réserves, au négoce et au sommeil.

Après avoir jeté un coup d'œil pour vérifier que personne ne l'observait, elle cacha sa carabine et vérifia que le petit pistolet qu'elle gardait toujours sur elle était bien chargé. Le compartiment de la tente réservé au commerce, le plus grand des trois, abritait deux fauteuils confortables, une table recouverte de l'un de ses châles favoris et un phonographe. À la nuit tombée, la salle serait éclairée par la lampe à pétrole posée au centre de la table.

Elle enleva son chapeau maculé et s'éventa le visage. Bien qu'elle ait dressé la tente sous les arbres, la chaleur presque insupportable la faisait rêver d'un bain rafraîchissant. Elle pénétra dans la chambre à coucher en poussant un soupir. Il y avait peu de chances qu'elle puisse s'offrir ce luxe par ici, car les seules sources de la région étaient celles nourrissant les bassins sulfureux, dont l'eau bouillonnante ne pouvait être utilisée que sous forme de bains chauds ou pour désaltérer les animaux. L'eau potable devait être achetée à la ferme la plus proche, distante de plus de cent kilomètres, puis transportée jusqu'au camp.

Après avoir versé dans une cuvette de l'eau qu'elle avait récoltée dans un bassin en chemin, elle se déshabilla et fit un brin de toilette. Quelques minutes à peine après s'être séchée, elle transpirait de nouveau. Avec nostalgie, elle pensa au climat infiniment plus clément de Sydney, où une brise fraîche soufflait de l'océan et où il était si facile de s'abriter du soleil sous des vérandas ombragées ou dans des parcs verdoyants. En dépit des années passées à voyager, elle ne s'était jamais habituée à la touffeur de ces camps de mineurs reculés et se disait, non sans philosophie, qu'elle ne s'y ferait probablement jamais.

Alors qu'elle glissait son chemisier de coton dans sa jupe de batiste et bouclait sa ceinture, elle se demanda si la situation de Wallangulla serait favorable à ses activités. Tout d'abord déterminée à se rendre plus au nord, elle avait entendu parler de cet endroit, et seule la curiosité l'avait poussée à faire un détour en partant de White Cliffs. Ce qu'elle avait pu constater jusqu'ici semblait confirmer les rumeurs, car pourquoi les mineurs seraient-ils restés sur place si le sol ne recelait rien d'intéressant pour eux ?

Elle remit dans la poche de sa jupe le petit pistolet et releva ses cheveux, toujours aussi longs et rebelles. Maintes fois elle avait été tentée de les couper, mais l'insistance paisible d'Isaac l'en avait dissuadée. Elle sourit en fixant la dernière épingle. Cher Isaac, qui avait compris, dans sa grande sagesse, qu'elle devait à tout prix préserver sa féminité, malgré tous ces mois passés à parcourir les routes poussiéreuses, telle une bohémienne, au milieu de personnages rudes et parfois douteux.

Les ressorts du sommier grincèrent sous le matelas de plume quand elle s'assit sur son lit de fer forgé, dont les ornements de cuivre luisaient doucement dans la demi-obscurité. Ce meuble, seul luxe qu'elle s'accordait, trouvait facilement sa place dans le chariot car il se démontait entièrement.

Ses doigts caressant distraitement le velours grenat du couvre-lit, elle contempla quelques-unes de ses maigres possessions, soigneusement arrangées autour d'elle : les brosses à cheveux et boîtes de poudre sur la petite coiffeuse, et le châle indien, tissé de quelques fils dorés, qui dissimulait des caisses de rangement. Elle avait acheté cet ornement d'une soie très fine à un mineur chinois que la chance avait déserté.

Instinctivement, elle tendit la main vers la boîte à musique posée sur une chaise près de son lit. Elle lui venait d'Isaac, qui avait emporté avec lui ce seul souvenir de son passé tragique, quand il avait traversé les étendues glacées de la Russie pour échapper à un nouveau pogrom. Il la lui avait offerte ensuite, sachant qu'elle la conserverait comme un trésor.

Après en avoir tourné la clé, elle ouvrit le couvercle. L'Arlequin noir et sa Colombine, le visage masqué, se mirent à danser sur des notes lancinantes, virevoltant avec une perfection mécanique devant les minuscules petits miroirs.

Des larmes lui vinrent aux paupières. Si seulement elle avait pu retourner à Isaac, son amour, et le rendre heureux ! Pauvre homme, si généreux de son temps et de son savoir. Il méritait bien mieux que ce qu'elle était capable de lui donner ; peut-être trouverait-il un jour la femme qu'il lui fallait.

Un appel au-dehors interrompit ses pensées. Elle rangea hâtivement la boîte à musique et jeta un coup d'œil à sa montre de gousset. Il était rare que ses clients se présentent avant le coucher du soleil. Frôlant sa poche pour y sentir la présence rassurante de l'arme, elle s'avança vers l'entrée de la tente.

L'homme de grande taille, échevelé et barbu, qui se dressait devant elle ressemblait aux milliers d'autres mineurs qu'elle avait rencontrés dans les campements qu'elle avait visités. Cependant, elle l'aurait reconnu n'importe où.

La bouche sèche, Paddy déglutit péniblement, le cœur cognant dans sa poitrine. Il sentait son désir renaître avec la violence d'une torture à peine interrompue. Kate était devenue une femme magnifique et la passion qu'elle suscitait en lui n'avait rien perdu de son ardeur.

— Ainsi, je ne m'étais pas trompé, articula-t-il enfin.

— Si tu n'es pas venu pour affaires, tu peux faire demi-tour, déclara-t-elle froidement.

— Ah, Kate ! Ma parole, tu es un vrai régal pour les yeux.

Il fit un pas en avant et respira son odeur familière.

— Tu ne m'accordes même pas un petit baiser après tout ce temps ?

— Je n'ai absolument rien à t'accorder, répliqua-t-elle d'un ton aussi neutre que son regard. Retourne près de ta femme et de ta fille. Va-t'en, un point c'est tout.

Un instant surpris qu'elle puisse être au courant de l'existence de Teresa, il avança néanmoins de nouveau. Incapable de résister à ses instincts, il la saisit par la taille et l'attira contre lui.

— Nous avons un détail à régler, murmura-t-il en se penchant avidement vers sa bouche, et cette fois, j'ai bien l'intention d'obtenir ce que je veux.

167

Un objet dur et froid s'enfonça soudain au-dessous de ses côtes.

— Dehors !

Paddy se figea, aussitôt conscient de la réalité de cette menace.

— Tu n'oseras jamais ! siffla-t-il.

Les yeux sombres de Kate le fixaient calmement.

— Tu veux parier ?

Elle enfonça le pistolet un peu plus et fit jouer son doigt sur la détente.

— Aucune loi ne règne ici, Paddy. Je suis une femme seule, qui doit se défendre. Je n'hésiterai pas, crois-moi.

Il la relâcha et fit un pas en arrière. Sa résistance la rendait encore plus séduisante. Il admira en silence les yeux brillants et les joues légèrement empourprées. Si seulement elle savait à quel point elle lui paraissait désirable, à quel point elle l'enivrait !

— Tu ne repousserais pas Henry avec autant d'énergie ! railla-t-il.

Elle le toisa, les épaules en arrière et le menton levé.

— Henry est un gentleman, qui ne se permettrait pas de telles libertés.

Il ne se trompait donc pas. Submergé par une vague de jalousie, il dut serrer les dents et les poings pour ne pas sauter sur elle à nouveau.

— Henry est un idiot, s'écria-t-il.

— Idiot ou pas, c'est à lui que je préfère avoir affaire désormais. Ne remets plus les pieds ici, Paddy.

Il ne savait plus quelle contenance adopter. Non seulement il semblait avoir perdu la face et la moindre chance de posséder cette femme, mais il lui fallait, en outre, supporter l'idée d'un rival heureux.

— Tu vas le regretter, Kate Kelly, gronda-t-il. Personne ne peut se permettre de traiter Paddy Dempster de cette façon.

Henry ne saisit pas tout d'abord la cause de la mauvaise humeur de son associé. Lorsqu'il entendit parler de l'arrivée de Kate et comprit que son ami avait été repoussé encore une fois, il se précipita vers la tente dressée sous les arbres et appela doucement la jeune femme.

Soudain, elle apparut devant lui. Incapables de prononcer un mot, ils se dévorèrent des yeux dans la lumière faiblissante du jour.

Elle est ravissante, se dit-il en contemplant la silhouette mince, les cheveux noirs, domptés en un chignon parfait, et les yeux sombres, mis en valeur par sa peau mate. Pendant leurs années de séparation, Kate s'était transformée en une femme indépendante et sûre d'elle, particulièrement séduisante.

Que doit-elle penser de moi? pensa-t-il. En soulevant maladroitement son chapeau cabossé, il se sentit gêné par la négligence qui gouvernait aujourd'hui son apparence. Il était conscient de ses vêtements sales et déchirés, de ses mains insuffisamment décrassées et de l'odeur de transpiration qui se dégageait de lui. Nerveusement, il toucha sa barbe et sa longue tignasse. Kate lui faisait mesurer à quel point il s'était éloigné des principes qui avaient autrefois régi sa vie, depuis qu'il avait quitté Port Philip.

— Henry? articula-t-elle avec hésitation en s'avançant vers lui. Henry, est-ce vraiment vous sous tous ces cheveux?

Le visage brûlant de honte, il s'efforça d'atténuer son humiliation à l'aide d'un large sourire. Toutefois, il se sentit incapable de croiser son regard.

— À votre service, Kate, dit-il avec un salut compassé. Je vous prie d'excuser mon apparence.

— Ah, j'ai vu pire! répondit-elle avec un haussement d'épaules.

Elle jeta les bras autour de lui dans une étreinte qui le souleva presque.

— C'est tellement bon de vous revoir! s'exclama-t-elle en riant.

Ils s'écartèrent aussitôt l'un de l'autre, soudain envahis par la gêne.

— J'ai une gamelle sur le feu, reprit-elle gaiement. Asseyez-vous et racontez-moi tout ce qui vous est arrivé en buvant un thé. Comment va Miriam ? Avez-vous le temps de peindre ? Avez-vous trouvé de l'or ?

Henry se caressa la barbe pour dissimuler son attendrissement. En dépit de sa coiffure sophistiquée et de ses vêtements élégants, Kate n'avait pas changé. Elle n'avait rien perdu de son énergie, du charme que lui conférait sa curiosité presque enfantine, ni de son goût de la vie. Il observa l'aisance de ses gestes tandis qu'elle s'affairait et remarqua qu'elle ne portait pas d'alliance. Un calcul rapide lui révéla qu'elle avait vingt-neuf ou trente ans. Pourquoi avait-elle choisi ce mode de vie au lieu de se marier ?

Leurs yeux se rencontrèrent à travers la vapeur qui s'élevait de la boisson bouillante.

— Je lis des questions dans votre regard, Henry Beecham, mais je ne vous dirai rien avant que vous ne m'ayez répondu. Comment va Miriam ?

— Pourquoi ne le lui demandez pas vous-même ? répliqua-t-il. Elle est dehors et n'arrête pas de tourner autour de vos mules.

Miriam termina son second verre de cognac et se réinstalla confortablement sur ses coussins.

— Je me souviens parfaitement de ce soir-là, dit-elle. C'était la veille de mon douzième anniversaire.

En silence, elle évoqua la terre couleur de rouille, parsemée de tentes sépia sous les arbres couverts de poussière qui s'affaissaient sous la chaleur. Les vapeurs s'élevant des étranges bassins sulfureux, nichés dans les creux des roches rouges et noires, semblaient teinter l'air environnant. Le grincement des treuils remontant les seaux lui revenait, mêlé au bruit régulier des sabots et au raclement des chariots franchissant les éboulis.

Elle se souvenait combien elle aimait le panorama qui s'étendait devant elle lorsqu'elle se tenait au sommet d'une crête. Le paysage se déroulait harmonieusement jusqu'à l'horizon ponctué d'épineux et de broussailles abritant des serpents, des kangourous et des myriades d'oiseaux multicolores. Au-dessus s'étendait le ciel immense. Blanchi par l'intensité du soleil dans la journée, il se transformait le soir en une tenture de velours noir, parsemée d'une poussière d'étoiles.

Tout à coup, elle se rendit compte que Jake attendait la suite de son récit.

— Perdre la mémoire à court terme quand on vieillit peut devenir très pénible, expliqua-t-elle en souriant. Mais la vraie malédiction, c'est d'être capable de se rappeler le passé lointain avec précision ! On se rend compte alors des années qui se sont écoulées !

Rassemblant ses idées, elle poursuivit :

— Mon père m'avait souvent parlé de Kate et de la façon dont elle s'était occupée de moi à ma naissance, mais je n'avais, bien sûr, aucun souvenir d'elle. Pourtant, je l'ai aimée instantanément. Elle avait un visage qui appelait la confiance, un élan auquel j'ai aussitôt été sensible. Elle ne m'a pas écrasée dans ses bras pour m'embrasser, comme d'autres femmes du camp le faisaient parfois ; elle m'a simplement pris la main très doucement, m'a fait asseoir et m'a tendu un gobelet de thé.

— Vous deviez avoir une foule de questions à lui poser, s'enquit son visiteur.

Elle le regarda en secouant la tête.

— À cette époque, on apprenait aux enfants à se faire oublier et surtout à se taire. J'étais heureuse d'être là, tout simplement, et de pouvoir les écouter parler.

D'un ton quelque peu sentencieux, elle ajouta :

— J'ai toujours pensé qu'on en apprend bien plus en restant silencieux et attentif qu'en posant des questions intempestives.

Il eut la sagesse de ne faire aucun commentaire.

— Kate était fascinante à écouter. Elle avait voyagé dans tellement plus d'endroits que mon père et moi ! En outre, elle ponctuait ses histoires de gestes expressifs et savait à merveille mimer l'horreur ou la peur aussi bien que la joie. C'était une conteuse exceptionnelle.

— Comment s'y est-elle prise pour vous expliquer quelle était sa profession, intervint Jake. Pas très facile à expliquer devant de délicates jeunes oreilles, n'est-ce pas ?

Déroutée par cette interrogation inattendue, elle posa sur lui un regard perplexe. Lorsqu'elle comprit ce qu'il pensait, elle éclata d'un rire si spontané qu'elle en eut un point de côté. Enfin calmée, elle s'essuya les yeux et corrigea son erreur.

— Kate ne se prostituait pas, elle voyageait dans les camps pour une tout autre raison.

— Allez-y, surprenez-moi, lança Jake en croisant les bras. Vous allez sans doute m'affirmer qu'elle travaillait dans les mines?

Miriam secoua la tête en s'efforçant de réprimer son hilarité.

— Presque, mais pas tout à fait, indiqua-t-elle en se raclant la gorge. Après son départ de Port Philip, elle s'était embarquée sur un bateau pour Sydney. Elle avait rapidement trouvé un emploi de gouvernante pour un riche négociant en pierres précieuses, Isaac Levinsky, qui avait perdu toute sa famille lors d'un pogrom en Russie, mais avait réussi à s'échapper. Il était arrivé en Australie sur l'un des bateaux d'émigrants en partance d'Allemagne.

Miriam alluma la lampe près de son fauteuil et observa un instant les reflets de la lumière dans les verres de cristal.

— Isaac était un homme solitaire, profondément croyant et très érudit. Il passait le sabbat et la plupart de ses soirées à la synagogue, ou se plongeait régulièrement dans l'étude du Talmud. Quand Kate a commencé à travailler pour lui, elle a appris à respecter toutes les coutumes rituelles de la religion juive. À séparer la viande du poisson et des laitages, à utiliser des couteaux spéciaux et à ne pas servir certains plats.

— C'est très compliqué, marmonna Jake. Mon père imposait les mêmes règles à la maison, et je m'attirais un tas d'ennuis parce que je commettais toujours des erreurs.

Miriam se demanda si cette éducation stricte avait influé sur l'échec de son mariage. Elle s'informerait plus tard.

— Isaac s'est rapidement rendu compte que Kate était intelligente, beaucoup trop intelligente pour perdre son temps à gérer la maison. Il lui a enseigné tout ce qu'il savait sur les pierres précieuses conservées dans son coffre, afin qu'elle puisse non seulement les évaluer et déceler leurs défauts, mais aussi se former à la façon de les tailler et les polir.

Elle s'interrompit quelques secondes, puis continua :

— Il ne s'est pas borné à cela. Il lui a également appris à bien s'habiller, à savoir s'y prendre avec les acheteurs et les vendeurs, à parler de la dernière pièce à la mode ou du dernier livre à succès. Il voulait qu'elle se sente à l'aise dans la bonne société, car il savait qu'un jour elle appartiendrait à ce milieu.

— Comment pouvait-il le savoir ? s'enquit Jake, interloqué.

— Il avait su remarquer toutes ses qualités potentielles. Elle a passé sept ans en sa compagnie et, au moment où elle s'est montrée prête à parcourir les routes, il ne manquait rien à son éducation.

— Isaac était amoureux d'elle, n'est-ce pas ?

— Oh oui, cela ne fait aucun doute. Il lui a même demandé de l'épouser, ce qui était très audacieux, car, en épousant une non-juive, il aurait été exclu de la synagogue.

Miriam contempla un moment ses mains.

— Toutefois, ce n'est pas la raison pour laquelle elle a refusé, pas vraiment. Vous voyez, elle aimait toujours mon père et avait une foi indéfectible en son destin : elle savait qu'elle le retrouverait un jour. Elle appréciait Isaac comme un ami, comme un mentor, peut-être même comme un père, mais elle ne pouvait l'aimer comme un mari.

— Donc, elle a pris la route ?

— Elle s'est forgé une solide réputation de spécialiste. En voyageant de camp en camp, elle achetait les pierres directement aux mineurs, ce qui était inhabituel à l'époque, car les prospecteurs parcouraient des centaines de kilomètres avec leur butin afin de le vendre dans les villes. Isaac et Kate avaient compris que les déplacements étaient une énorme perte de temps et d'énergie pour ces hommes, en comparaison du profit qu'ils en retiraient car, pendant ces voyages, ils devaient interrompre leurs recherches.

— Cela devait comporter beaucoup de risques pour une femme seule, remarqua Jake, surtout dans ces contrées peu civilisées.

— C'est pourquoi elle avait toujours avec elle un pistolet et un fusil chargés. Parfois, elle louait les services d'un homme pour l'accompagner, en particulier si son voyage avait été fructueux. Tout ça n'a pas beaucoup changé, au fond. La méfiance, la convoitise et l'envie gouvernent toujours les communautés minières ; je connais au moins trois acheteurs armés de fusils, aujourd'hui.

Jake hocha la tête en changeant de position sur sa chaise. Ils parlaient depuis plus d'une heure et la fatigue se faisait sentir.

Éric pénétra dans la pièce d'un pas solennel, queue dressée et pattes raides. Il sauta sur le bras du fauteuil de Miriam, lui jeta un regard calculateur, puis s'installa confortablement sur ses genoux.

— Pfff, il n'a jamais fait cela auparavant, on dirait que vous lui plaisez ! s'écria Jake.

Miriam, qui caressait doucement la fourrure soyeuse, entendit le ronronnement se déclencher.

— Je ne peux pas dire que je raffole des chats, avoua-t-elle avec un petit rire. C'est peut-être pour cela qu'il m'a choisie.

Jake poussa un soupir en levant les yeux au ciel.

— Tel que je le connais, vous avez probablement raison !

Son regard quitta l'animal somnolent pour se poser sur le tableau suspendu au-dessus de la cheminée.

— Vous deviez m'expliquer pourquoi cette œuvre était aussi importante pour vous, lui rappela-t-il.

Miriam contempla le camaïeu d'ocre et de sépia, admirant une fois de plus la façon dont son père avait rendu la lumière de la scène.

— C'est son dernier cadeau à Kate, dit-elle à voix basse. Il le lui a donné le matin où il a disparu.

7

Louise était assise près de Ralph dans le taxi qui les emmenait à l'aéroport, au cœur de la circulation dense du soir. Elle ne voulait pas lui poser de questions sur son brusque changement d'humeur, car il se montrait si aimant et attentif depuis quelques heures qu'il aurait été mesquin de se plaindre. Toutefois, elle ne pouvait se défendre de l'idée qu'un événement avait dû se produire pour provoquer un tel revirement.

Brisbane rutilait de toute sa splendeur. Les tours de verre opposaient au scintillement du ciel étoilé les lumières bleues et vertes de leurs façades, qui reflétaient les ferries sur le fleuve et les cordons lumineux des phares, entrelacés dans les artères de la ville. S'adossant au cuir souple de la banquette, la jeune femme poussa un profond soupir de satisfaction. Ralph avait l'art de rendre les voyages si faciles et si confortables ! D'abord cette voiture, puis un avion privé pour les amener à Bourke, et enfin un 4×4 de location pour les conduire à Bellbird… Pourquoi, alors, les accusations de sa sœur résonnaient-elles si clairement dans sa tête ?

— Tu as parlé à Mim, récemment ? demanda Ralph en verrouillant son attaché-case qu'il déposa entre eux deux, sur la banquette.

— Pas depuis quelques semaines, admit-elle. Je voulais le faire, mais nous avons été tellement occupés !

La faiblesse de cette excuse ne lui échappait pas. Elle jeta à son mari un coup d'œil qui la mit instantanément sur

175

ses gardes. Il la fixait d'un regard intense et ouvertement soupçonneux.

— Pourquoi me demandes-tu cela ? s'enquit-elle en se passant la langue sur les lèvres.

Il se détourna avec une nonchalance étudiée.

— Pour rien, je me posais la question, c'est tout.

Après quelques secondes de silence, Louise, considérant le sujet épuisé, commença à se détendre. La voix de Ralph raviva son attention.

— Si Mim s'était confiée à toi, tu m'en parlerais, n'est-ce pas ? articula-t-il d'une voix dangereusement mielleuse, annonciatrice de troubles.

Voyant qu'il la scrutait avec insistance, elle se raidit intérieurement contre ce qui allait venir.

— Bien sûr, mais Mim ne se confie pas à moi. Elle ne l'a jamais fait, insista-t-elle avec une fermeté démentie par l'accélération des battements de son cœur. C'est Fiona qui est sa préférée.

— Alors tu ne sais rien sur cette rentrée d'argent ?

Louise secoua la tête, les sourcils froncés.

— Jamais entendu parler.

Il sembla se contenter de sa réponse et tourna la tête pour regarder défiler les réverbères par la vitre de la portière.

— Nous en saurons plus en arrivant à Bellbird, murmura-t-il.

Louise rangea l'information dans son esprit pour l'examiner plus tard. Instinctivement, elle entreprit d'apaiser son mari afin de lui rendre sa bonne humeur.

— Merci d'avoir accepté le voyage, dit-elle. Je n'aurais pas aimé manquer cette fête d'anniversaire.

Il se tourna vers elle avec un sourire de reproche.

— T'ai-je déjà refusé quoi que ce soit, Louise, malgré les inconvénients ?

— Les inconvénients ?

Elle avait presque chuchoté et s'en voulut aussitôt de sa lâcheté, mais cette habitude si familière était devenue un réflexe auquel elle ne pouvait plus échapper.

— Je suis en plein milieu de négociations très délicates, déclara-t-il. Shamrock Holdings a pris contact avec ma banque et je ne peux pas me permettre de m'absenter du bureau.

Louise le regarda avec horreur.

— Shamrock ? Est-ce qu'ils ne font pas partie de la compagnie de Brendt ?

— Et alors ? Brendt a fait de ce conglomérat l'un des plus puissants du monde. Je n'ai pas l'intention de rejeter ses propositions parce que cela risquerait de heurter la sensibilité de ta grand-mère.

Elle garda le silence. La haine atavique de Mim pour le clan Brendt était connue de tous les membres de sa famille depuis leur plus jeune âge. En fait, ils en avaient tellement entendu parler qu'aucun d'entre eux ne prenait plus cela au sérieux. Toutefois, le fait que Ralph songe à faire des affaires avec l'ennemi risquait de créer des ennuis.

— Pourquoi s'est-il adressé à ta banque ? s'enquit-elle avec hésitation.

— Parce que nous sommes en position de lui offrir les conditions les plus avantageuses.

Il lui tapota la main et la glissa sous son bras.

— Ne te tracasse pas pour mes affaires, dit-il avec un sourire indulgent. Je sais ce que je fais.

Louise tourna les yeux vers l'extérieur. Depuis le début de son mariage, elle avait eu le temps d'apprendre beaucoup sur le monde de la banque et ses acteurs. Même si elle n'avait rien su par Mim au sujet de Brendt, elle en avait assez entendu sur lui pour savoir qu'il avait une réputation douteuse. Si Ralph était déterminé à traiter avec lui, il fallait qu'il se montre très prudent car, comme ses ancêtres, cet homme avait la droiture d'un serpent.

Les pensées de Miriam étaient un fouillis d'odeurs et de sons venus d'un autre âge, mêlés à des visages connus et aimés, dont la plupart avaient depuis longtemps disparu. Elle changea de position dans son fauteuil et songea qu'elle aurait souhaité avoir une couverture sur les épaules. Bien que la douleur se soit assoupie, la nuit était froide, et cette sensation lui rappelait celle qu'elle avait éprouvée toutes ces années auparavant, lorsqu'elle avait été confrontée à la morsure de l'hiver, comme à celle du mystère angoissant de la disparition de son père.

— C'était l'une de ces nuits que les aborigènes avaient baptisée « nuit des trois chiens ». Malgré les animaux qui dormaient à mes pieds et contre mon dos, je n'arrivais pas à me réchauffer. J'étais allongée, les yeux ouverts dans l'obscurité, écoutant les ronflements de mon père. Notre haleine formait une fine couche de glace sur notre tente de fortune.

Elle s'interrompit, comme si un frisson la parcourait à ce souvenir.

— Je me pelotonnais contre la chienne tachetée qui poussait de petits cris dans son sommeil, laissant vagabonder mes pensées en attendant les premières lueurs de l'aube. Le fait d'avoir atteint mes douze ans quelques semaines auparavant m'avait procuré un plaisir intense, et je savais accepter l'absence de cadeaux ou de friandises.

Miriam sourit, de nouveau transportée dans le camp reculé.

— L'argent était rare, comme d'habitude. En dépit des heures qu'ils passaient dans les mines, Pa et Paddy n'avaient rien trouvé d'important. Nous avions entamé notre dernier sac de farine et notre dernier cornet de thé.

— Cette expérience, qui devait être très dure pour vous, serait difficile à imaginer aux yeux d'un enfant actuel, murmura Jake.

— Les assistantes sociales s'en mêleraient si cela se passait aujourd'hui. Nous sommes devenus fragiles, dépendants et beaucoup trop assistés par un État providence, renchérit-elle avec un haussement d'épaules. J'acceptais ma vie et ses épreuves avec une nonchalance due à l'expérience et au fait que je ne connaissais rien d'autre. Pa allait faire fortune, il lui suffisait juste d'un heureux hasard. Je ne voulais pas penser que cette chance puisse nous échapper

178

et j'essayais d'imaginer quelle impression cela pouvait faire de dormir dans un lit de plumes, comme Kate.

Elle croisa les mains sur ses genoux.

— Si vous saviez comme j'enviais le lit de Kate avec ses ornements de cuivre et son couvre-lit de velours ! Je pensais qu'elle devait être très riche pour posséder de telles merveilles.

— Elle l'était probablement. Les acheteurs sont les seuls à gagner de l'argent grâce aux mineurs.

— Je n'étais qu'une enfant, que pouvais-je savoir de tout cela ? J'étais beaucoup plus intéressée par ce que j'éprouvais pour Kate et par la tendresse évidente qu'elle partageait avec mon père. Depuis son arrivée, il prenait soin de lui-même. Il avait coupé ses cheveux et sa barbe, se lavait plus fréquemment et veillait à garder au moins une chemise propre pour les occasions où il lui rendait visite dans sa tente.

Tout à coup, elle eut un large sourire.

— Pa ne m'emmenait pas toujours avec lui quand il allait la voir. Il était convaincu que je dormais tandis qu'il passait de longues heures en sa compagnie. Cependant, il était difficile de préserver son intimité dans le camp, et il aurait fallu que je sois sourde, aveugle et attardée mentale pour ne pas voir ce qui se passait entre eux.

Elle s'était demandé quel effet cela lui ferait d'avoir Kate pour mère – ayant vite compris que c'était une éventualité à considérer –, et s'était dit qu'il serait amusant de voyager à travers l'outback en étant assurée d'être bien accueillie dans tous les campements. Elle s'était imaginée visitant enfin une grande cité magnifique et animée telle que Sydney, car jamais elle n'avait vu de ville ni d'océan.

Perdue dans ses souvenirs, elle se remémora les précieuses heures qui avaient précédé la perte de sa jeunesse et de son innocence, ces deux atouts de l'enfance qui n'avaient pas suffi à la protéger de la tragédie à venir.

L'aube avait fini par se lever, baignant leur abri de toile reprisée d'une lueur dorée. Dans la chaleur naissante, la fine couche de glace fondait doucement, coulant le long des coutures sommaires, telles des larmes. Il était temps de se lever, de ranimer le feu et de mettre l'eau à chauffer. Toutefois, elle répugnait à quitter la tiédeur des chiens et de sa couverture, car la pensée du possible mariage de son père avait ramené à sa mémoire le souvenir de sa mère depuis longtemps disparue.

Pa la pleurait encore, elle en était certaine, car elle l'avait vu contempler la miniature qu'il avait peinte avant leur départ d'Angleterre et avait remarqué ses yeux embués. Miriam n'avait de sa mère que ce portrait et les histoires que son père lui racontait avec tendresse. Allait-elle trahir la mémoire de celle qui lui avait donné le jour si elle aimait quelqu'un d'autre ?

Troublée par cette idée, elle repoussa le chien, s'extirpa de la couverture et rampa à l'extérieur de la tente. Il y avait quelques tâches à accomplir avant le lever de Pa, et le jour était déjà bien entamé. Le châle usé de sa mère sur les épaules, elle respira l'odeur de soufre qui lui parvenait des bassins fumants tout proches. L'air était néanmoins agréable après une nuit dans la tente étroite et, bien que cet endroit loin de tout soit rude et dépouillé, l'âme d'artiste de son père, dont elle avait hérité en partie, lui permettait d'en apprécier toute la beauté.

Au-dessus des crêtes rocheuses couvertes de givre scintillant, des lambeaux de nuages étaient empalés sur les branches faîtières des rares arbres qui avaient survécu à la sécheresse. Les chiens fouillaient les ordures et les mules patientes sommeillaient debout dans le soleil, entre les habitations, au milieu de fines volutes de fumée issues des feux presque éteints. Dans le silence environnant, Miriam n'entendait que le croassement mélancolique d'un corbeau solitaire, tournoyant au-dessus de sa tête.

Bien qu'elle ait dormi tout habillée, elle frissonna tandis qu'elle cassait la glace à la surface du seau d'eau pour faire sa toilette. En claquant des dents, elle se débarbouilla, se lava les bras et se sécha à l'aide d'un morceau de serviette, avant de baisser ses manches. Elle n'était vêtue que du châle usé jusqu'à la corde et d'une robe trop petite, qui lui serrait la poitrine et laissait à nu ses chevilles. Peu importait, la robe devrait durer encore un peu et ses pieds, comme ceux des autres enfants du camp, s'étaient durcis sur le sol accidenté.

Elle passa le peigne presque édenté dans ses boucles noires et fit une grimace lorsqu'il se prit dans des nœuds. Comme elle aurait aimé avoir des cheveux raides et faciles à coiffer tels que ceux de Bridie Dempster ! En soupirant, elle tourna les yeux vers la tente que la fillette habitait avec ses parents. La famille était en général plutôt bruyante, mais, pour une fois, le calme régnait.

D'aussi longtemps qu'elle se souvenait, Paddy avait toujours fait partie de sa vie. Bien qu'elle ait appris très rapidement à se tenir hors de son chemin quand il avait bu, elle aimait écouter les histoires qu'il racontait lorsqu'il était sobre. À la grande consternation de son père, il lui avait montré des tours qu'il avait appris au cours de son enfance dans les rues de Dublin. Ses yeux pétillant de malice et son accent irlandais prononcé exerçaient sur elle une fascination indéniable ; et lorsqu'il dansait la gigue et la lançait en l'air, elle se pâmait de plaisir en le suppliant de continuer.

Paddy avait épousé Teresa peu après le départ de Port Philip. Bridie, leur première-née, était la seule des quatre enfants à avoir survécu. N'ayant que deux ans d'écart, Miriam et elle s'étaient étroitement liées au sein de ce milieu d'adultes. Dotée de longs cheveux roux et d'yeux couleur noisette que le soleil mouchetait d'or, la fillette suscitait chez son amie une réelle admiration. Cependant, elle avait l'art d'attirer les ennuis. Plus d'une fois, toutes deux avaient dû tâter de la main alerte de Teresa.

Cette dernière, bien que portant souvent la trace des accès de violence de son mari lorsque celui-ci se trouvait sous l'emprise de l'alcool, était réputée pour sa remarquable personnalité, caractérisée par un tempérament volcanique. Le camp entier savait que Paddy n'était pas toujours le maître à la maison. On racontait que son épouse l'avait une fois assommé avec une marmite en fer et qu'il était resté inconscient plusieurs heures. Il avait ensuite fait comme si de rien n'était, mais s'était gardé de s'enivrer pendant de longs mois.

Miriam, qui avait ramassé du bois pour le feu, s'appliquait à faire du pain avec le reste de farine. Son père sortit soudain de la tente et s'accroupit près d'elle. Il caressa ses boucles souples de sa main calleuse et lui leva le menton.

— Bonjour, mon petit ange. Comment te sens-tu par cette belle matinée?

La fillette, plongeant ses yeux verts dans le regard bleu penché sur elle, se sentit réchauffée par l'amour qui s'en déversait.

— Pleine de démangeaisons! répliqua-t-elle en riant. Les chiens ont des puces.

Il s'esclaffa et tourna la tête vers le chemin qui menait vers la tente de Kate.

— Je me demandais si tu accepterais…

Il hésita, vit son expression amusée, et se lécha nerveusement les lèvres avant de poursuivre.

— J'ai un cadeau pour Kate. C'est le tableau que j'ai fini l'autre jour.

Miriam se tut un long moment avant de répondre:

— Je pensais que quelqu'un voulait l'acheter.

Elle posa la main sur son bras pour atténuer la dureté de ses paroles.

— Nous avons besoin de cet argent, Pa. Nous avons épuisé toutes nos provisions.

Il contempla ses mains, ses fins doigts d'artiste abîmés par le travail de la mine et ses ongles noircis. Pourtant, lorsqu'il tenait un pinceau, chacun pouvait constater qu'il n'avait rien perdu de sa délicatesse de touche.

— Je sais, mais je peux en peindre un autre, murmura-t-il.

Relevant la tête, il la fixa avec insistance.

— Je veux offrir à Kate un cadeau vraiment spécial. Tu sais à quel point elle compte pour moi, n'est-ce pas?

Miriam lui tendit le gobelet de fer-blanc. Il le saisit gauchement et se mit à souffler nerveusement sur la vapeur.

— Bien sûr, Pa. Je l'aime beaucoup, moi aussi.

Il garda le silence, plongé dans ses pensées.

— Elle ferait une bonne mère, reprit-elle pour l'encourager.

Le visage illuminé de son père et son large sourire lui donnèrent soudain une apparence juvénile.

— Alors, tu n'as pas d'objection à ce que je la demande en mariage ? s'enquit-il, le souffle court.

Miriam secoua la tête en dissimulant son expression malicieuse.

— Mange le pain et finis ton thé d'abord. Tu pourras ensuite offrir le tableau à Kate avant de partir travailler. Paddy n'est pas encore levé.

La vieille dame revint au présent, les yeux remplis de larmes.

— Il a pris son petit déjeuner, mais je voyais bien qu'il trépignait d'impatience. Il avait hâte d'aller retrouver Kate.

Elle s'essuya les yeux et se moucha.

— Je l'ai embrassé pour lui dire au revoir et je l'ai regardé s'éloigner, le tableau sous le bras, la démarche élastique. C'est la dernière fois que j'ai posé les yeux sur lui.

Le manoir surplombant Sunrise Beach, plage côtière du Queensland, se dressait sur une colline de laquelle on pouvait tout juste apercevoir, à travers les arbres, les lumières de Noosa, station balnéaire en vogue. Toutefois, ces lueurs lointaines ne pouvaient rivaliser avec l'éclairage aveuglant qui se déversait de toutes les fenêtres de la demeure. Tandis que les chauffeurs attendaient devant les limousines et que les gardiens dans leur loge surveillaient leurs écrans de sécurité, la réception battait son plein.

Dans la salle à manger d'un blanc éblouissant, ornée d'un lustre de cristal, seuls les tableaux de prix accrochés aux murs et les inestimables tapis persans recouvrant le sol de marbre donnaient quelques notes de chaleur.

Brendt, assis au bout de la longue table de chêne, observait ses invités en portant une coupe de champagne à ses lèvres. Envahi par une sensation de bien-être, il se dit que son grand-père aurait été fier de lui, car il avait réussi à rassembler ce soir plusieurs hommes d'État ainsi qu'un petit nombre des plus grands génies de la finance. S'il en croyait leurs épouses, qui passaient visiblement leur vie dans des instituts de beauté et vidaient chaque fois leurs coffres à bijoux pour se rendre à ses invitations, ses dîners se situaient parmi les plus importants du calendrier mondain.

Il contempla sa femme qui s'entretenait avec ses voisins, et se félicita d'avoir écouté les conseils de sa mère. Arabella, fille d'un comte anglais, avait fréquenté Roedean et terminé ensuite son instruction dans une école suisse. Lorsqu'il l'avait rencontrée, elle travaillait dans une galerie d'art huppée de Londres et présentait toutes les qualités requises pour une épouse – bien qu'il ne se soit fait aucune illusion sur elle, car elle avait une ambition aussi impitoyable que la sienne. Si, par un étrange hasard, il devait perdre tout ce qu'il possédait, elle partirait sans jeter un regard en arrière. Leur association s'était néanmoins révélée extrêmement intéressante, car leur intérêt commun pour le pouvoir et l'argent, éléments notoirement aphrodisiaques, dynamisait leurs relations sexuelles.

Il tourna la tête vers sa mère, plongée dans une conversation avec un ministre du gouvernement. À soixante-treize ans, elle se montrait une hôtesse experte, témoignant de la hauteur et des manières exquises d'une auguste matrone. Sa chevelure flamboyante s'était ternie au fil des années, mais elle ne s'était jamais résolue à la teindre, affirmant qu'elle désirait vieillir avec grâce. Depuis quelque temps, elle avait adopté une coupe courte, coiffée en arrière, qui mettait en valeur ses yeux noisette et ses pommettes saillantes. Les émeraudes qui brillaient à son cou et ses oreilles, ainsi que l'ivoire de sa robe de soie, soulignaient la perfection de sa peau et de sa silhouette, enviée par des femmes de dix ans plus jeunes qu'elle. Personne n'aurait pu deviner les épreuves qu'elle avait endurées étant enfant.

Croisant son regard, Brendt leva son verre en souriant. Elle était bien la fille de son père, masquant sous un charme souvent irrésistible une détermination et une ténacité implacables. Ses jugements se révélaient infaillibles, car elle ne permettait jamais à l'émotion de troubler ses décisions. Avant même la mort du vieil homme, elle était devenue pour son fils aîné le mentor, le guide, le roc sur lequel leur dynastie se fondait. Elle avait décelé en lui ce qui manquait à ses autres enfants : un désir de gagner semblable au sien, une aspiration similaire à écraser tous ses concurrents.

Il continua à l'étudier en sirotant le liquide pétillant. Elle s'était mariée jeune. Son époux, riche promoteur immobilier qui veillait à ne pas mettre tous ses œufs dans le même panier, était mort d'une crise cardiaque à trente-deux ans. Elle ne s'était jamais remariée, mais Brendt la soupçonnait de s'offrir de temps en temps un amant. Une fois son deuil terminé, elle avait repris d'une main habile l'empire de son mari, qu'elle avait su rendre plus prospère encore. Dotée d'une fortune personnelle, elle aurait pu prendre sa retraite des années auparavant, toutefois, elle adorait toujours les estocades du monde des affaires, passion qui l'avait probablement aidée à garder toute sa jeunesse d'esprit.

Il songea aux dossiers secrets que tous deux avaient constitués sur leurs associés, parcourant mentalement la liste de ces pauvres ignorants. Y étaient répertoriés deux alcooliques, maintenant abstinents, qui tremblaient d'être découverts ; un toxicomane, récemment sorti de cure mais toujours accro ; deux banquiers au train de vie si élevé que même leurs considérables revenus ne pouvaient l'expliquer ; deux escrocs de haut vol entretenant un lien étroit avec la mafia russe et une ancienne prostituée, au passé et au nom fabriqués, qui avait su attraper dans ses filets un époux milliardaire. Le dernier nom de la liste, et non le moindre, était celui d'un avocat réputé qui préférait la compagnie de jeunes enfants à celle de sa femme modèle.

Un frisson de dégoût le parcourut. Il pouvait comprendre la corruption sous nombre de formes, voire l'encourager si elle devait profiter à ses entreprises, mais la pédophilie lui répugnait. Il songea à ses deux petites filles endormies au premier étage. S'il ne tenait qu'à lui, ces salauds seraient castrés sans anesthésie.

Brendt se tapota les lèvres avec la serviette de lin, comme s'il pouvait éliminer le goût amer qui lui était venu dans la bouche. L'avocat lui était utile, pour le moment, mais, dès que son utilité serait tarie, il ne vivrait plus assez longtemps pour abuser de nouveau d'un enfant.

Ses pensées furent soudain interrompues par le majordome.

— Qu'y a-t-il, Morris ?

— M. Black vient juste de déposer son rapport. Rien d'extraordinaire, mais il m'a demandé d'attirer immédiatement votre attention sur les deux derniers paragraphes.

Sans tenir compte de ses invités, Brendt prit les feuillets nettement dactylographiés et en parcourut rapidement les principaux passages. Black méritait son salaire. Rapide et efficace, peu scrupuleux sur ses sources, cet ancien policier pouvait, à partir d'un simple nom de personne, lui soumettre un dossier complet en quelques heures.

En l'occurrence, on ne pouvait lui reprocher de négligence concernant Ralph, se dit-il avec satisfaction, mais malheureusement il ne lui apprenait rien qu'il ne savait déjà. Il y avait forcément chez ce type quelque chose de plus exploitable, que l'on pourrait découvrir à l'aide d'une enquête un peu plus fouillée.

Alors qu'il survolait les deux derniers paragraphes, sa main se mit soudain à trembler. Il relut plus lentement les caractères serrés et posa lentement les feuilles sur la table.

Miriam Strong était la seule personne au monde qu'il ne pouvait faire plier, la seule que sa famille et lui craignaient comme la peste. Elle était sur le point de les détruire, d'ouvrir le placard à secrets et d'exposer ce qui s'y trouvait caché depuis tant d'années. Il fallait à tout prix l'en empêcher.

8

Jake ne cessait de se retourner dans son lit, essayant en vain de trouver le sommeil. Les images qui se bousculaient dans son esprit refusaient de disparaître. Elles le confrontaient aux mornes souvenirs de son enfance, à l'échec de son tragique mariage et à la solitude qui, depuis, ne l'avait jamais quitté. Il avait l'impression d'être destiné à se tenir à la périphérie de la vie, à n'en être jamais un acteur, mais un simple observateur, sauf quand il s'agissait de son travail. Il rejeta la couverture sur le côté, s'assit et se passa la main dans les cheveux. Ruminer ainsi ne pouvait le conduire nulle part.

Un long moment, il resta debout devant la fenêtre, le regard perdu dans l'obscurité. Le tourbillon de ses pensées le ramenait inexorablement aux périodes cruciales de sa vie où le destin avait soudain viré de bord. Ces expériences le hanteraient à jamais, mais le récit de Mim semblait tout à coup leur donner un relief inattendu.

Abandonnant l'idée de se rendormir, il enfila ses vêtements – Éric, profondément assoupi, se contenta de remuer les moustaches quand il prit sa grosse veste sur la colonne du lit. Ses bottes à la main, il traversa le couloir sur la pointe des pieds et fit une grimace au grincement de la porte d'entrée. Inquiet à l'idée d'avoir dérangé Mim, il s'immobilisa quelques secondes dans la véranda, l'oreille tendue, mais fut vite rassuré par le silence de la maison.

Pauvre petite dame, songea-t-il en s'asseyant sur la marche la plus haute pour enfiler ses bottes. Elle est beaucoup trop frêle pour extirper du passé ses vieux ennemis. Trop fragile en tout cas pour rester debout jusqu'à des heures indues, dans l'espoir que le récit de sa vie permettra de faire la lumière sur un mystère depuis longtemps oublié.

Jake se releva et lissa les jambes de son jean. Il admirait son courage et sa ténacité, mais ces qualités suffiraient-elles au regard de ce qu'elle lui demandait d'entreprendre ?

Se dirigeant vers les paddocks inondés par le clair de lune, il se dit qu'il lui fallait tenir à l'écart toute émotion et ne se laisser guider que par les faits bruts et indiscutables. S'il n'y parvenait pas, il risquait de lui donner de faux espoirs, ce qui serait d'une cruauté inqualifiable après ce qu'elle avait traversé. Toutefois, il n'ignorait pas que, s'ils arrivaient à un résultat concret, cette affaire pouvait se révéler l'une des plus importantes de sa carrière.

D'un pas vif, il s'éloigna dans l'herbe haute, respirant l'air agréablement frais. La lune déversait une lumière suffisante pour qu'il distingue son chemin. Il leva les yeux vers le ciel étoilé, se souvenant à quel point, enfant, il était ébloui par cette somptueuse beauté. L'émerveillement ne s'était pas atténué. Il s'immobilisa et parcourut du regard la voûte immense qui recouvrait les vastes étendues de l'outback, le voile blanc de la Voie lactée, les cinq points de la Croix du Sud, et la silhouette légendaire d'Orion, accompagné de ses chiens de chasse. Les constellations exposaient, dans leur brillante pureté, certaines étoiles parées de nuances rouges ou vertes. Devant un tel spectacle, quel observateur n'aurait ressenti un sentiment d'insignifiance ?

Plongeant les mains dans ses poches, il reprit sa marche. Les souvenirs de Mim avaient fait ressurgir les siens ; les êtres et les lieux qu'il avait connus ; et les actes, accomplis ou manqués, qui avaient orienté sa vie vers son parcours solitaire.

À la mort de sa mère, il avait sept ans. Bien qu'il ait toujours eu l'impression de n'avoir gardé d'elle que de vagues images, il la revoyait près de son fourneau, quelques mèches blondes sur la nuque et les mains blanches de farine ; au milieu des gardiens de bestiaux, lorsqu'elle participait à la tonte ; ou au volant du pick-up, en train de pester contre le moteur qui refusait de démarrer par temps de pluie. Parfois, elle dansait avec Pa après les courses qui avaient lieu lors de pique-niques. En fait, elle lui apparaissait toujours active, pleine de vie et d'énergie. Comment avait-elle pu être emportée aussi rapidement ?

Il se tourna vers l'horizon, au bord des larmes, malgré le temps écoulé. Sa disparition avait créé un vide qu'il s'efforçait de combler depuis, conscient de la vanité inexorable de ses efforts : l'amour d'une mère, sa compréhension, son dévouement, ses bras, même, ne pouvaient être remplacés.

Après avoir gravi une petite colline jusqu'au sommet, il contempla le panorama qui s'étendait tout autour de lui, baigné par la lumière argentée. Sans elle, la ferme avait paru si vide qu'elle ne suscitait plus, dans sa mémoire, que de tristes évocations. Sa grand-mère s'était occupée de lui et de ses frères et sœurs jusqu'à ce que Pa gagne son combat contre la dépression et la bouteille, mais dès que celui-ci s'était ressaisi, Jake avait quitté la maison. En dépit de la déception de son père, qui avait espéré le voir prendre sa suite à la station, il n'avait pas eu de mal à le convaincre de l'inscrire dans une bonne école. L'instruction par radio lui avait donné de bonnes bases, mais, en grandissant, il s'était rendu compte qu'il avait besoin d'être mieux encadré et stimulé. Comme des milliers d'autres jeunes gens avant lui, il avait échappé à l'isolement d'une station de l'outback en partant pour la ville.

Il redescendit la pente de la colline et se dirigea d'un pas élancé vers le ruisseau qui serpentait au loin, luisant froidement dans le clair de lune. Sur la rive se dressaient quelques arbres dont la silhouette sombre se découpait sur le ciel nocturne. C'était par une nuit telle que celle-ci qu'il avait rencontré Rachel. Ils avaient dansé jusqu'à l'aube, ne quittant la réception que parce que les autres invités étaient partis avant eux.

Ravissante Rachel. Il se remémorait ses cheveux et ses yeux noirs, mis en valeur par la perfection de sa peau mate. Elle avait une façon particulière de le faire rire, de lui donner le sentiment qu'il était l'homme le plus fortuné, le plus heureux de la terre. Jusqu'à ce qu'il s'acharne à lui briser le cœur.

À bout de souffle, il s'arrêta près des arbres qu'il avait admirés de loin, dont les branches torturées s'inclinaient vers le ruisseau murmurant, et s'assit sur une souche. Il releva le col de sa veste, et s'abandonna au souvenir de son mariage.

Rachel et sa mère avaient accepté son refus de se convertir au judaïsme, mais il n'en était pas de même pour le père de la jeune femme. Ne pouvant se marier à la synagogue, ils avaient donc prêté serment dans le cadre beaucoup moins symbolique d'une petite annexe de la mairie de Sydney. Aucun des parents de la mariée n'était présent. Cependant, au fil du temps, la mère de Rachel avait réussi à convaincre son époux d'accepter l'inévitable. La naissance de leur premier enfant devait aider à combler la brèche, ce qui fut le cas pendant un certain temps.

Jake baissa la tête, les yeux fixés sur ses chaussures. Elle s'appelait Esther, mais ils l'avaient surnommée Soleil, en raison de son tempérament et de la joie lumineuse qu'elle leur apportait. À dix-huit mois, une forte fièvre s'était emparée d'elle, qu'aucun traitement ne réussissait à faire baisser. Quand, peu après, l'éruption cutanée avait eu lieu, ils s'étaient précipités à l'hôpital, le corps mou de leur fille dans les bras. Soleil était morte d'une méningite quelques heures plus tard.

Avec un soupir tremblant, il se remémora la façon dont Rachel s'était agrippée à lui, l'avait supplié de la réconforter, alors que leur bébé reposait, le visage d'une pâleur cireuse, sur son lit d'hôpital. Toutefois, le choc avait été trop violent, la sensation de perte trop profonde, pour qu'il puisse avoir la volonté de s'occuper de sa femme.

Après des funérailles traumatisantes, au cours desquelles il avait porté le petit cercueil blanc avant de le déposer dans sa tombe, il s'était coupé de Rachel. Immergé dans son travail, il avait pris l'habitude de rentrer tard et de partir le matin avant qu'elle ne soit réveillée. Tous deux avaient alors mené des vies séparées. Il ne pouvait pas supporter la vue de la chambre vide de son enfant, ni celle des cernes sombres sous les yeux de sa femme ; il ne pouvait accepter que la vie lui ait volé, une seconde fois, quelqu'un qu'il aimait. Aveugle aux dommages qu'il faisait subir à son mariage, sourd et muet face aux supplications, il était devenu un véritable invalide.

Rachel l'avait quitté un an plus tard.

Jake se frotta le visage des deux mains et se leva. Les liens qui le reliaient à l'infortuné Henry ne lui apparaissaient que trop clairement. Aujourd'hui, il lui était facile de comprendre pourquoi sa femme était partie. Pourtant, à l'époque, il avait considéré son départ comme une trahison supplémentaire, une preuve que son parcours était inexorablement marqué par l'abandon. Il avait perdu tous ceux qu'il avait jamais aimés. Comment pourrait-il croire de nouveau à l'amour ?

La vieille dame, qui avait entendu son visiteur sortir, avait observé sa haute silhouette se dirigeant vers les pâturages. Il était clair qu'il était tourmenté, mais cela ne la regardait pas. Elle espérait seulement qu'il ne la laisserait pas tomber.

Elle enfila un pull et un pantalon, plongea les pieds dans de vieilles pantoufles et, saisissant la boîte à musique, se dirigea vers la cuisine. En dépit de sa fatigue, elle savait qu'elle ne dormirait plus cette nuit. Non seulement les souvenirs se bousculaient dans sa mémoire, mais la pensée de ce qu'elle allait tenter lui donnait une poussée d'adrénaline.

Une tasse de thé à la main, elle s'assit à la vieille table et jeta un regard autour d'elle. La pièce était bien différente quand elle l'avait vue pour la première fois, mais cela ne s'était produit que plus tard, beaucoup plus tard.

Miriam et Bridie fouillaient les terrils, à la recherche de ce qui aurait pu échapper à leurs pères.

— J'en ai marre, grogna Bridie, en repoussant sa chevelure mouillée de sueur. Pourquoi on ne va pas voir ce qu'on pourrait piquer au magasin ?

Sa compagne secoua la tête.

— On l'a échappé belle la dernière fois, et ton père te donnerait une belle raclée s'il se doutait de ce que tu fais.

En riant, la fillette rousse se releva et frotta les jambes de son pantalon.

— Jamais de la vie, déclara-t-elle avec son accent irlandais. Pa dit que le vieux Wiseman est un escroc et qu'il fait son beurre sur le dos des pauvres mineurs. Viens, ajouta-t-elle en tirant le bras de Miriam, j'ai besoin de toi pour monter la garde.

Mim se dégagea et s'assit à son tour, les bras croisés sur la poitrine.

— Non, dit-elle fermement. Ce n'est pas bien. Il doit gagner sa vie comme nous.

Bridie posa sur son amie un regard calculateur.

— Tu auras une part de tout ce que j'aurai réussi à prendre, insista-t-elle.

Miriam détourna le regard. Elle s'était laissé convaincre la fois dernière, et avait été horrifiée quand Bridie lui avait montré ce qu'elle avait dérobé pendant qu'elle-même s'entretenait innocemment avec le marchand. Elle n'aimait pas que l'on se serve d'elle et ne voulait surtout pas se trouver de nouveau encombrée de l'embarrassant butin. Son amie aurait été furieuse de savoir qu'elle avait tout remis à sa place, profitant d'une occasion où Wiseman avait le dos tourné.

— Je ne viens pas.

— Poule mouillée, railla Bridie. Tout comme ton père. Tu n'arriveras jamais à rien en restant une petite sainte-nitouche. Je ne veux plus être ton amie.

Elle lui tourna le dos, les cheveux flamboyant dans le coucher de soleil, et s'éloigna, pieds nus sur les cailloux tranchants parsemés d'herbe sèche.

Miriam, le rouge de la honte aux joues, lutta pour refouler ses larmes. Les paroles de Bridie l'avaient piquée au vif, mais elle savait que sa conscience l'aurait tourmentée beaucoup plus encore si elle s'était laissé persuader. Cependant, la fille de Paddy était sa seule amie. Elles jouaient ensemble depuis toujours, et vivre sans elle était inconcevable.

Elle se leva et s'en fut vérifier les collets qu'elle avait posés la veille. Pa n'allait pas tarder et, si les pièges étaient vides, elle ne savait pas comment ils allaient dîner. Peut-être aurait-elle dû écouter sa compagne, et prendre le risque de se faire attraper ?

Aussitôt, elle écarta cette idée. Pa lui demanderait une explication qu'elle ne serait pas capable de lui donner.

Un lapin et un varan s'étaient laissé prendre. Elle les dégagea et remit les collets en place. Ils mangeraient bien ce soir : peut-être l'honnêteté était-elle récompensée, après tout ?

Elle écorcha le lapin et prépara un petit ragoût, puis sala le varan et le suspendit dans le garde-manger pour le lendemain. Lorsqu'elle eut fini le rangement de la tente, elle s'assit près du feu et attendit le retour de son père.

— Henry n'est pas rentré ? demanda Paddy, une heure plus tard.

Miriam secoua la tête. De ses mains crasseuses, il se caressait la barbe, jetant un regard alentour.

— Il a quitté la mine il y a au moins trois heures.

Avec une intensité dont elle ne comprit pas la cause, il ajouta :

— Il fait sa cour. Cette petite Kate est une distraction beaucoup plus plaisante que le travail au fond d'un tunnel noir, sans aucun doute !

La fillette le suivit des yeux tandis qu'il s'éloignait. Elle le vit lâcher son sac et ses outils avant d'entrer dans sa tente. Il avait peut-être raison, mais cela ne ressemblait pas à Pa d'oublier de la prévenir de son retard. Elle ôta du feu la marmite qui resterait assez chaude jusqu'à leur retour.

Le visage éclairé d'un sourire, Kate émergea de sa tente.

— Tiens, tiens, quel bon vent t'amène ? s'enquit-elle.

— Je suis venue dire à Pa que le dîner est prêt. Il est là ?

La jeune femme fronça les sourcils.

— Qu'est-ce qui te fait croire qu'il pourrait être ici, mon cœur ? Je ne l'ai pas vu depuis ce matin.

Miriam ne savait plus que dire. S'il n'était ni avec Paddy ni avec Kate, où pouvait-il bien se trouver ? Une peur paralysante l'envahit soudain.

Kate enlaça les épaules de l'enfant ; malgré sa voix légère, la fillette sentit qu'elle était inquiète, elle aussi.

— Est-ce qu'il n'est pas dans le puits, Mim ? As-tu posé la question à Paddy ?

La fillette hocha la tête, refoulant ses larmes.

— Il dit qu'il a quitté la mine il y a trois heures. Mais il n'est pas rentré. Je ne sais pas où il est allé.

— Chut, ma chérie. Ne te mets pas dans cet état. Nous allons le retrouver, ne t'inquiète pas.

Elle lui prit la main et toutes deux partirent à la recherche de l'être qui leur était si cher.

Jake fut surpris de trouver Mim dans la cuisine en revenant de sa promenade, mais comprit pourquoi elle non plus n'arrivait pas à dormir. Les vieux fantômes avaient coutume de tenir éveillés ceux qui les avaient invoqués.

— Je vais préparer le petit déjeuner, déclara-t-il vivement. C'est une journée magnifique et je crois ne pas avoir eu aussi faim depuis mon enfance.

— Vous êtes allé vaincre vos fantômes, n'est-ce pas ? dit-elle avec un sourire.

— Vaincre, quel beau mot. Je devrais être vêtu d'une armure rutilante et chevaucher un blanc destrier.

Ayant trouvé une poêle et un peu de beurre, il entreprit de faire frire du bacon. Tandis que la délicieuse odeur se répandait dans la pièce, il coupa des tranches de pain et de tomates, puis éminça des oignons.

— Avez-vous vaincu les vôtres ? s'enquit-il soudain.

— Pas encore, répondit-elle avec une fermeté démentie par les cernes sombres de ses yeux ; mais maintenant que j'ai mon Lancelot particulier, je ne désespère pas d'y arriver.

Il retourna les tranches de bacon.

— Je ne peux faire que ce que je peux, Mim, dit-il doucement, mais malheureusement je ne peux pas tout. C'est sur vous que repose tout cela.

Elle poussa un gros soupir et se versa une autre tasse de thé.

— Je le sais, mais j'ai beaucoup réfléchi à la situation, et j'ai une idée de plus en plus nette de la façon dont nous pourrions nous y prendre.

Il se tourna vers elle et la regarda avec curiosité.

— Expliquez-moi tout.

— Le bacon est en train de brûler, dit-elle. Et si vous mettez les œufs dans la poêle de cette façon, ils vont éclater et le jaune va crever.

Elle se hissa hors de son fauteuil et le poussa de côté.

— Je comprends pourquoi votre femme vous chassait de la cuisine !

D'une main experte, elle remplaça aussitôt le bacon par les tranches de pain. Jake la regarda mettre les œufs dans une autre poêle qu'elle recouvrit d'un couvercle.

— Vous disiez que vous aviez une idée ?

— Chaque chose en son temps, répondit-elle, témoignant d'un mépris horripilant pour sa curiosité. Mangeons, et je vous raconterai ma dernière journée dans le camp.

Miriam regarda Jake qui sauçait l'assiette de son petit déjeuner à l'aide de sa dernière tranche de pain frit. Quel plaisir de voir de nouveau un homme manger de bon appétit ! C'était un peu comme si Edward était momentanément revenu.

— Pfff, s'exclama son compagnon de table, une main sur l'estomac. J'ai l'impression que je vais éclater.

Cet accent typiquement australien ne pouvait que dissiper aussitôt l'illusion. Rien à voir avec l'accent texan de son Américain de mari.

— Dans ce cas, il est temps que je continue mon histoire. Fiona arrive aujourd'hui.

Après avoir débarrassé ensemble la table et fait la vaisselle, ils s'installèrent dans le salon.

— Il m'est plus facile de vous confier mes secrets dans cette pièce, marmonna-t-elle en ouvrant les rideaux. Probablement à cause du tableau de mon père. Son esprit est ici, voyez-vous. Dans les coups de pinceau, les couleurs, la lumière et la composition du sujet.

— Avez-vous jamais été tentée de peindre ?

Jake restait debout, la hanche sur le rebord de la fenêtre, les mains dans les poches. Miriam secoua la tête.

— Un talent tel que celui-là ne se transmet pas forcément de génération en génération, répliqua-t-elle en souriant. Ma fille est le peintre de la famille et sa propre fille, Fiona, une photographe très talentueuse.

Elle se mordit pensivement les lèvres.

— Louise aussi a du talent, reprit-elle, mais pas pour les arts picturaux. Elle serait une excellente actrice si elle avait le courage d'échapper à ce bâtard de Ralph.

Voyant la lueur de curiosité dans le regard sombre de son interlocuteur, elle secoua la tête.

— Je parle pour ne rien dire, conclut-elle. Vous allez les rencontrer bientôt, ce qui vous permettra de vous faire votre propre jugement. Pour l'instant, je dois vous raconter la partie la plus importante de mon récit.

Elle s'installa confortablement dans un fauteuil rembourré et, avec le soutien de coussins et de deux comprimés, le conduisit de nouveau dans le passé.

Kate regarda Miriam avec inquiétude. La fillette n'avait que douze ans et son monde s'écroulait. Elles avaient cherché Henry toute la soirée sans le moindre succès et la jeune femme elle-même commençait à paniquer. Il avait dû arriver un accident à Henry ; toutefois, il fallait, pour le moment tout au moins, qu'elle se garde de transmettre cette idée à l'enfant.

— Nous devons organiser des recherches, cria-t-elle au-dessus du brouhaha.

Debout sur une caisse, elle s'efforçait d'attirer l'attention de toute l'assistance.

— Henry est certainement tombé dans l'un des puits. Je vous demande d'aller vérifier chacun des vôtres et nous inspecterons les autres ensuite.

— Il y a plus de cent puits abandonnés par ici, ma petite dame, hurla l'un des mineurs, le visage éclairé par la flamme mouvante des torches. Nous pourrions chercher toute la semaine sans rien trouver.

Kate jeta un coup d'œil à Miriam qui ne l'avait pas quittée d'une semelle. Le visage blême, la fillette se tenait aussi immobile qu'une statue, les épaules raidies par la détermination.

— Il faut tenter notre chance, nous sommes suffisamment nombreux, répliqua-t-elle.

— Traîner de la sorte dans le noir est pure folie, grommela un autre mineur. On risque de se casser le cou.

Kate agrippa la main de Miriam.

— Vous êtes une bande de lâches, lança-t-elle. Je vais me débrouiller.

Elle sauta à terre et arracha une torche à la main la plus proche.

— Viens Miriam, reste à côté de moi. Nous allons le retrouver, ne t'inquiète pas.

— Je viens avec vous ! cria une voix, bientôt suivie de plusieurs autres.

Les mineurs volontaires entourèrent Kate et Miriam, les flammes de leurs flambeaux secouées par la brise qui s'était levée à la tombée de la nuit.

— Par où voulez-vous que nous commencions ? demanda l'un des hommes de l'assistance.

La jeune femme poussa un énorme soupir de soulagement. Elle se voyait difficilement explorer les tunnels, seule avec la petite, mais, s'il l'avait fallu, elle l'aurait fait.

— Il faut nous y prendre correctement. Nous allons former des groupes de quatre ou cinq personnes, et chaque groupe va explorer une section. Fouillez tous les puits, même ceux qui sont abandonnés ou effondrés. Henry se trouve forcément quelque part.

Elle les regarda s'éloigner dans un tourbillon de pensées. Attentive à ne pas communiquer à Miriam son angoisse, elle ne pouvait toutefois s'empêcher d'imaginer le pire, d'être confusément convaincue que l'on ne retrouverait pas le disparu. Les mineurs avaient raison, il y avait trop de puits, trop d'endroits difficilement accessibles où il était possible de dissimuler un corps sans qu'il soit jamais découvert.

— Je t'emmène avec moi dans ma tente, ma chérie, dit-elle. Tu peux dormir dans mon lit si tu veux.

— Mon Pa, c'est lui que je veux, hoqueta Miriam en levant vers sa compagne son visage inondé de larmes.

Peu importaient ses douze ans ; elle était redevenue une toute petite fille.

— Où est mon Pa, Kate ?

— Je ne sais pas, mon ange. Viens, maintenant. Tu vas d'abord manger et, quand tu te seras un peu reposée, nous verrons ce que nous pourrons faire.

La jeune femme versa une poudre sédative dans la soupe chaude et put bientôt border Miriam sous le couvre-lit de velours rouge. Elle contempla un moment la fillette, se souvenant de l'époque où elle était bébé et où elle la regardait dormir. Le visage de l'enfant qu'elle était encore n'avait pas tout à fait perdu ses rondeurs juvéniles, en dépit des années de pauvreté qu'elle avait vécues.

Avec un profond soupir, Kate atténua la lumière de la lampe avant de quitter la tente. Elle avait des détails à régler, qui ne pouvaient attendre le lendemain.

La tente de Henry se trouvait dans l'obscurité. La jeune femme saisit une branche sèche qu'elle alluma sur les braises d'un feu voisin, puis pénétra à l'intérieur de l'habitation, saisie par le spectacle qui s'offrait à elle.

L'endroit avait été méthodiquement saccagé. Le matériel de peinture était répandu sur le sol terreux, comme les oreillers et les matelas, tous éventrés, et les vêtements éparpillés. Furieusement taillladé, un tableau en cours d'exécution gisait auprès du chevalet, lui-même cassé en plusieurs morceaux. Des bidons de pétrole vides, depuis longtemps transformés en tiroirs, avaient été renversés et leur contenu, répandu aux quatre coins de l'abri de toile.

Outre l'absence de la rivelaine et de la pelle, le reste des provisions avait totalement disparu.

Dans le fouillis qui jonchait le sol, Kate ramassa le portrait miniature de Maureen peint tant d'années auparavant. Piétiné et enfoncé dans la terre par un talon enragé, il était à peine reconnaissable. Elle le mit dans sa poche, sentant la colère monter en elle. L'honnêteté était rare à cet endroit, mais cela? C'était de la sauvagerie pure et simple. Pourquoi détruire tout ce qui pouvait avoir une valeur sentimentale aux yeux de Miriam, en particulier dans une situation aussi tragique? Comment pouvait-on se montrer aussi vil?

Elle regarda lentement autour d'elle, inspectant le carnage. Si l'intention première du déprédateur était de voler, quel besoin avait-il eu d'éventrer les matelas? La miniature avait de la valeur, alors pourquoi l'avoir laissée et abîmée? Ses pensées se bousculaient dans son esprit. Tout à coup, la colère céda la place à une peur paralysante. Et si le vol apparent ne visait qu'à donner le change? À dissimuler une intention beaucoup plus sinistre?

Kate ressortit de l'abri de toile et observa la tente de Paddy. Elle voyait sa silhouette se découper dans la lumière tremblotante de la lampe, auprès de celles de sa femme et de sa fille. Il semblait se désintéresser totalement de la disparition de son ami. Pourquoi n'était-il pas parti à sa recherche, avec les autres? Les deux hommes n'étaient-ils pas associés?

Elle se remémora soudain la conversation qu'elle avait eue avec Henry le matin même. Son angoisse s'accrut. Il ne reviendrait pas et, selon elle, un seul homme avait avantage à le voir disparaître; un homme qui, à sa connaissance, était tout à fait capable d'une telle violence. Toutefois, comment aurait-elle pu le prouver?

D'un pas hésitant, elle avança vers la tente de Paddy, puis s'immobilisa. Elle l'avait déjà vu furieux et savait que le pistolet qu'elle avait dans la poche ne suffirait pas à lui faire dire la vérité. En l'interrogeant, elle risquait à la fois de le mettre sur ses gardes et de mettre Miriam en danger.

Or il fallait protéger la fillette, c'est ce que Henry aurait voulu.

Kate rassembla en hâte les quelques affaires personnelles et vêtements intacts qu'elle put trouver et les entassa dans des sacoches de selle. Elle rangea ensuite le matériel de peinture dans son rouleau de toile. Après un dernier regard à la malheureuse tente, elle se dirigea vers le cheval, jeta les sacoches sur son dos osseux, le détacha, et le conduisit rapidement jusque chez elle.

Avec un soupir de soulagement, elle constata que l'enfant dormait toujours. Les mains tremblantes, elle vérifia le bon fonctionnement de son fusil et de son pistolet qu'elle plaça sur la table de nuit. Ses yeux se posèrent sur la boîte à musique. Isaac saurait quoi faire, songea-t-elle en se versant une bonne rasade de cognac qu'elle avala d'un coup. Cependant, il était bien loin. Le fardeau reposait sur ses épaules, et si Henry restait introuvable cette nuit, il lui faudrait prendre une décision.

Après un long moment de réflexion, elle décida de faire ses bagages. Elle se mut en silence, veillant à ne pas réveiller Miriam, et réussit petit à petit à charger toutes ses possessions et provisions dans le chariot. Alors que l'aube pointait à l'horizon, elle attacha le cheval de Henry à l'arrière du véhicule et attela les mules.

— Pa est rentré ? articula une petite voix ensommeillée.

Kate prit la fillette dans ses bras et la serra contre elle.

— Pas encore, mon ange. Viens, prenons notre petit déjeuner.

Assises près du feu, elle mangèrent du bout des lèvres un peu de bacon. Peu à peu, les groupes de mineurs revenaient au camp, les épaules affaissées après une nuit de recherches. Ils n'avaient trouvé aucune trace de Henry, qui semblait s'être volatilisé.

— Il va revenir, insista Miriam. Nous ne pouvons pas partir.

— Pourtant, il le faut, déclara Kate en lissant les cheveux de la fillette. Tu n'es plus en sécurité ici.

L'enfant la regarda avec perplexité.

— Pourquoi ? Si nous partons, Pa ne pourra pas nous retrouver, argua-t-elle, de grosses larmes sur les joues. Je n'aurai pas peur, Kate, si tu restes avec moi.

La jeune femme, le cœur serré, la prit dans ses bras. Comment lui dire ce qu'elle craignait ? Comment expliquer à une enfant de douze ans qu'un homme qu'elle considérait comme un ami n'était qu'un meurtrier, qui avait probablement tué son père, de surcroît ?

Ses pensées furent interrompues par l'arrivée de Paddy qui s'approchait d'elles à grands pas.

— Va sous la tente, ma chérie, et attends-moi, murmura Kate.

Miriam se cacha dans l'ombre, pétrifiée de peur en voyant l'homme foncer sur sa compagne. Il se mit à hurler de telle sorte que le camp entier parut se figer autour de lui.

— Où as-tu mis les actes, garce ! Lui et toi vous vous entendiez comme larrons en foire. Il a dû te les donner !

— Le seul voleur ici, c'est toi, répliqua-t-elle sur le même ton. Il faudrait que tu passes sur mon cadavre pour mettre la main sur les documents de Henry. Si je les avais, bien sûr, ce qui n'est pas le cas.

— Menteuse ! cria-t-il en tentant de lui agripper le bras.

La main de Kate, rapide comme un serpent, pointa vers lui le pistolet luisant.

— Ose poser un doigt sur moi, et je tire, déclara-t-elle froidement. J'ai une foule de témoins prêts à affirmer que tu me molestais.

— Ils n'ouvriront pas leur gueule pour toi, espèce de catin. Donne-moi les titres, ou je porte plainte.

Le visage exsangue, Kate visa le cœur de Dempster d'une main ferme.

— Je ne les ai pas, répéta-t-elle. Quant à porter plainte, regarde autour de toi. Où vois-tu régner la loi ici ? Il n'y a pas un seul soldat dans le coin. Nous faisons notre propre justice, Patrick, tu le sais bien, et moi aussi.

Conscient des regards hostiles qui les observaient, Paddy se contenta de proférer des menaces.

— Ne crois pas que tu vas m'échapper en t'enfuyant, salope, éructa-t-il. Je vous retrouverai un jour, toi et cette gamine pleurnicharde, et je reprendrai ce qui m'appartient, tu peux en être sûre !

La vieille dame ferma les yeux, s'efforçant de bloquer le souvenir terrible de cette matinée, la voix hurlante et l'expression de rage et de haine mêlées.

— Kate et moi sommes parties très peu de temps après. Nous sommes allées à Sydney, retrouver Isaac.

Jake resta silencieux, les yeux fixés pensivement sur le tableau.

— Il m'est difficile de dire combien de temps il nous a fallu pour arriver. Je passais la plus grande partie du temps à pleurer ou à dormir, mais le pire, c'étaient les cauchemars, car je n'arrêtais pas d'imaginer mon pauvre père blessé, gisant dans l'obscurité, entouré de serpents ou d'autres bêtes rampantes, et incapable d'appeler au secours.

Lorsqu'elle ouvrit les paupières, elle fut surprise par la clarté qui se répandait dans la pièce.

— Quand nous sommes arrivées à Sydney, nous avons découvert qu'Isaac avait été transporté à l'hôpital pour une pneumonie, et que la maison était déserte et fermée.

Elle se moucha et se tamponna les yeux.

— Je ne l'ai jamais vu car Kate refusait de m'emmener avec elle pour lui rendre visite, mais je sais que c'était un brave homme, d'une loyauté exemplaire. Il est mort peu de temps après notre arrivée. Il avait laissé un testament en faveur de Kate, qui héritait de tout : la maison, le négoce, le stock d'or et de pierres précieuses. Sa prédiction s'était réalisée, quoique dans des circonstances déplorables : elle était soudain devenue une femme très riche.

Fiona inclinait sa moto le long des amples virages de la route de campagne. À son passage, l'ombre épaisse des arbres était par intermittence fouettée par des éclats de lumière qui rendaient difficile l'évaluation des distances. Cette région est magnifique, se dit-elle en accélérant à fond dans la ligne droite. Des kilomètres de pâturages verdoyants s'étendaient dans toutes les directions, exposant au regard des collines et vallées parsemées de moutons, de vaches et de chevaux. Ces étendues, où l'eau abondait, constituaient un cadre parfait pour la ferme de Mim.

Elle aperçut enfin les premiers paddocks et, en un quart d'heure, atteignit le portail de fer forgé. Les fils de fer barbelé avaient été remplacés de chaque côté par un mur de brique élégant portant l'inscription « Bellbird Station » gravée sur des plaques de pierre. L'entrée et la piste sur laquelle elle s'ouvrait étaient bordées de jacarandas ornés de flamboyantes fleurs violettes.

Fiona mit pied à terre et ouvrit l'un des battants du portail, ne pouvant s'empêcher de penser, comme elle le faisait à chacune de ses fréquentes visites, que ce lieu était bien différent de celui qu'elle avait connu étant enfant. Elle revoyait la piste étroite à peine perceptible sous un enchevêtrement de broussailles, et la porte à cinq barreaux, retenue par une seule charnière, qui semblait toujours sur le point de se décrocher.

Consciente du fait que l'anticipation constituait une grande partie du plaisir de l'arrivée, elle ralentit le moteur afin de mieux savourer le paysage environnant. Les sinuosités de la piste élargie retardaient le moment où l'on pouvait apercevoir la maison. Atténuée par l'avenue bordée d'arbres fleuris, la lumière soulignait la courbe douce des collines environnantes, presque voluptueuses dans leur épais manteau de hautes herbes, dont se régalaient les chevaux, élancés et gracieux.

Lorsque la demeure apparut enfin, Fiona prit le temps de se la réapproprier. Elle se dressait d'un côté de la cour, son toit rouille et ses murs blancs se découpant avec vigueur sur le vert pâle des poivriers et des eucalyptus. Les corrals et les écuries avaient adopté la couleur ocre environnante, leur uniformité uniquement allégée par les rouges frondaisons des flamboyants qui abritaient les dépendances et le cottage de Frank.

Soudain saisie d'impatience, elle accéléra de nouveau et ne ralentit qu'une fois arrivée. Elle gara le véhicule près du pick-up poussiéreux et, après un coup d'œil aux plaques de Brisbane, comprit que le visiteur de Mim était encore là.

Elle ôta son casque et secoua ses cheveux en posant le pied à terre. Il serait intéressant de mettre un visage sur la voix de l'interlocuteur dont les propos téléphoniques l'avaient considérablement intriguée, songea-t-elle en ouvrant la porte d'entrée.

Entendant un murmure de voix qui émanait du salon, elle s'immobilisa un instant, troublée par la conversation qui se déroulait. Outre que Mim n'avait pas l'habitude de recevoir ses visiteurs dans cette pièce, le sujet abordé semblait incongru en présence d'un étranger.

Décidant qu'elle ne pouvait plus se permettre d'écouter sans se faire voir – ils devaient avoir entendu la moto –, elle fit claquer la porte et annonça sa présence.

— Hello ! appela-t-elle. Il y a quelqu'un ?

— Dans le salon, Fiona, fut la réponse.

La jeune femme entra dans la pièce et fit de son mieux pour dissimuler le choc qu'elle éprouvait alors que Mim se levait pour l'embrasser. Sa grand-mère avait toujours été menue, mais elle semblait s'être ratatinée et paraissait beaucoup plus âgée. Il était impossible d'ignorer la maigreur pathétique des bras qui l'étreignaient ainsi que la fragilité du corps qui se serrait contre elle.

— Est-ce que tu vas bien ? s'enquit-elle avec anxiété.

Mim recula d'un pas et sourit.

— Aussi bien que jamais, maintenant que je te vois, déclara-t-elle avec fermeté. Au fait, chérie, je te présente Jake Connor.

Fiona se retourna et dut lever la tête tandis que tous deux échangeaient une poignée de main.

— Nous nous sommes parlé au téléphone, réussit-elle à dire.

Cet individu est très beau, reconnut-elle en plongeant la main qu'il avait serrée dans la poche de son jean. Grand, bien bâti et séduisant. Mais il devait y avoir un loup :

aucun homme n'était parfait. Elle rassembla tout à coup ses pensées vagabondes.

— Vous ne m'avez pas expliqué ce que vous faisiez ici, lança-t-elle d'un ton plus incisif qu'elle ne l'aurait souhaité.

— Plus tard, ma chérie, intervint Miriam brusquement en tapotant les coussins de son fauteuil.

Ayant surpris le regard échangé par ses deux compagnons, la jeune femme devina un secret partagé, ce qui piqua davantage sa curiosité.

— Qu'est-ce que tu mijotes, Mim? s'enquit-elle.

— Qu'est-ce qui te fait penser ça? rétorqua la vieille dame. Assieds-toi et tiens compagnie à Jake pendant que je prépare le thé.

— Je ne veux pas de thé, je veux savoir ce qui se passe.

— Oh, mon Dieu! dit Mim avec un soupir, j'aurais dû savoir que tu nous compliquerais la vie.

Alors que Fiona ouvrait la bouche pour protester, elle la referma aussitôt sous le regard furieux de sa grand-mère.

— Jake vient de Brisbane, déclara la vieille dame. Il est ici parce que je lui ai demandé son aide. Tu auras toutes les explications en temps utile, mais il te faut en attendant faire preuve de patience tant que les autres ne sont pas là.

Sur ces mots, elle sortit de la pièce et claqua la porte en guise de point final à la conversation.

Fiona se tourna vers Jake.

— Je suppose que vous ne me direz rien non plus?

Il secoua la tête, le regard amusé.

— Je n'oserais pas. Mim est peut-être menue, mais son regard pourrait immobiliser un taureau en train de foncer aveuglément sur son chemisier rouge.

Elle s'esclaffa en se laissant tomber dans le sofa.

— Très juste. Il n'y a que Frank sur qui elle n'a aucune prise.

Jetant un coup d'œil par la fenêtre, elle vit le régisseur traverser la cour. Il savait peut-être ce qui se passait. Elle allait essayer de le titiller et de lui faire cracher le morceau. Lorsqu'elle tourna les yeux vers Jake, elle constata qu'il l'observait avec une lueur pénétrante dans les yeux.

— Qu'avez-vous entendu avant d'entrer dans le salon ? s'enquit-il d'un ton calme.

Elle sentit son visage s'empourprer mais lui rendit néanmoins son regard avec défi.

— Je n'écoute pas aux portes.

— Vraiment ? Celle de l'entrée devait être bloquée pour que vous mettiez autant de temps à l'ouvrir.

Le coin de ses yeux se creusait de petites rides quand il souriait. Il est la séduction incarnée, songea-t-elle. Dans d'autres circonstances, elle se serait penchée sur la question, mais, en l'occurrence, il l'agaçait plutôt.

— Est-ce que vous m'espionniez ? susurra-t-elle.

— Pas intentionnellement, mais j'ai entendu le bruit du moteur et le perron est parfaitement visible d'ici.

Merde, pensa-t-elle, furieuse, en plus, ce fichu type a réponse à tout.

9

Le cottage de Frank, à l'autre extrémité de la cour, surplombait une pente douce qui conduisait au bras de la rivière. Dans la véranda ombragée, le régisseur s'était installé pour passer la soirée, heureux de pouvoir observer les canards et les perruches plongeant vers la vallée afin de s'y désaltérer une dernière fois avant la nuit. La fumée de sa pipe, poussée par la brise qui soufflait des collines environnantes, constituait un bon moyen d'éloigner les moustiques.

— Salut, Frank, comment vas-tu?

Fiona s'installa sur une chaise près de lui.

— Bien, dit-il sans cesser de fumer. J'ai un nouvel employé, ça me fait moins de travail, pour une fois.

— Il est temps que tu délègues un peu, approuva sa visiteuse.

Le régisseur, réputé pour son peu de loquacité, se contenta d'opiner du chef.

Elle observa le long visage buriné que surmontait un chapeau défraîchi et se demanda soudain quel âge il pouvait avoir. Lorsqu'elle était enfant, il lui paraissait déjà très vieux, mais, à la réflexion, il ne semblait pas, depuis, avoir beaucoup changé.

— Mim n'a pas l'air de se porter très bien, commença-t-elle. J'ai été choquée de voir à quel point elle avait maigri.

Franck hocha de nouveau la tête et, après un silence prolongé, ôta la pipe de sa bouche.

— Ça va aller. Elle vieillit, comme nous tous.

La jeune femme se mordit les lèvres. Elle n'aimait pas se voir rappeler que sa grand-mère était mortelle.

— Soixante-quinze ans, ce n'est pas si vieux, protesta-t-elle.

Il la fixa de ses yeux noisette.

— Ça l'est quand on a passé sa vie dans ce no man's land, déclara-t-il d'un ton bourru. Mim n'est pas non plus du genre à ralentir ses activités. Je l'ai surprise à nettoyer les écuries l'autre jour. Je me suis fait chauffer les oreilles, mais j'ai l'habitude.

Fiona, les coudes sur les genoux, contempla le paysage qui s'assombrissait au son des cigales. Tandis que les oiseaux s'installaient pour la nuit, la rivière s'illuminait d'argent et les silhouettes des derniers cacatoès se découpaient dans le clair de lune naissant. Elle regretta d'avoir laissé son appareil photo chez sa grand-mère.

— Que sais-tu au sujet de Jake Connor ? s'enquit-elle.

— Brave type. Je l'ai vu une fois ou deux à l'écurie. Il fait le poids face à Mim et lui a redonné de l'énergie.

C'était une longue phrase pour Frank qui retomba dans le silence.

Fiona luttait pour ne pas perdre patience. Brave type ou non, elle voulait savoir pourquoi il était là.

— Est-ce que Mim t'a dit quoi que ce soit à son sujet ? Il ont l'air de s'entendre au mieux. Il l'appelle déjà Mim, comme s'il faisait partie de la famille !

Le régisseur secoua la tête.

— Rien du tout.

S'adossant à sa chaise, il posa les pieds sur la balustrade de la véranda.

— Ça a peut-être un rapport avec cette boîte à musique, en fait, proposa-t-il.

— Quelle boîte à musique ?

— Sais pas, mais, quand elle l'a cassée, elle en a fait tout un plat, articula-t-il lentement.

Fiona avait envie de le secouer avec violence, mais Frank lui dirait tout ce qu'il savait, à son rythme. Elle s'efforça de lui parler d'une voix calme.

— Pourquoi Mim ferait-elle venir quelqu'un de Brisbane dans le seul but de regarder une boîte à musique cassée ?

— Sais pas.

— À moins que ce ne soit une antiquité ?

Cette suggestion ne suscita aucune réponse.

— Mais tu l'as vue, n'est-ce pas ?

Frank s'étira et tapota le fourneau de sa pipe.

— Un joli petit travail, avec les personnages et tout ça, réfléchit-il, mais sans beaucoup de valeur une fois cassée.

À la façon dont il évitait son regard, Fiona sentit qu'il lui cachait quelque chose.

— Comment l'a-t-elle cassée ?

Il racla le bout de sa botte sur le sol de la véranda.

— En tombant de l'échelle, annonça-t-il en se grattant le menton.

Voyant l'expression d'horreur de sa visiteuse, il se hâta de reprendre :

— Elle ne m'avait pas dit qu'elle montait au grenier. J'ai entendu un bruit et je l'ai trouvée par terre.

— Bon sang, Frank, tu aurais dû m'appeler ! Est-ce qu'elle s'est blessée ?

Il fit non de la tête d'un air morne.

— C'est sa fierté qui en a pris un coup, et son derrière aussi. Elle m'a rembarré quand j'ai voulu l'aider, mais j'ai attendu de voir qu'elle allait bien avant de la laisser, comme elle me l'ordonnait.

Fiona alluma une cigarette et fuma en silence. La boîte à musique devait avoir une sacrée valeur aux yeux de Mim pour qu'elle se donne tant de mal, surtout si cet incident expliquait la venue de Jake. En tout cas, elle ne pouvait pas expliquer cette maigreur et ce vieillissement soudain.

— Est-ce que le docteur est venu ?

— Deux fois au cours des derniers mois, mais elle m'a dit que c'était seulement pour un check-up.

Les yeux aux paupières lourdes la fixèrent avec solennité.

— Elle n'a pas voulu que je l'appelle à la fin de l'automne, mais je la surveille et je crois qu'elle ne triche pas avec moi.

La jeune femme posa la main sur le bras de son compagnon.

— Merci, dit-elle doucement.

Il la regarda avec un sourire qui illumina son visage.

— Mim n'aimerait pas que tu poses toutes ces questions, Fiona. Elle est très discrète.

— Je sais, répondit-elle en soupirant. Et c'est sacrément frustrant !

Miriam laissa retomber le rideau. Pauvre Frank, pensa-t-elle. Quand Fiona trouvait un os à ronger, il était impossible de lui faire lâcher prise ! Il fallait se douter qu'elle essaierait de soutirer des informations au régisseur.

— Peu importe, articula-t-elle à haute voix en se préparant à aller au lit. Elle saura tout bien assez tôt si je décide d'aller au bout de cette entreprise.

Une fois allongée entre les draps, elle poussa un soupir de soulagement. La douleur ne la quittait plus, malgré les médicaments. Les derniers jours avaient été plutôt chargés et les nuits peu reposantes. Plus vite elle aurait résolu la question de la boîte à musique, mieux cela vaudrait, car l'avenir se rétrécissait comme peau de chagrin.

Elle ferma les yeux. Combien de temps encore pourrait-elle donner le change ? Certes, elle détestait mentir à tout le monde, mais il y avait plus important que ce cas de conscience. La mortalité est un état d'esprit, se dit-elle. Tiens le coup, Mim. Contente-toi de tenir bon.

Ses pensées la ramenaient vers les années passées à Sydney. En attendant le sommeil, elle retourna vers sa jeunesse, jusqu'à l'époque où sa route avait croisé de nouveau celle de Bridie Dempster.

Les années passées dans la grande ville avaient fini par atténuer son chagrin ; peu à peu, elle avait accepté l'idée que son père ne reviendrait jamais. Cependant, elle ne l'oubliait pas. Dans le silence de la nuit, elle ouvrait souvent la boîte à musique et, dès que les danseurs s'animaient, elle se souvenait des années vécues en sa compagnie. Parfois, elle avait la sensation qu'il se tenait à ses côtés, que les notes grêles les réunissaient dans une même consolation.

Kate s'était engagée à la garder auprès d'elle et toutes deux s'étaient installées dans la maison d'Isaac. Considérée comme ancienne pour un bâtiment australien, la demeure, qui était l'une des premières maisons de brique de Sydney, surplombait le port. Miriam adorait flâner de pièce en pièce, admirer les antiquités ou les livres précieux et s'asseoir dans l'embrasure d'une fenêtre pour regarder circuler les bateaux à vapeur. La vie était si différente dans cette ville magnifique. Elle aurait tellement souhaité que son père puisse partager cette expérience avec elle !

Décidée à ne plus voyager, Kate préférait diriger ses affaires du bureau d'Isaac. Elle avait fait en sorte que Miriam améliore ses connaissances en matière de lecture et d'écriture, tout en lui apprenant à se tenir correctement en société, comme il se doit pour une jeune fille riche et respectée. Souvent invitée à de prestigieuses manifestations, la négociante en pierres précieuses savait que sa protégée allait un jour faire son entrée dans le monde.

Lorsque Miriam atteignit l'âge de quinze ans, Kate l'inscrivit dans une institution pour jeunes filles de la bonne société, dirigée par deux sœurs qui étaient venues d'Angleterre pour trouver un mari. Leurs projets ayant échoué, elles avaient entrepris d'enseigner le savoir-vivre, le raffinement et le maintien aux filles de riches colons. La tâche n'étant pas aisée, les deux dames se désespéraient souvent devant les manières de garçon manqué de ces adolescentes énergiques qui paraissaient plus à l'aise dans une station de moutons que dans un salon.

Miriam détestait chaque minute de cette éducation renforcée. À son grand chagrin, elle avait découvert qu'elle n'avait aucun talent pour le piano, que ses aquarelles étaient bonnes à jeter, et qu'elle semblait avoir deux pieds gauches quand il s'agissait de danser. Le cadre strict de ce qu'elle considérait comme des disciplines désuètes engendrait chez elle un énorme sentiment de frustration. Après des années passées à faire ce qu'elle voulait dans les camps de mineurs, elle se sentait en prison et attendait avec impatience la fin de l'année.

Un matin, la voiture de Kate déposa Miriam devant l'école. La jeune fille rassembla nerveusement ses livres. Elle avait chaud et se sentait serrée dans sa veste, de plus sa jupe étroite l'obligeait à marcher comme un cheval boiteux. En outre, son panama à large bord se révélait particulièrement gênant. Posé sur sa chevelure épaisse et indisciplinée, il était maintenu en place par des épingles à cheveux qui lui éraflaient le cuir chevelu, ce qui ne l'empêchait pas de glisser comme un petit pois sur un tambour. Elle passa un doigt sous le haut col de son chemisier, et se prit à souhaiter que le ruché de dentelle soit moins déterminé à lui chatouiller le menton.

Sa main resta soudain figée en l'air. Elle venait d'apercevoir Bridie Dempster qu'un valet de pied, portant une livrée assortie à celle du cocher, aidait à descendre d'un véhicule – une voiture de maître, visiblement, si l'on en croyait son aspect luxueux, soigneusement entretenu.

Miriam se mordit les lèvres, ne sachant comment se comporter. Non seulement elle n'avait pas revu son ancienne compagne depuis quatre ans, mais la scène au cours de laquelle Paddy avait insulté Kate restait très présente à sa mémoire. De surcroît, Bridie n'avait jamais pris la peine de venir la voir après la tragique disparition de son père.

Alors qu'elle hésitait, l'arrivante prit la décision à sa place. Avec un bref regard de reconnaissance, elle redressa le menton et passa devant elle en détournant les yeux, dans un bruissement de soie.

Miriam éprouva un sentiment de soulagement mêlé de tristesse. Alors qu'elles avaient autrefois été si proches, elles étaient vouées désormais à rester des étrangères l'une pour l'autre. Elle examina la veste richement brodée, la jupe assortie et le chapeau. Ce dernier, qu'elle avait déjà vu chez une modiste, non seulement coûtait une petite fortune mais se tenait bien droit sur ses boucles brillantes et formait avec elles un tout harmonieux. Paddy avait dû trouver l'or âprement cherché, car comment expliquer autrement cet étalage de richesses ?

Tout en observant Mlle Prudence qui accueillait la nouvelle venue, Miriam suivit Bridie dans le vestibule et se demanda ce que celle-ci venait faire dans cette institution. Son ancienne amie, qui n'avait que treize ans, semblait déjà l'incarnation de la sophistication, car elle dégageait une assurance et une sorte d'autorité qui attiraient vers elle tous les regards.

— Jeunes filles, s'écria la directrice en claquant des mains pour obtenir le silence. Je désire vous présenter Mlle Bridget Dempster, qui sera en notre compagnie pour le reste du semestre. Je suis sûre que vous souhaiterez vous joindre à moi afin de la remercier pour la splendide orangerie que son père vient d'offrir à l'école.

Miriam se joignit aux applaudissements polis. Elle remarqua la lueur menaçante dans les yeux noisette qui parcouraient la pièce et s'arrêtaient sur elle. Le message, peu ambigu, suscita aussitôt en elle un sentiment d'appréhension. Bridie ne tolérerait aucune allusion à son passé et se montrerait prête à se défendre bec et ongles pour empêcher qu'il soit révélé.

Elle se dirigea vers la salle où devait avoir lieu le premier cours de la journée, déterminée à ne parler à personne de son ancienne amie. Il n'était pas question non plus qu'elle apprenne à Kate l'arrivée de Bridie dans cette institution, ni la donation faite par son père, car cela ne pourrait que causer des ennuis. Sans que Miriam en saisisse vraiment la raison, le sujet des Dempster, au cours de ces dernières années, provoquait immanquablement chez sa protectrice une puissante colère, qu'elle ne désirait pas attiser. Il ne restait que quelques semaines de classe avant la fin du semestre, mieux valait garder le silence et ne pas compliquer la situation.

Trois jours plus tard, Miriam comprit à quel point son ancienne amie pouvait être dangereuse.

Mlles Prudence et Faith, se tenant sur l'estrade étroite, venaient de rassembler les élèves pour une réunion impromptue. Leurs vêtements noirs soulignaient l'austérité et la pâleur de leur visage.

— J'ai le regret de vous apprendre qu'un vol vient d'être commis, déclara Mlle Prudence.

Après une exclamation d'étonnement, les trente jeunes filles laissèrent échapper un bruissement de murmures. Alors que Miriam tournait la tête pour s'adresser à l'une de ses compagnes, elle se pétrifia sous le regard froid de Bridie qui la fixait, la bouche serrée et le menton dressé dans une expression de triomphe.

— Une broche de diamants a disparu, poursuivit la directrice, rétablissant le silence. Vous allez rester dans cette salle jusqu'à ce que nous ayons effectué une fouille de l'établissement.

— Ce doit être la broche de Bridie, chuchota Amy dans l'oreille de Miriam. Elle la portait tout à l'heure. C'est idiot d'apporter un tel objet de valeur à l'école, continua-t-elle en fronçant le nez, n'importe laquelle des domestiques aurait pu la prendre. Je ne vois pas pourquoi je serais obligée de rester ici pendant la moitié de l'après-midi. Il suffirait sans doute de fouiller les cuisines.

— À quel moment l'as-tu vue porter la broche ? s'enquit Miriam avec une sensation de nœud à l'estomac.

— Juste après le déjeuner. Quand nous mettions nos chaussons de danse. Pourquoi me demandes-tu ça ? s'enquit-elle avec un regard inquisiteur.

— Simple curiosité.

Les deux demoiselles revinrent une demi-heure plus tard. La plupart des élèves s'étaient installées avec un livre, et les autres, réunies par petits groupes, bavardaient sans relâche.

— Puisque vous désirez sans doute vous préparer pour le bal du gouverneur, vous pouvez partir plus tôt, déclara Mlle Prudence. Nous avons retrouvé la broche.

Avec un soupir de soulagement, Miriam inséra un marque-page dans son livre qu'elle referma pour le ranger, observant avec un sourire Amy qui se précipitait déjà vers la porte, pressée de rentrer chez elle, comme à l'habitude.

Elle rassembla le reste de ses affaires. Le bal était sa première sortie officielle et promettait d'être intéressant, car Kate allait lui présenter George Armitage qui devait les escorter. Veuf, ce propriétaire d'un domaine de trente mille hectares au nord de la Nouvelle-Galles du Sud était devenu, depuis quelques mois, le chevalier servant de sa tutrice, dont le regard longtemps terni s'illuminait de nouveau.

— Mademoiselle Beecham, voudriez-vous me suivre, je vous prie ?

Miriam sentit le sang se retirer de son visage tandis qu'elle se tournait vers les yeux sévères.

— Bien sûr, bégaya-t-elle. Que se passe-t-il ? Il n'est rien arrivé à Kate, n'est-ce pas ?

La directrice, indifférente à ses propos, avançait d'un bon pas devant elle. Elle la fit entrer dans le bureau où se trouvait déjà sa sœur, et referma soigneusement la porte avant de s'asseoir.

— Quelle explication pouvez-vous nous donner ? demanda-t-elle enfin en plaçant la broche sur la table.

— Aucune, répondit Miriam simplement ; je n'ai jamais vu ce bijou.

— Allons, mademoiselle Beecham !

Une tache rouge était apparue sur les joues émaciées, mais le regard gardait son amère froideur.

— Nous l'avons trouvée parmi vos partitions, reprit-elle, se redressant dans son fauteuil de cuir, les mains croisées.

Une vague d'indignation envahit Miriam.

— Ce n'est pas moi qui l'y ai mise, rétorqua-t-elle.

— Vous êtes renvoyée. Votre... protectrice est en route pour venir vous chercher.

— Je n'ai pas volé ce maudit objet !

Les années d'éducation, de leçons d'élocution et de belles manières furent englouties dans l'élan désespéré qui la poussait à se disculper.

— Amy a vu Bridie la porter avant la classe de danse, et je ne me suis pas approchée de la salle de musique aujourd'hui.

— Taisez-vous. Mlle Dempster s'est montrée très inquiète quand elle n'a pas retrouvé sa broche à l'heure du déjeuner.

215

Elle est venue me trouver, me suppliant de ne pas rendre public le nom de la coupable, car elle savait le scandale qui en résulterait, et qui ne manquerait pas d'atteindre la réputation de notre institution. C'est grâce à elle que je n'ai pas prévenu la police.

— La p…

Miriam s'affaissa bruyamment sur la chaise la plus proche.

— Je ne peux pas croire que vous me preniez pour une voleuse ! Qu'est-ce que je ferais d'une broche alors que Kate possède un coffre entier de diamants et autres pierres précieuses ?

— Effectivement ! intervint une voix furieuse dans l'encadrement de la porte. Miriam, ressaisis-toi !

Kate entra comme une furie dans la pièce, tirant par le bras une Amy en larmes. Elle prit la broche, la leva dans la lumière et l'inspecta de près.

— Ces pierres sont aussi proches du diamant que les vitres de cette fenêtre. Il s'agit de verroterie – de bonne qualité, mais pas assez bonne pour me tromper.

Les directrices, bouche bée et le visage couleur de cendre, regardèrent Kate retirer ses gants et s'installer sur une chaise.

— Vous devriez réfléchir à ce que vous dites avant d'accuser ma Miriam de mensonge, déclara-t-elle avec une douceur menaçante. Elle n'est pas plus capable de voler que vous.

Sans tourner la tête, elle ajouta :

— Amy, dis-leur ce que tu as vu.

La jeune fille rougit jusqu'à la racine de ses boucles blondes. Les yeux baissés, elle raconta qu'elle avait aperçu Bridget qui pénétrait subrepticement dans la salle de musique. Curieuse de la voir agir ainsi, elle l'avait suivie, et avait constaté qu'elle fourrageait dans un casier qui n'était pas le sien – ce dernier, en chevreau blanc, était facilement reconnaissable. Ayant simplement pensé qu'il s'agissait d'une farce innocente, elle avait oublié la scène avant cet après-midi.

— Pourquoi n'as-tu rien dit plus tôt ? s'enquit Miriam. Tu m'aurais évité bien des ennuis !

— Je sais, et je suis désolée, Mim, vraiment. Ce n'est qu'en revenant chercher un livre que j'ai vu Kate qui m'a appris que tu étais accusée du vol. C'est alors que j'ai compris ce que faisait Bridget dans la salle de musique.

Ses yeux bleus étaient inondés de larmes.

— Tu me pardonnes ? ajouta-t-elle.

— Bien sûr ! dit Miriam en lui prenant la main.

— Parfait, intervint Kate en se levant et en enfilant ses gants. Étant donné ce qui s'est passé, nous allons considérer que la journée d'étude est terminée. Miriam ne reviendra pas dans votre établissement, mesdemoiselles. Je ne souhaite pas qu'elle fréquente des personnes telles que Bridie Dempster.

Elle se pencha sur le bureau pour regarder les directrices dans les yeux.

— Si un seul mot de cette affaire sort d'ici – que ce soit de votre fait ou de celui de cette harpie de Bridie –, vous vous retrouverez au tribunal. Et je vous préviens, être accusée de diffamation peut coûter beaucoup plus cher qu'une foutue orangerie. Je vous suggère en outre que Mlle Dempster soit incitée à aller pratiquer ses habitudes néfastes dans la fange d'où elle est issue. Venez, les filles, conclut-elle en sortant de la pièce avec les deux adolescentes, tels des voiliers dans le vent.

Jake, assis dans la véranda, réfléchissait intensément. Mim le laissait face à un dilemme. Il n'avait rien de concret à se mettre sous la dent pour l'aider, aucune preuve tangible sur laquelle s'appuyer. Rumeurs, calomnies et guerres de clans pouvaient jouer un rôle puissant en dehors de son domaine de compétences, mais, sur un plan légal, ces éléments, considérés comme irrecevables, risquaient d'être facilement rejetés. Toutefois, il pouvait comprendre pourquoi il était si important pour Mim d'aller plus loin. Une fois l'affaire révélée, les médias s'en donneraient à cœur joie et la boue remuée laisserait des éclaboussures. Il voulait aider la vieille dame, pour laquelle il ressentait de l'admiration, mais le bât blessait quant à la façon de s'y prendre.

Alors qu'il s'étirait en bâillant, il se demanda soudain où était passé Éric. Bien que le chat soit habitué à vivre sa vie, le bush recelait des dangers beaucoup plus importants que les rues de Brisbane. Pourvu qu'il ne se soit pas battu avec un serpent !

— Puis-je me joindre à vous ? s'enquit Fiona qui sortait de la maison.

Avec un sourire, Jake se poussa sur le banc pour lui faire de la place.

— Bien sûr.

Remarquant que la lumière provenant de la maison formait un halo autour de ses cheveux, il détourna le regard. Elle avait un effet étrange sur lui. Au moment où elle s'asseyait, il sentit son parfum et pensa aussitôt à Rachel. Pourtant, les deux femmes étaient aux antipodes l'une de l'autre, car son ex-épouse se montrait toujours impeccable et sophistiquée, alors que Fiona avait plutôt des allures de garçon manqué.

— Vous avez l'air d'un homme qui porte le poids du monde sur ses épaules, décréta-t-elle après un long silence inconfortable.

— J'ai les nerfs en pelote, répliqua-t-il d'un ton bourru. Si vous êtes ici pour me soutirer des informations, mieux vaut tout de suite mettre un terme à cette conversation.

— Susceptible, on dirait ?

Elle alluma une cigarette et souffla la fumée.

— Je m'inquiète pour Mim, c'est tout. Vous ne pouvez pas me reprocher de vouloir savoir ce qui se passe.

Les coudes sur ses genoux, il tourna la tête et la regarda. Elle était très belle, même avec cette expression de colère refoulée.

— Miriam m'a fait jurer de garder le secret jusqu'à demain. Je n'ai pas l'intention de rompre ma promesse : il va donc vous falloir être patiente.

— Bien essayé ! J'arrive à l'occasion de notre réunion d'été pour trouver un homme étrange en train de comploter avec ma grand-mère, et vous voudriez que je ne sois pas curieuse ? Et qu'est-ce que c'est que cette histoire de chute en bas d'une échelle et d'une fichue boîte à musique ?

Jake se leva, les mains dans les poches, et s'appuya contre la balustrade. Il contempla un instant les pâturages sombres, s'efforçant de ne pas trahir son amusement.

— Voilà que vous recommencez. Je crois que je vais aller me coucher.

Elle le rejoignit et posa doucement une main sur son bras.

— Non, je vous en prie. Je suis désolée. Bien sûr, je sais que je ne devrais pas essayer de vous faire briser votre promesse, mais ne pas savoir ce qui se trame est trop frustrant.

Ils restèrent silencieux un long moment. Jake, terriblement conscient de sa présence toute proche, de son parfum qui se mêlait aux senteurs nocturnes, sentit son pouls s'accélérer.

— Je suis désolé moi aussi. Cela doit être très énervant pour vous. Mais je peux vous promettre que Mim n'est pas victime de la moindre manipulation. Elle a simplement besoin de résoudre un problème et il se trouve que je suis la personne qui peut l'aider à le faire.

Leur conversation fut interrompue par des cris et des sifflements aigus qui provenaient du côté de la maison. Alors qu'ils se penchaient par-dessus la balustrade, Jake comprit ce qui se passait.

— On dirait qu'Éric a trouvé à qui parler, cette fois-ci, murmura-t-il alors qu'un léger nuage de poussière s'élevait devant eux.

— Qui diable est Éric ? s'enquit-elle.

— Mon chat.

Il se pencha davantage, hésitant sur la conduite à adopter. Tout à coup, prenant conscience du regard étonné de Fiona, il sentit ses joues s'empourprer.

— Éric fait la pluie et le beau temps autour de notre maison, mais on dirait que cette fois il est tombé sur plus fort que lui.

— Bon sang ! s'exclama la jeune femme. Vous avez apporté votre chat ici ? Mais vous êtes fou !

Il se dit intérieurement qu'elle avait probablement raison dans l'absolu. Toutefois, ne connaissant pas Éric, elle ne pouvait savoir qu'il n'avait, de toute façon, pas eu le choix.

L'objet de leur conversation apparut au pied des marches, la tête droite, les oreilles en sang et les pattes raidies par l'orgueil de la victoire. Il regarda son public, comme s'il attendait des applaudissements.

Fiona s'esclaffa et se pencha pour le caresser.

Jake, sur le point de la prévenir que son attitude était risquée, se tut en voyant la complaisance avec laquelle son chat se prêtait aux attentions de son admiratrice. L'animal se mit à ronronner en se frottant contre les jambes de la jeune femme, sous les yeux de son propriétaire ébahi.

Elle se pencha pour le prendre dans ses bras.

— Je ferais attention, si j'étais vous. Éric n'autorise que certaines libertés à son égard. Ensuite, il mord.

— Tu ne me ferais jamais ça, hein ? roucoula-t-elle en frottant la nuque de l'animal de son nez.

Avec insolence, le chat toisa son maître de ses yeux jaunes avant de les refermer, en extase, puis il se laissa voluptueusement couler contre la poitrine de Fiona.

Jake observait le reflet de la lune dans les yeux de sa compagne, et la façon dont les ombres mettaient en valeur son teint de perle. La vie était déjà compliquée, pensa-t-il, mais elle pourrait le devenir beaucoup plus s'il ne s'en allait pas très vite.

10

Miriam s'était levée tôt. Après avoir confirmé au cuisinier de la station que les hommes auraient le soir même un repas spécial, elle organisa les préparatifs du déjeuner de fête avec Fiona. Elle firent ensuite toutes deux les lits dans les chambres d'amis, et la jeune femme se chargea de celui de la véranda, qui lui était destiné, tandis que Jake transportait ses affaires, ainsi que celles du chat, dans l'ancienne cabane des conducteurs de bestiaux. Le bâtiment avait vu de meilleurs jours mais, bien qu'il ait été abandonné quand le nouveau dortoir avait été construit, il demeurait bien sec, et le lit, qui servait ponctuellement aux visiteurs, n'était pas trop inconfortable.

La maison embaumait du parfum des fleurs livrées par avion avec le courrier et le reste des provisions. Avec grand soin, les deux femmes avaient dépoussiéré et balayé toutes les pièces, dont les meubles anciens et le plancher délavé brillaient de nouveau. Elles avaient même réussi à convaincre Jake de monter sur une chaise afin d'éliminer les toiles d'araignées qui ornaient les poutres.

Une fois leurs activités ménagères terminées, Fiona insista pour prendre sa grand-mère en photo. Avec réticence, Miriam revêtit une élégante robe de coton et coiffa ses cheveux vers l'arrière avec de larges ondulations qui lui dégageaient le visage. Installée dans un fauteuil de la véranda, avec pour arrière-plan le jaune insolent du mur de torchis, elle fut priée de rester immobile. Elle eut beau arguer qu'il y avait tant à penser et à faire, que tout cela était vraiment une perte de temps, Fiona ne se laissa pas apitoyer. Après tout, se raisonna Miriam, il n'y avait aucun mal à prendre quelques minutes pour faire plaisir à sa petite-fille.

Elle fixa l'objectif et joua nerveusement avec ses bagues. Le solitaire était devenu trop grand pour son doigt, tout comme son alliance, mais il s'agissait d'une occasion spéciale et, en portant ces bagues, elle faisait en sorte qu'Edward ne soit pas absent de la fête. Laissant vagabonder son esprit tandis que l'obturateur se déclenchait plusieurs fois et que la photographe lui demandait de regarder d'un côté et de l'autre, elle pensa aux clichés qui résulteraient de cette prise de vue. On y verrait une étrangère, une femme vieillie avant l'âge comme toutes celles qui avaient passé leur vie dans ce pays si rude, et non la jeune fille que son corps abritait encore tout au fond.

Elle soupira. Où étaient passées toutes ces années ? Quel souvenir les siens garderaient-ils d'elle, une fois disparue ? Elle espérait qu'elle laisserait dans leur mémoire l'image d'une personne aimante, identique à celle qu'elle avait toujours conservée de son père. Ses ruminations furent soudain interrompues par la voix de sa petite-fille.

— Très bien, Mim. C'est tout.

Fiona rembobinait le film qu'elle retira de l'appareil et rangea dans une pochette.

— Je devrais pouvoir les développer cette nuit, affirma-t-elle. J'ai apporté tout mon équipement.

— Si vite ? s'exclama Miriam, surprise. Tu n'as pas besoin de les envoyer au labo ?

La jeune femme secoua la tête, sa chevelure dansant dans le vent.

— Plus maintenant, répondit-elle en riant. Pour mon travail, ce serait un désastre.

Mim la laissa bavarder avec Jake tandis qu'elle préparait le thé. Fiona se montrait toujours très animée lorsqu'elle parlait de ses voyages, de sa carrière et de ses projets. Aujourd'hui, elle était particulièrement jolie, avec cette robe un peu trop courte toutefois. Dommage qu'elle ne quitte que si rarement ses fichus jeans !

Alors qu'ils étaient tous trois assis dans la véranda, attendant l'arrivée de la famille, Miriam s'installa confortablement sur ses coussins et parcourut du regard son royaume de l'outback. Comme on se sentait bien, à l'ombre, se dit-elle en regardant les bâtiments au-delà de la cour. La lumière, réverbérée par les toits de tôle ondulée, dessinait de fausses flaques d'eau sur la terre rouge sombre. Cependant, sous la verdure fraîche des frondaisons, la chaleur restait supportable, après tout ce nettoyage frénétique, grâce à la brise qui soufflait doucement.

En suivant des yeux le vol paresseux d'un faucon sur fond d'azur, elle s'interrogea sur la venue des membres de sa famille. Elle attendait leur arrivée avec des sentiments partagés. Il serait merveilleux de les revoir, d'être tous réunis autour d'une table et de bavarder avec insouciance de choses et d'autres, mais comment allaient-ils réagir à ses révélations ? Elle fit de nouveau tourner nerveusement son alliance autour de son doigt, en suppliant Edward de l'aider à traverser ce qui pouvait se révéler une journée traumatisante et probablement harassante.

— Je me sens de trop, déclara Jake en terminant sa tasse de thé. Ne préféreriez-vous pas que je vous laisse entre vous et que je revienne dans deux jours ? La ferme de ma famille ne se trouve qu'à quelques heures d'ici et je leur ai promis d'aller les voir.

— Vous me laisseriez tomber, Jake Connor ?

Mim le toisa sans réussir à dissimuler entièrement la lueur d'amusement dans ses yeux.

— Oui, admit-il avec un large sourire. Je vous ai donné mon avis au sujet de ce dont nous avons discuté, mais comme vous êtes déterminée à ne pas en tenir compte, il ne sert à rien que j'insiste. Peut-être est-il préférable que je parte avant de me retrouver dans la panade.

— Vous allez rester ici et m'aider, espèce de lâche ! aboya-t-elle. Vous ne savez pas à quel point ma famille peut se montrer difficile !

Ignorant délibérément l'exclamation outrée de Fiona, elle pencha la tête de côté et posa sur l'avocat un regard perçant.

223

— Moi qui pensais que vous étiez mon chevalier à la blanche armure ! le taquina-t-elle. L'armure serait-elle rouillée ?

Il se leva et lui tourna le dos, visiblement mal à l'aise.

— Vous êtes injuste. Je ne peux pas vous sauver si vous refusez mon aide.

Alors qu'elle reconnaissait intérieurement qu'il n'avait pas tort, son attention fut attirée par les chevaux qui semblaient en alerte. Allant et venant, ils se secouaient et remuaient la queue, visiblement assez énervés pour risquer de se blesser. Frank poussait des cris autoritaires pour les calmer. Elle comprit rapidement qu'il n'y avait pas lieu de s'inquiéter : ils n'avaient tout simplement pas eu le temps de se dépenser après avoir ingurgité leur ration d'avoine. Vraiment, ils étaient magnifiques, songea-t-elle avec un sentiment de fierté.

Le regard de Jake alla de Mim à Fiona.

— Ne pouvez-vous la persuader de changer d'avis ? demanda-t-il.

La jeune femme haussa les épaules.

— Vous exagérez, vraiment ! répondit-elle. N'ayant pas été admise à partager votre petit secret, je suis la dernière personne à qui poser cette question. En outre, ajouta-t-elle avec un large sourire devant l'évidente frustration de son interlocuteur, vous connaissez Mim. Une fois qu'elle a une idée dans la tête, rien ne la fait changer d'avis. Vous avez parié sur le mauvais cheval, Jake.

— Très bien, très bien, concéda-t-il. Mais ne me faites pas de reproches si cela tourne mal. J'ai essayé de vous prévenir, mais vous ne voulez rien écouter, conclut-il en poussant un long soupir d'exaspération.

— Les voilà ! intervint Miriam tout à coup. Chassez cette expression butée, Jake, elle gâche votre beau visage.

Léo avait insisté pour emmener Chloé, car, bien que cet endroit soit la maison de son enfance, elle était réputée pour se perdre régulièrement en chemin ; elle conduisait toujours en écoutant la radio et laissait régulièrement son esprit s'envoler. Lors d'une occasion mémorable, elle s'était trompée d'autoroute et avait atterri à Adélaïde.

Miriam la serra dans ses bras et fut aussitôt enveloppée d'un nuage de Chanel N° 5 et de mousseline écarlate. Elle était heureuse, après une séparation aussi longue, de sentir le corps de son unique enfant contre le sien car, vivant trop loin l'une de l'autre, elles se voyaient très peu. Chloé avait pris un peu de poids, mais cela ne lui allait pas mal. De toute manière, n'était-elle pas avant tout sa petite fille chérie, en dépit de ses cinquante ans?

Léo, après avoir posé les bagages et les caisses de champagne dans la véranda, ouvrit les bras et enlaça son ex-belle-mère, Miriam, avec enthousiasme.

— Comment va ma préférée? lui chuchota-t-il à l'oreille. Il paraît que vous avez de nouveau vingt et un ans? Joyeux anniversaire!

En s'esclaffant, elle lui donna une tape sur le bras avant de s'extirper de son étreinte. Elle avait toujours aimé le mari de sa fille, qu'elle présenta à Jake. Alors que les deux hommes s'engageaient aussitôt dans un échange relatif à la nouvelle Austin Mini, destinée à révolutionner le monde automobile, elle ouvrit le premier de ses cadeaux.

C'était un châle exquis peint à la main par Chloé. Elle embrassa l'artiste chaleureusement, s'extasiant sur les papillons délicats et les fleurs couleur abricot qui parsemaient la soie vert pâle et disparaissaient dans les franges duveteuses.

— Tu as dû mettre un temps fou à le faire, ma chérie. Il est splendide et parfait pour une journée comme celle-ci, s'extasia-t-elle en le posant sur ses épaules.

Fiona lui tendit ensuite un album de photos à la couverture de cuir repoussé. Lorsqu'elle l'ouvrit, Miriam dut lutter contre les larmes. Sa petite-fille s'était visiblement donné beaucoup de mal pour trouver les clichés les plus significatifs. On y voyait son père en sépia, raide et mal à l'aise devant le bureau des mines de White Cliffs; Kate, très guindée, contrairement à son habitude, assise près de George, le jour de leur mariage; Edward, nonchalamment appuyé sur une barrière, roulant une cigarette; Chloé, à califourchon sur son premier poney, souriant à l'objectif sous son chapeau de paille et enfin, ses deux petites-filles, posant dans leur maillot de bain réalisé au crochet, sur la rive du ruisseau.

— Merci, dit Miriam en embrassant Fiona avec émotion. C'est pour moi un trésor précieux.

Jake fit un pas en avant et lui mit dans la main un petit paquet entouré d'un ruban doré.

— Wilcox m'avait mis au courant, chuchota-t-il. Puisque vous m'avez invité à rester, j'ai attendu que le grand jour soit arrivé pour vous l'offrir. J'espère que vous l'aimerez car je me suis beaucoup amusé à le choisir. Joyeux anniversaire, Mim.

Elle défit le ruban et déroula le papier qui révéla un livre de poésie. Byron, son préféré.

— Je vois que vous connaissez mes goûts, déclara-t-elle avec un sourire radieux.

Louise et Ralph apparurent quelques instants plus tard. Jake fut de nouveau présenté comme un visiteur de passage, et Miriam, ayant déballé le sac à main et les gants luxueux dont elle ne se servirait jamais, fit asseoir ses invités pour déjeuner.

La table, entourée des vieilles chaises cannées qui avaient recouvré une nouvelle jeunesse grâce à des coussins neufs, avait été installée sous les arbres, derrière la maison. Autour d'un panier de fleurs, apportant la seule note de couleur vive au centre de la table, la nappe de lin d'un blanc immaculé mettait en valeur les couverts d'argent et les verres de cristal, ainsi que les assiettes de porcelaine issues du service Crown Derby de Kate.

Frank était venu les rejoindre et ils déjeunèrent en bavardant gaiement. Tandis que Miriam sirotait son vin et mangeait du bout des lèvres, ses hôtes se régalèrent de saumon fumé et de crevettes, puis passèrent au délicieux rosbif, suivi, pour le dessert, d'une salade de fruits frais largement arrosée de crème fouettée. Faire venir le poisson et les fruits avait demandé toute une organisation pour laquelle il lui fallait remercier son régisseur. Cher Frank, pensa-t-elle en le regardant avec tendresse. Elle aurait été perdue sans lui et sans ses relations au sein du service postal aérien.

Lorsque les assiettes furent enfin poussées sur le côté, Miriam regarda la fumée des cigarettes s'élever bientôt dans l'air calme. La conversation se tarissait dans la chaleur écrasante de l'après-midi, ponctuée par de petits rires presque somnolents. Sa famille formait un tableau charmant par cette magnifique journée. Elle imprima la scène dans sa mémoire avant qu'elle ne risque d'être détruite par ce qui allait suivre.

La capeline de Chloé croulait sous une profusion de roses assorties à la couleur de sa robe. Pour une femme aux cheveux de cette couleur, le rouge aurait dû être évité ; pourtant Miriam trouvait sa fille éblouissante. Pas étonnant que Léo l'adore toujours, comme en témoignait sa sollicitude empressée.

Son regard se posa sur Fiona, qui s'était engagée dans une conversation animée avec Jake. Elle les observa un moment, remarquant à quel point ils étaient absorbés l'un dans l'autre, et se demanda si cet attrait naissant se confirmerait une fois qu'elle aurait révélé à sa famille pourquoi l'avocat se trouvait en leur présence.

Louise discutait avec Frank. Bien qu'il ait plaqué ses cheveux avec de la brillantine et mis une chemise propre pour l'occasion, le directeur de la station se sentait visiblement un peu perdu. C'était Gladys, disparue il y a à peine un an, qui se chargeait autrefois de faire la conversation. Elle manquait beaucoup à Mim ; toutes deux avaient traversé ensemble bien des épreuves, qui avaient chaque fois rendu plus forte encore leur amitié sincère.

Léo avait baissé son chapeau sur les yeux. Adossé à sa chaise, il tirait une bouffée de son cigare, les yeux fermés dans une tentative délibérée d'ignorer Ralph. Celui-ci, tournant nerveusement sa coupe de champagne, mal à l'aise dans son costume trois-pièces, aurait visiblement souhaité se trouver ailleurs. Dès son arrivée, il avait essayé de coincer Miriam au sujet de sa rentrée d'argent, mais elle l'avait écarté avec la vague promesse de tout lui révéler

227

plus tard. Il attendait la fin du repas pour revenir au sujet qui l'intéressait.

La vieille dame, plutôt contente de le laisser mijoter un certain temps, sourit à Léo qui ouvrait une nouvelle bouteille de champagne. Elle se sentait déjà un peu pompette, ce qui était sans doute plus dû aux deux comprimés avalés qu'à la quantité d'alcool bue. Au moins, le mélange se révélait-il efficace contre la douleur.

— Je propose un toast en l'honneur de ma *belle-mère*[1] la bien nommée, dit Léo d'une voix forte. Nous buvons à votre santé pour ce soixante-quinzième anniversaire.

Les verres furent levés avec des exclamations approbatrices qui poussèrent bientôt les invités de Miriam à réclamer un discours.

Elle repoussa sa chaise et se leva.

— Aux membres de ma famille. Puissent-ils continuer à m'aimer.

Un silence stupéfait accueillit ses paroles. Alors qu'elle se rasseyait, les visages perplexes se tournèrent vers elle.

— Mais bien sûr, balbutia Louise.

Miriam les regarda l'un après l'autre. Jake gardait les yeux obstinément baissés ; Fiona avait une expression suspicieuse ; et les autres paraissaient simplement troublés.

— Buvez votre champagne, reprit Miriam. Vous allez avoir besoin d'un remontant.

Un murmure inquiet s'éleva tandis qu'ils obéissaient. L'atmosphère détendue avait cédé la place à une tension presque palpable.

— Vous nous effrayez, grogna Léo. Vous n'allez pas nous avouer que vous avez commis un horrible péché, n'est-ce pas ? Vous n'êtes pas sur le point de nous révéler un passé caché de call-girl ou l'existence d'un gigolo dissimulé quelque part ?

La vieille dame s'apprêtait à répondre, lorsque Fiona intervint.

---

1. En français dans le texte. *(N.d.T.)*

228

— Allons Mim, ne nous fais pas attendre davantage, je t'en prie !

Miriam resserra le châle autour de ses épaules. Pourquoi les jeunes étaient-ils toujours si impatients ?

— J'ai deux choses à vous dire, commença-t-elle. Toutes deux vont vous causer un choc : je suis donc désolée de gâcher cette fête. Mais il nous arrive rarement d'être réunis, et c'est la seule occasion qui se présente à moi.

Elle vit que le régisseur s'apprêtait à quitter la table.

— Reste, Frank, lui intima-t-elle. Tu fais partie de la famille et ce que je vais dire te concerne aussi.

— S'il s'agit d'un problème familial, il serait peut-être opportun que M. Connor nous laisse entre nous, déclara Ralph avec hauteur.

— Jake reste aussi, rétorqua-t-elle ; vous allez bientôt comprendre pourquoi.

Elle rassembla ses pensées en triturant nerveusement les franges de son châle. Par quoi devait-elle commencer ? Aucune des deux nouvelles ne serait bien accueillie, mais le moment était arrivé et il lui fallait se décider. Elle prit une profonde inspiration.

— J'ai un cancer inopérable, déclara-t-elle avec émotion.

Des exclamations horrifiées s'élevèrent, suivies de protestations de révolte, émises par des voix tremblantes.

Elle leva la main pour arrêter le flot de questions.

— C'est un cancer des os qui se généralise. J'ai accepté le diagnostic et je n'ai pas l'intention de perdre ma dignité ni ma qualité de vie en subissant des rayons et en restant coincée dans un foutu hôpital. Alors, je vous en prie, pas de discussions et pas de chantage affectif. Rien ne me fera changer d'avis.

Elle regarda sa fille et ses petites-filles et vit la stupéfaction, l'angoisse et les larmes provoquées par sa révélation.

— Je suis désolée de devoir vous dire tout cela, mes chéries, mais je préfère être brutale. Le cancer n'est qu'un mot et il nous faut tous mourir un jour. J'ai eu une bonne vie, une vie très ordinaire, en fait, qui m'a permis de connaître l'amour sous toutes ses formes. Ne pleurez pas pour moi, je n'ai pas peur.

Elle rassembla leurs mains alors qu'elles venaient s'agenouiller près d'elle.

— J'ai les comprimés qu'il faut contre la douleur et, comme vous pouvez le voir, tout va bien. Je suis ici chez moi, et je souhaite y rester, parmi les gens que j'aime. Lorsque je partirai, j'aimerais être enterrée auprès de Edward.

Cette déclaration suscita de nouvelles larmes, des supplications de réclamer une seconde opinion, des recommandations de traitement radical dans le meilleur hôpital d'Australie.

— Non, dit-elle fermement en libérant leurs mains.

Elle saisit sa coupe de champagne et but une gorgée avant de la reposer sur la table.

— Rasseyez-vous maintenant. Il y a une autre affaire dont je veux vous parler.

Elle attendit que tout le monde soit réinstallé, et regarda les visages couleur de cendre, le cœur brisé à l'idée de devoir infliger une autre épreuve à ceux qu'elle aimait. Son pouls s'accélérait. Pourtant, elle ne pouvait s'arrêter là : elle était allée trop loin pour reculer.

Louise et Fiona s'agrippaient l'une à l'autre, luttant pour ne pas s'effondrer ; Chloé s'était automatiquement tournée vers Léo, cachant ses joues maculées de larmes contre sa veste ; Ralph la scrutait par-dessus son verre et Frank fixait ses mains posées sur la table, les doigts croisés si fort que ses articulations avaient blanchi.

Jake, le teint blême, assis un peu à l'écart, la scrutait d'un regard sombre. Elle crut comprendre ce qui le tourmentait.

Lorsqu'elle eut le sentiment qu'ils s'étaient suffisamment ressaisis pour l'écouter, elle se racla la gorge.

— Vous vous êtes tous interrogés sur Jake, déclara-t-elle, et, bien que je n'aie pas été totalement honnête avec vous, je dois vous dire qu'il est rapidement devenu un ami.

Elle se tut, le temps de lui adresser un sourire.

— Un excellent ami, qui m'a donné un avis honnête, reprit-elle. Je suis simplement désolée de ne pas pouvoir en tenir compte. Malgré tout, je reconnais que je ne m'y connais pas dans ce genre d'affaires, et que je suis trop vieille pour apprendre de nouveaux tours.

Son regard parcourut les visages qui l'entouraient.

— Jake est avocat. Il est ici parce que j'ai décidé de porter plainte contre Bridie Dempster et Shamrock Holdings.

Cette annonce fut accueillie par un silence stupéfait.

— Maman, ce n'est pas possible, supplia Chloé. Tu es malade et tu n'es pas en état de réveiller de vieilles luttes intestines. Laisse tomber.

— Je ne sais pas quel genre d'avocat est capable de t'encourager à une telle démarche, s'indigna Louise en couvrant Jake d'un regard dédaigneux. Ne l'écoute pas, Mim.

Miriam leva la main pour réclamer le silence.

— Jake m'a conseillé de ne pas aller plus loin, mais je ne partage pas son avis. Les Dempster m'ont volé mon héritage – votre héritage –, et je dois m'assurer que justice soit enfin faite et qu'ils ne s'en sortent pas impunément.

— Ne soyez pas ridicule, aboya Ralph au-dessus des exclamations qui suivirent.

Miriam se tourna vers lui.

— Pourquoi serait-ce ridicule ?

— Parce que vous allez perdre.

Inclinant la tête de côté, elle le regarda pensivement.

— Et pourquoi donc ?

— Ils ont l'argent, la position sociale et l'influence. Vous n'avez pas la moindre chance.

— C'est une raison de plus pour les poursuivre. Il est temps que les Dempster reçoivent la monnaie de leur pièce.

— Quelle stupidité ! gronda-t-il.

Il jeta sa serviette sur la table et se leva.

— Pourquoi tout risquer pour une lutte ancienne qui aurait dû être enterrée des années auparavant avec votre père ? Est-ce que vous ne comprenez pas que ce procès risque non seulement de vous ruiner, mais de me ruiner aussi ?

Miriam sentit le mépris lui monter à la gorge.

— Eh bien, j'aurais au moins eu mon heure de gloire ! dit-elle avec un calme dangereux. Que je gagne ou que je perde, Dempster sera confronté à la vérité et dénoncé publiquement comme escroc.

Elle s'interrompit un instant.

— Je serais curieuse de savoir comment le fait de porter plainte contre les Dempster pourrait affecter votre situation ? ajouta-t-elle. Seriez-vous en affaires avec eux ?

Tous les yeux se tournèrent vers Ralph.

— Est-ce le cas ? insista Miriam.

Il passa un doigt sous son col de chemise et redressa nerveusement sa cravate.

— Il se trouve que je suis en négociation avec Shamrock Holdings, précisa-t-il. Nous en sommes à une étape particulièrement délicate, et une démarche comme la vôtre va causer beaucoup d'ennuis à ma banque comme à moi-même. Nous investissons beaucoup d'argent et nous courons déjà suffisamment de risques sans avoir besoin de telles complications.

Il se gratta le cou une seconde fois.

— Les caresses de chien donnent des puces, laissa tomber Miriam avec froideur.

— Tu dois avoir une preuve drôlement solide en ta possession pour te lancer là-dedans, dit Fiona qui était restée silencieuse jusque-là. Qu'est-ce qui t'a décidée à cela après toutes ces années ? Et pourquoi maintenant, alors que tu es si malade ?

— C'est l'autre point que je dois aborder avec vous, répliqua Miriam en déglutissant avec peine. Il se peut que je n'aie pas de preuves suffisantes, mais…

— Bon sang ! hurla Ralph. Êtes-vous en train de dire que vous allez traîner Dempster au tribunal sans aucun élément tangible ? Vous n'êtes qu'une folle, une folle dangereuse, bonne à enfermer !

— Je t'interdis de parler ainsi à ma grand-mère ! s'écria Louise d'un ton sec.

Miriam vit l'expression de terreur qui s'inscrivit sur le visage de sa petite-fille dès qu'elle eut prononcé ces mots, ainsi que la rage visible de Ralph qui la fusilla du regard. Le choc causé par ce qu'elle constatait lui donna la nausée. Elle se demanda s'il se montrait parfois violent, s'il avait déjà frappé sa femme. Il fallait la protéger, mais comment ? Ralph la manipulait comme une marionnette ; elle n'était pas plus capable de le quitter que de commettre un vol à main armée.

La vieille dame se sentit soudain à bout de nerfs. La situation était déjà suffisamment difficile à supporter sans qu'elle ait besoin de se faire du souci pour Louise. Elle regarda Fiona et s'efforça de sourire, mais les muscles de son visage refusèrent de lui obéir.

— J'espérais un peu de soutien, articula-t-elle doucement, mais il semble bien que je doive agir seule.

Fiona se pencha vers elle et lui prit la main.

— Sans le moindre indice, tu n'as pas de motif valable. Jake a raison, Mim, tu ne peux rien entreprendre.

Miriam tapota la main de sa petite-fille et redressa le dos.

— J'ai une preuve, annonça-t-elle, mais je sais qu'il m'en faut plus pour abattre les Dempster.

Elle attendit que les protestations s'évanouissent, notant qu'elles étaient moins véhémentes. La curiosité de son public reprenait visiblement le dessus.

— Nous devons retrouver les actes, dit-elle enfin. Une fois que nous les aurons, l'affaire est gagnée.

— Les actes ? Quels actes ? s'écria Ralph, qui avait perdu toute couleur et posait sur elle un regard d'acier.

— L'acte de partenariat et les titres de la mine. Ils prouveront sans le moindre doute que mon père et Patrick étaient associés, et que Patrick a lésé notre famille de la part qui lui revient.

Fiona claqua des mains.

— Quand commençons-nous la recherche ? s'exclama-t-elle. Cela devient passionnant !

— Du calme, intervint Chloé qui retirait son chapeau et secouait ses cheveux. Maman est gravement malade. Ce n'est pas le moment de chercher quelque chose qui a probablement été perdu ou détruit il y a des années. Elle devrait vivre à son rythme, se reposer, afin que nous puissions profiter d'elle au maximum.

— Tu n'as pas tout à fait tort, maman, mais c'est justement la recherche des documents dont Mim a besoin. Et si nous les trouvons, imagine comment elle se sentira !

— Vous perdez votre temps, marmonna Ralph. Chloé a raison. Ces papiers ont probablement disparu et vous allez agir en pure perte. Si vous voulez mon opinion, dit-il en se tournant vers Miriam…

— On n'en veut pas ! lui lança Fiona, cinglante. Retourne à ta banque, Ralph, nous pouvons nous débrouiller sans toi.

Il se leva, la lèvre secouée par un petit spasme nerveux.

— Louise, dis au revoir, je t'attends dans la voiture.

— Je ne viens pas, décréta son épouse calmement.

Elle chercha autour d'elle un soutien du regard. Chloé lui mit la main sur l'épaule.

— Je reste ici avec Mim, reprit-elle, baissant les yeux sur ses mains qui se tordaient nerveusement.

— Absolument, dit Miriam rapidement avant que Ralph n'ait pu ouvrir la bouche. J'ai besoin d'elle pour m'aider dans mes recherches. Allez-y, Ralph.

Le chapeau à la main, il lui jeta un regard mauvais.

— Vous allez regretter cette journée, déclara-t-il d'un ton doucereux.

11

La famille restait assise en silence. Ils entendirent le rugissement du moteur et le crissement des pneus alors que Ralph faisait faire un demi-tour au 4×4 et s'éloignait à toute allure. Serrant toujours la main de Louise, Chloé murmurait des encouragements afin d'atténuer l'appréhension terrifiée de sa fille. Léo alla chercher une bouteille de cognac, espérant que la chaleur réconfortante d'un petit verre leur permettrait de mieux digérer les nouvelles qui leur avaient été assénées en une heure à peine.

Étrangement, Frank fut le premier à briser le silence.

— Vous êtes vraiment aussi têtue qu'une mule, Mim, mais si tout ça a une telle importance pour vous, je suis prêt à vous aider.

— Merci, répondit-elle en souriant ; je savais que je pouvais compter sur mon vieil ami.

— Tu peux aussi compter sur Léo et moi, déclara Chloé. Nous ne sommes pas pressés de rentrer à Brisbane et je peux toujours annuler l'exposition. Simplement, je ne veux pas que cela t'épuise, maman. Tu devrais être en train de te reposer, pas de traîner les gens en justice.

Se penchant au-dessus de la table, elle tendit la main à sa mère.

— Je te demande de reconsidérer la question, supplia-t-elle. La guerre entre grand-père et Paddy remonte à des lustres. Il ne faut pas réveiller un chat qui dort.

— C'est impossible. Ayant découvert une première preuve, je trahirais mon père si je n'allais pas jusqu'au bout. Il mérite un minimum de justice. Je n'ai donc pas l'intention de le laisser tomber.

— Quelle est cette preuve ? s'enquit Louise.

Assise entre ses parents, elle fixait sa grand-mère, les traits de son visage découpés par un rayon de soleil qui perçait à travers les arbres.

— Elle doit être drôlement concluante pour que tu ailles déjà aussi loin, reprit-elle.

— Seule, elle ne sert pas à grand-chose, mais, associée aux actes, elle se transformerait en dynamite. C'est pourquoi il est si important de les retrouver.

— Et s'ils n'existent plus ? insista sa petite-fille.

— J'utiliserai ce que j'ai à ma disposition.

— Ce n'est pas suffisant, intervint Jake. La Cour rejetterait aussitôt la plainte.

Fiona se tourna vers lui et le regarda pensivement.

— Vous semblez en savoir beaucoup plus à ce sujet que nous. Quelle est exactement cette preuve ?

— Cela ne te regarde pas ! aboya Mim, épuisée par toutes ces discussions.

La journée avait été gâchée. Bien qu'elle ait été la cause de tout ce trouble, elle sentait la douleur revenir et ressentait le besoin de s'allonger.

— N'essaie pas de soutirer quoi que ce soit à Jake. Il m'a fait la promesse solennelle de ne rien dire.

— Mais enfin, pourquoi ?

La frustration de Fiona transparaissait dans sa voix.

Miriam hésita, consciente qu'elle n'avait aucune réponse convaincante à offrir. Toutefois, son instinct et son expérience lui dictaient de ne pas livrer son secret. Elle était certaine de l'honnêteté des siens, bien sûr, mais ils étaient susceptibles de trop parler, et l'on ne savait jamais qui pouvait les écouter. Ralph avait déjà abattu ses cartes, et Louise était assez soumise pour tout lui révéler. Non, elle ne pouvait rien dire à quiconque. Nul ne savait de quoi Dempster serait capable s'il entendait parler de ce qu'elle avait trouvé.

Elle parcourut du regard les visages qui l'entouraient.

— Trouvez les actes et je vous dirai tout, dit-elle enfin. Il y a un tas de boîtes et de cartons dans le grenier. Je ne sais pas exactement ce qu'ils contiennent, mais je suggère que vous commenciez par là car ce sont, pour la plupart, les affaires de Kate.

En 1909, Kate épousa George Armitage par un après-midi d'été. Vêtue d'un chemisier et d'une jupe de linon blanc, la mariée tenait à la main un petit bouquet d'orchidées roses, assorti aux fleurs qui lui ornaient les cheveux. Ils sont vraiment amoureux, se dit Miriam, dans sa robe jaune citron, elle aussi coiffée et parée de fleurs. Le fiancé, superbe dans un costume neuf, les cheveux et la moustache pommadés, ne pouvait dissimuler sa nervosité.

George, peu loquace de nature, témoignait d'une timidité attendrissante, caractéristique répandue chez les fermiers vivant dans leur propriété isolée. Grand, mince, doté d'yeux bruns et d'une moustache tombante, il avait le visage et les mains burinés par les intempéries ainsi que par les heures passées en selle, à s'occuper de son bétail. Néanmoins, son élocution lente cachait un esprit étonnamment vif, et il avait fait sa cour avec une assurance qui avait suscité chez Kate une surprise mêlée d'admiration.

Alors qu'ils sortaient de l'église et remontaient dans le buggy, il confia son étonnement à Miriam. Jamais il n'aurait pensé qu'une femme aussi séduisante et dynamique soit susceptible d'accepter sa demande en mariage. Mim, quant à elle, l'avait aimé dès le départ. En un sens, il lui rappelait son père car, comme lui, il témoignait d'une attitude paisible et plutôt contemplative associée à une détermination sans faille.

Heureuse de quitter la ville, la jeune fille et sa protectrice avaient abandonné avec joie leurs vêtements raffinés pour une tenue plus adaptée à l'outback. Il leur faudrait plusieurs semaines de voyage pour découvrir la propriété où elles allaient vivre désormais.

Alors que le buggy parvenait au sommet de la dernière colline, George immobilisa le cheval et souleva son chapeau.

— Bienvenue à Bellbird, articula-t-il lentement. C'est bien modeste comparé à cette belle demeure de Sydney, mais c'est notre foyer.

Kate glissa sa main dans celle de son époux qu'elle embrassa sur la joue.

— C'est notre cœur qui désigne notre foyer, murmura-t-elle. Il est donc ici, avec toi et Mim.

Embarrassée par cette preuve de sentimentalisme, Miriam en perçut toutefois l'émotion sous-jacente. Kate avait enfin trouvé l'amour et, repoussant le passé derrière elle, commençait une nouvelle vie.

Stupéfaite, la jeune fille contemplait avec ses compagnons le panorama qui s'étendait devant elle. Le soleil déclinant, qui striait le ciel de balafres vermillon, répandait sur la vallée une lumière translucide sous laquelle le moindre détail semblait magnifié. Les murs délavés de la maison, nichée sous des arbres protecteurs, prenaient une teinte d'une étrange délicatesse. Autour de la cour s'élevaient les dépendances, surmontées par la fumée délicate qui s'échappait d'une cheminée. Le bétail paissait sur les pentes douces des pâturages environnants, les pattes à demi dissimulées par l'herbe haute et drue. Cette scène paisible donnait le sentiment que, depuis l'arrivée du premier colon dans ce coin isolé de la Nouvelle-Galles du Sud, rien n'avait changé. Miriam fut soudain envahie d'une intuition irrépressible : elle se sentait enfin chez elle.

George n'eut besoin que de secouer légèrement les rênes pour inciter le cheval à se mettre en mouvement. Vu de plus près, le bâtiment principal entier paraissait dans un état de détérioration avancée. Observant Kate, qui descendait du buggy, appuyée sur la main de son mari, puis montait les marches rongées par les termites, Miriam comprit que la jeune mariée organisait déjà la remise en état de son nouveau domaine.

La cuisine de George, dans laquelle aucune femme n'avait pénétré depuis la mort de sa première épouse, se révéla un capharnaüm. Autour de la cuisinière, maculée d'éclaboussures de graisse, s'étendaient des traînées de suie qui avaient même atteint les poutres. Sur les tables et les chaises, une profusion de manuels éculés traitant de l'élevage avoisinaient de vieilles bottes et des couvertures pour les chevaux. Quant à l'évier, il n'avait pas été frotté depuis dix ans.

George, après avoir chassé de la main deux jeunes poules qui avaient pondu leurs œufs dans le panier à bois, s'agenouilla pour caresser son chien qui sommeillait devant la cuisinière.

— Désolé de tout ce désordre, dit-il timidement en caressant la tête soyeuse de son Bleu du Queensland. J'avais demandé à l'une des servantes aborigènes de nettoyer, mais elle ne s'en est visiblement pas occupée.

Kate ôta les épingles de son chapeau et remonta ses manches.

— Pas question de cuisiner là-dessus tant que ce n'est pas propre, décréta-t-elle. Apporte-moi un seau d'eau et une brosse à chiendent.

— Ne veux-tu pas voir le reste de la maison avant ? s'enquit-il d'un air piteux et vaguement effrayé.

Quand Kate était dans cet état d'esprit, tout pouvait arriver.

— Je préfère affronter les surprises de ce genre une par une, marmonna-t-elle. Pas besoin de me préciser qu'il faut désinfecter la maison entière. Ne défais aucun bagage, ordonna-t-elle en se tournant vers Miriam. Nous allons dormir sous la tente pour l'instant.

Il fallut plusieurs semaines pour transformer la maison en foyer. Kate et Miriam récurèrent les plafonds, les murs et les sols jusqu'à ce que les toiles d'araignées aient totalement disparu. Elles cirèrent les planchers et rénovèrent le fourneau par une nouvelle couche de peinture. George, avec l'aide de deux stagiaires indigènes, répara le toit et la balustrade de la véranda, ainsi que les marches de l'entrée et les moustiquaires. De nouveaux rideaux furent accrochés aux fenêtres, des tableaux aux murs, et les beaux tapis de Kate étalés sur le sol.

L'arrivée du charretier, quelques mois plus tard, fut accueillie avec des cris de joie. Kate pouvait maintenant exposer son service de porcelaine dans le buffet vitré et orner le salon de ses fauteuils confortables et de ses rideaux de velours. Elle plaça les verres de cristal dans le vaisselier, et disposa les quelques bibelots, qu'elle avait conservés après la vente de la maison de Sydney, sur des guéridons. Le piano à queue trouva sa place sous la fenêtre, recouvert du grand châle oriental de sa propriétaire.

La touche finale fut apportée par le tableau de Henry, qui fut suspendu au-dessus de la cheminée. Enfin, tous portèrent un toast avec du champagne, en l'honneur de ce qu'ils pouvaient appeler « leur maison ».

Miriam observa ses compagnons qui entreprenaient des recherches dans le grenier. Léo dirigeait les opérations et tenait l'échelle tandis que Fiona et Louise, armées chacune d'une lampe électrique, fourrageaient ici et là, lui tendant des boîtes et des cartons. Jake leur avait faussé compagnie et Chloé s'agitait dans la cuisine essayant tant bien que mal d'y mettre un peu d'ordre.

Les membres de sa famille travaillaient ensemble, comme ils l'avaient toujours fait, comprenant que la force qu'ils puisaient au contact les uns des autres ne pouvait que les soutenir dans l'épreuve à venir.

Miriam se sentait épuisée. S'inclinant devant la douleur, elle laissa ses invités à leur tâche et décida d'aller s'étendre. Après avoir avalé deux comprimés, elle se déshabilla et se laissa tomber sur son lit. La journée s'était révélée longue et traumatisante. Pourtant, elle avait eu raison de leur parler de son cancer, de les prévenir au sujet de ce qui l'attendait. D'une part, il s'agissait des personnes qu'elle aimait le plus au monde ; d'autre part, elle n'ignorait pas que les secrets pouvaient provoquer des blessures beaucoup plus douloureuses que la vérité.

Tirant le drap au-dessus de ses épaules, elle resta étendue dans la pénombre qui s'épaississait. La nuit tombait vite par ici. Derrière les volets fermés, elle entendait le tintement des harnais et la marche cadencée d'un cheval qui traversait la cour. Tout à coup, elle perçut une voix d'homme, portée par la brise, comme en écho d'une autre voix appartenant au passé. Ces intonations donnaient de la profondeur et de la couleur à ses souvenirs anciens, à ceux, en particulier, relatifs à l'un des êtres les plus importants de sa vie.

En 1910, Miriam célébra son seizième anniversaire à Bellbird. Elle montait alors aussi bien à cheval que n'importe quel homme et avait une réputation de véritable garçon manqué. Certes, elle était consciente des changements qui s'opéraient en elle, consciente des regards furtifs que lui jetaient les conducteurs de bestiaux et les jeunes gens qui l'invitaient à danser dans les bals de campagne. Néanmoins, malgré la quantité de romans sentimentaux qu'elle dévorait dès qu'elle pouvait mettre la main dessus, elle n'avait pas encore éprouvé l'émotion bouleversante, la fièvre dévorante décrite par ces ouvrages. Il lui arrivait de se demander si elle la connaîtrait jamais.

Edward Strong avait vingt-deux ans lorsqu'il arriva à Bellbird Station. Miriam, debout sur le seuil de la grange, observa l'étranger qui pénétrait à cheval dans la cour. Il descendit de cheval avec une aisance désinvolte et conduisit aussitôt sa monture jusqu'à l'abreuvoir. Lorsqu'il ôta son chapeau pour s'essuyer le visage, elle vit des reflets ambrés s'allumer dans ses cheveux bruns.

Appuyée contre l'encadrement de la porte, la jeune fille l'étudia en détail. À côté de George, qui sortait de la remise à outils pour le saluer, il paraissait de taille plutôt moyenne. Toutefois, il avait des proportions harmonieuses et ne manquait pas d'allure dans sa chemise écossaise et son pantalon maculé par le long trajet qu'il venait d'accomplir. Il avançait avec la démarche chaloupée d'un homme passant le plus clair de son temps à cheval, son pas souple faisant scintiller ses éperons et la boucle de sa ceinture dans la lumière crue.

À demi dissimulée dans l'ombre, Miriam, qui observait les deux hommes en train de discuter de la station, fut frappée tout à coup par l'accent du nouveau venu. Bien qu'elle n'ait encore jamais rencontré d'Américains, elle était certaine de se trouver en présence de l'un d'eux.

Enfin, George conduisit son nouvel employé jusqu'au dortoir pour le présenter à ses collègues. Miriam retourna à sa tâche, qui consistait à huiler les selles et à les préparer pour le lendemain. Elle rencontrerait cet étranger bien assez tôt et, pour l'instant, elle avait un travail à terminer.

La sécheresse, qui avait duré deux ans, venait de prendre fin, deux mois auparavant. L'herbe sèche et cassante était redevenue verte, le ruisseau avait inondé ses rives et les criques rocheuses gargouillaient, parcourues d'une eau transparente au courant rapide. Miriam savait qu'il serait difficile de trouver les chevaux sauvages cette année, car ils disposaient d'une foule d'endroits où se désaltérer.

— Qui est-ce ?

Kate, émergeant des écuries, mit la main en visière pour suivre des yeux George et le nouveau venu en train de se diriger maintenant vers le réfectoire.

— Le dresseur de chevaux, répondit la jeune fille. Il devait arriver cette semaine.

— J'espère que George va me laisser les accompagner, cette année, déclara Kate en repoussant une mèche rebelle derrière son oreille. Je deviens très bonne cavalière, et les tâches ménagères sont d'un ennui mortel.

C'était un espoir que Miriam partageait pour elle-même, mais qu'elle gardait secret. Il était peu probable que George laisse son épouse courir au milieu des chevaux domestiques rendus à la vie sauvage, car sa première femme avait été tuée à la suite d'une chute à bas de sa monture lors d'un rassemblement de bétail. D'ailleurs, Kate elle-même, tout en considérant que son mari avait tendance à trop la protéger, comprenait parfaitement la raison de cette sollicitude.

Miriam aperçut soudain l'étranger qui sortait du réfectoire et se roulait une cigarette. Silhouette aux épaules larges et aux hanches minces, nonchalamment appuyée contre le mur du bâtiment, il devisait avec deux de ses nouveaux collègues, parfaitement à l'aise. À première vue, rien ne le distinguait des autres hommes qui venaient à Bellbird à la recherche de travail. Toutefois, quelque chose en lui la fascinait. Alors que la journée se déroulait et qu'elle vaquait à ses tâches, elle se rendit compte qu'elle guettait les occasions de le voir.

— George ne te laissera pas assister au rassemblement si tu fais les yeux doux au dresseur, lança Kate en passant avec le seau de grain pour les poules.

Miriam gravit la barrière et sauta dans la cour.

— Je ne sais pas de quoi tu parles, s'écria-t-elle, les joues cramoisies. Est-ce que tu ne devrais pas faire le thé ? Il est tard, et George va avoir faim.

Sa protectrice la regarda d'un air entendu.

— Edward Strong est très séduisant, c'est sûr, mais il vient du Texas, déclara-t-elle comme si cela suffisait à tout expliquer. J'ai entendu dire qu'il a une âme de bohémien ; il ne va pas rester longtemps, Mim, alors ne le laisse pas briser ton cœur.

Miriam tripotait nerveusement la ficelle qui entourait une balle de foin. Edward Strong, répéta-t-elle intérieurement. Ce nom lui allait bien.

— Mim, insista Kate d'un ton sec en secouant la manche de la jeune fille. Ne perds pas ton temps, chérie. C'est un vagabond, un beau garçon qui fait tourner la tête de toutes les filles. Ne te laisse pas prendre tout simplement parce qu'il est différent. C'est un homme, et ils sont tous les mêmes sous leur beau plumage.

Miriam, les mains sur les hanches, la regarda bien en face.

— Tu pourrais au moins me faire l'honneur de penser que j'ai un cerveau !

La bouche de Kate se tordit en un rictus.

— Ce n'est pas ton cerveau qui m'inquiète, répliqua-t-elle doucement en soulevant ses jupes avant de s'éloigner.

Miriam fronça les sourcils. Elle ne comprenait pas ce qu'elle avait voulu dire mais repoussa le problème en s'efforçant d'imaginer un moyen d'approcher George, afin d'obtenir la permission de se joindre au rassemblement du bétail.

Elle attendit que le thé soit terminé, que Kate se trouve occupée à la vaisselle et que le maître de Bellbird soit assis dans la véranda, savourant sa pipe du soir. C'était la seule chance de pouvoir lui parler en tête à tête.

— J'aimerais bien me joindre à la course de chevaux sauvages, cette année, commença-t-elle, incapable de tourner autour du pot et sachant que son interlocuteur appréciait la franchise.

— Beaucoup trop dangereux, grogna-t-il, les dents serrées sur le tuyau de sa pipe. Ce n'est pas une place pour les dames. Trop de ruades, de morsures et de cavalcades dangereuses et prolongées.

Miriam s'assit près de lui. Ayant prévu sa réaction, elle avait préparé sa plaidoirie.

— Je monte à cheval depuis que je suis arrivée, dit-elle avec fermeté. J'aide déjà au rassemblement du bétail, au débourrage et dans les corrals. Tu sais très bien que les femmes sont aussi résistantes que les hommes, ici. Elles n'ont pas le choix.

Il l'étudia un long moment. Dans son visage aussi sec qu'une feuille d'automne, son regard s'alluma soudain.

— Kate m'a prévenu que tu ne lâcherais pas le morceau, marmonna-t-il.

Après avoir pris le temps de rallumer sa pipe, il poursuivit :

— Tu n'as pas tort. Si j'accepte, je ne veux pas la moindre plainte et si tu empêches le dresseur de travailler, ce sera la première et la dernière fois. Je le paie plus cher que les autres et je ne peux pas me permettre de le rémunérer pour t'avoir à l'œil.

Folle d'excitation, elle lui sauta au cou et l'embrassa sur la joue.

— Merci, George, je ne te décevrai pas.

— J'espère bien. Pas un mot à Kate, pour l'instant. Elle me passerait un savon si elle savait que je te laisse y aller alors que je le lui refuse.

— Laisse-la venir avec nous, alors, proposa-t-elle.

— Aucun de nous deux n'ira cette année, dit-il en secouant la tête. Je ne suis plus de la première jeunesse et ma femme n'est pas assez entraînée, quoi qu'elle en pense. Je ne veux pas la perdre, pas après avoir mis tant de temps à la trouver.

Miriam resta éveillée dans la maison silencieuse bien après que George et Kate se furent endormis. Pourtant, elle se leva avant l'aube et prépara ses affaires pour l'aventure. Sa protectrice lui jeta un regard inquisiteur lorsqu'elle la vit finir son petit déjeuner en toute hâte, mais, si George lui avait parlé de sa décision, elle n'en montra rien.

Edward sortit de la grange avec une selle et une couverture.

— Je suppose que vous êtes Miriam ? dit-il. Heureux de vous avoir avec nous, ma'am.

Alors qu'il engloutissait la main de la jeune fille dans la sienne, elle plongea le regard dans des yeux couleur de violettes sauvages, bordés de cils sombres. De plus près, il était encore plus séduisant qu'elle ne l'avait cru, avec son nez long et droit, ses sourcils bien dessinés et sa barbe naissante.

— Bonjour, réussit-elle à articuler.

Il attendit qu'elle ait pris sa propre selle, et l'accompagna jusqu'au corral. Muette, empruntée, mais désireuse d'apparaître décontractée et adulte, elle se creusait la tête pour trouver quelque chose d'intelligent à dire.

— Vous avez un bien étrange chapeau, lança-t-elle enfin alors qu'ils approchaient de la barrière.

— C'est un Stetson, ma'am, expliqua-t-il avec un large sourire. Aucun Texan digne de ce nom ne peut s'en passer.

Furieuse de sentir qu'elle rougissait, Miriam détourna en hâte son visage. Il avait un effet étrange sur elle, accentué par le fait qu'il se tenait tout proche, car elle pouvait sentir l'odeur de sa chemise fraîchement repassée et la chaleur de sa peau. Toutefois, c'était son sourire qui faisait courir des frissons dans tout son corps. Elle comprenait tout à coup la signification de la prose ampoulée des romans à l'eau de rose qu'elle dévorait.

Une fois le ferrage et les paquetages terminés, les conducteurs rassemblés montèrent en selle. Deux chevaux de bât portaient des haches, des pelles, des pinces à levier, du fil de fer barbelé et des mètres de calicot. Dans la mesure où aucun cuisinier ne se joignait au groupe, chaque cavalier devait se débrouiller pour se nourrir. Trois jours environ seraient nécessaires pour atteindre Twelve Mile Creek.

Miriam, qui avait l'habitude de passer de longues heures à cheval, avait toujours apprécié la compagnie et l'humour brut des hommes qui travaillaient à Bellbird. Toutefois, ce voyage-ci se parait d'une sorte de magie, car plus le groupe s'enfonçait dans les vastes plaines de l'outback, plus elle se sentait attirée vers l'homme aux yeux rieurs et à l'accent texan.

Edward Strong montait avec des étriers longs, comme les conducteurs de troupeaux, mais la ressemblance s'arrêtait là. Ses bottes au cuir repoussé, décorées d'abondants motifs, possédaient un petit talon, au contraire de celles des Australiens, ordinaires et plates. Au lieu des pantalons de velours, il portait des pantalons de cuir ou des jeans, maintenus à la taille par une ceinture de cuir très travaillée dont la boucle d'argent comportait au milieu une turquoise. Son chapeau, plus haut et plus large que celui de ses compagnons, s'ornait d'un ruban en peau de serpent, lui-même paré d'une plume d'aigle.

Au fil des trois journées de trajet, Miriam l'observa, admirant l'aisance avec laquelle il montait son cheval hongre et tenait avec souplesse les rênes de sa main gantée. On aurait dit que l'homme et le cheval sortaient du même moule car ils dégageaient la même puissance, malgré leur aspect élancé, et témoignaient de la même noblesse d'allure. Tous deux se fondaient dans le paysage couleur de rouille. Miriam se rendait compte qu'elle était en train de tomber amoureuse et, malgré les avertissements de Kate, se sentait incapable de résister.

Twelve Mile Creek était un cours d'eau transparent dont le lit de sable aux abondantes sinuosités se rétrécissait peu à peu jusqu'à disparaître dans le bush. Même pour un œil inexpérimenté, des traces de chevaux sauvages apparaissaient sur le sol meuble au milieu de celles des émeus, des kangourous et des varans.

La voix profonde et calme de Edward Strong fit soudain taire toutes les conversations.

— Je pense qu'ils ne devraient pas revenir ici avant longtemps. Vous voyez ces marques ? C'est là que les mustangs ont creusé des trous dans le sable pour y retenir l'eau qui se retire.

Relevant son chapeau, il scruta le ciel couleur de plomb. Il n'avait pas plu depuis trois jours.

— Ils vont se déplacer vers des points d'eau plus abondants. Cette crique ne va pas durer très longtemps en dépit des averses récentes.

— Combien de chevaux viennent boire ici, d'après vous ? s'enquit Miriam.

Il la fixa un moment.

— De cinquante à cent, je dirais. Difficile à préciser avec ce terrain piétiné.

Son visage s'illumina soudain d'un sourire qui lui donna un air juvénile.

— Il faut dormir, maintenant, ma'am, car nous nous levons tôt demain matin.

Sentant ses joues s'empourprer, Miriam tourna la tête de côté. On aurait dit qu'il était pleinement conscient de l'effet qu'il produisait sur elle. Elle ne dormit pas bien cette nuit-là, agitation qui n'avait, en réalité, pas grand-chose à voir avec la dureté du sol, sous sa couverture.

Le petit déjeuner, constitué de pain cuit sur la cendre et de thé bouillant, fut avalé en hâte. Le groupe quitta bientôt le camp et explora les autres trous d'eau. Ayant traversé prudemment le bush, les cavaliers se dirigeaient vers un autre abreuvoir éventuel, lorsque Edward leur fit signe de s'arrêter.

— Regardez, murmura-t-il en arrêtant son cheval près de celui de la jeune fille. Là-bas.

Miriam étouffa une exclamation de ravissement. Une quinzaine de chevaux au moins s'ébrouaient au bord du ruisseau, tapant le sol de leurs sabots ou plongeant leur mufle dans l'eau. Bien que couverts de poussière, ils laissaient admirer leur ligne élancée et leurs membres musclés. Ces chevaux représentaient tout simplement l'incarnation de la splendeur animale.

— Allons-nous les attraper maintenant? murmura-t-elle.

Il se pencha de côté et secoua la tête.

— Oh non! dit-il en fixant sur elle ses yeux bleus au regard envoûtant. Nous n'avons pas construit le corral et nous ne réussirions pas à coincer ces bâtards. Mille excuses pour le langage, ma'am, ajouta-t-il en frôlant du doigt son Stetson.

Miriam, qui avait depuis longtemps oublié les leçons apprises à l'institution pour jeunes filles, ne se formalisa pas. Ne sachant que répondre, elle tourna de nouveau les yeux vers les chevaux sauvages.

Le chef étalon, magnifique alezan à robe dorée, orné d'une crinière couleur platine, releva la tête et renifla l'air environnant. Il écarta les narines, coucha les oreilles en arrière et poussa un hennissement aigu pour avertir ses compagnons. Lentement, il fit demi-tour avec une grâce de danseur et rassembla son harem avant de chasser le troupeau au loin. Ses muscles noueux luisant dans le pâle soleil matinal, il laissait flotter derrière lui sa crinière et sa queue, tel un flot argenté. Le nuage de poussière qui s'élevait sous les sabots des animaux dressa soudain un écran devant leurs observateurs.

— Comment allons-nous réussir à les attraper?

Miriam, quoique éblouie par la fluidité presque sensuelle de cet étalon, n'aimait pas l'idée qu'un animal aussi merveilleux soit pris au piège et domestiqué.

Edward ajusta son chapeau, une lueur d'humour dans le regard.

— Ce ne sera pas facile. Les mustangs n'apprécient pas d'être attrapés. Cet étalon les a sans doute déjà emmenés à des kilomètres d'ici.

Il s'essuya le front de sa manche et ajouta:

— Les chevaux ne peuvent se passer de boire; je pense qu'ils ne tarderont pas à revenir, ma'am.

Il fallut toute la journée du lendemain pour construire un enclos juste au pied d'une crête. Le terrain plat qui le séparait du point d'eau le plus proche, situé à moins d'une dizaine de kilomètres, offrait un vaste espace pour galoper librement, et suffisamment d'arbres largement éparpillés pour se cacher. Quand le travail fut terminé, les hommes disposaient d'un large corral, dont le côté tourné vers la plaine, ouvert, était muni de rails coulissants pouvant être rapidement mis en place. Des mètres de calicot, cloués sur deux rangées obliques de poteaux, formaient une sorte de vaste entonnoir qui se rétrécissait vers l'entrée de l'enclos.

Le lendemain matin, tout le paysage était couvert de givre. Le soleil ne se lèverait pas avant deux heures. Miriam, aussi tendue qu'un ressort, sella son meilleur cheval et se dirigea avec les autres vers le bras principal de la rivière.

Edward Strong avait bien préparé son équipe. Alors que le ciel s'éclaircissait, tous les cavaliers s'étaient répartis sur plusieurs centaines de mètres, contre la brise. Sous le couvert des rares arbres, ils attendaient avec une concentration de plus en plus grande, observant les environs à travers la vapeur de leur haleine. Soudain, ils virent deux juments, un poulain et deux jeunes chevaux émerger de l'ombre.

— Pourquoi ne pouvons-nous pas les prendre maintenant ? chuchota Miriam.

Le dresseur posa un doigt sur ses lèvres pour l'inciter à se taire. Il était couché sur l'encolure de sa monture, dissimulé par l'ombre dansante des arbres.

— Patience, articula-t-il en silence.

Miriam obéit, le cœur battant la chamade. Elle s'efforçait de ne pas regarder son compagnon et de ne s'intéresser qu'aux animaux, de plus en plus nombreux.

Émerveillée, elle admira quelques juments accompagnées de leurs derniers poulains, quelques jeunes chevaux et le magnifique alezan à robe dorée. Il s'agissait d'une famille, car l'étalon ne manifestait aucune agressivité envers les autres mâles. Tous les animaux se désaltérèrent avidement, tandis que d'autres groupes de leurs congénères se joignaient à eux. Ils burent jusqu'à ce que leur ventre soit distendu. Leur soif apaisée, ils se mirent à brouter la végétation environnante, sans se rendre compte de la présence des hommes qui les observaient.

Le fouet de Edward retentit soudain.

— Yiha ! hurla-t-il.

Les chevaux détalèrent aussitôt et l'étalon mordit la croupe des juments pour les inciter à accélérer l'allure.

Tous les hommes poussèrent des cris en écho à celui de leur chef et s'élancèrent en même temps. L'étalon galopait dans la direction inverse de celle souhaitée par ses poursuivants. L'un des conducteurs accéléra l'allure pour le devancer et le forcer à entrer dans le cercle. Tous savaient que, s'il n'y parvenait pas, ils perdraient le troupeau, car si le cheval s'échappait, femelles et petits le suivraient.

À sa grande déception, Miriam dut se contenter de suivre les animaux afin de maintenir l'allure des traînards. Dans un bruit de tonnerre, entourée d'un nuage de poussière, elle galopait à fond de train. Son chapeau s'envola et ses cheveux se déroulèrent, flottant derrière elle. Tout à coup, emportée par l'action, elle eut l'impression de ne plus faire qu'un avec le vent, derrière les chevaux en fuite.

Elle avait conscience des mouvements de ses compagnons, forçant les animaux à fuir dans la direction voulue. Ces derniers approchaient rapidement de la crête, au son des cris et des claquements de fouets. Yeux égarés, oreilles couchées et narines béantes, ils filèrent vers l'enclos ouvert, leurs crinières brillant comme des éclairs dans le soleil matinal.

Miriam se joignit aux autres pour faire le plus de bruit possible alors que les chevaux approchaient de l'entonnoir de calicot. Edward avait expliqué qu'il était important de les effrayer au maximum, afin de s'assurer qu'ils restent rassemblés en un groupe compact pour entrer sans s'éparpiller dans l'ouverture du corral.

Tandis que les premiers chevaux pénétraient dans l'enclos, le dresseur vint rejoindre les hommes à l'arrière du troupeau pour inciter les animaux à forcer l'allure. Miriam galopait plus vite qu'elle ne l'avait jamais fait, emportée par l'excitation de chevaucher en harmonie avec les mustangs, ainsi que les appelait Edward.

Alors qu'ils étaient sur le point de pénétrer entre les ailes de calicot, quelques jeunes chevaux comprirent soudain qu'ils tombaient dans un piège. Avec des mouvements désespérés, ils essayèrent de faire demi-tour, hennissant et trépignant de peur.

Cependant, nombre de leurs congénères étaient déjà engagés dans l'entonnoir et les cavaliers autour d'eux faisaient un vacarme assourdissant ; ils ne pouvaient pas s'échapper.

Un à un, ils pénétrèrent dans le corral. Les hommes étaient prêts ; ils firent glisser les rails et fermèrent l'enclos.

Miriam, à bout de souffle et légèrement étourdie, savait qu'elle n'oublierait jamais cette expérience. Elle jeta un coup d'œil à Edward, espérant un compliment de sa part, mais il était encore très occupé.

— Faites le tour de l'enceinte pour les tenir loin de la barrière, hurla-t-il pour se faire entendre dans le brouhaha général. Ils pourraient facilement tout renverser et s'enfuir.

Lorsque, entourés par l'ennemi, les chevaux finirent par se calmer un peu, Miriam se laissa glisser pesamment hors de sa selle.

Le dresseur s'approcha d'elle et cria :

— Pas le temps de se reposer. Vous vouliez travailler, alors faites-le. Restez sur votre cheval jusqu'à ce que les mustangs se soient habitués à vous. Parlez-leur ou chantez-leur un air, mais assurez-vous qu'ils vous voient. Il est important qu'ils se familiarisent au plus vite avec les cavaliers qui doivent les ramener au ranch.

Étouffant une réplique furieuse, Miriam remonta en selle. Aussitôt, elle s'interrogea sur sa propre réaction. Elle ne pouvait, honnêtement, lui en vouloir, car, en dépit de la sécheresse de sa remarque, elle comprenait la logique de son raisonnement. Lorsque, une heure plus tard, les chevaux furent tout à fait apaisés, elle était de toute façon trop épuisée pour se sentir humiliée.

Le rassemblement dura trois jours. Pendant cette période, Miriam, agrippée à sa selle, se montra déterminée à tenir bon. Conservant trop peu de forces pour flirter ou rêvasser, elle sombrait dans le sommeil dès qu'elle se glissait sous sa couverture.

Les étalons furent séparés du reste du troupeau pour éviter tout combat de dominance, et, à part un ou deux spécimens, furent remis en liberté. Miriam et les hommes se préparèrent enfin pour le long voyage de retour. Les chevaux, qui s'étaient considérablement assagis après leur séjour forcé dans le corral, se soumirent tout à fait dès que des congénères domestiques eurent été introduits au sein du troupeau, et se montrèrent prêts à être conduits vers le sud.

La jeune fille et ses compagnons atteignirent Bellbird deux jours plus tard, dans un état de fatigue extrême. Aucun des cavaliers n'avait dormi pendant le voyage de retour, car il leur était impossible de s'arrêter en l'absence d'enclos pour abriter les quelque deux cents animaux dont ils avaient la garde.

Aussitôt arrivée, Miriam remplit la bassine de fer-blanc et prit un bain sans cesser de raconter à Kate combien le voyage avait été passionnant. Elle revint abondamment sur la façon dont Edward avait su capturer les chevaux et les guider adroitement dans le piège de calicot.

Cependant, l'aventure n'était pas terminée car l'Américain devait rester cinq ou six semaines de plus à Bellbird, pour dresser un certain nombre d'animaux, à raison d'environ quatre par semaine.

Miriam, occupée par les tâches quotidiennes qui lui incombaient, s'était vu refuser par Kate et George la possibilité d'assister le dresseur dans sa mission. Elle trouvait néanmoins le temps de le regarder travailler.

Un soir, perchée sur la barrière, elle l'observait tandis qu'il s'occupait de l'un des étalons qu'ils avaient capturés. Il s'agissait de l'alezan à robe dorée et à crinière de platine.

Dans le corral, l'animal, en proie à la panique, fuyait de tous côtés tandis qu'un cavalier, allant et venant devant lui, l'empêchait de s'écarter de la barrière, afin de l'orienter vers un endroit précis du terrain. Finalement acculé, le cheval, essoufflé et tremblant, resta immobile, oreilles couchées, pattes écartées, face aux deux hommes qui s'approchaient lentement de lui. D'un geste sûr, Edward lui passa la longe autour du cou.

L'alezan tenta de reculer, baissant la croupe et poussant sur les talons, tandis que l'Américain l'attirait vers lui.

— Allons, mon gars. Là, là. N'aie pas peur, je ne te ferai aucun mal, murmura-t-il doucement.

Terrifié, l'étalon luttait contre la lanière, secouant la tête et essayant de se cabrer.

Edward tint bon, cramponnant la bride de ses doigts serrés, protégés par d'épais gants de cuir.

— Calme-toi, mon gars. Oui, tu es magnifique, poursuivit-il. Et tu le sais, n'est-ce pas ?

Le cheval, les membres postérieurs écartés, baissa la tête, à bout de souffle. Edward en profita pour lui glisser avec précaution une selle légère sur le dos. Les oreilles couchées, les yeux révulsés et les narines béantes, l'animal ne réagit pas quand il sentit les sangles qui se resserraient.

Miriam se sentait paralysée par l'appréhension. La force réprimée de l'animal était presque palpable ; on aurait dit un ressort près de se détendre. Elle voyait les taches sombres de transpiration sur la chemise du dresseur, tandis qu'il saisissait le pommeau de la selle et s'élançait d'un mouvement souple sur le dos tremblant.

L'alezan se propulsa en l'air, telle une fusée. Il retomba sur le sol de terre avec un bruit sourd, multipliant les ruades en tournant sur lui-même. Le chapeau de Edward s'envola et son assistant écarta vivement sa monture des sabots furieux.

— Ouvre la porte ! s'écria le dresseur qui se tenait solidement en selle.

L'étalon, voyant une chance de s'évader, se précipita aussitôt vers la liberté. C'est alors que les hommes qui attendaient à l'extérieur s'élancèrent derrière lui, afin de l'inciter à changer plusieurs fois de direction pour le faire ralentir.

Miriam, debout sur la barrière, souhaitait que l'Américain soit assez solide et expérimenté pour résister au cheval enragé. Malheureusement, le nuage de poussière soulevé par la cavalcade l'empêchait de voir ce qui se passait. Quel dommage qu'elle n'ait pas sellé sa monture, afin de pouvoir se joindre à l'aventure ! Il était trop tard pour cela.

Au bout d'un temps qui lui parut interminable, la main en visière, elle vit un autre nuage se soulever et remercia le ciel. Un homme à cheval surgissait de l'horizon, reconnaissable entre tous. Edward.

L'alezan, bien qu'épuisé, témoignait toujours de son désir de se libérer. Il ne cessait de trépigner et de ruer chaque fois qu'il avait l'impression que son cavalier faiblissait.

Miriam, oubliant qu'elle était supposée aider Kate à préparer le thé, assista, émerveillée, au moment où l'homme et le cheval se lassèrent de leur mutuelle démonstration de force. L'animal entra dans le paddock la tête basse et se dirigea vers l'abreuvoir. Il but avidement et parut ne prêter aucune attention au dresseur lorsque celui-ci défit les sangles, le délivra de la selle, puis le bouchonna doucement.

La jeune fille s'approcha de Edward qui gravissait la barrière pour sortir de l'enclos.

— Bravo, dit-elle doucement. Je pensais que vous étiez fichu !

Il repoussa son chapeau pour s'essuyer le front. Ses yeux bleus brillaient d'amusement en dépit de la fatigue qui se lisait sur son visage.

— C'est un beau mustang, ma'am, déclara-t-il.

Sa voix devint soudain plus veloutée.

— Pourtant, il ne faut pas que nous nous montrions trop durs avec lui, car il serait dommage de briser tout à fait un tel tempérament.

Leurs regards se rencontrèrent, comme par magie, car, à l'instar du bel alezan à robe dorée, Miriam était tombée sous le charme du dresseur.

12

Fiona, allongée près de sa sœur, fixait le plafond de leur ancienne chambre à coucher. Il était étrange de partager un lit avec Louise après tant d'années, mais, puisque Ralph était parti, elle n'était plus obligée de dormir dans la véranda.

— Je n'arrive pas à croire que Mim est en train de mourir, murmura-t-elle. Rien ne sera plus pareil une fois qu'elle aura disparu.

— Je sais, répondit sa sœur. Cet endroit a toujours été une seconde maison, mais…

Pas besoin de préciser ce qu'elle voulait dire, songea Fiona. Bellbird, c'était Mim. Il était tout simplement impossible d'imaginer ce lieu sans elle ; impossible d'imaginer que cet été pouvait être le dernier.

— Mim sait y faire, il faut lui reconnaître ça, admit-elle. Cette déclaration à propos de son règlement de compte nous a bien changé les idées.

Se retournant nerveusement, elle soupira. La nuit était tiède et Louise avait toujours dégagé beaucoup de chaleur.

— Tu crois que nous avons une chance de retrouver les actes ? reprit-elle.

— Qui sait ? Notre grand-mère en a toujours voulu aux Dempster et je la comprends, mais nous ne savons pas exactement ce qui est vrai ou non. Elle était enfant quand tout cela est arrivé et elle n'a pour seuls éléments que ce que Kate lui a raconté.

Louise s'interrompit un moment.

— Pourtant, j'aime l'idée que ces documents se trouvent quelque part, poursuivit-elle. Mim serait tellement heureuse d'avoir raison !

— Mmmm. Seulement, il y a des tonnes d'affaires à fouiller et elle est tellement malade que nous pourrions ne pas avoir assez de temps.

Fiona décida soudain de chasser ces pensées démotivantes et regarda sa sœur.

— En tout cas, tu t'es montrée vraiment courageuse cet après-midi. Ralph était furieux.

Louise passa la main dans ses cheveux courts.

— Je voulais juste rester ici, il n'y a rien de remarquable là-dedans.

La lumière blême de la lune donnait à son visage un teint blafard.

— J'ai vu ton air quand tu t'es rendu compte de ce que tu avais dit, insista sa sœur. Pourquoi as-tu tellement peur de lui ?

Une pensée terrible lui traversa soudain l'esprit.

— Il ne te tape pas dessus, n'est-ce pas ?

— Non, il n'a jamais levé la main sur moi, dit Louise avec un soupir tremblant ; il n'a pas besoin d'en arriver là.

Une larme isolée apparut sur ses longs cils et coula en zigzag sur sa joue amaigrie.

— Oh, ma chérie, s'écria Fiona. Qu'est-ce qu'il a fait de toi ?

— Rien. Ralph est un bon mari ; je ne sais pas pourquoi vous pensez tous que c'est un ogre.

Fiona lui tourna le dos, exaspérée ; un moment, elle avait cru pouvoir parler à cœur ouvert.

— Nous avons déjà eu cette conversation, coupa-t-elle.

— Ne sois pas comme ça, Fi, supplia Louise en lui frôlant le bras. Je suis désolée de m'être montrée aussi désagréable l'autre jour, mais tu m'as prise à chaud et j'ai eu un réflexe d'autodéfense.

— Pourquoi ? Tu n'as aucune raison de te défendre, ni de défendre Ralph. Tu es ma sœur, mon amour pour toi est inébranlable.

Elle se retourna et regarda Louise dans les yeux.

— Est-ce que tu ne comprends pas que c'est parce que nous sommes inquiets que nous t'ennuyons avec tout cela ? Je n'aime pas te voir aussi maigre et visiblement malheureuse. Pourquoi restes-tu avec lui ?

Sa sœur enfouit son visage couvert de larmes dans l'oreiller.

— Il m'a tellement apporté ! Il a fait de moi ce que je suis et m'a enseigné tant de choses ! J'ai peur de le quitter, Fi. Pas à cause de ce qu'il pourrait faire, mais parce que je serais perdue sans lui.

Plongée dans un tourbillon de pensées, Fiona ne répondit rien. Louise se trouvait dans une situation terrible, mais, tant qu'elle ne prendrait pas conscience de sa propre valeur, elle n'aurait pas le courage de briser ce mariage déstabilisant. Que Ralph la batte ou non, par ses remarques blessantes, par le fait qu'il la rendait dépendante de lui sur tous les plans, il avait déjà accompli sur elle un considérable travail de démolition.

— Je sais que tu ne comprends pas, dit Louise doucement, mais je l'aime. C'est mon roc, la seule personne dont je sais implicitement qu'elle ne me laissera jamais tomber.

Elle releva la tête, le coude sur l'oreiller.

— Il m'a dit une fois que, si je le trompais, il me tuerait, et se tuerait ensuite. C'est un grand amour, Fiona. Je n'aurai jamais la chance d'en rencontrer un autre tel que celui-là.

Sa sœur choisit de garder son opinion pour elle-même. Ralph savait à coup sûr manier le chantage affectif ; toutefois, selon elle, ces paroles n'étaient que du vent. Intelligent et manipulateur, il l'était indéniablement, mais candidat au meurtre et au suicide, sûrement pas. Fondamentalement, c'était un lâche, comme tous les tyrans.

— Promets-moi seulement une chose, commença-t-elle.

— Quoi ? répliqua Louise d'un ton las.

— Promets-moi que tu vas réfléchir à ce que je t'ai dit. Nous sommes à Bellbird. Tu as la possibilité de dresser un bilan, de vivre hors de son ombre. Tu vas découvrir que l'existence n'est pas si compliquée sans lui, pas avec la famille à ton côté.

Sa sœur renifla en lui tournant le dos.

— Bonne nuit, murmura-t-elle.

Fiona, les yeux ouverts dans la lumière de la lune qui baignait la pièce, ne réussissait pas à trouver le sommeil. Elle ne voyait pas ce qu'elle pouvait faire de plus pour l'instant mais, peut-être, au cours des prochains jours, la force de l'amour véritable et désintéressé de sa famille pousserait-elle sa sœur à s'interroger sur les raisons qui l'incitaient à prolonger ce mariage, dans lequel, progressivement, elle se dissolvait au point de disparaître tout à fait.

Bellbird était enveloppée dans un voile de brume matinale. Jake sortit de la cabane et s'étira en regardant Éric filer dans l'herbe haute. Il inspira avec délice l'air frais qui parut un instant libérer son esprit de ses préoccupations. La recherche des actes pouvait prendre un certain temps. S'ils étaient retrouvés – ce dont il doutait –, il n'aurait pas le moindre scrupule à soutenir Mim jusqu'au bout. Toutefois, elle lui avait clairement exprimé son désir d'agir, quoi qu'il arrive. Il lui fallait donc préparer les documents nécessaires et les envoyer à la Cour, ce qu'il ne pouvait faire qu'à Brisbane.

Passant la main sur son menton, il fit une grimace. Il avait besoin de se doucher et de se raser, ce qui l'aiderait sans doute à éliminer les brumes de son cerveau sans repos. Muni de sa serviette et de son nécessaire de toilette, il se dirigea vers la salle de bains du personnel, à l'arrière du réfectoire. Debout sous le puissant jet d'eau chaude, il laissa son énergie revenir ; pourtant, son esprit refusait de se détendre. En soupirant, il ferma le robinet et enroula une serviette autour de ses hanches.

Après avoir désembué le miroir, il entreprit de se raser. Son court séjour à Bellbird avait ravivé des souvenirs de sa jeunesse, en particulier ceux relatifs à sa mère et à sa grand-mère. Miriam, malgré sa langue acérée et son autorité excessive, s'était insinuée dans son cœur, au point qu'il s'était senti réellement secoué par la nouvelle de sa maladie. Indéniablement, il semblait voué à perdre les êtres auxquels il tenait le plus.

Sa main s'immobilisa tandis qu'il fixait son reflet dans le miroir. Pourquoi attachait-il tant d'importance à une étrangère ? Plus précisément, pourquoi laissait-il Mim et sa famille lui compliquer la vie ? Son existence lui convenait, avant qu'il ne vienne à Bellbird. Sa carrière progressait comme il fallait et, depuis l'année précédente, il avait été promu au rang d'associé. Pourtant, il se trouvait maintenant sur le point de tout gâcher, juste par égard pour une vieille femme récalcitrante qui n'aurait probablement même pas l'idée de le remercier, une fois le désastre accompli.

Il secoua la tête et reprit son rasage.

Alors qu'il sortait du bâtiment, tout à coup conscient du fait que Miriam ne serait pas la seule personne qui allait lui manquer, il tomba sur Fiona qui l'attendait à l'extérieur.

— Bonjour, marmonna-t-il avec un sourire figé, en resserrant la serviette autour de sa taille, avec la prière fervente qu'elle reste en place.

— Comment va ? s'enquit-elle tandis que son regard inspectait l'avocat en détail.

— Bien, bégaya-t-il en essayant de passer à côté d'elle, afin de l'inciter à s'écarter.

Pourquoi les femmes de cet endroit avaient-elles l'art de le mettre dans des situations inconfortables ? pensa-t-il, en se débattant avec son nécessaire de toilette, sa serviette et son pantalon de pyjama sous le bras. Il aurait pu se douter qu'il se ferait surprendre, pourquoi diable n'avait-il pas pensé à se rhabiller un peu ?

La jeune femme lui bloquait le chemin, plissant les yeux dans le soleil matinal en essayant visiblement de ne pas rire de son embarras.

— Vous vouliez peut-être me parler ? suggéra-t-il rapidement. Mais je suis un peu pressé, voyez-vous.

— Mim voudrait vous voir, répliqua-t-elle. Cependant, je suggère que vous vous habilliez avant. N'oubliez pas que les délicates âmes féminines forment une majorité écrasante, dans cette maison.

— Je suggère alors que vous me laissiez passer pour pouvoir épargner au plus vite votre exquise sensibilité, susurra-t-il en gardant son sérieux.

Une fois habillé et chaussé, il se dirigea vers la demeure, un sourire sur le visage. Fiona avait beau lui avoir dit qu'elle n'était pas impressionnée, il avait remarqué la lueur d'appréciation de son regard tandis qu'elle l'inspectait de la tête aux pieds. Peut-être la situation n'était-elle pas si noire, après tout.

La famille était réunie dans la cuisine autour de la table. À son entrée, Miriam fixa sur lui un regard sérieux.

— J'aurais besoin de vous parler dans l'autre pièce dès que vous aurez pris votre petit déjeuner, dit-elle.

Une heure plus tard, Jake, après avoir chargé ses bagages dans le pick-up, avait repris la route. Alors qu'il refermait le dernier portail derrière lui, il jeta un coup d'œil au paquet posé sur le siège à côté d'Éric, espérant simplement qu'il saurait se montrer digne de la confiance qui lui était manifestée.

La famille consacra la semaine suivante à fouiller une quantité inouïe de boîtes diverses. Miriam, qui avait retrouvé des lettres et des photos qu'elle avait oubliées, avait passé du temps à les regarder et à expliquer ce qu'elles représentaient aux membres de sa famille, en laissant affluer les souvenirs. Surprise de constater qu'une grande partie des affaires retrouvées lui appartenait, elle avait le sentiment de déterrer un coffre rempli des trésors de sa mémoire.

Elle avait ainsi récupéré un vieil album de photos où figuraient des clichés d'un camp de mineurs et de personnages depuis longtemps disparus ; des journaux intimes relatant sa vie passée à Sydney ; et d'autres carnets, rédigés à Bellbird au cours de la Première et de la Seconde Guerre mondiale. Elle mit tous ces écrits de côté pour les lire plus tard. Ses proches n'avaient pas besoin de connaître tous les détails intimes de ses épreuves, les souffrances et les chagrins endurés pendant ces années noires. Au cours de ses longues nuits solitaires, elle n'avait eu alors, pour seule consolation, que le papier auquel elle pouvait se confier.

Chloé, le regard embué, avait déplié le papier de soie qui enveloppait de minuscules affaires de bébé rangées dans un coffre. Elle s'extasia sur les premières chaussures de ses filles, sur leurs robes de baptême et sur le châle cotonneux et léger qui les avait si souvent enveloppées. Fiona et Louise avaient déterré des jouets anciens, discutant âprement sur leur appartenance et ressuscitant ainsi les disputes similaires qui les opposaient lorsqu'elles étaient enfants.

Assis au milieu de ce chaos, Léo, un verre de cognac à son côté, parcourait avec un plaisir intense de vieux journaux proclamant la mort de la reine Victoria, l'abdication de Edward VIII et le couronnement de George VI.

— Ils couvrent un siècle entier, déclara-t-il en tournant délicatement les pages d'un numéro publié pendant la guerre. Vous devriez les conserver comme il faut, Mim. Ils auront peut-être de la valeur un jour.

— Prends-les si tu veux, répondit-elle. Ils ne me serviront pas.

— Regardez ce que j'ai trouvé, s'écria Louise en soulevant une boîte qui reposait au fond d'une malle. Je me demande ce qu'elle contient.

Miriam se pencha en avant, reconnaissant la boîte qui avait autrefois contenu des chocolats.

— Elle est à moi, dit-elle en tendant la main pour la prendre. J'y gardais mes trésors. Je ne me souvenais pas de l'avoir rangée au grenier.

— Ouvre-la, demanda Fiona avec curiosité.

Miriam souleva le couvercle, avec une bouffée de tristesse. Les lettres étaient toujours là, nouées avec un ruban et jaunies par les années. Elle les souleva et les leva jusqu'à son visage, respirant un lointain parfum de lavande, celui du sachet qui les accompagnait.

— Qu'y a-t-il d'autre ?

Louise était venue s'agenouiller près d'elle.

Miriam posa les précieuses missives sur ses genoux, ne sachant si elle aurait le courage de les relire, car elles ne feraient que lui rappeler l'angoisse, le désespoir, l'aboutissement dévastateur de cette spirale de vie qui entraînait tous les humains.

— Voici qui pourrait vous intéresser, dit-elle en soulevant un petit paquet.

La couleur du ruban avait passé et le papier épais des enveloppes s'effritait au toucher.

— Faites attention, elles sont très fragiles, prévint-elle alors que Louise tendait la main pour les prendre.

— Bon sang! s'exclama Fiona dès que le contenu des enveloppes fut révélé. Elles doivent valoir une petite fortune, Mim. Pourquoi diable les as-tu cachées pendant toutes ces années? À une vente aux enchères, cela peut atteindre des centaines de milliers de dollars!

Miriam remit les objets à leur place.

— Elle ont déjà été payées au prix le plus fort qui soit, déclara-t-elle.

Avec précaution, elle caressa le papier friable qui la ramenait à une époque où la vie lui avait paru éternelle. Elle était alors si jeune, si heureuse! Pourtant, les ombres menaçantes, noircissant déjà le ciel, allaient bientôt plonger son univers dans la nuit.

Edward resta à Bellbird pendant presque huit semaines. Ses échanges avec Miriam se limitèrent à quelques propos mondains et regards timides lorsqu'ils travaillaient ensemble, car Kate et George, exerçant une surveillance étroite, veillaient à ce qu'ils ne se trouvent jamais seuls. Inexorablement, le contrat du dresseur de chevaux s'acheminait vers son terme.

La veille de son départ, Miriam attendit que Kate soit occupée à la cuisine et que George s'installe dans la véranda pour fumer sa pipe. Elle brossa ses cheveux jusqu'à ce qu'ils brillent comme l'aile d'un corbeau, puis sortit par la fenêtre et courut pieds nus sur l'herbe jusqu'au paddock situé derrière les écuries.

Son comportement contrevenait aux règles les plus élémentaires, mais, d'une part, il fallait qu'elle sache si Edward éprouvait les mêmes sentiments que les siens et, d'autre part, elle ne voyait qu'une façon de s'en assurer : le lui demander.

Le dresseur était assis sous un eucalyptus ; le Stetson repoussé en arrière, il fumait un cigarillo en regardant paître les chevaux. Dès qu'il vit Miriam surgir devant lui, il se leva.

— Bonsoir, ma'am, fit-il en touchant du doigt de bord de son chapeau.

Il laissa tomber à terre son mégot et l'écrasa du talon.

Miriam hésita. Allait-elle se rendre complètement ridicule ? Edward semblait vaguement content de la voir, mais cela suffisait-il ? Enfonçant les mains dans les poches de son pantalon de travail, elle décida qu'elle n'avait rien à perdre d'autre que sa fierté. Mieux valait connaître la vérité et en terminer avec la morsure du doute.

— Je suis venue vous dire au revoir, articula-t-elle enfin.

— C'est vraiment très gentil à vous, ma petite dame, répliqua-t-il.

D'un geste, il l'invita à partager le tapis herbeux qui s'étendait sous l'arbre.

— Asseyez-vous et bavardons un moment ; si cela vous convient, bien entendu, ajouta-t-il en la regardant droit dans les yeux.

Miriam, qui sentit son pouls s'accélérer, était certaine qu'il entendait son cœur cogner dans sa poitrine. Les yeux baissés, elle se frotta les mains sur son pantalon rugueux.

— Cela me convient.

Il eut un petit rire et s'étendit de nouveau, appuyé sur un coude. Dans l'ombre qui s'épaississait, ses yeux prenaient une nuance violette.

— Nous n'avons pas eu beaucoup d'occasions de nous parler jusqu'ici. Ne trouvez-vous pas que c'est dommage ? demanda-t-il.

Elle le vit lever un sourcil et observa la façon dont sa bouche remuait lorsqu'il parlait.

— Si. Reviendrez-vous ici ? s'écria-t-elle soudain en arrachant distraitement quelques brins d'herbe qu'elle tortilla entre ses doigts.

Il posa sur elle un regard scrutateur, en gardant un instant le silence.

— Je suis un nomade, Miriam. Juste un vaurien qui sait vaguement s'y prendre avec les mustangs. Il vaut mieux que nous nous arrêtions là, reprit-il en posant sa main sur la sienne pour apaiser son geste nerveux.

La jeune fille, comprenant le sens de cette fin de non-recevoir, eut le sentiment que son cœur allait se briser.

— Vous savez ce que j'éprouve, n'est-ce pas ? s'exclama-t-elle. Je suis désolée de me montrer aussi idiote, mais je pensais que la réciproque était vraie.

— Je n'ai jamais dit le contraire, murmura-t-il, mais je ne suis pas vraiment ce qu'on peut qualifier de « recommandable ».

Elle sentait son visage tout proche du sien.

— Votre mère et votre père sont méfiants à mon égard et je les comprends, poursuivit-il. Je suis un vagabond, qui n'aime rien tant que la liberté. Vos parents ont d'autres projets pour une jeune fille comme vous.

Soulevant le menton de Miriam dans ses mains, il approcha son visage du sien jusqu'à ce qu'ils ne soient plus séparés que par un souffle.

— Ce qu'ils pensent m'est indifférent, chuchota-t-elle, je veux simplement être avec vous.

Il lui donna un baiser furtif et s'écarta. Puis il se releva, claqua son chapeau sur sa jambe et le plaça de nouveau sur sa tête.

— Cela ne m'est pas indifférent, à moi, dit-il en détournant la tête. Il ne sert à rien d'essayer de changer la donne, Miriam. Je ne suis pas encore prêt à me poser.

La jeune fille posa un doigt sur ses propres lèvres, comme pour y maintenir le baiser qu'elle avait reçu. Elle avait l'impression d'avoir été marquée au fer rouge.

— Vous éprouvez donc un sentiment pour moi ? insista-t-elle.

— Indéniablement ! répondit-il d'une voix rauque.

Soudain, se montrant affairé, il lui prit les mains et la releva d'un geste.

— Cependant, nous nous en remettrons tous les deux, conclut-il fermement avant de s'éloigner.

Six mois plus tard, Kate, installée dans la véranda, terminait la dernière de ses lettres afin qu'elles puissent arriver avant Noël. Elle écrivait souvent à ses nombreux frères et sœurs, éparpillés dans le monde. Ils étaient mariés maintenant, sauf le benjamin, qui venait d'être ordonné prêtre. Quel dommage que Ma et Pa ne soient plus en vie : ils auraient été fiers de leur progéniture.

Tous avaient laissé les taudis de Dublin loin derrière eux. Suivant l'exemple de Kate, ils avaient quitté leur pays. Trois des filles s'étaient installées en Amérique, deux autres au Canada et l'un des garçons était devenu un maître charpentier réputé de Londres. Une dernière sœur, qui avait épousé un Italien, tenait un hôtel à Venise en s'occupant de ses nombreux enfants.

Immobile, les lettres nettement empilées, Kate se retourna sur toutes les années écoulées depuis qu'elle était partie de la maison paternelle ; sur son ascension du rang de servante à celui d'associée d'un négociant en pierres précieuses ; sur son passage du statut de célibataire à celui de maîtresse de Bellbird. La vie lui avait tellement donné !

La richesse lui avait bien facilité la vie, à la mort d'Isaac, mais elle n'avait pas atténué son sentiment de solitude. Après la disparition inattendue de Henry, elle avait reporté tout son amour sur Miriam, sa fille. Puis George était entré dans leur vie et lui avait fait comprendre qu'elle n'avait jamais vraiment aimé auparavant – pas aussi profondément, aussi complètement. Son seul regret, la seule profonde douleur qui refusait de la quitter, était de ne pas avoir donné d'enfant à son époux.

Elle parcourut du regard ce qui l'entourait. Bellbird était devenue son sanctuaire, son foyer et, parce que la vie s'y déroulait de façon ordonnée et paisible, elle ressentait périodiquement un désir d'aventure. Il y avait tellement d'endroits qu'elle n'avait pas encore vus et explorés, tellement de voyages à accomplir ! Au cours des dernières semaines, elle s'était rendu compte que la station menaçait de devenir sa prison. Elle avait alors commencé à faire des projets ; mais elle avait décidé de ne les révéler que lorsque leur concrétisation serait inéluctable.

George serait muet de surprise quand elle lui montrerait ce qu'elle avait prévu. Quelle joie, se dit-elle soudain, à l'idée de pouvoir à nouveau faire des achats dans une grande ville ! Elle, qui n'aimait rien tant que s'acheter des vêtements, des chaussures et des chapeaux, devrait renouveler entièrement sa garde-robe. Peut-être n'y avait-il rien à dire contre le fait de se promener toute la journée dans des vêtements de travail, mais cela ne ferait pas de mal de pouvoir se sentir de nouveau une femme élégante.

Un mouvement dans son champ visuel attira son attention. C'était Mim, qui transportait des seaux d'eau aux écuries, la tête basse et les épaules affaissées.

Elle soupira. Si seulement l'amour à cet âge était moins douloureux ! Après six mois de torture, Mim allait sûrement se rendre compte que cela n'aurait jamais pu marcher entre Edward et elle. Il fallait reconnaître à ce jeune Américain qu'il avait fait preuve de sagesse en la repoussant avant de partir. L'année prochaine, ils loueraient les services d'un autre dresseur, plus âgé, avec femme et enfants.

Kate quitta l'ombre de la véranda afin d'aller arracher les mauvaises herbes du potager en compagnie de Miriam, quand toutes deux entendirent un cavalier approcher.

La main en visière, la jeune fille vit le cheval ralentir progressivement. Ce ne fut que lorsque l'arrivant échappa à la réverbération de la lumière qu'elle le reconnut.

— Edward, articula-t-elle poliment. Nous ne vous attendions pas.

Il mit pied à terre et ôta son chapeau.

— Il fallait que je revienne, ma'am, dit-il à Kate.

Il posa alors son regard sur Mim qui se tenait près d'elle.

— Vous voyez, j'ai laissé quelque chose de très précieux derrière moi, reprit-il.

Prête à renvoyer le nouveau venu, Kate, jetant un coup d'œil à Miriam, remarqua l'espoir qui se lisait dans ses yeux et la joie qui lui rosissait les joues. Elle resta alors silencieuse. Mim était assez grande pour faire ses propres choix.

— Nous vérifions le dortoir assez régulièrement, déclara la jeune fille avec hésitation ; nous n'y avons remarqué aucun objet de valeur.

— J'ai retrouvé ce que j'avais perdu et qui se trouve, à cet instant, juste devant moi.

Elle leva le visage vers lui.

— Oh ! fut tout ce qu'elle réussit à dire.

— Miriam Beecham, je suis revenu pour vous. Je ne peux pas vous promettre que la vie sera facile à mes côtés, mais je vous aimerai et vous chérirai jusqu'à ma mort.

Des reflets s'allumèrent dans ses cheveux tandis qu'il s'agenouillait dans la poussière et lui prenait les mains.

— Voulez-vous m'épouser, Miriam ? Acceptez-vous de me faire confiance et de me rendre heureux ?

Elle tituba, le visage inondé de larmes, et posa une paume contre la joue rugueuse.

— Oui, balbutia-t-elle, oh oui !

Alors qu'ils s'embrassaient, Kate s'éloigna. Elle ne leur manquerait pas, se dit-elle en rentrant dans la maison. Soudain, envahie par l'émotion, elle sentit les pleurs affluer à ses yeux, car le moment auquel elle venait d'assister lui rappelait la scène au cours de laquelle son cher époux avait sollicité son consentement.

— Edward est revenu, annonça-t-elle à ce dernier, installé dans la véranda arrière. Il l'a demandée en mariage et ils se bécotent dans le potager.

George se donna une tape sur la cuisse en s'esclaffant.

— Bravo ! s'exclama-t-il. Je savais que ce garçon était futé !

Il laissa tomber le journal qu'il lisait et se leva.

— Cela mérite d'être fêté. Fais sauter le bouchon de champagne, Kate !

— Tu ne crois pas que tu vas un peu trop vite ? demanda-t-elle. Edward est un dresseur de chevaux. Mim risque de se retrouver seule pendant qu'il ira de ferme en ferme pour son travail, ou de devenir une bohémienne comme lui. Ce ne sera pas une vie pour elle. D'ailleurs, elle est beaucoup trop jeune.

George lui caressa la joue.

— Je n'oublierai jamais l'expression de ton visage à ton arrivée ici, dit-il doucement. J'avais tellement peur que tu fasses demi-tour et que tu t'en ailles.

Lui soulevant le menton, il l'obligea à lui rendre son regard.

— Mais tu ne l'as pas fait. Mim et toi avez relevé vos manches et vous avez fait de votre mieux. C'est ce qu'elle fera à son tour.

Kate détourna ses yeux inondés de larmes.

— Je suppose que tu as raison, mais j'espérais mieux pour elle.

George lui enlaça la taille et la serra contre lui.

— Tu parles du fils Taylor ?

Elle sentit un rire gronder dans sa poitrine.

— Cela n'aurait mené à rien, ma chérie. Les Taylor souhaiteraient que leur rejeton épouse la fille Pearson, car les domaines des parents sont adjacents.

Kate s'écarta de lui.

— Voilà bien les hommes ! Vous n'avez pas un atome de romantisme dans l'âme. Alliances, terres, association de biens... Ma fille veut épouser un vagabond texan !

— Chut, Kate, lui chuchota-t-il à l'oreille. Si c'est ce qu'elle désire, nous devons lui donner notre bénédiction. Elle est devenue ma fille aussi, tu sais, et je ne veux plus la voir aussi malheureuse qu'elle l'a été au cours des six derniers mois.

Il prit son mouchoir et essuya les pleurs de sa femme.

— Allons, viens, fêtons cela et organisons une noce de Noël.

À la grande déception de Kate, les jeunes gens ne voulurent pas d'un grand mariage en ville. Ils souhaitaient qu'un prêtre vienne officier à Bellbird. Les parents de Edward déclinèrent l'invitation qui leur avait été adressée, en raison des difficultés que représentait un tel voyage, mais compensèrent leur absence par l'envoi d'un énorme paquet. Il contenait deux selles mexicaines, fabriquées à la main et ornées d'un pommeau d'argent, qui suscitèrent l'admiration des conducteurs de troupeaux.

La véranda, croulant sous les rubans et les fleurs, avait été parée d'un tapis rouge. À l'une des extrémités avait été dressé un petit autel, devant lequel s'étalaient des rangées de chaises dépareillées. Le lunch suivant la cérémonie aurait lieu sur l'herbe, sous la protection du vaste flamboyant, et le bal se déroulerait sous un petit chapiteau dressé pour l'occasion.

Miriam, tout de blanc vêtue, contempla Edward tandis qu'il prononçait son serment et lui passait l'alliance au doigt. Sa robe avait été spécialement fabriquée à Sydney, ainsi que les chaussures de satin et le voile de tulle. Elle portait un petit bouquet de roses du jardin de Kate, encore couvert de gouttes de rosée en dépit de la chaleur qui ne cessait de croître.

Regardant dans les yeux l'homme qu'elle aimait, elle prononça son serment. C'était avec lui qu'elle allait vivre et vieillir, avec lui qu'elle aurait des enfants. Son amour était si fort qu'il la bouleversait parfois jusqu'à la souffrance.

Il y avait une foule d'invités, car un mariage dans l'outback représentait une occasion de revoir de vieux amis, d'en rencontrer de nouveaux, d'échanger des potins et de trouver un bon parti pour les enfants. Le cœur de l'Australie représentait un vaste monde, mais la communauté qu'il abritait, très réduite, se révélait étroitement liée.

Une fois le champagne bu et le gâteau coupé, Edward conduisit Miriam sur l'estrade dressée sous le chapiteau. Les musiciens entraînèrent bientôt les danseurs qui s'en donnèrent à cœur joie. Il fallut attendre presque quatre heures du matin pour que Kate puisse faire son annonce surprise.

— Puisque M. et Mme Strong ont décidé de ne pas faire de voyage de noces, commença-t-elle, j'ai pensé que nous devrions les laisser en paix un certain temps. Je dois donc faire maintenant part de mes projets à mon époux.

Elle se tourna vers George qui se trouvait près d'elle et essayait de retrouver son souffle après une polka particulièrement endiablée.

— Nous allons quitter Bellbird pendant deux ans, sachant que Mim et Edward en prendront grand soin en notre absence.

— Quitter Bell... bafouilla son mari. Où veux-tu que nous allions pendant deux ans, femme ? Quels plans tortueux as-tu concoctés dans ta petite tête d'Irlandaise, hein ?

— Tu le sauras bien assez tôt. Maintenant, tais-toi et laisse-moi terminer.

Cette déclaration, accueillie par des rires et des hourras, déclencha une nouvelle tournée de champagne. Il fallut un certain temps avant que Kate ne réussisse à obtenir de nouveau le silence.

— Il y a trop longtemps que je n'ai pas vu ma famille, reprit-elle. Nous quitterons le port de Sydney dans trois semaines et visiterons Singapour, Ceylan, Aden, Port-Saïd et Lisbonne, où nous débarquerons pour traverser l'Espagne. Après avoir visité le sud de la France et Venise, nous nous rendrons à Londres pour voir mes frères. De là, nous irons en Irlande pour une courte pause, avant de retourner à Londres pour un rendez-vous particulièrement important.

Elle sourit au visage ahuri de son mari.

— Nous nous rendrons alors en Amérique non seulement pour voir ma famille, mais également celle de Edward. Buvons à l'avenir ! dit-elle en levant son verre. À la vie !

Miriam et son époux rejoignirent George, muet de stupéfaction.

— Quand as-tu organisé tout cela ? demanda la jeune mariée.

— J'avais commencé bien avant que Edward ne revienne, répliqua Kate en s'esclaffant. Je me suis soudain rendu compte que je n'avais pas vu tout ce que je voulais voir, ni fait tout ce que je voulais faire.

— Mais, l'argent? protesta George. Tout cela doit coûter une fortune?

— Tu n'emporteras pas l'argent dans la tombe, répondit-elle. Pourquoi ne pas nous amuser tant que nous le pouvons? Nous ne savons jamais ce qui nous attend.

— Quel est ce rendez-vous particulièrement important à Londres? s'enquit Mim. Ou bien, est-ce un secret, uniquement destiné aux oreilles de George?

Kate sirota son champagne, prolongeant leur attente avec délectation. Lorsque les protestations s'élevèrent, elle posa sa coupe et ouvrit le petit sac emperlé qu'elle avait au poignet. Avec une arabesque du bras, tel un magicien, elle en sortit triomphalement une enveloppe et deux billets.

— Nous irons en Amérique sur un bateau tout à fait exceptionnel, s'écria-t-elle avec fierté, le *Titanic*.

13

Mim rangea dans la boîte de chocolats les cartes postales et les lettres que Kate et George avaient envoyées à la maison pendant leur long périple, puis en referma le couvercle.

— Je me souviens à quel point Edward et moi étions excités chaque fois que nous les recevions, expliqua-t-elle. Ils avaient visité tellement d'endroits et effectué tant de rencontres au cours de leur voyage, que ces témoignages sont irremplaçables. Ils proviennent d'un âge qui, malheureusement, est bien révolu.

— Le papier à en-tête du *Titanic* vaut une fortune, Mim, protesta Louise. Si tu ne veux pas vendre ces lettres, veille au moins à ce qu'elles soient assurées et range-les dans un endroit où elles seront en sécurité.

Miriam posa la boîte sur la table, à côté d'elle.

— Elles sont probablement couvertes par l'assurance de la propriété, mais comme personne ne sait que je les ai et que nous vivons au milieu de nulle part, j'ai peu de chances d'être cambriolée. Quand ce sera votre tour de vous en occuper, vous pourrez agir à votre guise.

Elle s'interrompit un instant.

— En fait, si cela vous inquiète, pourquoi ne les emportez-vous pas avec vous à Brisbane ? Elles vous appartiennent, de toute façon.

Louise blêmit.

— Ce n'est pas du tout ce que je voulais dire.

Léo vint à la rescousse de sa fille.

— Je crois que nous nous sentirions tous plus tranquilles si elles étaient placées dans un coffre ou quelque part en sécurité, décréta-t-il. Les feux sont fréquents dans le bush, comme vous le savez.

Tout à coup, Miriam en eut assez de cette conversation.

— Je suggère que nous rangions cette malle et que nous la remettions au grenier. Il s'agit visiblement de mon fouillis et, à moins que vous ne vouliez quelque chose en particulier, tout cela peut rester là-haut.

Un ours en peluche râpé fut récupéré par Louise et deux livres, par Fiona. Léo empila soigneusement les vieux journaux et les enveloppa dans du papier d'emballage. La malle fut ensuite traînée dans le couloir, en attendant que Frank puisse aider Léo à la hisser en haut de l'échelle pour la remettre à sa place.

— Bien. Pourquoi ne sortez-vous pas vous aérer un peu, suggéra Mim. J'ai besoin de me reposer et nous en avons fait assez pour aujourd'hui.

Chloé s'inquiéta immédiatement.

— Tu ne te sens pas bien, maman ? Je t'avais dit que c'était trop fatigant pour toi.

— Pas du tout, mentit Miriam. Je me sens parfaitement bien. C'est une journée magnifique, alors pourquoi Léo et toi n'allez-vous pas faire une promenade, comme lorsque vous vous fréquentiez ? Quant à vous, ajouta-t-elle en se tournant vers ses petites-filles, il y a un ou deux chevaux qui ont besoin de faire de l'exercice. Allez-vous-en et laissez-moi en paix. Nous mangerons les restes d'hier pour le thé, ce qui fait que nous pouvons le prendre à n'importe quel moment.

Attendant que les protestations se soient tues, la vieille dame, sentant que sa proposition plaisait à tous, éprouva un sentiment de satisfaction : elle avait trouvé un moyen adroit de recouvrer un peu de tranquillité.

Lorsqu'ils furent sortis, elle prit deux autres comprimés qu'elle avala avec un doigt de whisky. Le mélange était probablement létal, mais peu importait ; n'était-elle pas déjà en train de mourir ?

Sa chambre à coucher baignait dans la lumière diffuse filtrée par les rideaux de mousseline. Miriam posa la boîte de chocolats sur la coiffeuse, à côté de la boîte à musique, puis se laissa tomber sur le lit et, avec un soupir de soulagement, s'affaissa sur les oreillers. Elle lirait les lettres ce soir, quand elle serait sûre de n'être pas interrompue. La douleur, lancinante, lui laissait de moins en moins de repos.

Elle ferma les yeux, attendant que le médicament fasse effet. Ces derniers jours avaient été particulièrement fatigants. Peut-être forçait-elle le destin en essayant de terminer tout ce qui était en suspens avant de s'en aller? Non, car toute tâche inachevée paraissait inconcevable à son esprit bien ordonné.

Les lettres étaient arrivées bien après que le prêtre fut venu annoncer la terrible nouvelle. Aucun des deux n'avait survécu. Il avait fallu longtemps à Miriam pour ouvrir ces missives et découvrir leur émouvant contenu.

Kate avait exprimé une admiration éperdue pour le magnifique palace flottant dont elle avait décrit en détail les cabines et la splendide salle de bal. Elle avait attendu avec impatience le dîner à la table du capitaine, qui devait avoir lieu avant que le navire n'approche l'Irlande. Quelle tragédie que leur voyage de rêve ait pris fin dans cet océan glacial! Leur seule consolation avait sans doute été de mourir ensemble, mais cette circonstance n'avait atténué ni la peine ni le vide qu'ils avaient laissés derrière eux.

Durant ces jours sombres, Edward avait représenté le point d'ancrage de Miriam. Il s'était occupé des banques, des notaires, et avait engagé Frank pour l'aider à diriger Bellbird. Son travail de dressage en nomade avait pris fin.

George et Kate avaient rédigé un testament avant de quitter Sydney. La maîtresse de Bellbird avait-elle senti qu'elle ne reviendrait pas ou cette précaution n'était-elle due qu'à son sens exemplaire de l'organisation? Miriam, se souvenant de la joie de sa protectrice quand elle avait quitté la station pour la dernière fois, préférait penser qu'il s'agissait de la seconde explication. Elle héritait du domaine entier, ainsi que de la fortune de Kate. Toutefois, submergée de chagrin, elle n'avait pu prendre conscience de la signification réelle de la lettre qu'elle avait trouvée dans le bureau de la maîtresse de maison ni de l'allusion à la boîte à musique que le mot contenait.

Dans ce message personnel destiné à Mim, Kate lui disait combien elle l'aimait, et à quel point elle était fière d'elle. Sur la dernière page, elle avait ajouté qu'elle lui réservait un cadeau surprise, à l'occasion de son vingt et unième anniversaire, qui serait célébré après leur retour. Elle ne précisait pas de quoi il s'agissait, mais laissait entendre que la boîte à musique avait un rapport avec ce présent.

Miriam, qui n'avait rien trouvé dans la boîte à musique, avait supposé que Kate n'avait pas préparé son cadeau avant de partir. Elle avait joint la lettre aux autres affaires des disparus, qu'elle avait rangées hors de sa vue, sans réussir pourtant à les éloigner de son esprit. Ces souvenirs, terriblement présents, lui procuraient une douleur si vive qu'elle avait choisi de se tourner vers la vie et, pour cela, s'était efforcée de se concentrer uniquement sur l'avenir et sur Edward.

Après avoir somnolé un peu, la vieille dame constata que ses pensées refusaient de la laisser en repos. Dès que la douleur fut suffisamment atténuée, elle se leva puis attrapa ses bottes, son chapeau et son fusil. Rester allongée à ruminer des idées morbides ne servait à rien ; elle aussi avait besoin de sortir et de profiter de cette belle journée.

En vérifiant que le fusil était chargé, elle se demanda si elle ne pourrait pas rapporter un kangourou. Dire qu'elle n'était pas allée chasser depuis si longtemps ! Il serait amusant d'essayer encore une fois. Traversant la cour à grands pas, elle entra presque en collision avec Frank qui émergeait de la sellerie.

— Tu vas faire atteler le vieux Blue, lança-t-elle sans tenir compte de sa mine horrifiée. Je vais sortir le buggy.

— Certainement pas ! marmonna-t-il en arrêtant un garçon d'écurie qui passait. Sors le buggy pour Mme Strong, et assure-toi que les roues sont en parfait état. Si ce n'est pas le cas, ajouta-t-il en se tournant vers elle, vous ne sortirez pas.

Elle regarda son visage sévère, s'efforçant de ne pas rire. Cher Frank, il se comportait envers elle comme un père, alors qu'ils n'avaient que quelques mois d'écart.

— Je l'ai vérifié l'autre jour, déclara-t-elle. La roue est réparée.

Blue était un trotteur alezan qui, en son temps, avait gagné de nombreuses courses dans plusieurs pays du monde. Il faisait maintenant partie des vieux chevaux que Miriam n'avait pas le cœur de vendre ou de condamner à l'euthanasie. Voyant sa maîtresse, l'animal secoua la tête et découvrit les dents en un sourire grimaçant, tandis que le garçon d'écurie fixait l'attelage.

— Vieil idiot, dit-elle avec affection en lui tendant une pomme. Toi, au moins, tu vois le côté amusant des choses, au contraire de Frank.

— Ce n'est pas bien, Mim, murmura le régisseur en tordant avec frustration le bord de son chapeau. Vous n'avez rien à faire dans ce buggy. Blue est peut-être vieux, mais, une fois parti, il se prend encore pour un champion et file comme sur un champ de courses. Vous n'avez plus la force de le retenir.

Ignorant superbement ce laïus, Miriam plaça le fusil dans le fourreau de cuir destiné à cet effet et grimpa dans le véhicule. Cette voiture, d'un modèle très ancien, était pratiquement la réplique de celle dans laquelle George les avait amenées, Kate et elle, dans sa demeure. La vieille dame se dit qu'elle lui convenait tout à fait, avec son cuir rouge craquelé, son bois au vernis écaillé et les ressorts arthritiques couverts de rouille, car elles seraient toutes deux peu susceptibles d'aller très loin.

— Par où les autres sont-ils partis ?

Frank, les mains dans les poches, la regarda d'un œil torve.

— Chloé et son mari sont allés de ce côté et les filles ont filé sur les deux juments vers le ruisseau.

— Dans ce cas, dit-elle en donnant un coup de rênes sur la croupe de Blue, je vais dans l'autre direction.

Au passage du buggy, le crissement de l'herbe soulignait agréablement le pas cadencé du cheval, mêlé au bruit des roues et au grincement des ressorts. Miriam enfonça solidement son chapeau sur sa tête et s'adossa au siège de cuir matelassé. Quelle journée magnifique, songea-t-elle, car le soleil n'était pas trop chaud et la brise avait juste la fraîcheur voulue. Les comprimés associés au whisky ayant accompli leur devoir, sa fatigue s'était considérablement atténuée ; il lui semblait redécouvrir son univers intact. Stimulée par le bien-être retrouvé, elle incita son cheval à accélérer l'allure, savourant la sensation du soleil et du vent sur son visage, ainsi que la senteur de l'herbe écrasée qui montait à ses narines.

Blue paraissait apprécier, lui aussi, cette sortie inattendue. La tête et les oreilles dressées, il avait repris son rythme familier et trottait vers les collines lointaines qui s'étendaient dans une brume pourpre, le long de l'horizon.

Les rênes lâches dans les mains, Miriam admirait le paysage. La pluie avait fait ressurgir la verdure, les arbres semblaient avoir une nouvelle vigueur et les pâturages, couverts de fleurs sauvages, offraient au regard une explosion de couleurs. Ce miracle se reproduisait chaque année, ramenant à la vie les pâquerettes, les plantes grasses et les délicats ophrys araignées. Le rouge et le vert des pattes de kangourou luisaient au sein des hautes herbes et, çà et là, surgissaient les minuscules étoiles bleues des jacinthes sous les gommiers frêles et élancés.

Soudain, elle se rendit compte que Blue se croyait en mission. Il filait comme le vent dans l'espace qui s'étendait devant lui, inconscient des accidents de terrain et des secousses de plus en plus violentes du véhicule.

— Ho ! cria-t-elle en tirant sur les rênes. Ralentis, espèce de bâtard, avant de causer un accident !

Le cheval fit comme s'il n'avait rien entendu.

La vieille dame sentit une vague de peur l'envahir. Ils se dirigeaient droit vers le ruisseau, peu profond mais dont les rives pentues représentaient un danger réel. Malgré son attelage, Blue pouvait être tenté de le franchir.

— Ho ! Stop, espèce d'idiot ! hurla-t-elle. Ho !

Tel un serpent argenté, l'eau brillait dans la ravine étroite. L'animal hésita soudain. Miriam en profita pour tirer très fort sur la rêne gauche afin de le faire changer de direction. C'est alors qu'un cacatoès blanc affolé s'envola d'un arbre voisin, exprimant sa contrariété par un cri furieux.

Blue, qui avait déjà amorcé un virage, prit peur et s'élança brusquement.

Miriam, soulagée que le cheval ne se dirige plus vers le cours d'eau, se cramponna aux rênes. Elle était secouée comme un petit pois dans une bouteille, et savait que ni elle ni le véhicule ne supporteraient cette situation beaucoup plus longtemps. Il ne lui restait plus qu'à prier pour que la roue ait été correctement fixée et que le cheval s'essouffle bientôt.

— Bon sang de merde ! Si je m'en sors, je jure de ne plus jamais mentir, dit-elle entre ses dents, choisissant d'oublier qu'il s'agissait pour elle d'un serment récurrent et constamment trahi.

Blue finit par ralentir et s'arrêter. Elle descendit lourdement du véhicule et s'appuya contre le flanc de l'animal essoufflé afin de reprendre elle-même sa respiration.

— Couillon ! s'exclama-t-elle, encore furieuse, tu as failli nous tuer tous les deux !

Secouant la tête, le cheval découvrit les dents en un rictus, puis lui souffla au visage par dérision.

— Bon, mieux vaut rentrer à la maison avant que quoi que ce soit d'autre ne nous arrive, marmonna-t-elle. Tu m'as fichu une sacrée trouille, pauvre corniaud !

Ils repartirent lentement vers Bellbird comme si leur sortie s'était déroulée le plus calmement du monde ; cependant, Mim se disait avec tristesse que ni le cheval, ni le buggy, ni elle-même ne feraient plus jamais cette promenade. Cet incident marquait la fin d'une époque.

Désireuse de ne pas se laisser entraîner dans de sombres pensées, elle se concentra sur la perspective de faire une sieste avant le thé pris en famille. Toutefois, dès qu'elle pénétra dans la cour, elle comprit que son absence avait duré beaucoup plus longtemps qu'elle ne l'avait cru. Tout était désert et silencieux, car les hommes et les chevaux étaient sans doute en train d'effectuer leur dernière sortie de la journée. Le cuisinier devait vaquer à la préparation du dîner, mais il ne pourrait lui être très utile, car il était d'un gabarit voisin du sien. Les stagiaires eux-mêmes semblaient avoir disparu, remarqua-t-elle avec colère en s'énervant sur les boucles des harnais. Après avoir grossièrement bouchonné l'animal, qu'elle installa dans le paddock, elle décida de laisser aux hommes le soin de rentrer le buggy dans la grange : elle avait son compte pour la journée.

Le fusil à la main, elle s'arrêta un moment pour reprendre sa respiration, consciente de subir le contrecoup de sa frayeur. Tout son corps tremblait encore à cause de l'effort qu'elle avait dû fournir. Frank avait raison, se dit-elle amèrement. Elle était une stupide vieille femme, qui devrait apprendre à écouter les bons conseils. Si la roue abîmée avait cédé, le rideau se serait refermé sur elle, et justice n'aurait jamais été rendue à son père.

Elle s'appuya sur la barrière du corral et prit le temps d'admirer ce qui l'entourait, heureuse d'être encore là pour pouvoir humer le parfum de l'herbe chaude, mêlé à l'arôme des eucalyptus, et contempler chaque détail du paysage : la maison, fraîchement repeinte à l'occasion de son anniversaire et couverte de son toit de tôle ondulée rouge ; les poivriers qui étendaient leurs frondaisons au-dessus du toit ; et les joyaux améthyste du jacaranda, s'inclinant sur la véranda. Sur fond de bourdonnement d'abeilles, le crissement sec des sauterelles répondait au bavardage des perruches.

Avec un sourire, la vieille dame remercia le sort de ne pas avoir à terminer sa vie dans quelque mouroir. Elle appartenait à cette terre et pourrait savourer encore un peu ce cadre, habituellement bruissant d'activité. Si elle devait mourir sur-le-champ, elle souhaiterait que ce ne soit dans aucun autre endroit que celui-ci.

— Quoique cela ne m'arrangerait pas vraiment, marmonna-t-elle en se dirigeant vers la maison.

Alors qu'elle était sur le point de gravir les marches de la véranda, elle aperçut un pick-up inconnu, garé derrière les arbres. Elle avait une visite, mais une visite probablement indésirable, car aucun arrivant honnête n'aurait essayé de dissimuler sa présence.

Hésitante, elle jeta un coup d'œil par-dessus son épaule. Ses employés n'étaient pas rentrés et elle ne voyait aucun membre de sa famille. Il fallait qu'elle se débrouille seule.

De nature peu timide, elle avait toujours obéi à son instinct qui, jusqu'ici, ne l'avait jamais trahie. Elle arma spontanément son fusil.

Agrippant la rampe, elle se hissa lentement jusqu'à la véranda, pointant vers l'entrée son arme tenue d'une main ferme. Elle tendit l'oreille un moment, mais ne put percevoir que les battements de son cœur. Les pieds solidement plantés sur le sol, elle s'immobilisa devant la porte.

— Sortez! ordonna-t-elle. Montrez-vous, ou je tire.

Après quelques secondes de silence, des pas précipités se firent entendre à l'intérieur de la maison.

Miriam se lécha nerveusement les lèvres, les mains serrées sur son fusil. Il y avait au moins deux intrus.

— Dehors, espèces de voleurs. Venez donc, que je vous voie!

La porte s'ouvrit avec une telle violence qu'elle claqua contre le mur. Alors que le doigt de la vieille dame se crispait sur la détente, une silhouette massive jaillit de la pièce et la bouscula violemment, la projetant sur la balustrade située derrière elle. Dans le bruit d'explosion qui résonna tout autour, la respiration coupée, Miriam s'affaissa sur le sol.

Avec un bruit sec, la balle frappa une branche, provoquant une pluie de feuilles et de brindilles. Un nuage d'oiseaux affolés voila un instant le soleil.

Miriam entendit les hommes s'éloigner en courant. Elle tentait de retrouver sa respiration, allongée sur le dos, à demi étourdie, et folle de rage. Aussi impuissante qu'une tortue, elle paraissait incapable de se relever. Soudain, sa colère lui donna la force de rouler sur le côté. Elle arma de nouveau le fusil et tira en l'air.

Le recul de l'arme lui heurta l'épaule, la faisant crier de douleur et de frustration. Les salauds s'en sortaient sans qu'elle puisse rien faire pour s'y opposer. Tandis qu'un nuage de poussière s'élevait sous les roues du pick-up qui démarrait en trombe, elle tira au jugé. Elle entendit les balles atteindre la carrosserie, mais le véhicule réussit à s'éloigner, apparemment sans grand dommage.

Déterminée à ne pas être découverte dans une situation aussi humiliante, Miriam rassembla ce qui lui restait de forces pour attraper le vieux fauteuil en osier et s'y hisser. Adossée aux coussins, elle lutta pour retrouver son souffle et un rythme cardiaque normal. Le choc, aussitôt après la sortie en buggy, l'avait achevée et réveillait des douleurs dans des endroits dont elle avait même oublié l'existence.

Elle ferma les yeux. Alors qu'elle revenait peu à peu à son état normal, elle se sentit tout à coup beaucoup plus vulnérable qu'elle ne l'avait jamais été. La douleur de son dos se réveillait, atteignait les côtes et se répandait jusqu'aux contusions de sa hanche. L'énormité de ce qui venait de se produire fit jaillir de ses paupières des larmes qu'elle essuya d'une main tremblante. Pleurer ne résoudrait pas le problème, mais, bon sang, elle avait vraiment eu peur !

Après avoir appelé la police, elle retourna dans la véranda, en frissonnant un peu. Le froid soudain qu'elle ressentait n'avait rien à voir avec le déclin du jour. C'était la première fois qu'un tel événement se produisait à Bellbird, et la première fois qu'elle allait porter plainte contre les Dempster. Les deux événements ne pouvaient qu'être étroitement liés.

Brisbane scintillait des innombrables lumières qui s'allumaient peu à peu au coucher du soleil. Jake était assis dans son bureau, situé au seizième étage de la tour qui surplombait le fleuve, l'esprit à mille lieues de son travail. Immanquablement, ses pensées le ramenaient à Bellbird et à cette famille qui l'avait, en quelque sorte, adopté pendant quelques jours.

Avec un sourire, il dut reconnaître la vérité. C'était Fiona qui hantait ses rêves, la nuit comme le jour. Non seulement il ne cessait de voir son sourire et la façon dont sa chevelure formait un halo autour de sa tête quand il la regardait à contre-jour, mais il entendait son rire doux et sensuel qui avait le pouvoir de le troubler profondément. Il poussa un profond soupir. Sans le moindre conteste, son travail souffrait de cette nostalgie ; toutefois, il avait l'impression de n'y rien pouvoir faire.

Il fit tourner son siège pour faire face à son bureau. Les papiers avaient été remplis et communiqués à la Cour, et les convocations avaient été envoyées, malgré ses réticences. En raison de l'état de santé de Miriam, le juge avait accepté que l'audience préliminaire ait lieu dans une semaine. Il n'y avait plus qu'à attendre. Si les actes ne réapparaissaient pas, l'affaire serait probablement rejetée et il lui faudrait alors affronter sa cliente avec son premier échec.

Décidant qu'il en avait terminé pour la journée, il entreprit de ranger son bureau. Il empila les dossiers et remit les livres à leur place, sur les étagères qui couvraient trois murs de la pièce. Il ne lui restait plus qu'à rentrer pour retrouver Éric, se préparer un dîner en solitaire et sortir boire une bière. Il ne se sentait l'envie ni de se rendre au gymnase, ni de faire son jogging sur la berge du fleuve.

Alors qu'il était sur le point de refermer la porte derrière lui, le téléphone se mit à sonner. Il hésita un instant. Devait-il répondre ou non ? La journée ayant été longue, il se sentait fatigué, à bout et légèrement déprimé. Cependant, la sonnerie insistante semblait indiquer une certaine urgence.

— Jake Connor, aboya-t-il.

— C'est Fiona.

Il sourit. Sur le point de lui demander comment elle allait, il fut interrompu par le flux rapide de ses paroles.

— Des voleurs sont entrés par effraction. Mim a été blessée et ils ont réussi à s'échapper.

Il serra le récepteur plus fort.

— Que lui ont-ils fait ? Est-ce qu'elle va bien ?

— Elle est remontée comme une pendule mais, à part quelques contusions, elle nous assure qu'elle se sent au mieux de sa forme : vous la connaissez. Nous avons tout de même appelé le médecin.

La jeune femme s'esclaffa soudain.

— Elle leur a tiré dessus avec son vieux fusil de chasse, reprit-elle. Plusieurs fois. Malheureusement, elle a manqué son but et cette arme a un recul aussi violent qu'un coup de sabot. Vous devriez voir le bleu qu'elle s'est fait à l'épaule !

— Calamity Jane en personne. Je ne suis pas surpris, elle a du cran. Est-ce qu'ils ont pris quelque chose ?

— Nous n'en savons rien et la police ne s'est pas montrée très efficace, répondit-elle d'une voix pleine de frustration et de rancœur. C'est comme si une tornade s'était abattue sur la maison. Tout est sens dessus dessous et nous ne savons pas par où commencer. La police n'a pas beaucoup d'espoir d'attraper les cambrioleurs, car il y a une centaine de chemins et de pistes aux alentours. Ils peuvent se trouver n'importe où.

— Calmez-vous, Fiona, dit Jake. Avez-vous découvert les titres ou quoi que ce soit qui puisse nous faire avancer ?

— Non, mais nous ne fouillons que depuis une semaine. Il y a encore un tas de boîtes, de malles et d'endroits à explorer.

Sa voix se brisa subitement.

— C'est probablement ce qu'ils cherchaient quand Mim est arrivée, poursuivit-elle.

— J'ai fait enregistrer les papiers ce matin, expliqua-t-il pour la rassurer. Il ne peut pas y avoir de rapport, car personne n'est au courant.

Il pensa au paquet que Mim lui avait confié et eut un soupir de soulagement ; au moins, il se trouvait en lieu sûr. Elle avait vraiment fait preuve de clairvoyance.

— Les cambriolages ne sont pas fréquents par ici, rétorqua-t-elle. Nous nous trouvons à des kilomètres de partout, et aucun voleur sain d'esprit ne se risquerait à exercer ses talents à un endroit où les chances d'être attrapé sont considérables. Par un jour normal, il y a au moins une trentaine de personnes présentes et presque toujours quelqu'un dans la maison.

Jake n'aimait pas les pensées qui se mettaient à tourbillonner dans sa tête.

— C'est effectivement troublant, admit-il. On dirait que l'endroit était surveillé et qu'ils ont frappé au moment opportun. Où vous trouviez-vous tous quand c'est arrivé ?

— Mim voulait que nous sortions, expliqua-t-elle en reniflant. Je crois qu'elle était fatiguée et voulait un peu de paix. Pendant que Louise et moi étions en balade à cheval, papa et maman faisaient un grand tour à pied. Mim, qui était allée se promener en buggy, est revenue alors que les hommes étaient partis sur les chevaux pour leur galop du soir. C'est la raison pour laquelle il n'y avait personne pour l'aider. Si seulement je n'avais pas insisté pour rester aussi longtemps au bord de l'eau ! Si seulement papa et maman n'étaient pas allés aussi loin !

— Cela ne sert à rien de vous faire des reproches. Vous ne pouviez pas savoir ce qui allait arriver.

— C'est vrai, mais cela ne me console pas.

Elle s'interrompit et se moucha avant de poursuivre.

— Je pense que vous avez raison. Ils surveillaient la maison et ont choisi le bon moment. Ils n'ont eu aucun mal à entrer, ce n'est jamais fermé.

— Et d'après ce que vous savez, rien n'a été volé ? Aucun bijou, aucun bibelot de prix ?

— Rien. Et s'ils ont trouvé des preuves, nous ne le saurons pas car ils les auront détruites.

Jake l'avertit de l'audience préliminaire qui devait avoir lieu une semaine plus tard.

— Je n'arrive pas à comprendre que quelqu'un d'autre que nous soit au courant des démarches entreprises par Mim, dit-il pensivement. Mais, ce cambriolage, ou du moins ce qui y ressemble, prouve au moins une chose.

— Quoi ?

— Quelqu'un d'autre pense qu'il existe des preuves contre les Dempster et c'est pour les trouver que les voleurs ont été envoyés. Pourquoi, sinon, se donner tant de mal et courir autant de risques ?

— Cela voudrait dire que Mim a eu raison d'entreprendre tout cela ? dit-elle d'un ton excité. À condition qu'ils n'aient rien trouvé, bien sûr.

Sa voix devint tout à coup plus aiguë.

— Il faut que vous reveniez, Jake. Nous avons besoin d'un maximum d'aide et vous êtes le seul à pouvoir reconnaître ce qui pourrait nous être utile.

— Je ne peux pas tout laisser tomber, argua-t-il, tout en feuilletant son agenda afin de voir quelles affaires il pourrait confier à ses associés.

Heureusement, il n'avait pas d'audiences pendant quelques jours. Son absence pouvait être envisagée.

— Mim vous réclame, insista Fiona. Dans la mesure où elle vous paye, vous pouvez inclure les déplacements dans vos frais. Votre soutien nous serait vraiment précieux.

Il ne put ni ne voulut résister.

Bridget Dempster-Flytte, assise au bord de sa chaise, le dos droit et le menton impérieux, écoutait Brendt répondre à son interlocuteur.

— Ils ont échoué, déclara-t-elle d'un ton neutre en le voyant raccrocher.

— Oui, bon sang de merde, marmonna-t-il en se tournant vers la fenêtre qui donnait sur l'océan. Ils ont été interrompus par Miriam et n'ont pas eu le temps de tout fouiller.

Les sourcils fins de sa mère se levèrent.

— Deux hommes auraient dû suffire à maîtriser Miriam, non ? À moins qu'elle n'ait beaucoup changé, elle ne doit pas peser beaucoup plus qu'un caniche mouillé. Pourquoi ne l'ont-ils pas simplement attachée pendant qu'ils poursuivaient leurs recherches?

Brendt éclata d'un rire amer.

— Elle leur tirait dessus! Une balle en a touché un à la cuisse et une autre a percé le radiateur de la camionnette. Ils ont eu de la chance de pouvoir atteindre la ville la plus proche.

Le sort des hommes importait peu à Bridget; ils étaient payés pour prendre des risques.

— Je t'avais prévenu, dit-elle d'un ton pincé. Maintenant que nous avons abattu nos cartes, nul ne sait de quel côté ils vont rebondir. Nous n'en savons pas plus sur l'existence des actes, mais il se peut qu'elle les ait déjà confiés à son avocat. Il se peut aussi que les titres ne soient pas ce que nous cherchons. Cependant, elle doit avoir une preuve en sa possession, sinon elle n'irait pas au tribunal. Mets Black sur l'affaire.

Son fils se retourna vers elle, le visage crispé.

— C'est déjà fait, déclara-t-il en sortant un cigare de l'humidificateur, mais il y a deux façons d'écorcher un chat, et j'ai un plan de rechange.

Sa mère lui sourit. Non seulement il était toujours intéressant de voir fonctionner l'esprit de Brendt, mais le résultat de ses cogitations était rarement décevant.

— Je t'écoute, l'encouragea-t-elle doucement.

Brendt alluma son cigare et, tirant une chaise vers lui, s'assit face à elle. Lorsqu'il eut fini de parler, ils se contemplèrent mutuellement en silence.

— Cela pourrait marcher, murmura Bridget. J'avoue que j'adorerais voir la tête de cette salope quand elle comprendra comment nous avons procédé.

Il sourit pour la première fois de la journée.

— Je savais que tu apprécierais mon plan, Mère.

Il lui tapota la main, se leva et sortit de la pièce.

Bridget tourna les yeux vers le portrait de son père. Tout comme sa mère, Teresa, elle ne l'avait jamais craint, car elle avait compris comment son esprit fonctionnait et s'était toujours rendue complice de ses projets. Paddy n'était pas aussi intelligent qu'il le croyait. La preuve que possédait Miriam aurait dû être trouvée et détruite depuis longtemps ; elle risquait aujourd'hui de provoquer leur ruine.

Se remémorant la dernière fois qu'elle avait vu Miriam et Kate au camp de mineurs, Bridget se mordit les lèvres. Si seulement elle avait réussi à trouver les titres en fouillant la tente de Henry ! Si seulement elle avait eu le temps de les chercher correctement dans les affaires de la négociante en pierres précieuses ! Hélas, cette maudite femme avait fait ses bagages et était partie sur-le-champ.

Paddy s'était montré fou de rage, mais il ne pouvait plus rien faire. Alors que les années passaient, ni Kate ni Miriam ne s'étaient jamais manifestées. Mim n'ayant jamais réclamé sa part dans la fortune des Dempster, ces derniers avaient donc logiquement supposé que les actes avaient été perdus. Un jour, les deux femmes avaient disparu de Sydney. Ce n'était que par hasard, des années plus tard, que Bridget avait reconnu son ancienne compagne de jeux sur une photographie, dans un journal qui relatait son triomphe dans la Melbourne Cup.

La plainte récente de Miriam avait forcément été motivée par un élément précis. S'il ne s'agissait pas des titres, de quoi pouvait-il être question ?

Avec un effort délibéré, Bridget ralentit ses pensées afin de les examiner une par une. Les souvenirs des jours anciens, encore très présents à sa mémoire, recelaient sans doute la clé de ce problème. Si elle essayait de revivre ce dernier jour dans le camp, peut-être une action, un incident ou une conversation, jusqu'à présent considérés comme peu importants, pourraient-ils lui fournir la clé de l'énigme ?

Miriam Strong allait bientôt découvrir qu'elle s'était fait une ennemie implacable, déterminée à la faire taire pour toujours.

14

Miriam autorisa le docteur à l'examiner et garda un silence exaspéré tandis qu'il s'étendait longuement sur la stupidité d'affronter des intrus lorsqu'on était seul, les dangers de l'ingestion d'alcool avec des antalgiques très fortement dosés et la pure folie de s'aventurer dans un buggy hors d'usage.

Les bras croisés, elle attendit qu'il ait terminé. Dans la mesure où ils se connaissaient depuis très longtemps, elle s'attendait à la semonce. En fait, se dit-elle, il adorait le son de sa propre voix.

Toutefois, dès qu'il repartit, elle se laissa tomber sur ses oreillers et s'abandonna au choc, à la fatigue et à la douleur. Prenant conscience que plus jamais elle ne ferait certaines choses qui lui avaient paru si faciles autrefois, elle n'avait d'autre choix que d'affronter sa condition de mortelle. De toute manière, si elle voulait mener à bien cette poursuite en justice, il lui fallait ralentir l'allure.

— Pas question de renoncer, en tout cas, marmonna-t-elle en prenant sa boîte à souvenirs.

Les lettres au papier jauni par l'âge, couvertes d'une encre pâlie, menaçaient de se casser aux plis. Elle se contenta de les caresser du doigt, les yeux fermés, et de se laisser transporter dans le passé, à une époque où le soleil se voilait d'une menace de guerre.

Tout avait bien changé à Bellbird maintenant que Miriam et son mari en avaient pris les rênes. Les troupeaux broutaient toujours tranquillement dans les pâturages et les rassemblements annuels avaient lieu chaque année, comme de coutume. Cependant, Edward s'était lancé dans une nouvelle entreprise. Ayant décidé d'exploiter au mieux ses connaissances et son expérience, il s'était orienté vers le dressage de chevaux de courses.

Miriam s'était découvert une aptitude naturelle à s'occuper des animaux fraîchement domptés. Bien que la plupart d'entre eux soient vendus aux éleveurs et conducteurs de troupeaux, certains spécimens restaient à Bellbird pour devenir des champions. Bientôt, grâce aux victoires obtenues par leurs chevaux, les nouveaux maîtres de la station furent réputés pour leurs lignées et leurs poulains prometteurs.

Frank épousa Gladys, qu'il avait rencontrée en 1912 lors d'un pique-nique faisant suite à une course, et leur premier enfant naquit dans le petit cottage de bois que Edward avait construit juste à l'extérieur de la cour. Lorsque le bâtiment fut agrandi, à l'arrivée de jumeaux, Miriam se demanda quand viendrait son tour de bercer le bébé qu'elle désirait si fort.

Après deux fausses couches de sa mère, Chloé naquit par une chaude nuit d'été, en février 1914. Malheureusement, des ombres menaçantes s'étendaient déjà sur le paradis de l'outback, car l'Europe était le théâtre d'une grande agitation.

Edward, assis devant la table de la cuisine, parcourait les journaux qui avaient finalement été livrés avec le courrier, le matin même. Comme les lettres, ils dataient de plusieurs semaines, car ils étaient transportés par chariot du centre postal le plus proche, qui se trouvait à près de quatre cents kilomètres.

— On dirait que le monde entier va mal, remarqua-t-il en repliant la page. L'Angleterre subit une rébellion des Irlandais et une grève des mineurs ; l'Allemagne s'inquiète d'une possible alliance entre la France et la Russie, parce que les Français financent la construction d'un chemin de fer russe le long de la frontière allemande ; et les Autrichiens, qui ont des soucis de plus en plus importants avec la Bosnie-Herzégovine, menacent de réprimer toute agitation serbe à l'intérieur du pays.

— Kate m'a toujours dit qu'une guerre courte et nette servait souvent à clarifier l'atmosphère et à réduire les tensions, répliqua Miriam qui donnait le sein à Chloé, près de la cheminée.

La pression de cette bouche minuscule sur son mamelon faisait surgir en elle une immense vague d'amour chassant de son esprit tout ce qui se passait à l'extérieur de Bellbird.

— D'ailleurs, il est temps que les Irlandais soient souverains, conclut-elle.

— Sans doute, articula Edward, apparemment peu convaincu.

Il plongea son regard dans le feu. Miriam remarqua la façon dont la lumière jouait sur sa chevelure et atténuait les lignes anguleuses de son visage. Elle éprouva soudain le désir de le toucher et posa la main sur son bras.

— L'Europe est loin d'ici, mon cœur. Le monde peut se battre et se disputer les frontières tant qu'il veut. Nous sommes à l'écart de tout cela, en sécurité.

— Pas si les Britanniques décident de s'en mêler, répondit-il.

Elle le fixa, troublée par sa véhémence.

— Mais en quoi cela te concernerait-il, Ed ? Tu es américain. La Grande-Bretagne n'a pas de droit sur toi.

Un grand sourire illumina le visage de son mari, qui se détendit et retrouva soudain l'expression ouverte et directe qui lui était habituelle.

— Tu as probablement raison, ma chérie, dit-il en lui posant un baiser sur la main. Mais nous, les Texans, nous ne sommes pas en reste quand il s'agit de jouer des mécaniques. S'il doit y avoir une guerre, je ne resterai pas assis sur ma chaise. Je vis en Australie depuis trop longtemps pour ne pas la considérer comme mon foyer, mon pays.

Voyant la lueur qui s'allumait dans ses yeux, Miriam sentit un frisson d'appréhension la parcourir.

Cette appréhension devait se transformer en crainte après son vingtième anniversaire.

Le 28 juin 1914, l'archiduc François-Ferdinand fut assassiné à Sarajevo. Un mois plus tard, l'Autriche déclarait la guerre à la Serbie, bientôt soutenue par la Russie. En août, l'Allemagne défiait la Russie, puis la France. Enfin, l'invasion de la Belgique, pays neutre, déclencha une demande de retrait de la part des Britanniques qui n'obtinrent pas satisfaction et entrèrent à leur tour dans le conflit.

Miriam, le visage grave, écoutait les nouvelles transmises par la radio qui reliait les stations de l'outback.

— Tu ne peux pas partir, dit-elle fermement en coupant la communication. Notre gouvernement vient de voter une loi lui permettant d'acheter les récoltes nationales de blé et de laine. Cela va rapidement s'appliquer au bœuf. Je vais avoir besoin de toi ici.

— J'ai déjà reçu une requête pour les chevaux, indiqua-t-il en tournant les yeux vers la fenêtre. Ils n'arrivent pas à en trouver assez, on dirait.

— Ne change pas de sujet, s'écria-t-elle d'un ton sec. Pourquoi devrions-nous faire la guerre pour les Britanniques ? Nous sommes une nouvelle fédération et notre premier gouvernement démocratique ne date que de cinquante-huit ans. La Grande-Bretagne nous en demande un peu trop.

Edward se leva et s'appuya au manteau de la cheminée, jouant avec les cendres du foyer du bout de sa botte ornementée.

— L'Allemagne menace la paix du monde, expliqua-t-il doucement. La Grande-Bretagne et l'Australie ont des défenses étroitement liées – notre armée et notre marine ont été entraînées par les Britanniques. Si la Grande-Bretagne était vaincue, nous perdrions la protection de la Royal Navy. Isolé, notre pays deviendrait alors une proie facile.

Miriam, tout en comprenant la logique de son argumentation, refusait de se laisser convaincre.

— Tu as un travail important à accomplir ici, insista-t-elle. Il faut que nous augmentions le troupeau, et je ne peux pas me débrouiller seule, pas avec un bébé de six mois sur les bras.

Son mari vint s'agenouiller à ses pieds. Il lui prit les mains et les éleva brièvement jusqu'à ses lèvres.

— L'Amérique et l'Australie ont beaucoup de similitudes, commença-t-il, mais l'Amérique, parce qu'elle a vécu l'épreuve du feu avec la guerre de Sécession, peut se sentir fière d'être une nation. L'Australie, encore trop jeune, n'a jamais subi la moindre épreuve ; il lui reste à façonner sa fierté nationale. Ce conflit va nous donner la chance non seulement d'aider la Grande-Bretagne, mais de nous unir en tant qu'Australiens.

Elle le regarda, frissonnant devant la conviction de son discours.

— La vérité, c'est que tout cela t'excite, argua-t-elle. Tu vois dans cette guerre une façon de montrer à quel point tu es viril et brave, sans tenir compte de ceux pour qui c'est une catastrophe.

— Il y a sans doute un peu de ça, oui, mais Mim, mon héritage américain ressemble à celui de n'importe quel Australien ; l'esprit pionnier est aussi vivant ici qu'au Texas. Nous tirons nos ressources des bûcherons, des mineurs et des éleveurs, et sommes capables éventuellement de suivre nos objectifs contre l'autorité. Notre credo, c'est de protéger les faibles, quoi qu'il arrive. Cette guerre va donner à ce pays la chance de montrer au monde de quoi il est fait, et de devenir une grande nation.

Miriam se souvenait des événements terribles que son père et Kate avaient vécus aux mains des Anglais. Elle n'éprouvait de sentiment de loyauté qu'envers l'Australie. Aveuglée par les larmes, elle retira ses mains de celles de son compagnon.

— L'Angleterre n'est pas mon pays, ni le tien. N'y va pas, Edward, chuchota-t-elle. Je t'en prie, n'y va pas.

Il l'obligea doucement à se retourner vers lui.

— Préférerais-tu que je reste ici quand mes amis se battent en Europe ? Serais-tu capable de regarder les autres femmes dans les yeux si elles m'accusaient de lâcheté ?

Qu'éprouveras-tu quand elles nous tendront une plume blanche et nous éviteront de façon ostentatoire, à l'occasion de nos courses en ville?

Une expression d'horreur sur son visage blême, elle leva les yeux vers lui.

— Elles n'oseraient pas?

— Bien sûr que si. Il y a déjà dans le journal des histoires d'hommes humiliés sous les yeux de leur épouse, par une armée de femmes bien déterminées à les bousculer, jusqu'à ce qu'ils accomplissent leur devoir.

Il poussa un soupir tremblant.

— Le problème n'est pas là, reprit-il. J'y vais parce que je le veux. Ce que je dois à mon pays ne me permet pas de rester ici et de ne rien faire.

Alors qu'elle était sur le point de protester, il la fit taire avec un baiser fugitif.

— Je ne serai pas absent longtemps; la guerre devrait être terminée à Noël.

Il l'attira contre lui et l'enlaça étroitement. La tête sur la poitrine de son mari, elle entendait le rythme régulier de son cœur et sentait l'odeur d'écurie qui imprégnait ses vêtements, mêlée à celle de ses cheveux fraîchement lavés.

— Comment peux-tu en être si sûr? s'enquit-elle.

— Notre monde a changé rapidement au cours des dix dernières années. La façon de mobiliser les troupes, les armes, les techniques de communication – télégraphe et chemin de fer – tout cela permet d'accélérer le déroulement d'un conflit.

Elle s'écarta de lui et l'étudia un moment.

— Comment se fait-il que tu en saches autant? demanda-t-elle, stupéfaite.

Il sourit timidement.

— Je m'intéresse aux informations dès que je le peux. À l'université, je me suis spécialisé en histoire et j'ai pris, depuis, l'habitude de lire les journaux de fond en comble. Ma famille s'est toujours sentie concernée par la politique. Tu peux enlever un garçon au Texas, mais tu ne peux pas enlever le Texas à un garçon, surtout quand sa mère lui envoie des articles qu'elle a découpés dans des journaux sérieux.

— Et moi qui pensais que tu n'étais qu'un vulgaire dresseur de chevaux ! s'écria-t-elle dans un nouvel accès de pleurs.

Entrebâillant doucement la porte de la chambre, Fiona contempla la silhouette frêle étendue sur le lit. Mim semblait s'être endormie, un sourire aux lèvres. Ses rêves devaient être plaisants. Alors qu'elle allait refermer la porte, la voix de sa grand-mère l'arrêta.

— Entre, chérie. Je ne dors pas, et un peu de compagnie me fera du bien.

Avec une pointe de remords, la jeune femme obéit.

— Je ne voulais pas te réveiller, dit-elle en s'approchant. Je suis désolée, tu avais l'air de faire un rêve agréable.

— Oui et non. De toute façon, cela n'a pas d'importance car je le fais souvent. Assieds-toi, ajouta-t-elle en tapotant la couverture à côté d'elle. Bavardons comme nous le faisions autrefois. Tu n'es pas trop grande pour cela ?

La jeune femme se percha au bout du lit, veillant à ne pas écraser les pieds de sa grand-mère.

— Jamais trop vieille pour oublier la petite fille au fond de moi. Comment te sens-tu, Mim ? Est-ce que tu souffres de tes contusions ?

— J'ai connu des jours meilleurs, mais ne parlons pas de moi. Avez-vous trouvé les actes ?

La jeune femme secoua la tête.

— Nous avons vidé cinq cartons et plusieurs valises. Il n'y a rien qui concerne notre arrière-grand-père, à part deux photos et quelques lettres.

Fiona regarda ses doigts croisés, aux ongles nettement coupés et non vernis.

— Ces lettres étaient plutôt désagréables, poursuivit-elle. Je me demande pourquoi il les conservait.

— Pour se souvenir qu'il se trouvait mieux en Australie qu'en Irlande, expliqua la vieille dame, qui releva ses oreillers et s'adossa plus confortablement.

— Il écrivait à sa mère assez souvent, reprit-elle. Pas directement, bien sûr, mais par l'intermédiaire de sa belle-sœur, Emma. Lady Miriam lui répondait en lui donnant des nouvelles détaillées de la famille, du village et des affaires de Beecham Hall.

— Pourtant, son père ne lui a jamais pardonné. Il a découvert que sa femme écrivait à son fils et a mis fin à cette correspondance.

En lisant le mot, Fiona s'était sentie si furieuse qu'elle avait failli déchirer la feuille jaunie.

— « Ton père, qui a découvert ma duplicité, me menace de divorcer. Je ne puis lui désobéir car le scandale me laisserait dans le besoin. Mon amour t'accompagnera toujours. Ta mère », récita Mim. Père en a eu le cœur brisé. Sa mère s'était toujours montrée si forte. Elle était, hélas, devenue trop faible pour lutter plus longtemps.

— J'aurais quitté ce bâtard des années auparavant ! s'écria sa petite-fille.

— Ainsi parle la jeune femme moderne ! s'indigna Mim sèchement. C'était bien différent quand j'étais enfant, et ce l'était encore plus du temps de Lady Miriam. Les épouses n'avaient pas voix au chapitre. Quand elles perdaient leur mari, elles perdaient de même leurs moyens de subsister et leur position sociale. Si Sir Oswald l'avait quittée, ta trisaïeule aurait dû finir sa vie comme gouvernante ou comme dame de compagnie, en d'autres termes comme servante. Pa le savait et pouvait lui pardonner.

Fiona se dit qu'elle avait de la chance de connaître les années 1960 et de pouvoir faire ses propres choix. Les erreurs pouvaient se produire, ainsi qu'en témoignait Louise, mais peut-être sa sœur saurait-elle finalement ouvrir les yeux et se soustraire aux manipulations de Ralph ?

— N'as-tu jamais eu envie d'aller en Angleterre pour faire la connaissance de ta famille ?

Miriam la regarda avec surprise.

— Pourquoi l'aurais-je souhaité ? Ils n'avaient pas voulu entendre parler de ma mère, souviens-toi. Même quand j'avais suffisamment d'argent et de temps, l'idée ne m'en est jamais venue.

Sachant qu'elle prenait le risque de se faire rembarrer, Fiona posa une question qui la taraudait depuis plusieurs années.

— N'avais-tu pas droit à une part de l'héritage ? s'enquit-elle. Ta naissance était légitime, puisque le mariage de tes parents était légal. D'après les lettres de Lady Miriam, le frère de Grand-Père n'a jamais eu d'enfant.

La vieille dame soupira et ferma les yeux.

— Je suppose que si, mais je n'y ai jamais vraiment pensé.

Levant les paupières, elle fixa sur sa petite-fille un regard sévère.

— L'argent n'est pas tout dans la vie, et ce qui me serait revenu aurait été entaché du sang de ma mère. Maintenant, si tu as fini avec tes questions, j'aimerais que nous changions de sujet.

— Au fait, Ralph a appelé, annonça Fiona qui se souvint soudain de l'appel reçu un peu plus tôt. Il voulait savoir comment se passaient les recherches et quand Louise allait rentrer. Je n'ai rien répondu à la première question et j'ai simplement précisé qu'elle serait de retour la semaine prochaine, pour l'audience à la Cour.

— Cette gamine est trop maigre, décréta Mim. Ça lui fait du bien de respirer le bon air de la campagne et de manger comme il faut. Échapper à Ralph ne lui fait pas de mal non plus. Je n'ai jamais eu confiance en lui.

Elle jeta un coup d'œil à sa petite-fille et poursuivit :

— Et toi ? Y a-t-il un charmant jeune homme qui t'attend à Brisbane ?

Fiona secoua la tête.

— Toujours jeune, libre et désireuse d'en profiter, dit-elle gaiement. J'ai encore beaucoup à découvrir avant de me caser.

— Quel dommage ! J'espérais presque que tu t'étais entichée de notre M. Connor.

Le visage cramoisi, la jeune femme descendit du lit et se dirigea vers la fenêtre, tournant délibérément le dos à sa grand-mère.

— Je le connais à peine, déclara-t-elle plus sèchement qu'elle ne l'aurait souhaité. D'ailleurs, est-ce qu'il n'y a pas une loi qui interdit à un avocat de fricoter avec ses clients ?

— Cela ne concerne que les médecins et leurs patients.

Un silence inconfortable s'établit. Alors que Fiona se creusait la tête pour trouver une repartie, elle se remémorait la façon dont le son même de la voix de Jake l'avait troublée lors de leur dernière conversation téléphonique.

Avec effort, elle se reprit et se tourna vers la vieille dame.

— À propos, j'ai oublié de te dire que je lui ai parlé hier soir. Il revient pour nous aider dans nos recherches. Je pense qu'il arrive demain matin.

— Parfait, ma chérie.

Le sourire entendu de Mim irrita sa petite-fille. Elle fit le tour du lit et souleva la boîte à musique.

— Je ne l'ai jamais vue. D'où vient-elle ?

Miriam lui parla d'Isaac.

— C'est un objet ravissant, dit-elle en voyant Fiona soulever le couvercle. Et probablement très rare, en raison de l'Arlequin noir. Il me rappelait trop le passé, c'est pour cela que je l'avais rangé. Je l'avais pratiquement oublié jusqu'à l'autre jour. Quel dommage que je l'aie cassé, ajouta-t-elle, il ne sera plus jamais le même.

La jeune femme regardait les danseurs s'animer au son des notes grêles.

— Voilà où tu as trouvé la preuve cachée. Tu as dû être vraiment surprise.

— Tu ne m'auras pas si facilement, mon petit.

Tout à coup, Fiona eut une pensée effrayante ; elle referma le couvercle d'un coup sec.

— Où l'as-tu mise ? demanda-t-elle. La preuve ? Les voleurs ne l'ont pas prise, n'est-ce pas ?

— Je ne suis pas assez stupide pour la laisser traîner, c'est bien trop important. Elle est en sécurité. C'est Jake qui l'a.

Sa petite-fille posa la boîte avec précaution sur la commode.

— Tu lui accordes une grande confiance, remarqua-t-elle. Comment peux-tu être sûre qu'il ne va pas te trahir ?

— Je connaissais son grand-père et son père.

— Comment ? Je croyais que c'était un étranger ?

Fiona se jeta de nouveau sur le lit et s'assit sur ses talons. Voilà qui était passionnant ; elle voulait en savoir davantage.

— Au début, il l'était, mais plus nous parlions, plus j'en savais sur lui. J'ai tout à coup compris pourquoi il me rappelait quelqu'un d'autre. Au début, je pensais qu'il s'agissait de ton grand-père, puis je me suis rendu compte qu'il s'agissait du sien.

Avec un sourire, Miriam se remémora l'homme brun aux yeux sombres avec lequel elle avait dansé à de nombreuses occasions avant que Edward n'entre dans sa vie.

— Lui et moi conduisions nos troupeaux ensemble et nous nous rencontrions lors de bals ou d'autres fêtes. Chacun de nous a assisté au mariage de l'autre et je suis même allée à celui de son fils. Je me souviens de Jake bébé, couché avec tous les autres enfants sur le grand lit lorsque j'ai donné une fête ici. On aurait dit des sardines en boîte. Il hurlait en secouant les poings, le visage écarlate, prêt à éclater de colère.

Fiona s'esclaffa.

— Il ne serait peut-être pas ravi que tu lui rappelles cet épisode.

— Tu avais deux ou trois ans, poursuivit Mim, et tu t'étais chargée de surveiller les bébés. Tu l'as pris dans tes bras, et j'ai tout juste eu le temps de le rattraper avant que tu ne le laisses tomber.

La jeune femme, réprimant son hilarité, se dit qu'il était étrange qu'ils se soient déjà rencontrés et nota qu'elle était son aînée de deux ou trois ans.

— Les parents de Jake assistaient à toutes les réunions festives. Je me souviens du choc que nous avons éprouvé quand nous avons appris que sa mère était morte. Elle avait à peine plus de trente ans, et laissait trois jeunes enfants derrière elle. L'aîné n'avait pas neuf ans.

— Pauvre Jake, murmura Fiona.

Miriam semblait se fatiguer, car elle se laissa glisser sur les oreillers.

— Donne-moi mes pilules, ma chérie, ordonna-t-elle. Je crois que j'aimerais dormir un peu.

Fiona tint le verre au bord de ses lèvres tandis qu'elle avalait ses comprimés, puis remonta le drap sur les épaules fragiles de son aïeule.

— Mim, articula-t-elle avec hésitation. Je ne veux pas que tu meures. Je t'en prie, dis-moi que tout cela n'est qu'une terrible erreur et que tu vas rester avec nous pendant des siècles.

Sa grand-mère lui prit doucement la main.

— Je ne mentirais pas sur un sujet pareil, ma chérie. Profitons au maximum du temps qui nous reste, et ne le gâchons pas avec des larmes.

Alors que la jeune femme se penchait pour l'embrasser sur la joue, Miriam lui agrippa le bras avec une force inattendue.

— Écoute ton cœur, ma chérie, chuchota-t-elle. Il ne ment jamais non plus.

Le buggy avait été ciré, ainsi que le siège de cuir, et le cheval étrillé : l'attelage brillait dans le soleil matinal. Miriam, debout devant le miroir, entendait le tintement des harnais. Son costume, constitué d'une veste et d'une jupe d'un gris très pâle, était d'une couleur désastreuse pour le long voyage poussiéreux, mais c'était sa plus jolie tenue et elle voulait être belle pour Edward. Après avoir redressé son jabot de dentelle, elle accrocha le camée de Kate au col de son chemisier et vissa les perles aux lobes de ses oreilles.

Son mari entra dans la pièce. Il s'approcha d'elle et la saisit par la taille, l'obligeant à s'adosser tout contre lui.

— Tu es encore plus belle que le jour de notre mariage, murmura-t-il en lui embrassant la nuque.

Elle ferma les yeux, se forçant à ne pas pleurer. Pour lui, ce départ était déjà difficile, il ne fallait pas qu'il souffre de sa détresse.

— Tu vas me manquer, déclara-t-elle. Promets-moi d'être prudent et de revenir dès que tu le pourras.

Il la retourna au creux de ses bras pour l'obliger à le regarder.

— Je promets de ne jamais cesser de t'aimer, assura-t-il en posant un baiser sur le bout de son nez. Allons-y maintenant, sinon, nous risquons d'arriver en retard à Baringun.

Miriam souleva Chloé et tous trois sortirent de la maison. Elle avait remarqué la façon dont Edward avait esquivé la réponse qu'elle attendait, mais choisit de se taire. Comment aurait-il pu lui promettre quoi que ce soit, alors que leur avenir se trouvait livré à la cécité du destin?

Le cheval trépignait dans la fraîcheur du petit matin, maintenu par Frank qui le tenait serré pour l'empêcher d'avancer.

— Bonjour, articula-t-il d'une voix traînante. Il va faire sec aujourd'hui.

Miriam saisit la main du régisseur quelques secondes, puis leva les yeux vers son visage allongé. Il s'en irait bientôt lui aussi et, à part quelques hommes trop âgés pour se battre, il ne resterait à Bellbird, jusqu'à la fin de la guerre, que les femmes et les enfants.

— Quand pars-tu, Frank?

— La semaine prochaine. Ma femme et moi, on va dans sa famille pour quelques jours, puis je me rendrai seul à Baringun.

La gorge serrée d'émotion, Miriam grimpa dans le véhicule; elle ne pouvait plus articuler un mot. Après avoir couché Chloé dans un vaste panier posé sur le plancher, elle vit, à travers un rideau de pleurs, les deux hommes se donner l'accolade.

Gladys sortit du cottage, un bébé sur chaque hanche. Sa fille aînée, dissimulée derrière ses jupes, risqua un regard. La femme du régisseur prit un mouchoir coincé dans sa ceinture, se tamponna le nez, fit un geste bref de la main, et retourna chez elle en toute hâte.

Après être monté à son tour dans le buggy, Edward resta un long moment immobile. Il parcourut du regard la maison, la cour et les pâturages puis, sans un mot, frappa la croupe du cheval de son fouet. Il leur faudrait une journée entière pour atteindre leur destination.

Le soleil déclinait déjà quand ils remontèrent la rue de terre battue jusqu'à l'hôtel. Plantés de chaque côté de la voie, des flambeaux jetaient une lumière étrange sur la foule. Des banderoles de couleurs vives claquaient dans le vent, et le vacarme qui s'échappait du bar retentissait jusqu'au bout de la rue. Devant chacune des vitrines s'étalaient de multiples affiches autour du portrait du roi de Grande-Bretagne, des femmes brandissaient des pancartes, incitant les hommes à combattre pour le drapeau.

Edward conduisit le véhicule derrière l'hôtel, sauta à terre et aida son épouse à descendre de voiture. Alors que le garçon d'écurie se précipitait pour dételer, le cheval but à longues goulées dans un seau d'eau et se secoua pour libérer sa robe de la sueur accumulée pendant le trajet.

Son maître lui flatta l'encolure et lui hérissa la crinière, en guise d'au revoir. Il donna un pourboire au garçon, auquel il fit quelques recommandations, puis se détourna rapidement, souleva le panier où se trouvait Chloé et, agrippant la main de son épouse, se dirigea vers l'hôtel.

Cette nuit-là, leur amour s'exprima avec une douceur et une tendresse infinies. Miriam s'agrippa à lui comme il s'agrippait à elle, chacun puisant sa force dans leur union. Leurs chuchotements dans le noir, entremêlés de baisers et d'étreintes désespérées, les conduisirent jusqu'à l'heure où les ombres commençaient à s'évanouir.

Alors, les murmures cédèrent la place au silence. Les rayons de soleil s'infiltraient peu à peu à travers les fentes des volets, faisant danser dans leurs faisceaux des grains de poussière dorés. Dehors, les bruits de plus en plus variés leur annoncèrent bientôt qu'il était temps de quitter leur havre afin d'affronter l'horrible journée.

Edward se leva et se dirigea aussitôt vers le panier de Chloé. Il souleva la petite fille, la serra contre sa poitrine et sentit avec émotion la tête, alourdie de sommeil, se poser sur son épaule. Embrassant le crâne duveteux, il murmura des mots d'amour, les yeux embués de larmes.

Miriam, assise sur le lit, ne put retenir ses pleurs. Jamais ils n'avaient été séparés depuis leur mariage. Comment pourrait-elle vivre sans lui au cours des longs mois qui s'écouleraient peut-être avant qu'il ne rentre à la maison? Comment pourrait-elle rester seule à Bellbird, où tous les endroits familiers paraîtraient inexorablement vides sans lui? Elle rassembla toute la force de sa volonté pour ne pas le supplier de rester auprès d'elle et se contenta de le regarder se raser et se vêtir.

Alors qu'elle nouait un ruban autour de ses cheveux, s'apprêtant à se lever à son tour, il se retourna pour lui faire face.

— Je t'en prie, ne viens pas avec moi, la supplia-t-il. Je ne veux pas te dire au revoir avec cent autres personnes autour de nous. Ces moments, les derniers que nous passons ensemble avant un certain temps, nous appartiennent. Je ne veux les partager avec personne d'autre.

Ils s'enlacèrent et s'embrassèrent avec passion. Elle voulait s'imprégner de l'odeur de sa peau et se souvenir de la façon dont ses cheveux bouclaient derrière ses oreilles. Alors qu'il ne relâchait pas son étreinte, elle se dit que rien n'était plus important que de sentir ses bras autour d'elle et les battements de son cœur contre sa poitrine.

Les yeux assombris de douleur, il s'écarta d'elle et se remit debout, élégant dans son uniforme, la chevelure plaquée sous son chapeau brun.

— C'est l'heure, déclara-t-il doucement.

Elle sauta hors du lit, entièrement nue, et se coula contre lui. Ils s'étreignirent encore une fois. L'instant d'après, il était parti.

Le claquement de la porte la fit sursauter. Avec un sentiment d'abandon presque insoutenable, elle entendit ses pas décroître dans l'escalier.

En soupirant, elle entreprit de s'habiller; le tremblement de ses mains lui compliquait considérablement la tâche.

Elle dut lutter contre les boutons de son chemisier, contre les nœuds de sa chevelure et contre les attaches de ses bottines. Enfin prête, elle prit Chloé dans ses bras et se dirigea vers la porte-fenêtre donnant sur la véranda. Edward lui avait demandé de ne pas l'accompagner, mais il ne lui avait pas interdit d'assister à la parade du départ.

Du balcon, elle avait une vue parfaite. Au loin, le bruit et la poussière s'intensifiaient peu à peu.

Une fanfare apparut, suivie par des chevaux tenus par des longes, que la musique stridente affolait. Derrière les animaux, des camions pétaradaient, répandant des fumées nauséabondes sur la foule. Les hommes hurlaient des paroles d'adieu tandis que leurs épouses, immobiles, s'efforçaient bravement de dissimuler leur détresse et serraient contre elles leurs enfants. Sur le champ de courses, orné de tentes colorées, des bénévoles tendaient aux passants des aiguilles à tricoter et de la laine afin que les femmes puissent travailler pour les braves garçons qu'elles envoyaient à la guerre.

Miriam parcourait la foule des yeux, espérant apercevoir Edward. Toutefois, de son point d'observation, elle ne pouvait distinguer qu'une marée d'uniformes kaki tournoyant au sein du kaléidoscope multicolore des chapeaux, des drapeaux et des bannières. Elle ne sut si son mari était passé devant elle et l'avait aperçue sur le balcon, car il ne se manifesta pas.

Le menton posé sur la tête de sa fille, elle regarda les camions démarrer l'un derrière l'autre dans un nuage de poussière, tandis que le soleil poursuivait sa course dans le ciel.

Soudain, ce fut terminé. Rapidement vidées, les rues furent rendues au calme. Tous les membres de l'assistance étaient maintenant pressés de rentrer chez eux.

— C'est ce que nous allons faire aussi, chuchota Miriam à Chloé. Nous devons rentrer à la maison et faire en sorte que tout soit parfait pour le retour de ton papa.

15

Jake avait voyagé toute la nuit. Il était passé en hâte chez lui, avait jeté quelques affaires dans un sac, s'était emparé de son chat maussade, et avait branché l'alarme de l'appartement. Pendant le trajet, il s'était offert de brèves pauses pour boire et manger un peu, en avait accordé quelques autres à Éric, afin qu'il puisse satisfaire ses besoins et, après deux heures de repos sur le parking d'une station-service, s'était remis en route. Lorsqu'il aperçut Bellbird, le soleil déclinant inondait d'un voile doré les collines et les vallées environnantes, soudain transmuées en un paysage surnaturel.

Il s'arrêta un moment près de l'imposant portail, savoura le panorama et sentit aussitôt sa fatigue s'envoler. Quel bel endroit! se dit-il devant le spectacle des chevaux, paissant sous les buissons d'acacias. Une telle sérénité, étroitement liée au contact de la nature, ne pouvait procéder que de l'acceptation paisible de la vie et de la succession immuable des saisons. Soudain envahi d'un sentiment de bien-être et d'énergie, il eut l'impression de rentrer chez lui.

— Ne sois pas ridicule, marmonna-t-il. Il referma la portière et se remit en route. Tu n'es venu qu'une fois auparavant.

Pourtant, le rideau pourpre des jacarandas et l'explosion écarlate des flamboyants paraissaient l'attirer, l'enserrer comme les bras d'un ami très cher. Sans nul doute, il se trouvait au bord de sombrer dans un sentimentalisme dangereux. Il se força à redevenir sérieux en immobilisant son véhicule devant la véranda.

Miriam, assise dans son fauteuil canné, le dos soutenu par des oreillers, était en train de donner des ordres à Frank. Le visage animé, elle feuilletait rapidement les pages d'un catalogue dont elle désignait certains éléments à son compagnon.

Les cris d'Éric, insistant pour être libéré, empêchaient Jake d'entendre ce qu'elle disait, mais il saisit cette occasion pour l'observer. Ses cheveux grisonnants, coiffés en larges vagues vers l'arrière, ainsi que la contusion visible sur l'une de ses joues, accentuaient l'impression de fragilité qui se dégageait d'elle. Toutefois, sa force vitale restait intacte, il le lisait dans ses yeux. Dès qu'elle le vit sauter de la voiture, elle l'accueillit avec un large sourire et un signe de la main.

Éric sauta sur le sol et s'éloigna aussitôt, comme pour accomplir une tâche déterminée. Jake se demanda un instant s'il n'allait pas de nouveau chercher la bagarre. Il aurait dû le faire castrer, mais l'idée d'infliger un tel sort à quelque mâle que ce soit le faisait frissonner.

— Ce sera tout, Frank, dit Miriam au régisseur. Vois ce que tu peux faire et tiens-moi au courant.

Les deux hommes échangèrent un regard et un salut.

— La vie citadine devient trop pénible pour vous, hein? susurra la vieille dame. Heureuse de vous revoir, Jake.

Avec le sentiment d'avoir accouru en réponse à une commande royale, il faillit lui prendre la main et la baiser, mais choisit plutôt de retirer son chapeau et de se laisser tomber dans le fauteuil le plus proche.

— Bon sang, je suis vanné, s'écria-t-il en soupirant. C'est un long voyage.

Fiona émergea de l'ombre de la maison avec le plateau à thé et laissa claquer la porte derrière elle.

— Salut. Ravie que vous ayez pu venir, déclara-t-elle en posant sa charge sur la table. Au fait, il y a eu un appel téléphonique pour vous.

Tout à coup, son visage devint grave.

— Votre porte a aussi été fracturée, expliqua-t-elle.

— Quand? s'écria Jake en se redressant.

— La nuit dernière, répondit-elle en versant le thé. On dirait que notre ami commun est déterminé à trouver ce qu'il cherche.

— Comment peuvent-ils s'imaginer que je détiens quelque chose qui les intéresse ? Il y a peu de chances pour que je laisse des pièces vitales dans un appartement vide, même si j'ai une alarme.

Il prit la tasse qu'elle lui tendait et la posa sur la table.

— Mon alarme est du dernier cri ; comment ont-ils fait pour la débrancher ?

Fiona haussa les épaules en signe d'ignorance.

— Votre voisine a vu de la lumière et, sachant que vous étiez parti, a appelé la police. Elle n'avait rien entendu, je suppose donc que cet appareil n'est pas aussi performant que vous semblez le croire.

Jake, convaincu du contraire, resta silencieux. Seul un professionnel averti pouvait neutraliser ce système de sécurité. Il réfléchit un instant en buvant son thé, mais préféra garder pour lui le résultat de ses cogitations.

— On dirait bien que notre M. Dempster devient anxieux, articula-t-il finalement. Je suis surpris que mon bureau n'ait pas été fouillé.

Les joues de Fiona s'empourprèrent.

— Il l'a été, avoua-t-elle, visiblement troublée. Une heure après l'appartement. La police a été prévenue, mais vos associés n'ont constaté aucun vol.

Elle tendit la main et le toucha presque.

— Je suis désolée. J'aurais dû vous le dire avant, mais…

— Merde ! s'écria-t-il, agacé.

Voyant le regard de Mim, il rougit.

— Excusez-moi, reprit-il, mais il est pénible d'entendre tout cela quand on se trouve à des centaines de kilomètres et qu'on ne peut rien faire. J'appellerai Bill demain.

— J'espère que vous n'avez rien laissé traîner, s'enquit Miriam.

— Faites-moi au moins l'honneur de penser que j'ai un peu de jugeote, aboya-t-il. Pardon, je ne voulais pas me montrer grossier.

Il frotta son visage de ses deux mains, puis soupira.

— Qu'a donné votre recherche des actes, au fait?

— Zéro! lança Louise qui sortait de la maison suivie par ses parents. Nous avons fouillé les malles, les cartons, les boîtes et les sacs, sans trouver rien d'autre qu'une accumulation de souvenirs qui n'ont de valeur que pour la famille.

— Alors, qu'allons-nous faire maintenant? demanda Fiona.

Jake, conscient des cinq paires d'yeux fixées sur lui, se tortilla sur sa chaise. Alors qu'il n'avait pas la moindre idée à proposer, il se voyait désigné comme puits de sagesse. Jamais il ne pourrait se résigner à les laisser tomber.

— Nous chercherons encore jusqu'à ce que nous soyons sûrs que les documents n'existent pas, dit-il avec plus d'assurance qu'il n'en éprouvait. La réaction de Dempster me laisse penser qu'ils existent ou tout au moins qu'il en est convaincu. C'est le côté positif de la situation, poursuivit-il en se levant. Ce qu'il faut, c'est que nous prenions les devants, que nous ayons une longueur d'avance. Si les titres sont ici, il faut que nous les trouvions avant lui.

Il garda un moment le silence.

— J'ai vérifié auprès du ministère, en espérant qu'il pouvait y avoir une copie enregistrée des actes originaux. Malheureusement, dans les premières années de prospection, il y a eu un tas de documents perdus, à cause des feux de bush et des inondations, ou tout simplement à cause de négligences diverses. Les papiers étaient conservés dans chaque région; ce n'est que beaucoup plus tard que les pouvoirs en place ont commencé à centraliser les permis d'exploitation.

— Et les journaux intimes, les journaux, les lettres? intervint Chloé. Les pionniers savaient conserver tout cela. Je suis surprise que ni Kate ni Henry n'aient laissé un témoignage de cette époque.

— Les journaux de Kate!

L'exclamation de Mim les fit sursauter.

— Je me souviens maintenant, je les ai mis dans le carton à chapeau! ajouta-t-elle.

— Nous avons écumé le grenier, affirma Louise. Il n'y a rien là-haut ; pas de carton à chapeau, en tout cas

— Avez-vous fouillé derrière le conduit de fumée ? C'est là que je cachais tout, étant enfant. Je suis sûre qu'il y est.

Lorsqu'ils virent qu'elle s'efforçait de se lever, ils la prièrent de rester assise.

Jake se leva en hâte et suivit les deux sœurs dans le couloir.

— Il vous faut ceci, décréta Fiona en lui tendant une lampe électrique. Il fait noir là-haut.

Remarquant à quel point son regard était éblouissant, il lui sourit. Elle représentait vraiment une complication, car il avait avant tout besoin de garder les idées claires.

Il ajusta l'échelle sous la trappe conduisant au grenier et l'escalada. Fiona avait raison. L'obscurité était totale et la chaleur presque insupportable dans cet espace confiné. Il sentait déjà la sueur lui couler sur le visage et dans le dos. Heureusement, il ne souffrait pas de claustrophobie.

Pratiquement plié en deux, il éclaira le mur du fond et l'extérieur du conduit de cheminée. Difficile de voir s'il y avait quoi que ce soit à cet endroit, mais, d'après ce que révélait le faisceau de la lampe, il ne serait pas facile de s'approcher car le plancher paraissait totalement vermoulu. Un faux pas, et il risquait de se retrouver à l'étage en dessous, le cou brisé, probablement.

— Est-ce que vous voyez quelque chose ? cria Fiona d'en bas. Qu'est-ce que vous faites ?

— Un peu de patience ! lui intima-t-il. Ce n'est pas si simple, vous savez, dit-il en avançant avec précaution.

— Dépêchez-vous ! Cela fait une heure que vous êtes là-haut !

Elle grimpa les échelons et s'installa au bord de la trappe, les jambes pendantes.

— J'irais plus vite si vous ne vous en mêliez pas, dit-il entre ses dents.

Conscient de son regard amusé, il se précipita et atteignit les planches de sécurité étendues autour du conduit.

— Alors ? insista-t-elle.

Il serra les mâchoires. Si elle lui posait la question une fois de plus, il... il... La lampe clignota et s'éteignit au moment où il apercevait une forme sombre dans le coin.

— C'est le pompon. Juste ce qu'il me fallait !

— Je vais chercher une autre lampe, annonça Fiona en s'esclaffant.

— Pas la peine, grogna-t-il en tendant les bras au maximum. Je l'ai !

— Génial, tendez-le-moi !

Il s'essuya le visage et tira sur sa chemise souillée. Elle pouvait toujours courir. Pas question de la laisser poser ses doigts collants sur sa trouvaille.

Le carton à chapeau serré contre sa poitrine, il fit taire tout commentaire de la jeune femme en lui jetant un regard impérieux. Docilement, elle le précéda sur l'échelle pour libérer le chemin.

— Ouf, je suis heureux d'en être sorti ! s'exclama-t-il en se frottant les cheveux pour les débarrasser des toiles d'araignées et de la poussière. On se croirait dans un four et le plancher ne tient que par miracle.

— Peu importe, coupa Louise. Regardons ce qu'il y a dans ce carton.

Jake retourna dans la véranda sans lâcher son butin, qu'il déposa sur la table devant Mim.

Ils retinrent leur souffle en la voyant passer la main sur le cuir éculé. La boîte, plate sur l'un de ses côtés et arrondie sur les trois autres, était visiblement conçue pour un chapeau de femme.

— C'est l'une des deux seules boîtes de Kate retrouvées après le naufrage du *Titanic*. Le contenu était perdu, bien sûr, mais je ne voulais pas les jeter et je me suis servi de celle-ci pour ranger ses journaux intimes.

Tous les regards fixés sur les mouvements de ses doigts, elle essaya d'ouvrir la fermeture de métal rouillé, sans succès. Jake sortit un canif pour lui venir en aide.

— Bon sang, s'exclama Fiona, il va nous falloir des années pour lire tout cela !

En se soulevant, le couvercle avait révélé un vaste empilement de cahiers, de lettres et de carnets.

— Allons-y, s'écria Miriam, il ne nous reste que cinq jours avant de nous rendre à Brisbane.

Chloé aida sa mère à se préparer pour la nuit. Après avoir éteint la lumière, alors qu'elle était sur le point de fermer la porte, elle fut envahie d'une immense tristesse. Mim était son point d'ancrage, la force directrice de sa vie. Comment allait-elle faire sans elle ? Soixante-quinze ans n'était pas un âge si avancé... ce n'était vraiment pas juste.

— Elle dort ?

La voix familière de Léo la fit se retourner.

— La journée a été longue, répondit-elle en hochant la tête. Toute la semaine, en fait. Et ce n'est pas terminé.

Il lui enlaça doucement les épaules.

— Tu es fatiguée aussi. Nous le sommes tous. Même Louise est allée se coucher.

Chloé, arrivée devant la porte de sa chambre, se retourna vers son séduisant mari. Ils avaient beau être divorcés, elle l'aimait toujours et se reposait encore sur lui pour nombre de détails.

— Penses-tu que nous allons enfin trouver les actes ? demanda-t-elle. Ou est-ce juste un vœu pieux ?

Il se pencha sur elle avec un sourire et posa un baiser sur son front.

— Qui peut le savoir ? En tout cas, grâce à cette recherche, nous sommes de nouveau réunis et cela ne peut pas être mauvais, n'est-ce pas ?

En lui rendant son sourire, elle secoua la tête.

— Nous avons toujours été une famille unie, mais cette histoire a resserré nos liens. Nous nous parlons au lieu de nous disputer. Non seulement Louise mange à sa faim, mais elle paraît plus heureuse qu'elle ne l'a été depuis longtemps. Quant à notre Fiona, elle est en train de tomber amoureuse, bien qu'elle ne s'en soit pas encore rendu compte.

Il leva un sourcil neigeux.

— Tu l'as remarqué aussi? Il est temps qu'elle trouve quelqu'un. Nous ne sommes pas faits pour vivre seuls.

Alors qu'il s'interrompait, son regard devint plus intense.

— La solitude nous rend égoïstes, poursuivit-il. Ce n'est pas une existence pour des gens comme nous.

Elle s'écarta de lui et ouvrit la porte de sa chambre.

— As-tu jamais été seul? rétorqua-t-elle. Comment oses-tu parler ainsi, étant donné le nombre de femmes que tu as séduites?

Il s'appuya sur le chambranle, bloquant la fermeture.

— Je me sens seul sans toi, déclara-t-il. Les autres femmes n'étaient qu'un antidote, une échappatoire à ce qui comptait vraiment. Elles ont eu très peu d'importance à mes yeux.

— Arrête! s'exclama-t-elle. Tu as eu des maîtresses tout au long de notre mariage, alors ne joue pas au vieux soldat avec moi. Ça ne prend pas.

Le visage grave, il posa la main sur son cœur et baissa la tête.

— Je ne suis qu'un homme plein de faiblesses. Qu'y puis-je si les femmes se jettent à mon cou et me distraient de mon travail?

— Bonne nuit, Léo, dit-elle en claquant la porte.

— J'ai changé, insista-t-il. J'ai compris mes erreurs et je veux que tu me pardonnes. Reprends-moi. La vie me paraît si vide sans toi!

Adossée à la porte, Chloé refoulait ses larmes. Léo était son seul et unique amour, mais il lui avait trop souvent brisé le cœur. Elle devait se protéger de lui, même s'il fallait pour cela réprimer le besoin qu'elle éprouvait de se jeter dans ses bras.

— Va dans ton lit, tu auras changé d'avis demain matin! cria-t-elle.

Elle entendit ses pas s'éloigner vers la véranda où il dormait sur un lit de camp. Sans cesse, elle devait se répéter qu'il ne changerait jamais, que ses supplications procédaient en partie de l'affection qu'il avait pour elle, dont elle n'avait d'ailleurs jamais douté, mais surtout de l'approche de la vieillesse. Les jeunes filles ne s'intéressaient plus maintenant qu'à sa réputation et à son argent.

Pauvre Léo, se dit-elle en se déshabillant. Il traversait une crise de la maturité, mais elle n'était plus décidée à prendre le risque de sacrifier, pour lui, son cœur et sa santé mentale. Pourtant, songea-t-elle, étendue sur son petit lit, il ne lui en faudrait pas beaucoup pour qu'elle change d'avis. Elle se montrait toujours si malléable quand il s'agissait de Léo, et si stupide aussi, car les années n'avaient pas atténué le sentiment de solitude qu'elle ressentait, là, allongée sans sa présence, hors de la protection de ses bras. S'il lui posait encore une fois la question, elle l'accueillerait sans doute de nouveau près d'elle.

Fiona leva les yeux du journal intime qu'elle lisait et sourit. Jake s'était endormi, le menton sur la poitrine et un carnet sur les genoux. Elle en profita pour l'étudier, remarquant la couleur et l'épaisseur de sa chevelure, la longueur de ses cils recourbés et la façon dont la barbe naissante soulignait le contour de sa mâchoire. Il était superbe, mais ne le savait probablement que trop bien. Elle referma brusquement le cahier relié qu'elle parcourait, avec un claquement. Éric, qui sommeillait dans son giron, sauta vivement sur le sol.

— Qu'est-ce… commença Jake en ouvrant péniblement les yeux.

De justesse, il rattrapa le carnet qui menaçait de glisser sur le sol.

— Il est tard, dit-elle. Tout le monde est parti se coucher et vous étiez en train de ronfler.

— Je ne ronfle pas, protesta-t-il. Même ma femme ne s'est jamais plainte de ça.

— Votre femme ? Quelle femme ?

Fiona avait la sensation d'avoir été propulsée en parachute au-dessus de la jungle, expérience qu'elle avait tentée au Brésil et qu'elle n'était pas pressée de réitérer.

Il l'observa un long moment, ses paupières à demi closes lui donnant un air sensuel, presque vulnérable.

313

— Il est tard, effectivement. Viens Éric, au lit !

— Quelle femme ? insista-t-elle.

Il tourna la tête et lui jeta un sourire par-dessus son épaule.

— Celle que j'ai épousée il y a près de dix ans, répliqua-t-il. Bonne nuit.

Immobile, Fiona l'entendit se diriger vers la véranda et échanger deux mots avec Léo, puis ce fut le silence.

— Eh bien ! murmura-t-elle, voilà de quoi me remettre à ma place.

Elle attrapa son cardigan et éteignit la lumière.

— Le salaud ! reprit-elle. Il me fait les yeux doux et me fait marcher. Pour qui se prend-il, bon sang ?

— Pourquoi tout ce raffut ? grommela Louise en voyant sa sœur pénétrer bruyamment dans la chambre. Je dormais, figure-toi.

— Désolée, rendors-toi.

Louise s'appuya sur un coude.

— Je suis réveillée maintenant. Quelle mouche te pique ?

— Les hommes, ma vieille, ces fichus mâles !

Sa sœur s'étendit de nouveau.

— Oh, dit-elle doucement. Jake, tu veux dire ? Qu'est-ce qu'il t'a encore fait ? demanda-t-elle en s'esclaffant.

— Rien.

— C'est peut-être là le problème.

— Pas du tout ! Il est marié, Lou. Ce salaud est marié, figure-toi !

— Oui, je sais, mais…

— Mais alors, pourquoi ne m'as-tu pas prévenue ?

Fiona se laissa tomber sur les oreillers et croisa les bras sur sa poitrine, folle de rage.

Louise la regarda et se remit à rire.

— Oh, là, là ! cela semble drôlement te contrarier, on dirait.

Évitant une claque de sa sœur sur le bras, elle poursuivit :

— Il était marié, mais Mim m'a dit qu'il est divorcé depuis longtemps. Je ne sais pas pourquoi tu t'énerves

autant. Ce n'est pas comme si tu étais amoureuse de lui,
n'est-ce pas ?

Fiona s'assit brusquement.

— Divorcé ? Alors pourquoi m'a-t-il fait croire qu'il était
encore marié ?

— Je n'en sais rien.

— Quel fumier !

— Allons, sois logique. Tu ne peux pas avoir le beurre et
l'argent du beurre. Le pauvre vieux ne sait probablement
pas à quoi s'en tenir avec toi. Il lui faut un peu de temps
pour s'y retrouver. Tu es parfois un peu… impressionnante.

Fiona resta éveillée longtemps après que Louise se fut
rendormie. Si Jake Connor croyait qu'il pouvait la faire
marcher, il se trompait. Il serait toutefois intéressant de voir
jusqu'où il comptait aller et de lui apprendre à ne pas
tenter le diable.

Miriam allongée dans l'obscurité écoutait les bruits de
la maison. Elle entendit la voix grave de Léo devant la
chambre de Chloé et ses pas qui décroissaient après une
brève altercation. Quand ces deux-là comprendraient-ils
qu'ils ne pouvaient vivre l'un sans l'autre ? pensa-t-elle tristement. Dire qu'ils laissaient leur amour-propre gâcher le
bonheur qui se trouvait à portée de main !

Elle se redressa sur ses oreillers en entendant s'élever les
voix de Fiona et de Jake. Peu après qu'elle eut entendu
sortir son visiteur, elle perçut les murmures de ses deux
petites-filles, ainsi que des rires étouffés. Elle ne pouvait distinguer leurs paroles, mais sentait que Fiona était énervée.

— Je parierais à cent contre un que c'est à cause de
mon cher avocat, murmura-t-elle.

Quel bonheur d'avoir tout le monde à la maison,
songea-t-elle en s'appuyant de nouveau sur les oreillers.
Leurs discussions, leurs disputes mettaient de la vie dans la
vieille demeure et faisaient disparaître les échos anciens
des recoins les plus sombres. Il y avait eu trop d'années de
silence, trop de périodes solitaires au cours desquelles elle
aurait eu besoin de personnes proches à qui parler. Frank

était un ami, un excellent ami, mais il ne faisait pas partie de la famille. Souvent, elle avait aspiré à réunir tout le monde autour d'elle.

La vieille dame ferma les yeux. C'était la dernière fois que Bellbird les verrait tous ensemble. La dernière fois qu'ils pourraient lui insuffler cette force et cette vitalité qui l'avaient aidée à avancer au cours des derniers jours. Son temps était compté. Au fond, si elle devait exprimer un seul regret, c'était de les laisser continuer sans elle. Ils allaient, à leur tour, vivre leurs propres expériences, qui seraient empreintes, elle le leur souhaitait, de multiples formes d'amour.

Comme elle aurait aimé pouvoir assister à tout cela et voir les enfants de ses petites-filles venir au monde !

Tu commences à geindre, se gourmanda-t-elle en prenant un nouveau comprimé. Ce n'est pas parce que tu vas casser ta pipe qu'ils ne peuvent pas survivre sans toi.

Attendant que le médicament fasse son effet, elle s'interrogea sur le psychisme humain et sa faculté de faire face à la perte d'un être cher. Le temps et l'éloignement avaient un pouvoir réparateur. Même si ceux qui restaient se refusaient à le croire, le vieil adage se vérifiait : la douleur s'apaisait, les larmes séchaient et il arrivait un jour où l'on pouvait passer vingt-quatre heures sans penser à celui ou à celle que l'on regrettait. Ces quelques heures s'étendaient ensuite à des jours, puis des semaines, des mois et des années. On cessait alors de chercher les absents dans les endroits familiers, d'entendre le son de leur voix. Leur souvenir subsistait, mais leurs traits devenaient de plus en plus flous et s'évanouissaient peu à peu, comme sur de vieilles photographies laissées trop longtemps au soleil.

Frank, une fois revenu avec Gladys et les enfants après leur séjour à Burke, partit seul pour Baringun afin de se faire enrôler.

Les deux femmes regardèrent le nuage de poussière se lever derrière lui. Lorsqu'il fut complètement dissipé, elles firent demi-tour et rentrèrent dans la maison de Miriam. Le visage couleur de cendre, sans une larme, elles s'installèrent autour d'une tasse de thé, les enfants jouant à leurs pieds. Ce jour-là se forgea une amitié véritable, qui devait se prolonger jusqu'à la disparition de Gladys, près de cinquante ans plus tard.

Après l'été écrasant de 1914, lorsque Noël arriva, elles comprirent que les hommes ne rentreraient pas de sitôt à la maison et pressentirent, par les journaux et la radio, que cette guerre était différente des autres. Elle mettait en présence des armées de taille beaucoup plus importante qu'auparavant, porteuses d'armes nouvelles effroyablement efficaces. Avec l'utilisation de ces outils de massacre – mitrailleuses, tanks, gaz asphyxiants, avions et sous-marins –, un seul combat pouvait coûter la vie à des centaines de milliers d'êtres humains.

Pour la première fois dans l'histoire, la population civile des protagonistes était visée. Alors que le blocus britannique visait à affamer l'Allemagne et ses alliés pour les forcer à se soumettre, les sous-marins allemands infligeaient la même punition à la Grande-Bretagne. L'effort de guerre exigeait le soutien et le sacrifice de nations entières. Dans l'outback, femmes et enfants cultivaient du blé tout en élevant moutons et bovins pour le marché de la viande. La laine devenait un luxe, dont les prix atteignaient cinquante pour cent de plus que sa valeur avant la guerre.

— Cette guerre va tout changer pour nous, les femmes, déclara Miriam à son amie, au mois de mai 1915, alors qu'elles tricotaient ensemble dans la véranda.

Un tas de chaussettes, de tricots, de mitaines et de cache-nez, placé sur la table devant elles, attendait d'être envoyé au front.

Gladys rattrapa quelques mailles filées sur l'échantillon de sa fille et le lui rendit.

— Comment cela ? s'enquit-elle.

— Nous avons appris ce que signifie le fait d'être indépendantes.

Miriam posa un instant son tricot et caressa son ventre bombé en parcourant les paddocks du regard. Les veaux appelaient leur mère qui leur répondaient et les bouvillons tournaient dans leur enclos, attendant d'être transportés au marché le lendemain matin. Il y avait moins de chevaux maintenant, car, à l'instar des hommes, ils étaient partis à la guerre. Malgré l'angoisse suscitée par le sort de Edward, la jeune femme éprouvait un profond sentiment de satisfaction pour tout ce que son amie et elle avaient accompli depuis le départ de leur époux.

— Les femmes travaillent dans les usines, dans les magasins, les écoles, et même les bureaux. Nous avons appris à nous débrouiller seules et à toucher un salaire, à avoir notre propre argent.

Gladys, voyant sa fille jeter son petit tricot au-dessus de la balustrade, fit une grimace.

— Cela ne va pas durer, dit-elle. Les hommes vont rentrer et nous serons tellement heureuses de les voir que nous oublierons nos idées d'indépendance, tu verras.

Miriam hocha la tête, intriguée par un léger nuage de poussière qui s'élevait au loin. Quelqu'un arrivait. C'était probablement le conducteur qu'elles attendaient.

— Peut-être, répliqua-t-elle en soupirant, mais les plus jeunes ne renonceront pas facilement à leur liberté. Pour nous, c'est différent. Du moment que Edward rentre sain et sauf à la maison, je me moque de passer le reste de ma vie au-dessus d'un fourneau brûlant. C'est déjà assez fatigant d'être enceinte par cette chaleur et de surveiller les enfants, sans avoir à travailler comme un homme toute la journée. Heureusement que nous avons les apprentis pour nous aider !

Tout à coup, elle se rendit compte qu'elle s'était trompée. Aucun conducteur de troupeau ne venait sans son cheval, et le nuage de poussière était trop abondant pour être causé par des sabots.

— C'est une voiture qui arrive, dit-elle. Qui en a une, parmi nos connaissances ?

Gladys rassembla ses enfants.

— Mim, articula-t-elle. Le prêtre se déplace en voiture. Tu ne crois pas…

Les deux femmes se levèrent, la peur sur le visage. Le père McFarlaine, réputé pour sa froideur, était à la fois avare d'humour et de compassion. Il n'avait jamais caché que sa paroisse très dispersée de l'outback n'était qu'un tremplin pour Rome. Son arrivée ne pouvait signifier qu'un mauvais présage.

La voiture s'arrêta dans un grincement de freins, la portière s'ouvrit et le prêtre mit pied à terre.

Miriam se laissa tomber dans son fauteuil et serra Chloé contre sa poitrine, en dépit des protestations de la petite fille. Gladys, immobile comme une statue, porta les mains à sa bouche, les yeux écarquillés d'appréhension.

— Qui est-ce ? demanda-t-elle à travers ses doigts. Mon Dieu, qui est-ce ?

Miriam sentit une main glacée lui agripper le cœur. Le monde tournoyait, hors de contrôle, alternant lumière et obscurité, faisant tanguer le prêtre devant ses yeux. Se rendant compte qu'elle étouffait Chloé, elle la libéra et la posa sur le sol, puis elle mit les mains sur son ventre, car le bébé donnait un coup de pied.

— Vous nous apportez un télégramme, articula-t-elle avec difficulté.

Il hocha la tête et s'approcha de Gladys, mais Miriam vit que son attention se portait sur elle. La main glacée serra les doigts un peu plus fort.

— J'ai le triste devoir de vous informer que votre mari, Edward Strong, a été tué à la bataille de Gallipoli, déclara-t-il à la jeune femme avec raideur. Il a fait preuve d'un courage exemplaire et a reçu la médaille de guerre.

Il frotta sa soutane pour en ôter la poussière, et poursuivit :

— Les hommes de la première Force australienne internationale ont connu une défaite glorieuse et ont donné leur vie avec courage et générosité. L'Australie a montré qu'elle est finalement une grande nation. Vous devez vous sentir très fière.

Autour d'elle, le décor vacilla, s'éteignit, puis se mit à tourbillonner avec une vitesse de plus en plus grande. Elle fut vaguement consciente de mains qui la soutenaient et la portaient sur le lit de la véranda, puis d'un linge mouillé qu'on lui appliquait sur le front.

Étrangement, la seule image qui se présentait à son esprit était celle de Edward, faisant travailler les chevaux dans le corral. Cela ne pouvait pas être vrai. Il ne l'aurait jamais abandonnée. S'il était mort, elle l'aurait senti. Elle aurait su au fond d'elle-même qu'il était parti pour toujours.

La voix du prêtre lui parvenait de très loin.

— Je ne serais pas venu si j'avais su que son état était si avancé, disait-il. Dans combien de temps?...

— Un mois, peut-être moins avec ce choc, s'écria Gladys. Vous auriez pu vous y prendre avec un peu plus de douceur, ajouta-t-elle. Et Frank, mon père? Est-ce qu'il est vivant?

— Pas de nouvelles, bonnes nouvelles, ma chère. Je n'en ai pas entendu parler.

Miriam sombrait dans des ténèbres bienfaisantes. Elle voulait se laisser envahir par ce nuage obscur qui la transportait dans un univers où les sentiments et les pensées n'existaient plus. Toutefois, elle était incessamment rappelée à la réalité par la douleur exigeante, insistante, qui lui martelait les reins.

Le fils de Edward naquit dans la véranda, alors que la poussière soulevée par le départ du prêtre retombait sur le sol. Il vécut juste assez longtemps pour qu'elle puisse l'embrasser et l'appeler par son nom. Edward Henry Strong fut ensuite inhumé dans le petit cimetière de la colline, derrière la maison.

Très tôt, le lendemain matin, Miriam et Gladys se tenaient par la main en silence, devant la petite croix blanche qui se dressait sur l'herbe pâle. Les fleurs posées sur le monticule, couvertes de gouttes de rosée, luisaient dans le soleil levant. Tout à coup retentit le chant d'un araponga qui se répandit dans l'espace, tel un psaume d'une lancinante beauté.

Miriam tomba à genoux, incapable de supporter plus longtemps sa souffrance. Poussant un long gémissement dont l'écho retentit autour d'elle, remplissant Bellbird de sa tristesse, elle eut le sentiment que ses larmes s'étaient taries à jamais.

La vieille dame ouvrit les yeux, surprise de constater qu'il faisait encore noir. La force de son rêve était telle qu'elle avait l'impression de sentir la chaleur du soleil et la brise qui lui frôlaient la peau ce jour-là.

Ramenée à la réalité, elle se frotta les yeux et s'assit dans le lit. Il faisait froid et sombre ; c'était l'heure la plus calme de la nuit. Peu attirée par la religion, elle lutta néanmoins pour se remémorer cet extrait de la Bible qu'elle avait dû apprendre dans son institution pour jeunes filles. « Il y a un temps pour vivre et un temps pour mourir. Il y a aussi un temps pour lutter et un temps pour se reposer. »

Pour elle, le temps était venu de rassembler tous ses souvenirs, toutes les peines et les joies de sa vie, afin de les examiner. Elle n'avait eu personne à enterrer, sauf son fils. Tant d'êtres chers n'existaient plus que dans son souvenir. Père avait disparu, Kate et George se trouvaient au fond de l'océan, et Edward n'était jamais rentré à la maison.

Un sentiment d'acceptation paisible l'envahit. Bientôt, elle les reverrait tous.

16

Jake, après une bonne nuit, avait réussi à parcourir presque entièrement l'un des autres cahiers de Kate avant le lever du soleil. L'écriture n'était pas facile à déchiffrer, car l'encre avait pâli à certains endroits. Toutefois, ces journaux intimes constituaient un témoignage historique exceptionnel, grâce auquel il avait le sentiment de connaître la petite Irlandaise admirable, qui s'était montrée si courageuse et entreprenante.

Douché et habillé, il traversa la cour, pressé de prendre son petit déjeuner. Peut-être Fiona serait-elle déjà dans la cuisine. Il s'en voulait de l'avoir taquinée ainsi la veille au soir.

— Je veux vous dire un mot.

Miriam avait surgi sous les frondaisons du poivrier.

— Vite, lui intima-t-elle. Venez ici, et en silence.

Jake eut un large sourire. Rien de tel qu'un peu de mystère dès le matin pour aiguiser l'appétit. Mim, visiblement rétablie de son épreuve, semblait en pleine forme.

— Dépêchez-vous, je n'ai pas toute la matinée! insista-t-elle.

Repoussant les branches tombantes, Jake entra dans l'abri sombre et frais. Il se sentait prêt à jouer le jeu qu'elle lui imposait pour lui faire plaisir.

— Bon sang, qu'avez-vous trouvé? chuchota-t-il. Avez-vous fait un pas décisif?

— Oui et non, répliqua-t-elle d'un ton énigmatique. Lisez ça et dites-moi ce que vous en pensez.

Jake prit le carnet et parcourut la page indiquée. Ce n'était pas un passage du journal intime de Kate, mais la liste des achats et des ventes qu'elle avait opérées au cours de ses voyages dans les camps de mineurs. L'écriture, comme les détails, était d'une précision extrême.

— Je ne vois pas quel est le rapport avec notre affaire, articula-t-il.

— Tournez la page.

Il obéit et comprit pourquoi elle semblait tellement excitée.

— Je vois, dit-il pensivement.

Devant l'espoir qui se lisait sur le visage de la vieille dame, il se sentit embarrassé. Il ne voulait pas la décevoir en lui faisant remarquer que cela ne suffisait pas.

— Ce n'est pas ce que vous espériez, n'est-ce pas ? Je le vois sur votre visage.

Elle secoua la tête, visiblement désappointée.

— Vous n'avez pas besoin de me ménager, je suis assez vieille pour prendre les nouvelles comme elles viennent.

— C'est une excellente information d'arrière-plan, que je peux utiliser à la Cour en relation avec quelques indications des journaux intimes, déclara-t-il. La défense va sûrement considérer ces éléments comme irrecevables et les rejeter, mais nous verrons bien. Je suis désolé de ne pas pouvoir vous promettre davantage.

Elle fit un pas vers lui et baissa la voix.

— Vous êtes un homme bien. Je suis heureuse de vous avoir à mes côtés.

Lui tapotant le bras, elle s'éloigna.

Jake resta immobile, plongé dans ses pensées à peine perturbées par le bourdonnement des abeilles dans le poivrier. Peut-être ces écrits pourraient-ils être utilisés, décida-t-il. C'était risqué, mais, sans les titres, il n'avait pas d'autre choix que d'essayer. Qui sait si ce carnet, associé à la seule autre preuve en possession de Mim, ne se transformerait pas en argument convaincant ?

Fiona, croquant un toast, observait sa sœur en train d'avaler des œufs brouillés accompagnés d'oignons croustillants, qu'elle arrosait de thé sucré. Non seulement elle avait déjà perdu son aspect de semi-anorexique, mais l'air de l'outback avait hâlé ses joues. Son comportement aussi avait changé ; il était bon de retrouver cette gentille vieille Louise qui leur avait si longtemps manqué.

Elle finit son toast et poussa son assiette sur le côté. Bien que le moment ne soit pas particulièrement opportun, il fallait qu'elle annonce à Mim qu'elle devait partir, car elle ne pouvait pas manquer son entretien à Brisbane. Avec tout ce qui s'était passé la semaine précédente, elle avait complètement oublié ce rendez-vous et ne s'en était souvenu que lorsqu'elle avait ouvert son agenda. Espérant que sa grand-mère saurait comprendre ses raisons, elle lui jeta un coup d'œil et se prépara avec appréhension à lâcher la nouvelle.

L'apparition de Jake la sauva momentanément.

— Qu'est-ce que c'est ? s'enquit-elle en le voyant ranger le carnet dans sa serviette.

— Un élément que Mim m'a montré, pensant que cela pourrait m'intéresser, répondit-il d'un ton indifférent.

Fiona prit une profonde inspiration. Elle en avait plus qu'assez de ne pas être mise au courant. Alors qu'elle était sur le point de dire ce qu'elle avait sur le cœur, le téléphone sonna, les faisant tous sursauter.

— Bellbird, aboya-t-elle.

— C'est Ralph, passe-moi ma femme.

— Elle est occupée.

— Qui est-ce ? demanda Louise.

Après avoir tendu, avec réticence, l'appareil à sa sœur, qui s'isola dans le couloir et ferma la porte, Fiona échangea un regard avec sa mère.

— J'espère qu'il n'a pas l'intention de revenir, chuchota Chloé. Louise va tellement mieux. Il est évident qu'il ne lui réussit pas.

Miriam tournait les pages du journal intime de Kate en buvant quelques gorgées de thé.

— Nous perdons du temps, intervint-elle. Reprenez votre lecture.

Fiona, qui avait déjà dévoré la moitié du journal de Henry, relative à son départ d'Irlande et à son arrivée en Australie, désirait lire la suite avec impatience, mais elle constata que toutes les pages suivantes étaient vierges.

— Est-ce que quelqu'un a les carnets de Henry ? On dirait qu'il a abandonné celui-ci.

— Il a cessé d'écrire après la mort de Maureen, expliqua Miriam. Il n'en avait pas le cœur, sans doute.

Elle regarda sa petite-fille par-dessus ses lunettes.

— Je ne sais pas pourquoi vous perdez votre temps à lire ce qui remonte si loin. Il faut nous concentrer sur 1906 et les quelques années qui suivent.

Tendant la main, elle sélectionna un carnet épais doté d'une fermeture de métal. La couverture, en cuir repoussé incrusté de dorures, portait la date de 1906.

— Essaye celui-là, ordonna-t-elle.

Le silence retomba tandis que tous s'absorbaient dans leur tâche. On n'entendait plus dans la cuisine que le tic-tac de la pendule et le bruissement des feuilles de papier.

Louise entra soudain et raccrocha le téléphone, puis elle fit le tour de la table pour s'asseoir.

Fiona leva les yeux en l'entendant renifler.

— Que s'est-il passé ?

Louise se moucha, les yeux rougis par les larmes.

— Rien.

— Bordel, qu'est-ce qu'il t'a dit ? Est-ce qu'il t'a encore engueulée ?

— Surveille ton langage, intervint Mim d'un ton absent.

Louise souleva le carnet qu'elle avait commencé à consulter et recula sa chaise.

— Ça ne te regarde pas. Je vais dans la véranda où j'aurai un peu la paix. Et ne me suis pas, je n'ai aucune envie de discuter avec toi !

Le téléphone sonna de nouveau au moment où elle passait devant l'appareil. Elle décrocha, le visage plein d'espoir.

— Ralph ?

Après avoir écouté un instant, elle tendit le combiné à Jake, avec une expression de profonde déception.

— C'est un certain Bill, indiqua-t-elle.

Fiona observa Jake tandis qu'il écoutait son correspondant. La conversation paraissait importante et tendait à se prolonger. Elle essaya de deviner ce qui se disait, mais l'avocat parlait bas et veillait à ne donner que des réponses évasives, comme à son habitude. Lorsqu'il raccrocha et se retourna vers eux, elle comprit que les nouvelles n'étaient pas bonnes.

— Je suis désolé, Mim. C'était mon associé. Dempster a porté plainte contre vous pour diffamation. Ses avocats réclament deux millions de dollars de dédommagement, plus les frais.

Miriam sentit son cœur battre douloureusement dans sa poitrine. Il lui serait impossible de trouver deux millions de dollars, même si elle essayait de vendre Bellbird, ce qu'elle ne ferait pas, de toute manière. Comment pourrait-elle renoncer à son domaine bien-aimé pour payer un serpent tel que Brendt ?

— Mon Dieu, gémit-elle. Qu'ai-je fait ?

— Tout n'est pas perdu, Mim, dit Jake.

Il s'assit près d'elle et lui prit la main.

— Si vous retirez votre plainte et écrivez une lettre d'excuses formelle, les Dempster retireront la leur.

— Jamais, s'écria-t-elle. Jamais je ne m'excuserai auprès de l'un d'entre eux.

— Maman, intervint Chloé avec une sécheresse inhabituelle. Tu ne peux pas continuer comme cela. C'est devenu une obsession. Donne à cet homme ce qu'il veut et oublie cette idiotie de procès. Tu n'es pas en état d'affronter ces épreuves, et prendre le risque de perdre cet argent est carrément de la folie.

Miriam toisa sa fille, saisie par sa véhémence.

— C'est impossible, répliqua-t-elle. À tes yeux, c'est une obsession, mais c'est surtout la seule occasion que j'ai de faire rendre justice à mon père.

— Chloé a raison, déclara Léo. Nous sommes allés trop loin. Il est temps de faire marche arrière et de garder un peu de dignité. Vous n'allez pas assez bien pour faire face à toutes ces complications, et la somme de deux millions de dollars ne représente pas exactement une goutte dans l'océan.

Miriam se tourna vers Fiona.

— Qu'en penses-tu ? demanda-t-elle avec appréhension.

Sa petite-fille resta silencieuse un long moment, le regard pensif.

— Je pense que Dempster bluffe, dit-elle enfin. Il n'a aucune envie de se retrouver au tribunal. La boue laisse des traces, quelle que soit l'issue du procès.

Miriam eut une lueur d'espoir. Comme Fiona était intelligente ! Ses facultés d'analyse étaient remarquables. À son âge, elle-même aurait été uniquement poussée par son instinct.

— C'est comme s'il savait que nous n'avons pas d'éléments probants à présenter, poursuivit la jeune femme. Cette plainte pour diffamation et ces deux millions de dollars n'ont pour but que de te faire peur. Quant à la demande d'excuses, elle n'est destinée qu'à t'humilier.

Miriam opina du chef.

— Tu as sans doute raison, mais il prend un risque. Comment peut-il être certain que nous n'avons rien trouvé contre lui ?

— Les hommes comme Dempster passent leur temps à prendre des risques, rétorqua Fiona. C'est ainsi qu'ils amassent leur fortune. Les petites gens comme nous peuvent être faciles à dissuader s'il peut leur en coûter beaucoup. Mais je suis surprise qu'il abatte ses cartes.

Alors que Jake se raclait la gorge, tous les regards se tournèrent vers lui.

— Avez-vous envisagé la possibilité selon laquelle Dempster aurait trouvé ce que nous cherchons ? Même un individu comme lui n'est probablement pas assez téméraire pour intenter un procès s'il n'est pas certain de le gagner.

— Jake a raison, s'écria Chloé, horrifiée. Fais ce qu'il dit, maman. Laisse tomber avant que nous ne perdions tout.

Miriam parcourut les visages implorants ou préoccupés qui l'entouraient. Toutefois, la situation lui apparaissait plus clairement et sa décision était prise.

— Non, déclara-t-elle fermement. Je préfère croire que Fiona a vu juste. Dempster joue son va-tout. Il essaie de me faire peur, de me dissuader d'aller plus loin.

— Je suis désolée ! s'exclama Louise dans un sanglot. Tout est ma faute. Je vous ai trahis.

— Louise ?

Chloé se leva brusquement et s'approcha de sa fille. Elle enlaça ses épaules tremblantes, s'efforçant de comprendre ce qu'elle exprimait.

— Allons, calme-toi, reprit-elle en lui tendant un mouchoir. Explique-moi ce que tu veux dire.

Louise s'essuya le visage avant de répondre.

— Je ne pensais pas que la situation s'envenimerait ainsi, s'écria-t-elle en continuant de pleurer. Bien sûr, je n'avais pas l'intention de révéler quoi que ce soit, mais cela m'a échappé.

— Tu as parlé à Ralph ! dit Miriam.

C'était un constat, pas une question car la réponse lui paraissait évidente.

Louise hocha la tête.

— Nous bavardions et je lui ai dit que nous cherchions les actes. Il le savait, bien sûr, puisqu'il était là quand nous avons discuté de la question. Je n'ai vu aucun mal à lui préciser que nous ne les avions pas encore trouvés.

Léo vint près d'elle pour la consoler à son tour.

— Fiona était furieuse que Mim ait donné à Jake quelque chose à emporter à Brisbane. Elle était folle de curiosité parce qu'elle savait que cela avait un rapport avec notre affaire.

Elle croisa le regard de Jake.

— Je suis désolée. Je ne pensais pas que cette anecdote pourrait causer autant d'ennuis.

— Ainsi, Ralph t'utilise pour soutirer des informations qu'il monnaye à Dempster contre quelques faveurs, dit

Fiona, écœurée. Pas étonnant que nous ayons tous été cambriolés et terrorisés. Quel salaud !

— Surveille ton langage, Fiona, marmonna Mim.

— Je suis tellement désolée, répéta Louise. Ralph a l'art de me tirer les vers du nez. Je n'ai pas pensé une minute qu'il irait voir Dempster avec ces éléments. Jusqu'à ce matin, bien sûr.

— Que s'est-il passé ce matin ?

Miriam, heureuse d'être assise, se demanda combien de chocs encore lui réservait la journée.

— Il a laissé échapper qu'il était au courant du cambriolage de Jake, s'écria-t-elle en sanglotant. Puis il a essayé de détourner mon attention en affirmant que j'étais sa maîtresse.

Elle rougit violemment en jetant un coup d'œil à l'intéressé, et se tourna vers son père.

— Il m'a accusée de maux terribles, papa. Il a dit que je me montrais dissimulatrice à son égard, que je travaillais contre lui afin qu'il ne décroche pas le contrat avec Shamrock Holdings et que je complotais avec ma famille derrière son dos. Il a toujours su que vous ne l'aimiez pas. Avant même de m'en rendre compte, je lui avais tout révélé.

Miriam lui prit la main pour lui exprimer sa tendresse.

— Il n'y avait pas tant de révélations, chérie, et je soupçonne Dempster d'en savoir bien peu. Sèche tes larmes et assieds-toi. Nous avons un certain nombre de points à aborder.

Louise resta silencieuse tandis qu'ils parlaient tous à la fois. Elle se sentait comme une étrangère, une méprisable espionne. Elle avait blessé les personnes qu'elle aimait le plus et ne pouvait se le pardonner, ni le pardonner à Ralph. Pourquoi avait-elle fait preuve de cette malléabilité, de cet aveuglement sans nom ? Fiona avait essayé de lui ouvrir les yeux, mais elle avait refusé de l'écouter. Quelle stupidité !

Elle prit une cigarette dans le paquet de sa sœur et l'alluma. La première depuis des années, elle représentait, d'une certaine façon, un acte de défi envers Ralph.

Autour d'elle, la conversation était animée. Idées et suggestions fusaient et, une fois examinées, se trouvaient mises en réserve ou écartées. Pourtant, tout cela ne représentait pour elle qu'un bruit de fond auquel elle était incapable de s'intéresser. Ses pensées retournaient incessamment à son mariage, et à l'homme qui, soudain, se révélait un parfait étranger.

Elle sortait tout juste d'une relation désastreuse avec un comédien lorsqu'elle avait rencontré Ralph dans un cocktail destiné à rassembler des fonds pour la troupe du petit théâtre où elle jouait depuis trois ans. Sa carrière de comédienne commençant à décoller, elle s'était mise à rêver de jouer un jour au Théâtre national, situé sur la rive sud.

Ralph l'avait courtisée avec persévérance, à l'aide de flatteries et de cadeaux somptueux qui l'avaient éblouie. Elle n'avait été que trop heureuse d'être courtisée par un homme aussi raffiné, visiblement destiné à un grand avenir. Plus simplement, elle avait pris cette entreprise de restauration de son ego endommagé pour de l'amour. Cela semblait si clair aujourd'hui. Comment ne l'avait-elle pas compris plus tôt ?

Lorsqu'il avait suggéré que la profession d'actrice ne convenait pas vraiment à une femme de banquier, elle avait abandonné la scène, ainsi que les amis qui s'y rattachaient, pour l'épouser. Rétrospectivement, elle voyait maintenant à quel point il était manipulateur et avec quel art il l'avait réduite à l'ombre d'elle-même. Il avait choisi ses vêtements, sa coiffure, et même son maquillage ; avait acheté leur maison sans s'interroger sur ses besoins ; et avait même décidé qu'ils n'auraient pas d'enfants afin que rien n'interfère avec leur mode de vie. Non seulement il avait refusé qu'elle travaille à l'extérieur, mais il gérait les factures et l'argent ; engageait et renvoyait le personnel ; et attendait, en outre, qu'elle se montre reconnaissante.

Ce qui avait été le cas, jusqu'à ces derniers jours. Maintenant, avec une vision lucide de leur union, elle se rendait compte que Ralph ne l'avait jamais aimée. Leur mariage était du toc. Il l'avait utilisée parce qu'elle était faible et qu'il avait pris plaisir à tout contrôler. Plus elle se montrait soumise, plus il en profitait, dans le but probable de la faire disparaître tout à fait au profit de la créature qu'il avait fabriquée.

Ces quelques jours à Bellbird lui avaient rappelé ce qu'était l'amour véritable, et lui avaient fait prendre conscience de l'importance à ses yeux de l'unité familiale. Fiona avait eu raison, il avait écarté ses ambitions de comédienne, ses amis et même sa famille, l'isolant complètement, de telle sorte qu'elle n'avait plus que lui vers qui se tourner. Elle était devenue son jouet, sa marionnette. Il suffisait de tirer sur la ficelle pour voir la petite Louise danser.

Elle refoula les larmes qui jaillissaient à ses paupières. Il était trop tard pour s'apitoyer sur elle-même, mais il lui fallait trouver un moyen de sortir de l'ombre de son mari ; de s'amender auprès des siens, qu'elle adorait ; et, éventuellement, de découvrir qui elle était vraiment.

— Si vous êtes déterminée à aller au bout de cette folie, je vais rentrer et voir ce que je peux faire, déclara Léo. Deux millions est une somme énorme, mais on me doit quelques faveurs ; il est temps que je rafraîchisse les mémoires.

— Je rentre avec toi, décréta Chloé. Cela ne t'ennuie pas, maman ? J'ai un petit pécule de côté mais il me faut un peu de temps pour le réunir.

— Comme si j'avais l'intention de payer cet argent maudit ! rétorqua Miriam. Il n'est pas question que vous vous ruiniez à cause de ça. C'est une lutte personnelle qui nous oppose, Brendt et moi, et, dans le pire des cas, je peux toujours vendre Bellbird.

— Il faudra me passer sur le corps ! s'écria Fiona. Bellbird nous appartient. Je ne supporterais pas que Dempster s'en empare.

— Je crois que nous nous laissons un peu égarer, dit Jake avec calme. Dempster doit prouver que vous l'avez diffamé. Le procès va probablement se tenir devant un jury qui prendra une décision à la majorité. S'il y a le moindre doute laissant supposer qu'il a lésé votre famille, il perdra,

ou touchera un dollar symbolique de dommages et intérêts, ce qui illustrera le mépris de la Cour et jettera le
doute sur sa fiabilité.

Miriam opina du chef.

— Cela équivaudra à laver son linge sale en public, ce
qu'il ne voudra pas faire. Comme l'un d'entre vous l'a dit,
la boue laisse des traces.

— Mieux vaut prévenir que guérir, grommela Léo.
Chloé et moi allons rentrer et faire le point sur l'état de nos
finances, au cas où. Que veux-tu faire, chérie? ajouta-t-il
en se tournant vers Louise.

Elle s'extirpa avec effort de ses pensées misérables.

— Je reste ici, déclara-t-elle avec fermeté. Je n'ai
aucune envie de rentrer à Brisbane pour l'instant.

— Il faut malheureusement que je parte, annonça
Fiona. J'ai un entretien important après-demain, que j'avais
complètement oublié. Je ne peux pas le manquer, on me
propose un travail très intéressant.

Tendant le bras, elle prit les doigts de sa grand-mère.

— Désolée, Mim. Je m'en veux de te laisser, mais c'est
important.

Miriam lui tapota la main.

— Ne t'inquiète pas, ma chérie. La vie continue, et c'est
cela qui compte, dans la mesure où tu n'oublies pas de
venir me soutenir au tribunal lundi.

— Bon, au moins, Louise sera là, intervint Jake. Je ne
veux pas que Mim reste seule.

— Où allez-vous? s'enquit Fiona. Vous retournez
auprès de votre femme?

Elle se mordit aussitôt les lèvres, honteuse de s'être
montrée cruelle.

Il lui jeta un coup d'œil incisif, le sourcil levé.

— On a besoin de moi au bureau, répondit-il. Maintenant que Dempster a déposé une demande reconvention-
nelle, j'ai un tas de documents à traiter.

Il tendit la main et prit trois des carnets.

— Peut-être éclaireront-ils un ou deux aspects de l'affaire. Je les lirai quand j'aurai un peu de temps. Je suis

désolé de vous laisser tomber, poursuivit-il en se tournant vers Miriam, mais, si nous voulons arriver bien préparés, je n'ai plus de temps à perdre. Ce pauvre Bill sera content de me voir revenir.

Une heure plus tard, Miriam, debout dans la véranda, assistait au départ de sa famille. Tandis que la voiture de Léo sortait de la cour, Chloé, le visage grave, séchait ses larmes et faisait un signe de la main. Fiona, après avoir fait bruyamment démarrer sa moto, s'élançait derrière eux. Tous avaient emporté des carnets et appelleraient dès qu'ils auraient trouvé quoi que ce soit.

— On dirait que j'ai perdu Éric, remarqua Jake en revenant de la grange. Sacré chat, il n'est jamais là quand on a besoin de lui.

Jetant un coup d'œil à sa montre, il passa les doigts dans ses cheveux en bataille.

— Il faut que j'y aille, marmonna-t-il, agacé. Où peut-il bien être?

Miriam s'assit dans son fauteuil coutumier.

— Laissez-le ici, suggéra-t-elle ; il se sent visiblement chez lui.

— Mais c'est mon chat, je ne veux pas vous encombrer.

La vieille dame échangea un sourire entendu avec Louise.

— Il va revenir à la maison quand il sera disposé à le faire. Je vous le ramènerai à Brisbane.

Jake jeta un dernier regard alentour.

— Entendu. Merci, Mim. Désolé de vous le laisser sur les bras, mais il faut absolument que je rentre au bureau afin de tout préparer pour lundi.

Louise vint s'asseoir près d'elle. Toutes deux le regardèrent rassembler ses affaires et les charger dans le pick-up.

— Il est indéniablement beau garçon, murmura Louise en levant la main pour le saluer tandis qu'il s'éloignait dans un nuage de poussière. Et très agréable. On se demande vraiment ce qui peut clocher chez lui, un homme aussi parfait, c'est louche.

Miriam tourna les yeux vers elle, réprimant un rire. Jake avait le don de séduire les filles de la famille.

— Il a ses problèmes, comme tout le monde. Je pense qu'il est très peu sûr de lui dès qu'il ne s'agit pas de son travail. Il a eu une enfance affreuse, tu sais. Son père s'est mis à boire après la mort de sa femme, et les enfants ont été éparpillés et livrés à eux-mêmes jusqu'à ce que leur grand-mère les prenne en charge. Il a eu sa part d'épreuves, même avant son divorce. Pourtant, ajouta-t-elle, il dégage une impression de calme, d'équilibre, qui me paraît réconfortante.

— Je trouve assez touchant qu'il soit tellement attaché à ce chat, dit Louise. Dommage qu'il n'éprouve pas le même sentiment à l'égard de Fiona. Elle s'est visiblement entichée de lui.

Miriam garda ses pensées pour elle. Si Jake et Fiona n'avaient pas fait le premier pas avant le procès, elle essaierait d'agir. Tout comme elle s'assurerait que Léo et sa fille soient réunis. Ils étaient beaucoup trop vieux pour se comporter comme des enfants gâtés.

— Allons, remettons-nous à notre lecture. Je doute que nous découvrions quoi que ce soit, mais c'est le seul endroit où chercher, alors, au travail.

— Tu as eu tort, dit Bridget en prenant le verre de vin que lui tendait son fils. On ne doit jamais montrer son jeu avant la fin de la partie. Je te croyais plus avisé.

— Cela servira au moins à effrayer la vieille salope, marmonna-t-il en se plantant devant la fenêtre.

Le soleil rutilait sur l'eau autour des planches à voile courant sur les vagues. Cette vue lui procurait habituellement beaucoup de plaisir, mais aujourd'hui il la regardait sans la voir.

— Rien n'effraie Miriam, laissa tomber sa mère. C'est une dure à cuire, et lorsqu'elle se retrouve dos au mur, elle n'abandonne pas, elle lutte jusqu'au bout.

— J'aurais peut-être dû demander des dommages et intérêts plus élevés. Nous ne pouvons pas la laisser aller jusqu'au bout. Ce serait notre ruine.

Bridget posa lentement son verre sur le guéridon qui se trouvait près d'elle.

— Notre réputation sera ternie, certainement. C'est pourquoi il était si important de faire profil bas jusqu'à ce que nous soyons certains qu'elle n'a pas assez d'éléments pour nous traîner en justice.

Poussant un profond soupir, elle toucha nerveusement son rang de perles d'une régularité parfaite.

— Sans aucune preuve, l'affaire va être rejetée, reprit-elle. On n'en entendra plus jamais parler : nous avons suffisamment de contacts dans la presse pour étouffer toute insinuation calomnieuse.

— Et s'ils ont des éléments ?

Dans le visage exsangue de son fils, elle vit les yeux sombres briller comme des braises avec une expression de haine mêlée de peur.

— À mon avis, c'est très peu probable, déclara-t-elle avec une fermeté qui voulait dissimuler un léger doute. Ralph nous l'aurait appris, et nos recherches auraient été fructueuses.

— Il nous a tout de même dit que l'avocat n'était pas revenu à Brisbane les mains vides, insista Brendt. Je me demande ce que cela peut être, et où cela se trouve. Le bureau a été mis sur écoute et la secrétaire a été payée pour nous rapporter toute information intéressante ; mais cela ne donne rien. C'est trop frustrant.

— Du calme, ordonna Bridget d'un ton glacial.

— Si seulement Grand-Père l'avait poussée dans le puits avec Henry ! s'exclama-t-il. Cela nous aurait épargné bien des ennuis !

La vieille dame reprit son verre qu'elle sirota pensivement en gardant le silence, mais ses pensées tourbillonnaient dans sa tête.

17

Le Brisbane coulait sous Victoria Bridge en scintillant dans la lumière matinale. Devant les nouveaux édifices de la rive sud, le long de la voie rapide encombrée de voitures, les pies jacassaient dans les arbres fleuris du petit îlot de verdure qui surplombait le fleuve.

Fiona fut la première à arriver devant le tribunal. Debout dans le parc, elle regardait distraitement le trafic immobilisé sur le pont en se demandant comment la journée allait se terminer. Sa dernière conversation avec Mim lui avait appris que celle-ci avait décidé de quitter Bellbird plus tôt que prévu et qu'elle se trouvait chez Chloé. Selon Louise, qui avait décampé pour retrouver Ralph, afin de donner – la pauvre idiote – une dernière chance à leur mariage, leur grand-mère commençait à se demander si elle ne commettait pas une erreur.

La jeune femme vérifia nerveusement qu'aucune mèche ne s'échappait de sa coiffure et tira sur sa veste. Elle avait déjà trop chaud, mais ce tailleur était le seul vêtement correct qu'elle possédait – fort heureusement, son métier lui permettait de passer la plupart de son temps en tenues confortables. Après avoir allumé une cigarette, elle se percha sur le coin d'un banc pour se détendre. Il y avait encore une heure à patienter avant de quitter le soleil pour le décor austère et froid de la Cour suprême.

— Vous êtes en avance, déclara Jake en s'asseyant à côté d'elle.

Surprise, elle se tourna vers lui.

— Mazette, quelle élégance ! s'écria-t-elle.

Il fit mine de rajuster son col et sa cravate.

— Attendez de me voir avec la robe et la perruque ; je suis à tomber quand j'ai le costume de l'emploi.

Elle s'esclaffa et remarqua soudain un petit spasme musculaire au bas de sa joue. Lui aussi se sentait nerveux.

— J'aurais préféré éviter tout cela, avoua-t-elle, observant les journalistes qui arrivaient les uns après les autres.

— Moi aussi, mais Mim a des éléments à soumettre, même s'ils sont un peu fragiles. Nous ne devons pas nous laisser abattre.

Avec un franc sourire, il ajouta :

— Répétez-vous que nous faisons tout cela pour elle. Elle n'a pas peur de perdre ; elle veut simplement que l'affaire soit jugée. Nous sommes ici pour la soutenir du mieux que nous le pouvons.

Il se tenait très près d'elle et la contemplait avec insistance. Fiona remarqua la façon dont le soleil faisait jaillir des paillettes dorées dans ses yeux bruns, tout en soulignant le noir bleuté de ses cheveux. Elle se racla la gorge et détourna le regard, surprise de constater qu'elle réagissait de manière aussi vive à son égard.

— Pouvez-vous m'expliquer un peu ce qui va se passer ? demanda-t-elle. Mim a-t-elle une chance de gagner ? Avez-vous suffisamment d'indices pour la défendre sans présenter les actes ?

— Dans la mesure où elle est la plaignante, celle qui accuse la partie opposée, autrement dit le défendeur, de l'avoir lésée de son héritage, sa version des événements va être examinée en premier. Dempster sera ensuite invité à répondre à toutes les questions soulevées. Mim doit présenter suffisamment de preuves pour établir la réalité de ses dires face aux arguments de son adversaire.

Il prit une profonde inspiration.

— Dans un cas tel que celui-ci, le plaignant, comme le défendeur, peut avoir recours à des témoins ou à des déclarations écrites sous serment. Lorsque les deux parties auront présenté tous les éléments, le juge prendra sa décision, soit immédiatement, soit après réflexion, c'est-à-dire à une date ultérieure.

Il s'interrompit quelques secondes.

— Mim va avoir du fil à retordre, reprit-il. Malheureusement, les témoins ont disparu depuis longtemps.

— J'en vois un, pourtant, dit Fiona, les yeux attirés par un mouvement non loin d'eux.

Jake suivit la direction de son regard.

— J'y ai pensé, murmura-t-il, mais Bridget Dempster est un témoin hostile, déjà réservé par la défense.

— Elle va déverser un tissu de mensonges.

— Alors, ce sera à moi de faire surgir la vérité.

Avec un sourire, il posa doucement la main sur le bras de la jeune femme.

— Je sais que c'est un cliché, mais faites-moi confiance, Fiona.

Elle plongea ses yeux dans le regard posé sur elle et sut que, en dépit de tout ce qui aurait dû l'en dissuader, elle s'en remettait totalement à lui.

Bridget descendit de la limousine, face à une foule de photographes de presse. En les voyant grouiller autour d'elle, hurlant des questions dans une frénésie de flashs et de cliquetis divers, elle prit une profonde inspiration et redressa les épaules avec une expression hautaine. Elle n'avait aucun commentaire à faire. Une fois de plus, se dit-elle tandis que Brendt et elle se frayaient un chemin à travers la mêlée, son fils avait fait preuve de négligence : les journalistes étaient censés être occupés ailleurs ce matin-là.

Alors qu'ils passaient devant la statue de Thémis, elle songea que la déesse grecque ne serait sans doute pas amusée par ce qui allait se dérouler aujourd'hui. Cette pensée fut aussitôt renforcée par la vue des trois piliers de pierre ornés du blason du Queensland et de plaques retraçant la création et l'histoire de la Cour suprême : le glaive de la justice était suspendu au-dessus de leur tête telle l'épée de Damoclès. Bien sûr, elle avait prévu une solution de rechange au problème qui se posait, mais elle n'était pas enchantée à l'idée de devoir la mettre en mouvement.

Dès qu'ils furent entrés dans le vestibule silencieux et eurent franchi le portail de sécurité, elle retira son bras de celui de Brendt afin d'ajuster sa petite toque et sa voilette.

— Je croyais que tu devais organiser une diversion ? s'écria-t-elle, agacée.

— Un banquier d'affaires qu'on surprend le pantalon baissé ne suffit visiblement pas à détourner leur attention, répondit-il d'un air maussade en redressant sa cravate.

Il sourit pour la première fois de la journée.

— Black n'a pas volé ses honoraires, dans ce coup-là, ajouta-t-il en ricanant.

Avec un sourire crispé, Bridget secoua nerveusement les perles de son collier. Grâce aux photographies, particulièrement révélatrices, l'homme en question avait perdu sa dignité à jamais – punition bien méritée pour un tel imbécile, caricatural et prétentieux.

— Tu aurais dû les orienter vers l'avocat pédophile, ils auraient été beaucoup plus intéressés.

— J'ai encore besoin de lui, répliqua-t-il en jetant un coup d'œil alentour. Nous allons nous passer de l'autre et garder celui-ci sous le coude. Je vois que nous pouvons compter sur le soutien de la famille, comme d'habitude, poursuivit-il avec amertume.

— On ne fait pas d'omelette sans casser des œufs. À quoi t'attendais-tu ? Tu t'es aliéné le clan tout entier depuis des années, tu ne t'attendais tout de même pas à ce qu'ils laissent tout tomber pour venir te tenir la main ?

— Je me bats pour l'existence même de notre société commerciale. On pourrait penser qu'au moins quelques-unes des personnes concernées pourraient s'intéresser aux débats.

Sa mère haussa les épaules. À l'instar du reste de la famille, elle possédait un important fonds en fidéicommis. Quelle que soit l'issue du procès, aucun d'entre eux n'en sortirait affaibli, à part Brendt qui s'était montré trop vaniteux pour écouter ses conseils et avait placé tout son argent dans la Shamrock Holdings.

— De toute évidence, Arabella a préféré honorer un autre rendez-vous. Elle me déçoit vraiment, déclara-t-elle.

— Ma femme va venir. Elle, au moins, ne manque pas de loyauté.

Bridget ne répondit rien. Arabella était une femme selon son cœur. Depuis qu'elle était mariée à son fils, elle avait mis de côté une fortune et investi judicieusement. Brendt serait choqué s'il se rendait compte de l'indépendance financière de son épouse. Quant à sa loyauté... elle ne s'exerçait qu'à l'égard d'elle-même et de ses enfants. La vieille dame ne pouvait s'empêcher de la comprendre ; si l'issue du procès écornait sérieusement la Shamrock Holdings et causait leur ruine, sa belle-fille quitterait le bateau en train de sombrer.

Prenant conscience du fait qu'elle se laissait aller à trop de clichés, elle entreprit de se concentrer sur la journée à venir. Tout à coup, elle se raidit en constatant qu'autour d'eux toutes les têtes se tournaient vers l'entrée. Son adversaire venait d'arriver.

Miriam aperçut Bridget dès qu'elle eut franchi le portail de sécurité. Elle soutint bravement son regard et ne put se défendre d'un sentiment de satisfaction en voyant son ennemie baisser les yeux la première.

— Comment vous sentez-vous, Mim ?

Elle leva la tête vers Jake et sourit en le découvrant plus séduisant que jamais dans son costume officiel.

— J'ai avalé mes comprimés avec un large whisky, rétorqua-t-elle. Je ne me suis jamais mieux portée.

Curieusement, elle disait la vérité. En dépit de sa faiblesse croissante, l'excitation, mêlée de curiosité, qu'elle éprouvait la remplissait d'une énergie nouvelle.

— Où sont Léo et votre fille ? s'enquit-il en parcourant la foule des yeux. Je pensais qu'ils vous accompagneraient puisque vous résidez chez eux.

— J'ai dormi à l'hôtel la nuit dernière. Chloé a sans doute oublié l'heure, répondit-elle avec légèreté. Elle n'a jamais fait preuve d'une ponctualité exemplaire.

Avec un regard amusé, elle lui tapota le bras.

— Ne vous inquiétez pas, ils vont venir.

— Qu'avez-vous fait d'Éric? demanda-t-il en redressant nerveusement sa perruque.

Miriam avait espéré qu'il ne poserait pas la question.

— Je n'ai pas pu le retrouver avant de partir, mais tout va bien, ne vous tracassez pas.

Il n'eut pas le temps de répondre car l'huissier attirait l'attention de l'assistance.

— Toutes les personnes concernées par l'affaire Strong contre Dempster sont priées de prendre place dans la salle.

— C'est à nous, murmura Jake en prenant le bras de sa cliente. Êtes-vous certaine de votre décision?

Elle lissa ses cheveux fraîchement lavés.

— Absolument. Je ne suis pas venue de si loin pour rien. Conduisez-moi, Jake. Sus à l'ennemi!

La vieille dame sentit son pouls s'accélérer tandis qu'elle prenait place à côté de son avocat. Elle regarda la cour se remplir et constata avec satisfaction la présence d'une grande quantité de journalistes, entassés dans leur box. À l'entrée de Fiona et de Louise, qui s'installèrent juste derrière elle, un sentiment de chaleur et de plaisir intense l'envahit, en particulier quand elle constata l'absence de Ralph. Sa petite-fille était visiblement venue sans son mari. Était-ce bon signe? Il fallait l'espérer. Elle sourit en s'efforçant de paraître détendue malgré l'absence de Chloé et de Léo.

Avec ostentation, elle observa Brendt et sa mère, qui semblaient en grande conversation avec leur conseil. Tout à coup, elle sentit le trac monter. La poussée d'adrénaline qu'elle subissait était si intense qu'elle avait l'impression d'être au bord de l'étourdissement. Pourtant, ne vivait-elle pas enfin le moment qu'elle avait attendu pendant presque toute sa vie? Rien que pour cela, elle était déterminée à aller jusqu'au bout.

— C'est madame le juge Fradd-Gilbert qui va présider les débats, murmura Jake. Elle est aussi directe qu'une flèche et considérée, en général, comme très équitable.

Dempster voulait un procès à huis clos, mais elle a refusé, arguant que le public avait le droit d'être mis au courant lorsqu'une vaste société commerciale était soupçonnée de fraude.

Il s'interrompit, lissant le revers de sa robe.

— Nous aurions pu demander la présence d'un jury, reprit-il, mais je pense qu'il vaut mieux n'avoir affaire qu'à un juge, afin de minimiser les chances de corruption.

Comme dans un spectacle bien rodé, une femme de haute taille, très mince et d'âge indéterminé fit son apparition par une porte située sur le côté. Toute l'assistance se leva, jusqu'à ce qu'elle prenne place sur son siège. Une fois installée, elle contempla l'assemblée par-dessus ses lunettes en demi-lune.

— Commençons, maître Connor. J'ai cru comprendre que votre cliente est souffrante, aussi avons-nous pris les dispositions nécessaires pour qu'elle témoigne dans des conditions confortables.

Jake la remercia, puis conduisit Miriam jusqu'au box des témoins où il l'aida à s'asseoir.

Mim le regarda et lui adressa un discret clin d'œil. C'était lui qui avait eu l'idée de tirer parti de sa fragilité. Elle avait tout d'abord refusé catégoriquement, jusqu'à ce qu'elle saisisse la pertinence de sa stratégie. En cet instant précis, elle lui était reconnaissante de ne pas avoir à rester debout pour sa déclaration. Elle prêta serment, puis s'adossa au fauteuil, les mains croisées sur ses genoux.

La voix grave et sonore de Jake retentit dans la salle silencieuse.

— Madame Strong, voulez-vous nous expliquer la raison de votre présence en ces lieux ?

Elle tourna la tête vers Bridget et son fils. Il se tenaient côte à côte, le visage changé en pierre, encadrés par leurs avocats.

— Je suis ici pour prouver que j'ai droit à la moitié de la fortune des Dempster, déclara-t-elle avec fermeté.

Jake attendit que les exclamations et les remous de l'assemblée se soient tus.

— Peut-être pourriez-vous étayer votre requête en nous livrant des éléments susceptibles d'authentifier les droits dont vous vous prévalez?

Miriam but une gorgée d'eau, reposa le verre près de la petite carafe, sur la planche située près de son fauteuil, puis se mit à parler. Le passé lui revenait avec une clarté telle que les événements auraient pu s'être produits quelques heures auparavant. Elle raconta tout ce qui lui était arrivé au cours de ses années d'enfance, évoqua la façon dont la vie se déroulait dans le camp de mineurs, les conditions rudes suscitées par la précarité de leur abri et la difficulté de se nourrir. Au fil de son récit, elle relata comment s'étaient forgées les relations de son père avec Paddy et sa famille.

— Mon père et Patrick Dempster étaient associés, expliqua-t-elle enfin. Patrick connaissait le travail de la mine en raison de son expérience dans les puits du pays de Galles, et mon père possédait la somme nécessaire pour financer le projet. Nos ressources se sont vite épuisées, mais mon père gagnait juste assez d'argent avec ses tableaux pour nous permettre de tenir jusqu'à ce que son travail de prospection soit enfin récompensé.

Un sourire plein de tristesse se dessina sur son visage.

— La fièvre de l'or et des pierres précieuses enflammait les esprits à cette époque, reprit-elle. Il y avait toujours quelque part une autre mine, un autre puits, une autre chance de faire fortune. L'Australie était la proie d'une ruée vers la richesse, richesse enfouie sous la terre, à la disposition de celui qui se montrerait assez persévérant pour la découvrir.

— Ainsi, le partenariat entre Patrick et votre père était connu de tous les mineurs?

Miriam opina de la tête, sachant ce qui allait venir.

— Ni l'un ni l'autre n'en faisaient un secret.

Jake, après avoir présenté le journal intime de Kate comme pièce à conviction numéro un, expliqua la relation de la jeune Irlandaise avec Henry et Miriam.

— Voudriez-vous nous lire le texte qui se rapporte au mois de juin 1894? demanda-t-il à sa cliente.

Elle prit le carnet qu'il lui tendait et se tourna vers la lumière, avec le sentiment que Kate se tenait à ses côtés. On aurait dit que c'était elle qui lisait les mots qu'elle avait écrits si longtemps auparavant, témoin solitaire des événements qui devaient causer tant de souffrance.

« J'ai appris aujourd'hui que mon cher Henry s'était associé avec Paddy Dempster. Il m'a montré les actes officiels relatifs à leur association, et les titres de leur concession, convaincu que ces documents le protégeront en cas de problème. Je suis consternée, mais que puis-je faire ? Il a retrouvé l'espoir après tant de malheur et désire simplement bâtir une vie pour sa petite Miriam et pour lui-même. Je prie pour que Patrick se montre honnête en cette circonstance, mais, sachant ce que je sais, je crains le pire. »

— Pourquoi Kate pouvait-elle craindre le pire ? demanda Jake.

— Elle vivait à Dublin un an avant son départ pour l'Australie, et Patrick s'y trouvait également. Elle l'avait vu commettre un meurtre.

Une tempête d'exclamations s'éleva de l'assistance. Les avocats de la défense sautèrent sur leurs pieds, hurlant leurs objections. Brendt protestait avec de vastes mouvements de bras, tandis que les journalistes prenaient fébrilement des notes, la mine réjouie. Bridget restait immobile sur le banc de bois, se distinguant du chaos environnant par sa stupeur pétrifiée. Le magistrat fit résonner son marteau.

— Avez-vous la moindre preuve de cette accusation ? demanda-t-elle, en la fixant par-dessus ses lunettes.

— Aucune, admit Miriam. Je ne sais cela que parce que Kate me l'a raconté, mais elle n'était pas menteuse.

— En la circonstance, votre témoignage est irrecevable. Maître Connor, ajouta le magistrat en s'adressant à Jake, je vous prie de veiller à ce que votre cliente se borne aux arguments susceptibles d'étayer sa déclaration. Vous avez suffisamment d'expérience pour savoir que le ouï-dire n'a pas sa place dans un tribunal.

L'avocat fit un signe de tête affirmatif et remua ses papiers en attendant que les commentaires s'apaisent. Un silence expectatif s'établit enfin dans la salle.

— Madame Strong, voulez-vous raconter à la Cour ce qui s'est passé peu après votre douzième anniversaire?

Miriam ferma les yeux, pour mieux se ressaisir. Elle prit une profonde inspiration et affronta l'assistance avec le récit de ce qui s'était déroulé au long de cette horrible journée.

— Le corps de mon père n'a jamais été retrouvé, conclut-elle. Kate a fait ses bagages et nous sommes parties très tôt le lendemain. Je ne comprenais pas sa précipitation à ce moment-là, mais je ne la saisis que trop bien maintenant.

— Expliquez-nous ce que vous voulez dire, s'empressa de demander son avocat.

La vieille dame réfléchit à la façon dont elle devait s'exprimer. Le juge avait déjà refusé les arguments qui procédaient du ouï-dire, mais il était toutefois important qu'elle relate la vérité.

— Elle est partie en hâte à cause de ses soupçons et de la violence que Paddy lui avait déjà fait subir, commença-t-elle. Kate avait peur pour ma sécurité.

L'un des avocats de la défense s'était déjà levé, soulevant une objection, qui fut refusée.

— Laissez la plaignante continuer, je vous prie, intervint le magistrat. C'est moi qui jugerai de la recevabilité de son témoignage.

Miriam rapporta la tentative de viol de Patrick, alors que Jake produisait comme pièce à conviction le journal de la jeune émigrante qui relatait cette nuit affreuse à bord du *Swallow*.

— Lorsqu'il l'avait vue arriver dans le camp de mineurs, Paddy avait constaté qu'il était toujours obsédé par Kate mais il avait sans doute compris que mon père et elle étaient en train de tomber amoureux l'un de l'autre. Il n'a pas participé aux recherches pour retrouver son associé, et n'a manifesté aucune émotion en constatant sa disparition. De plus, j'étais là quand il a menacé Kate au sujet des titres de la mine. Vous comprenez, il affirmait que ces actes lui appartenaient en propre et soupçonnait mon père de les avoir confiés à celle qu'il aimait pour qu'ils soient en sécurité.

Elle se tut et baissa les yeux, pour dissimuler les larmes qui l'aveuglaient.

— Il fulminait de rage et nous terrorisait toutes les deux, mais Kate ne savait rien de ces papiers. Bien que la tente de mon père ait été saccagée, les titres n'avaient apparemment toujours pas été retrouvés. Nous n'avions aucune preuve contre les affirmations de Dempster selon lesquelles la concession lui appartenait, et si les soupçons de Kate relatifs à la disparition de mon père étaient justifiés, j'étais, moi aussi, en danger. C'est la raison pour laquelle nous nous sommes enfuies.

Jake l'incita à retracer ce qui s'était passé après leur départ de la mine et l'amena peu à peu jusqu'au moment où elle avait sollicité son aide.

— Pourquoi avez-vous pris contact avec moi, madame Strong ? Quel est l'élément qui, après toutes ces années, vous a soudain convaincue que vous pouviez réclamer votre part de la fortune des Dempster ?

— J'ai trouvé quelque chose que mon père venait sans doute de découvrir juste avant sa disparition ; quelque chose qui aurait représenté aux yeux de Patrick Dempster un autre motif de meurtre.

Tous les yeux se posèrent sur Jake tandis qu'il soulevait la boîte à musique afin de la montrer à l'assistance.

— Est-ce l'objet que vous avez trouvé ?

Miriam, qui voyait Brendt se détendre avec une expression de soulagement, s'efforça de ne pas sourire.

— Oui, mais c'est ce qui se trouve dans le compartiment secret qui m'a poussée à solliciter votre aide.

— Peut-être devriez-vous tout nous expliquer, proposa l'avocat, jetant un coup d'œil rapide vers ses homologues de la défense qui s'apprêtaient à protester de nouveau.

— Avant cela, déclara Miriam, déterminée à savourer chaque minute de cette audience, je dois vous faire part d'un extrait du journal intime de Kate, rédigé en 1911, juste avant qu'elle n'entreprenne son voyage tragique.

Elle ouvrit le carnet et, dans le silence, lut d'une voix ferme et claire :

« J'ai découvert la véritable valeur de l'héritage de Henry, et, après avoir consulté maintes fois mon cœur, je vais me contenter de l'offrir à Miriam pour son vingt et unième anniversaire. Mieux vaut abandonner les vieilles querelles au passé, car je désire plus que tout que ma fille chérie puisse profiter de la vie qui l'attend. Son père m'a fait la confiance de me livrer son secret et, jusqu'à présent, comme beaucoup d'autres, je croyais que ces objets ne valaient que quelques pennies. Peut-être m'en voudra-t-elle d'avoir gardé ce qui lui revient pendant si longtemps, mais j'espère que la danse d'Arlequin et de Colombine lui apportera la paix et qu'avec le temps, elle apprendra à me pardonner. »

Jake posa la boîte à musique sur la large planche de la barre des témoins.

— Bien joué, lui chuchota-t-il. Je l'ai remis à sa place et vous pouvez constater que le socle a été réparé.

Il se retourna vers l'assistance.

— Voulez-vous montrer à la Cour ce que vous avez trouvé dans cette boîte à musique, madame Strong ?

Les mains tremblantes, Miriam appuya sur le minuscule bouton au pied de la boîte et regarda le tiroir qui s'écartait. Elle prit délicatement l'objet qui reposait sur un lit de velours rouge, et l'éleva pour qu'il soit bien visible.

Un murmure stupéfait parcourut la salle tel un souffle de vent dans un champ de maïs.

La vieille dame regarda les Dempster. Ils savaient ce qu'ils avaient devant les yeux, si elle en croyait l'expression de leur visage couleur de cendre.

Au bout d'une chaîne en or, la pierre précieuse se balançait doucement. Miriam la saisit avec précaution et l'admira une fois de plus. De presque une quinzaine de centimètres de long et de huit à dix centimètres de large, elle était taillée et polie à la perfection.

— C'est une opale noire que l'on ne trouve que dans un endroit autrefois baptisé Wallangulla, mais qui se nomme maintenant Lightning Ridge, expliqua-t-elle. Bien sûr, il ne s'agit pas d'une opale noire ordinaire, comme vous l'avez tous remarqué.

Consciente d'être le centre de l'attention, elle sourit et inclina le bijou, faisant jouer des reflets de diverses nuances sur le fond ténébreux.

— Cette opale comporte, sur sa surface noire, toutes les couleurs du spectre lumineux. On y voit même des traces de rose – la teinte la moins fréquente qui soit. Pourtant, la valeur de cette opale particulière ne s'explique pas seulement par ces caractéristiques.

Elle éleva de nouveau la chaîne, et poursuivit :

— Vous avez devant vous ce que l'on pourrait presque appeler un objet de légende, car cette pierre est si rare que très peu de gens ont eu la chance de l'admirer ; si rare qu'elle est considérée par certains comme une invention sortie de l'imagination des prospecteurs.

Regardant ses petites-filles, elle perçut leur étonnement et nota en même temps l'arrivée de Chloé et de Léo. Elle se tourna alors vers Bridget, qui la fixait avec une expression de haine presque palpable, puis reprit son discours en gardant les yeux posés sur elle.

— Vous ne pouvez le distinguer de l'endroit où vous vous trouvez, mais les couleurs forment un motif. Le même motif que celui qui orne le costume de l'un de ces petits personnages.

Quand elle ouvrit la boîte, les danseurs se mirent en mouvement au son des notes tremblotantes. Telle une comédienne ménageant savamment le suspense, elle fit attendre un instant encore son public, décidée à offrir à sa grande scène une chute parfaite. Alors que la musique se taisait, laissant ses derniers échos flotter dans le silence, elle fit de nouveau face à l'assistance.

— Ceci, mesdames et messieurs, est une opale arlequin noire.

— Cela ne prouve rien ! s'écria Brendt, ignorant le geste d'avertissement de son avocat. Votre père l'a probablement volée dans la mine !

— Silence ! ordonna le juge en donnant un coup de marteau.

Toute l'assistance semblait secouée par une tempête. Au milieu des exclamations, les journalistes se frayèrent un chemin vers la porte, à la recherche d'un téléphone.

Dempster refusait de se taire.

— Cette opale arlequin peut provenir de n'importe où. Comment allez-vous prouver qu'elle est issue de ma mine ? Allez-y, on vous écoute, espèce de vieille garce !

— J'exige le silence !

Le juge Fradd-Gilbert criait pour se faire entendre au-dessus du vacarme. Elle fit retentir plusieurs fois le marteau jusqu'à ce que les conversations s'apaisent. Enfin, croisant les mains sur son bureau, elle parcourut la salle du regard.

— Je ne tolérerai pas d'autre interruption, poursuivit-elle en s'adressant aux avocats de la défense. Veuillez rappeler à votre client que je ne suis pas disposée à supporter de tels propos dans mon tribunal. Il aura l'occasion de donner sa version des faits un peu plus tard. Au moindre éclat, je le fais expulser pour outrage à la Cour.

Assise au bord de son siège, Fiona agrippait le dossier du banc devant elle. Mim, visiblement peu atteinte par l'explosion de Brendt, paraissait à la fois fatiguée et euphorique. On aurait dit qu'elle s'attendait à cette réaction de son adversaire, et qu'elle avait une réponse à lui opposer. Pourtant, c'était a priori impossible ; les journaux de Kate ne pouvaient constituer une preuve suffisante. Elle jeta un coup d'œil à Jake, qui semblait calme et posé. Lorsque leurs regards se croisèrent, elle fit un effort pour se détendre.

Le juge se rassit dans son fauteuil.

— Maître Connor, vous pouvez continuer.

— Merci, madame le juge, dit-il avec un petit salut.

Il se retourna vers Mim et lui demanda d'expliquer comment elle pouvait être sûre de la provenance de l'opale.

— J'ai les livres de comptes de Kate, déclara-t-elle.

Elle choisit l'un des cahiers qu'elle éleva pour que le public puisse le voir.

— Kate tenait ses comptes avec beaucoup de méticulosité. Elle y notait toutes ses acquisitions et attribuait un cahier à chaque camp de mineurs qu'elle visitait. Elle y inscrivait le nom du mineur, le nombre de pierres qu'elle achetait, la qualité de chacune d'entre elles et le prix qu'elle avait payé. Ensuite, elle ajoutait à ces détails le coût de la taille, du polissage et, dans quelques rares cas, celui du sertissage dans de l'or ou de l'argent.

Mim se lécha les lèvres et but une autre gorgée d'eau.

— Ensuite, elle enregistrait la date de la vente des pierres et le nom de l'acheteur.

— Avez-vous, dans l'un de ces livres, une trace de l'arlequine noire ?

— Pas exactement, admit-elle, mais j'ai la preuve que mon père a donné à Kate un paquet d'opales la veille de sa disparition.

Elle ouvrit le livre portant l'inscription « Lightning Ridge », gravée dans le cuir de la couverture, et désigna une ligne au milieu de la page qu'elle lut à haute voix : « Paquet de douze opales brutes. Henry Beecham, 12 mai 1906. Qualité inconnue, probablement sans grande valeur. »

Fiona vit Brendt se trémousser sur son banc et chuchoter à l'oreille de son avocat avec véhémence. Ce dernier, avec un signe négatif de la tête, posa une main apaisante sur le bras de son client.

— Comment une femme de l'expérience de Kate pouvait-elle penser que cette pierre inestimable n'avait que peu de valeur ? demanda Jake. Sur le marché actuel, elle vaut des centaines de milliers de dollars le carat.

— Il faut garder à l'esprit que tout cela s'est déroulé au début du XXe siècle. Les prospecteurs avaient découvert les opales les plus communes, à White Cliffs et Coober Pedy. Ce sont des mineurs de Lightning Ridge qui ont découvert les premières opales noires brutes. Dans la mesure où elles avaient une couleur inhabituelle et où il n'y avait pas de marché pour elles, les acheteurs prenaient un risque. Ce risque s'est révélé payant par la suite, bien sûr, mais à l'époque personne ne savait quoi faire de ces pierres colorées.

— Ce qui explique pourquoi elle les a conservées aussi longtemps, suggéra Jake.

Miriam hocha la tête.

— Depuis que j'ai lu ses journaux, je pense que Kate les gardait pour moi. C'était le seul legs que mon père avait pu me transmettre. Ce n'est que beaucoup plus tard qu'elle a pris conscience de leur valeur, et qu'elle a décidé de les faire tailler et polir pour me les offrir à l'occasion de mon vingt et unième anniversaire.

— Avez-vous les autres opales, madame Strong?

La vieille dame inséra de nouveau les doigts dans le socle de la boîte à musique et en sortit d'autres bijoux.

— Kate les avait fait monter en une paire de ravissantes boucles d'oreilles, un bracelet et une bague. Ces pièces à elles seules viennent d'être évaluées à deux millions de dollars.

Fiona s'effondra contre le dossier de son banc, le souffle coupé.

— Bon sang de bois! s'exclama-t-elle.

Croisant le regard de Louise, elle y lut la même stupéfaction.

Autour d'elles, la salle entière exprimait sa surprise, ayant peine à assimiler toutes les informations qui venaient de lui être livrées.

Jake attendit que le silence soit totalement rétabli.

— Ces pierres représentent une fortune, madame Strong. Pourquoi poursuivez-vous la famille Dempster en justice afin de réclamer une partie de ses biens?

Avec délicatesse, Miriam posa devant elle les joyaux qui luisaient doucement dans le soleil se déversant par l'une des hautes fenêtres de la salle.

— Ces opales ont été découvertes à Shamrock Flats, la concession que mon père et Patrick Dempster ont achetée en 1904. Mon père a disparu avant que cette concession ne se révèle l'une des plus riches de Lightning Ridge. Vers 1914, ce lieu est devenu célèbre pour ses opales noires, qui allaient acquérir une valeur inestimable, en raison de leur rareté. Shamrock Flats était alors toujours exploitée par Paddy, et l'on peut considérer que la présente fortune de la famille est basée sur ce qu'il a trouvé là-bas.

Elle caressa des doigts chaque pierre, les yeux embués de pleurs.

— De toute évidence, ces pierres ne représentent qu'une faible partie de la richesse que Patrick Dempster et sa famille m'ont volée. Je suis ici aujourd'hui pour réclamer ce qui aurait dû me revenir en héritage.

Clignant des yeux, elle releva la tête.

— Mon père n'a jamais eu la chance de défendre ses droits sur la concession, mais je suis toujours là, et je demande que justice soit rendue.

Fiona observait sa grand-mère avec intensité. Elle la vit s'essuyer les yeux et se moucher. Son comportement la troublait, mais elle n'arrivait pas à définir exactement d'où provenait sa sensation de gêne. Pourtant, elle aurait parié que Mim jouait la comédie, qu'elle avait préparé cet épisode avec une intention précise.

Jake parut également troublé. Il s'approcha du box des témoins et échangea un mot avec sa cliente avant de se retourner vers l'assistance.

— Madame Strong, commença-t-il. Vous avez dit à la Cour que, selon vous, votre père et Patrick Dempster étaient associés, et que cette association était confirmée par un acte de partenariat et par les titres de Shamrock Flats.

Il parcourut du regard la salle rivée à ses lèvres.

— Avez-vous ces papiers, madame Strong?

Le visage de Miriam blêmit. Alors qu'elle tentait de se lever, elle vacilla et s'écroula sur le sol.

— L'audience est suspendue, aboya le juge tandis que Jake se précipitait au secours de sa cliente. Prévenez-moi quand Mme Strong sera suffisamment rétablie pour reprendre les débats, ajouta-t-elle en sortant précipitamment de la salle.

Les membres de la famille de Mim se frayèrent un chemin jusqu'à l'avocat qui franchissait une porte de côté, la vieille dame dans ses bras. Ils traversèrent le couloir étroit en courant derrière lui et entrèrent dans une pièce portant l'inscription « Foyer des jurés ».

Miriam fut déposée sur un divan, un coussin sous la nuque. Tous se groupèrent autour d'elle, choqués par sa pâleur et craignant que ce procès ne se soit finalement révélé trop lourd.

Lorsqu'elle ouvrit les yeux, elle accepta avec reconnaissance le verre que Chloé approchait de ses lèvres.

— Donne-moi l'un de mes comprimés, ordonna-t-elle. Et arrête de faire tant d'histoires. Je me suis évanouie, c'est tout.

— Vous avez l'art de choisir le bon moment, murmura Jake avec une émotion qui ne surprit aucun d'entre eux. Vous devriez songer à une carrière d'actrice avec ce sens de l'à-propos.

Miriam le toisa, un sourcil levé.

— Je ne tombe pas dans les pommes sur commande, rétorqua-t-elle.

Elle secoua la main d'un geste impérieux.

— Oh, allez-vous-en ! J'ai besoin de me reposer et vous m'étouffez, à rester ainsi comme des mouches autour de moi.

— Maman, protesta Chloé. Nous étions à moitié morts de peur. Nous ne pouvons pas te laisser ainsi. Et si cela t'arrivait de nouveau ?

L'agacement de la vieille dame menaçait de la faire exploser.

— D'accord, admit-elle à contrecœur, Chloé, tu restes. Les autres, fichez le camp et laissez-moi tranquille.

Fiona eut de nouveau le sentiment que cette situation sonnait faux. Il y avait là un élément impalpable qu'elle n'arrivait pas à saisir.

Elle s'attarda un peu mais fut rapidement dirigée hors de la pièce par son père.

— Tout ira bien, dit-il. Venez, les filles, je vous invite à déjeuner bien que je me méfie de ce que le réfectoire du tribunal ait à nous proposer.

— Pas de réfectoire, intervint Jake en les conduisant jusqu'à un bureau privé au bout du couloir. Je me suis arrangé pour que nous mangions ici.

Le soleil, qui inondait la pièce, faisait briller les couverts d'argent et les verres de cristal. Jake ouvrit une bouteille de chardonnay tandis qu'ils se servaient au buffet de fruits de mer et prenaient place devant leur assiette.

— Merci pour vous être précipité au secours de Mim, dit Fiona en s'asseyant près de lui. Et pour tout cela, ajouta-t-elle en désignant la table élégante et les mets délicats. Vous semblez penser à tout.

Elle le fixa à travers ses cils à demi baissés.

— Y a-t-il quelque chose que vous ne sachiez pas faire?

— Un tas, répondit-il en souriant. Peut-être pourrions-nous en parler un jour?

— Il faudrait se dépêcher, car je pars bientôt, répliqua-t-elle en faisant bouffer ses cheveux.

Alors qu'il était sur le point de prendre sa fourchette, sa main s'immobilisa en l'air.

— Vous partez? Où allez-vous, si ce n'est pas trop indiscret?

Fiona se concentra sur la nourriture. Elle était probablement délicieuse, mais elle ne lui trouvait aucune saveur.

— J'ai signé un nouveau contrat avec le *National Geographic*, répondit-elle enfin. Ils veulent que je fasse une série d'articles sur la disparition des récifs coralliens. Je dois prendre des cours de plongée, puis apprendre à utiliser un appareil photo sous l'eau.

Elle se tourna vers lui, un large sourire plaqué sur le visage pour cacher le tourbillon de ses émotions.

— C'est un travail formidable, j'ai hâte de commencer.

Jake, qui s'appliquait à garder une expression neutre, ne réussit cependant pas à dissimuler tout à fait sa déception.

— Où ont lieu ces cours de plongée ?

— Au nord de Cairns. Mon premier article m'entraînera ensuite sur la grande barrière de corail.

Elle décida soudain qu'elle ne supporterait plus de faire semblant. Même si cela tombait plutôt mal, elle était folle de cet homme et ne pouvait ignorer ses sentiments. Qu'y avait-il de si merveilleux dans le célibat, après tout ? Pourquoi ne pas tenter sa chance et voir comment la situation évoluerait ?

— Ce n'est pas si loin. Pourquoi ne viendriez-vous pas me voir là-bas ? suggéra-t-elle.

Il inclina la tête de côté, le regard de nouveau joyeux.

— Pourquoi pas, en effet, murmura-t-il.

Brendt allait et venait dans le bureau de son avocat.

— Elle n'a pas les actes, répéta-t-il. Elle ne les a jamais eus et cherche à gagner du temps.

Arabella, qui était entrée dans la salle du tribunal quelques minutes avant l'évanouissement de Miriam, croisa ses jambes fines et alluma une cigarette.

— Du calme, mon chéri, articula-t-elle d'un ton aristocratique. Tu vas avoir une crise cardiaque.

— Et où étais-tu fourrée ce matin ? s'écria-t-il en faisant volte-face. J'aurais pensé que ton soutien envers moi et envers notre compagnie avait plus d'importance que n'importe quel autre rendez-vous ?

— J'avais à faire, répliqua-t-elle, sans le moindre trouble. Je suis là maintenant, alors reprends tes esprits.

Il se tourna vers Bridget, cherchant à être rassuré.

— Miriam bluffe, qu'en penses-tu ?

Elle haussa les épaules.

— C'était un évanouissement très convaincant et Miriam est fondamentalement honnête, reconnut-elle avec amertume. Si l'on considère son mauvais état de santé, je pense que cette audience s'est révélée trop lourde pour elle et qu'elle a été incapable de continuer à aligner ses mensonges.

Un moment, elle se laissa entraîner dans le passé, à l'époque où elles étaient toutes deux élèves de cette horrible institution pour jeunes filles. En des circonstances difficiles, Miriam avait fait preuve de courage et de ténacité, tout comme aujourd'hui. Il était étrange qu'elle se soit effondrée ainsi alors que tout semblait se dérouler favorablement pour elle.

Rassemblant ses pensées, elle releva le menton.

— Quand nous allons retourner dans la salle, nous n'en aurons pas pour longtemps. Le juge va statuer en notre faveur et nous n'entendrons plus parler de cette affaire.

— Pas question, tonna Brendt. Je vais porter plainte contre cette ordure pour ce qu'elle nous a imposé aujourd'hui. Elle aura de la chance s'il lui reste quelques vêtements pour couvrir son corps décharné.

Bridget regarda son fils avec un mépris non déguisé. Brendt s'était toujours montré mauvais perdant – c'était l'un des traits qu'il avait hérités de son grand-père –, mais elle n'avait aucune envie de voir leur nom traîné plus longtemps dans la boue.

— Si tu décides de porter plainte pour diffamation, tu te débrouilleras seul, déclara-t-elle d'un ton glacial. J'ai déjà donné ma démission du conseil d'administration. Je suis à la retraite, depuis ce matin.

Alors qu'il la fixait, bouche bée, elle vit son visage s'empourprer lentement.

— Pourquoi? articula-t-il d'une voix rauque.

— Si tu ne connais pas la réponse à cette question, Brendt, c'est que tu n'as rien compris à ce que je t'ai enseigné pendant toutes ces années.

Sur ces mots, elle ramassa son sac à main et quitta la pièce.

Miriam et Chloé sortaient du foyer des jurés au moment précis où Bridget refermait la porte donnant sur le même couloir.

— Passons par l'autre côté, suggéra Chloé, la main sur le bras de sa mère.

Miriam se dégagea vivement.

— Je ne vais pas la fuir. Je n'ai rien à cacher ni à me reprocher, déclara-t-elle avec fermeté.

Elle releva le menton et se redressa, les épaules en arrière, tandis que son ennemie approchait.

Chloé détailla la femme élégante aux cheveux gris, qui s'immobilisait devant sa mère. Tout en elle témoignait d'une recherche de la perfection : ses vêtements coûteux, son collier de perles assorti aux boucles d'oreilles, ainsi que les diamants qui scintillaient à ses doigts, dont les ongles manucurés tapotaient nerveusement le cuir souple du sac à main.

— Cela fait longtemps, Bridie, lança Miriam. Je vois que tu prends toujours soin de toi.

— Certains d'entre nous ont assez d'amour-propre pour attacher un minimum d'importance à leur apparence, rétorqua Bridget, qui parcourait d'un regard glacial la robe de coton ordinaire et le cardigan usé de son interlocutrice. Je suppose que le fait de vivre au milieu de nulle part rend un peu négligent.

— Tu as toujours été une garce prétentieuse, décréta Miriam avec conviction. Même quand ta culotte laissait voir ton cul et que tu marchais sans chaussures, tu croyais être supérieure à tout le monde.

— C'était le cas. À cette époque, je savais déjà que, si je voulais quoi que ce soit, il faudrait que je me débrouille pour l'obtenir avant que quiconque ne me le prenne. Toi et l'auteur raffiné de tes jours n'aviez pas le cran de faire quoi que ce soit par vous-mêmes. Vous avez tout laissé à la charge de mon père.

Miriam prit une profonde inspiration. Chloé pouvait presque sentir la colère qui émanait de sa mère et que celle-ci semblait avoir grand-peine à réprimer.

— Comment arrives-tu à dormir la nuit en sachant que ta précieuse famille et toi êtes coupables de meurtre et d'escroquerie ?

— Facilement, car je n'ai rien à me reprocher.

Elle coinça le sac à main sous son bras.

— Il était courant que des hommes disparaissent dans la mine, avec tous les trous et les tunnels creusés dans le sol. Ton père a eu la malchance d'être l'un d'entre eux, c'est tout.

— Menteuse ! Tu sais ce qui est arrivé. Ton père et toi vous entendiez comme larrons en foire ; je ne serais pas surprise d'apprendre que tu l'as aidé à commettre son forfait.

Chloé crut apercevoir dans les yeux de leur interlocutrice une lueur qu'elle ne parvint pas à interpréter.

— À mon avis, vous en avez dit assez toutes les deux, intervint-elle doucement en essayant d'entraîner sa mère. Il doit être temps de retourner dans la salle.

La main de Bridget agrippa violemment la manche de Miriam.

— Retire cette accusation, espèce de salope !

Miriam appliqua sur la joue lourdement maquillée une gifle sonore qui résonna dans le couloir vide.

— Jamais !

Elle fit un pas en avant, et approcha son visage de celui de sa vieille ennemie.

— Traite-moi de salope encore une fois, et je te fais voir trente-six chandelles, dit-elle entre ses dents serrées. Même vieille, mal fagotée et vivant en pleine cambrousse, j'ai un crochet du droit qui sait encore mater en deux secondes un cheval vicieux.

Bridget fit un pas en arrière, la main sur les marques rouges que la claque avait laissées sur sa joue.

— Je vais porter plainte contre toi pour agression, dit-elle en suffoquant de rage.

— Vraiment ? s'écria Miriam. Je te conseille d'essayer.

Elle fit volte-face et longea le couloir au pas de charge vers la salle d'audience.

Louise avait quitté la maison très tôt. Elle avait éprouvé le besoin d'échapper à son atmosphère pesante, en particulier à la mauvaise humeur de Ralph qui faisait la tête depuis son lever. Bien que ses tentatives pour raccommoder son mariage aient bien commencé, tous deux étaient retombés dans leur routine morose. Au fond, rien n'avait changé.

Une fois terminé le déjeuner organisé par Jake, elle prit un exemplaire de *The Australian* qui traînait sur une table basse et le déplia. Ce qu'elle vit lui parut tellement incroyable qu'elle dut se forcer à regarder de nouveau.

— Oh mon Dieu ! s'exclama-t-elle. Regardez ça !

Ses compagnons, surpris, se rassemblèrent autour d'elle.

Louise tourna la première page vers eux afin qu'ils puissent tous voir les photos de Ralph et de sa maîtresse, très éloquentes, en dépit de certaines zones discrètement recouvertes d'un bandeau noir.

— Le salaud, gémit-elle en lisant le texte qui accompagnait les clichés. Il paraît qu'il est avec cette pute depuis plusieurs mois. De plus, il y a des photos d'autres femmes avec lesquelles il est supposé avoir eu des liaisons.

Elle froissa le journal, aveuglée par des larmes de rage qu'elle n'arrivait pas à contrôler.

— Pendant toutes ces années il m'a accusée d'être infidèle et a menacé de me tuer s'il me surprenait en compagnie de quelqu'un d'autre !

Posant les yeux sur Fiona, elle essuya son visage ruisselant.

— Jamais je ne veux le revoir ! s'exclama-t-elle. Quelle pauvre idiote j'ai été, Fiona. Quelle stupide et naïve imbécile !

Sa sœur mit un bras autour de ses épaules.

— Garde ce journal, Louise. Chaque fois que tu regarderas ces photos, tu te remémoreras quelle andouille il est ; je veux dire, poursuivit-elle en s'esclaffant, qu'un homme qui garde ses chaussettes et ses chaussures quand il baise ne mérite pas qu'on pleure sur lui.

Elle pouffa en se couvrant la bouche d'une main.

Louise refoula ses larmes en reniflant. Si incroyable que cela puisse paraître, elle réussissait à percevoir l'humour de la situation.

— Tu as raison, dit-elle avec un petit rire. Il est complètement ridicule, avec les fesses en gros plan !

Elle posa sa joue contre celle de sa sœur et laissa les pleurs y couler librement. Cette fois, elle le savait, il s'agissait de larmes de soulagement, presque de joie, annonciatrices d'un nouveau départ. Elle se le jurait maintenant : jamais elle ne regarderait en arrière ; jamais elle ne regretterait Ralph et jamais, au grand jamais, elle n'accepterait de se transformer en quelqu'un d'autre qu'elle-même.

La salle d'audience se remplit rapidement. Dès que le juge fut installé, des murmures d'impatience s'élevèrent dans l'assistance.

Miriam, qui avait aussitôt remarqué l'absence de Bridget, ne put se défendre d'un sentiment proche de la déception, bien qu'elle ait rapidement compris que sa vieille adversaire agissait comme elle l'avait toujours fait, en cherchant avant tout à se protéger.

— Vous sentez-vous suffisamment en forme pour poursuivre, madame Strong ? demanda le magistrat de son siège haut placé.

— Oui, madame le juge, je vous remercie.

Calmement assise dans le box des témoins, elle se préparait au moment redouté.

— Madame Strong, commença Jake, voulez-vous dire à la cour si vous avez en votre possession les actes relatifs à Shamrock Flats ?

— Oui, répondit-elle.

Une exclamation parcourut l'assemblée. Miriam ne put s'empêcher de sourire devant la stupéfaction de son avocat. Elle tourna les yeux vers les membres de sa famille, et s'émut devant leur expression de surprise mêlée d'euphorie.

Fiona se dressa et leva le poing en s'exclamant :

— Vas-y, Mim !

— Silence ! dit le juge en donnant un coup de marteau.

Miriam faillit s'esclaffer.

— Voulez-vous les voir ? demanda-t-elle avec l'innocence d'un poulain nouveau-né.

— S'il vous plaît ! susurra Jake avec un large sourire.

Miriam plongea la main dans son vaste fourre-tout et en sortit trois feuilles de papier jauni. Elle les examina un instant.

— Voici l'accord de partenariat établi par un notaire de Port Philip et signé à la fois par Patrick Dempster et par mon père. Il est daté du 3 juillet 1894.

Elle observa Jake tandis qu'il prenait la feuille et l'étudiait, puis sourit en le voyant lever les yeux, avec une stupéfaction incrédule. Brendt Dempster, le visage exsangue, fixait les documents de ses yeux noirs luisants, tels des brandons, comme s'il voulait les réduire en cendres.

Miriam prit la seconde feuille.

— Voici les titres de la concession établie à White Cliffs, relative à une mine baptisée Dove Field. Enfin, annonça-t-elle en brandissant le troisième document, voici ceux de Shamrock Flats, concession de Lightning Ridge. Elle est signée à la fois de Patrick Dempster et de son associé, Henry Beecham.

— C'est impossible, hurla Brendt, au-dessus du vacarme suscité par la déclaration de la vieille dame.

Il plongea vers Jake pour lui arracher les papiers.

— Mon père m'a dit qu'il les avait détruits il y a plusieurs années ! ajouta-t-il.

Un silence absolu régnait tout à coup dans la salle. Brendt, debout devant Jake, blêmit davantage, en prenant conscience de ce qu'il venait de déclarer.

— Asseyez-vous, monsieur Dempster, articula le juge. Pour commencer, je vous inculpe pour outrage à la Cour.

Elle rassembla ses notes, les précieuses feuilles de papier, et ses lunettes.

— L'audience est ajournée jusqu'à demain matin.

Miriam refusa de s'expliquer avant d'être installée confortablement, un grand whisky à la main, dans la suite de son hôtel. Elle regarda l'un après l'autre les visages de ceux qu'elle aimait et se sentit submergée par une vague de tendresse. Sa famille lui était infiniment plus précieuse que n'importe quelle arlequine noire.

— Allons, Mim, grogna Fiona, crache le morceau. Où as-tu trouvé les actes ?

— Ce n'est pas moi qui les ai trouvés, répondit-elle, mais ta mère.

— Maman ?

Fiona et Louise se tournèrent ensemble vers Chloé.

— Mais comment? Tu étais retournée à Byron Bay.

— C'est vrai, mais je n'arrêtais pas de penser aux papiers. Je savais qu'ils devaient être quelque part et, un jour, dans mon atelier, je me suis rendu compte qu'il y avait un endroit auquel aucun d'entre nous n'avait pensé.

Miriam intervint, ne pouvant garder le silence plus longtemps.

— Chloé m'a téléphoné et j'ai vérifié. Elle avait raison, ils étaient là où elle le croyait.

— Où? s'exclamèrent ses compagnons d'une seule voix.

— Ils nous crevaient les yeux depuis toujours, expliqua-t-elle, heureuse de prolonger leur attente.

De nouveau, elle vivait un moment de triomphe.

— Dès que j'ai vu où ils se trouvaient, je me suis dit que leur cachette était évidente et, en y regardant de plus près, j'ai compris que mon père avait laissé des indices révélant où il les avait dissimulés.

— Maman, dit Chloé, tu ne crois pas que tu en fais un peu trop?

La lumière qui pénétrait par les fenêtres transformait sa chevelure nuageuse en un halo presque doré, qui mettait en valeur la lueur malicieuse de ses yeux verts. Mim se dit qu'elle ne l'avait pas vue aussi jolie – aussi heureuse – depuis longtemps; depuis que Léo et elle s'étaient réconciliés et formaient de nouveau un couple.

— Peut-être bien, admit-elle.

Elle tendit la main vers le carton à dessin fabriqué par sa fille, simplement constitué de deux feuilles de carton rigide, maintenues par des rubans écarlates. Écartant le papier de soie, elle souleva avec précaution la dernière toile de son père.

Une exclamation stupéfaite s'éleva aussitôt.

— Mais bien sûr! s'exclama Fiona.

— Nous aurions dû nous en douter, commenta Louise.

— Eh bien, que je sois… s'écria Jake en secouant la tête.

Afin que tous puissent distinguer les touches de pinceau délicates, Miriam leva le tableau dans la lumière. Au premier coup d'œil, privé de son cadre, il paraissait plutôt petit et relativement insignifiant. Pourtant, sa propriétaire n'avait-elle pas toujours su qu'il ne fallait pas se fier aux apparences, parfois totalement illusoires ?

— Il a peint cette scène à Lightning Ridge, aux heures paisibles du matin et du soir. Fatigué et sale, il travaillait avec ses pauvres mains abîmées par la mine, mais il était poussé par le besoin irrépressible de reproduire ce qu'il voyait, par le désir fiévreux de capter la lumière exceptionnelle de notre Nouveau Monde. Cette œuvre est la dernière d'une série qu'il a composée à la fois à Lightning Ridge et à White Cliffs. Il en a réalisé beaucoup d'autres, mais nous en avons perdu la trace.

Elle respira profondément. Le traumatisme de l'audience et la joie de la victoire se révélaient presque trop étouffants pour elle.

— Il a offert ceci à Kate le jour de sa disparition. C'était son dernier cadeau ; le plus précieux. Il savait que jamais elle ne s'en séparerait, que jamais elle n'aurait le cœur de le vendre ou de le donner. C'est la raison pour laquelle il a laissé l'indice permettant de retrouver les papiers au dos, au cas où il lui arriverait malheur.

— Quel est cet indice ? s'enquit Fiona, perchée sur le bras du fauteuil de sa grand-mère.

Miriam retourna le tableau. L'encre noire avait pâli, mais le texte restait lisible. Elle le tendit à Jake.

— Il vaut mieux que vous le lisiez, je ne connais rien au latin.

Inclinant le dos de la peinture vers la lumière, il articula les derniers mots de Henry.

Mens lenis perfecta lenia cognita est
Homo enim nulla re tanto proditur.

— Bon sang ! s'exclama-t-il. C'est une citation de Spenser.

Il leva les yeux, vit les visages perplexes fixés sur lui, et sourit.

— Votre père était indéniablement un homme très intelligent, Mim, et non dénué d'humour.

Il comprit que personne autour de lui ne saisissait ce qu'il voulait dire. Relisant le texte en silence, il poursuivit :

— Cette citation est si subtile qu'à moins de s'y intéresser dans un but précis, il est impossible de deviner ce qu'elle signifie.

— Mais que signifie-t-elle, justement ? gronda Fiona, exaspérée en se tortillant sur le bras du fauteuil. Bordel, est-ce que personne ici n'est capable de parler autrement que par énigmes ?

— Surveille ton langage, ma chérie, s'écria Miriam.

Jake sourit et tendit à Fiona la toile délicate. Il posa la main sur son épaule, tandis qu'ils échangeaient un regard.

« C'est par des actes nobles que se révèle la noblesse de l'esprit.

Rien ne trahit mieux la véritable nature d'un homme. »

Épilogue

Trois mois s'étaient écoulés depuis le procès. Le juge avait statué en faveur de Miriam, ce qui signifiait que les siens ne seraient jamais dans le besoin. Non que l'argent ait la moindre importance, se dit-elle, car il ne pouvait acheter l'amour et la solidité d'une famille, le bonheur en un mot ; mais, pour le principe, justice était faite.

Assise à côté de Frank dans la voiture qui l'emmenait vers le nord, la vieille dame se retournait sur les événements des derniers mois.

Fiona se trouvait dans le Queensland, probablement avec Jake, car ils ne s'étaient pas quittés depuis le procès ; sans doute annonceraient-ils bientôt leur mariage.

Louise, qui avait entamé une psychothérapie, s'était inscrite à un cours d'art dramatique à Sydney et fréquentait un certain Ed, garçon très agréable appartenant également au milieu du théâtre. Il était toutefois beaucoup trop tôt pour savoir si cette relation se révélerait durable. La jeune femme avait besoin de s'amuser un peu avant de s'engager de nouveau.

Éric se trouvait toujours à Bellbird et avait engendré au moins deux portées. Miriam sourit en se remémorant le jour où il était fièrement arrivé dans la cuisine, deux semaines environ après le procès. Tête haute et queue dressée, il avait pénétré dans la pièce, suivi de son harem et d'une demi-douzaine de chatons. Pauvre Jake, s'il avait perdu son animal favori, c'était en échange de Fiona. Sans doute avait-elle su le consoler.

Quant à Chloé, elle se montrait étonnamment présente quand Mim avait besoin d'elle. Avec ravissement, la vieille dame repensa à sa fille et à Léo, qui discutaient avec une joyeuse âpreté pour savoir dans laquelle de leurs deux maisons ils s'installeraient, ensemble.

Bien qu'elle ait retrouvé un second souffle, Miriam sentait qu'il s'épuiserait relativement vite. Elle avait rassemblé l'énergie nécessaire pour accomplir le long voyage jusqu'à Lightning Ridge, sans vraiment comprendre comment elle avait pu y parvenir. Tout en sachant que ce déplacement serait le dernier, elle le considérait pourtant comme indispensable, car il lui restait une chose à accomplir avant que ne se referme le livre de sa vie.

L'endroit n'avait pas beaucoup changé depuis le début du XXe siècle, se dit-elle, tandis qu'ils remontaient la rue principale. Certes, il y avait des magasins maintenant, quelques hôtels et motels, ainsi qu'un lotissement de maisons neuves en lisière de la ville. Toutefois, la chaleur était toujours aussi insupportable, et les mineurs, qui évoluaient dans l'ombre, semblaient tout droit sortis de vieilles photographies couleur sépia. Ils regardaient passer le véhicule avec curiosité, le dos voûté, vêtus de haillons et dotés d'une barbe qui tombait jusqu'à la poitrine. En les voyant, Miriam avait le sentiment d'être miraculeusement transportée dans le passé.

Tout à coup, elle s'adossa au siège de la voiture, submergée par une vague de nostalgie. Ils avaient quitté l'agglomération et s'engageaient sur une piste étroite et sinueuse, au milieu du scrub et des arbres poussiéreux. Cette partie de Lightning Ridge n'avait pas changé le moins du monde.

Les terrils parsemaient toujours le bush, où l'on voyait s'élever la terre rouge au milieu des buis, du faux bois de santal, des wilgas et des orangers. Grâce à leurs graines éparpillées par le vent et nourries par la pluie récente, des fleurs de rutabagas sauvages s'inclinaient dans le vent, tandis que des grappes de baies écarlates, accrochées à leurs tiges grimpantes, s'entremêlaient autour des branches éplorées des gommiers. La lumière diffusée à travers les frondaisons baignait le paysage d'une lueur dorée qui lui conférait une sorte de magie. Presque dissimulés derrière des buissons épais, wallabies gris et kangourous observaient l'approche du véhicule, les oreilles pivotant comme des antennes, prêts à s'enfuir.

À côté des poulies et des treuils rouillés dont le grincement annonçait le levage de pierres brutes, les abris de tôle ondulée des mineurs s'appuyaient de façon précaire sur les rochers. La vie se déroulait ici de la même façon qu'autrefois. Lightning Ridge restait un site de prospection unique, car les concessions se répartissaient entre des propriétaires particuliers – aucune grande corporation n'y exerçait son empire.

Par la vitre baissée de la portière, Miriam parcourut du regard les caravanes décrépites, les huttes de pierre écroulées, les tentes déchirées et les cabanes de bois délavées. Les véhicules utilitaires avaient remplacé les mules et les chevaux, mais l'esprit de l'endroit n'avait pas changé, se dit-elle en voyant une poignée d'enfants fouiller les terrils. C'était presque comme si elle avait, tout à coup, la possibilité d'observer les deux petites filles que Bridget et elle-même avaient été. Cette pensée la fit soudain frissonner.

— Retournons en ville, ordonna-t-elle en relevant la vitre. S'il te plaît, déclenche l'air conditionné. Tu sais où je dois aller.

— C'est mauvais pour les essieux de la voiture, déclara Frank en s'efforçant de contourner les creux et les bosses du terrain.

Après avoir évité de justesse un énorme nid-de-poule, il rétrograda brusquement et ralentit l'allure du véhicule. Miriam décida de faire preuve de patience : son voyage arrivait presque à son terme ; elle n'était plus à quelques minutes près.

Le cimetière s'étendait derrière une barrière blanche rouillée, sur un plateau qui surplombait la ville. En raison de la rareté des arbres, la chaleur paraissait rebondir sur le sol durci, scintillant sur des éclats de verre et des pierres de cristal abandonnées. L'enclos ne comportait ni église ni rangs solennels de pierres tombales : simplement quelques monticules, sur lesquels s'élevait une croix de bois.

Le silence profond de ce lieu abandonné, parsemé de petites sépultures pathétiques, dégageait une telle atmosphère de solitude et de rêves perdus, que Miriam sentit tout à coup une boule se former dans sa gorge.

Par endroits, elle pouvait encore déchiffrer une épitaphe écrite par les camarades du disparu, en témoignage de fidélité et de souhaits de retrouvailles dans l'au-delà. Il arrivait que seul un nom, un prénom, un surnom soit grossièrement gravé sur la croix délavée. Ici et là, un vase renversé laissait échapper ses fleurs en plastique dont les teintes avaient passé au soleil et qui gisaient, délaissées, comme les hommes reposant sous cette terre couleur de miel.

Miriam sourit tristement devant les bouteilles de bière déposées sur les tombes, en souvenir de la boisson favorite de la personne décédée. Quelle fin peu glorieuse pour une vie qui avait sans doute, autrefois, comporté tant d'espoir! Elle resta un instant à l'extrémité du cimetière, attentive aux pépiements des oiseaux dans les arbres et aux cacatoès qu'elle voyait s'élever, dans une nuée couleur pastel, vers leur perchoir nocturne, puis elle se retourna et se dirigea vers un petit monticule isolé, presque dissimulé par les mauvaises herbes.

Alors que Frank ôtait son chapeau et se frottait la tête en lisant l'épitaphe, Miriam baissa les yeux sur la pierre tombale de marbre qui luisait à travers un fourreau de lierre et de fleurs sauvages. Aidée de son compagnon, elle élimina le parasite grimpant et, lorsqu'ils eurent terminé, posa son bouquet de fleurs sur la sépulture. Un long moment, elle se tint immobile, en profonde communion avec l'homme qui reposait à cet endroit. Elle aimait à penser que les os retrouvés quelques années auparavant, dans un tunnel difficile d'accès d'une mine de Shamrock Flats, étaient ceux de son père.

— Tu aurais été fier de Chloé, chuchota-t-elle. Les titres étaient presque réduits en poussière, mais les autres papiers étaient dans un état suffisamment satisfaisant pour qu'elle réussisse à en fabriquer des copies, très convaincantes.

La douleur revenait. Il était temps de rentrer à Bellbird. Elle envoya un baiser du bout des doigts, et posa avec tendresse la main sur la stèle.

— Bientôt nous nous retrouverons, cher papa.

L'Australie à portée de rêve

Un pays vers lequel chacun rêve de s'envoler, mais si loin qu'il semble inaccessible. Avec Qantas, réalisez votre rêve et ce pays n'aura bientôt plus de secret pour vous.

Qantas, la compagnie aérienne naturellement australienne

Aujourd'hui, le nom et la marque Qantas sont parmi les plus reconnus en Australie et à travers le monde. Depuis 1920, la compagnie aérienne nationale australienne jouit d'une excellente réputation en termes de sécurité, de technologie, de maintenance de ses appareils, de qualité de service et a été maintes fois primée.

Qantas introduit une 4e classe à bord de ses avions

La Premium Economy vous offre un avant-goût d'exclusivité à un prix abordable. Une nouvelle classe intermédiaire pour voyager sans faire de compromis. Une cabine idéale pour ceux qui attendent plus d'espace, plus de confort et plus de services.

Qantas est fier de vous présenter l'A380 au départ de Londres vers Sydney

L'A380 est l'avion le plus gros et le plus avancé technologiquement jamais construit. Ses cabines spacieuses et son système de divertissement ultramoderne ont été conçus pour optimiser votre confort et vous permettre de voyager en toute sérénité.

Sa cabine prévoit un aménagement pour 450 passagers. L'A380 abrite 14 suites Première Classe, 72 places en Classe Affaires, 32 places en Premium Economy et 332 sièges en Classe Économique.

L'Australie enfin accessible

Qantas propose des tarifs promotionnels tout au long de l'année. Notre dernière offre débutait à 999 € TTC. Nous vous invitons à visiter régulièrement notre site qantas.fr pour consulter nos offres du moment.

Grâce à nos tarifs compétitifs, l'Australie devient soudain beaucoup plus proche. Les tarifs hors promotion sont à partir de 1 225 € TTC* pour un aller-retour entre Paris et l'Australie, avec la possibilité d'effectuer des vols intérieurs à des prix défiant toute concurrence.

Choix de vols au départ de la France

En collaboration avec ses partenaires, Qantas propose un grand choix de vols au départ de la France vers 7 villes en Australie.

Une fois sur place, plus de 50 destinations vous sont proposées pour découvrir l'Australie grandeur nature. Et pourquoi ne pas en profiter pour vous rendre en Nouvelle-Zélande ou dans les îles du Pacifique Sud (Nouvelle-Calédonie, Vanuatu, Samoa, Tahiti, Papouasie, Fidji, etc.) ?

Qantas, en partenariat avec British Airways, propose également de nombreux « stop over » en Asie, en Afrique du Sud et en Amérique du Nord. Une halte toujours bienvenue dans un si long voyage, permettant de découvrir plusieurs continents.

Pour plus d'informations ou pour réserver, renseignez-vous sur qantas.fr ou contactez Qantas au 0811 980 002 (coût d'un appel local).

* Tarif au 13.01.2009 au départ de Paris, soumis à conditions et disponibilités.

Cet ouvrage a été composé
par Atlant'Communication
aux Sables d'Olonne (Vendée)

Impression réalisée par

La Flèche
en janvier 2009
pour le compte des Éditions de l'Archipel
département éditorial de la S.A.S. Écriture-Communication.

Imprimé en France
N° d'édition : 2118 – N° d'impression : 51040
Dépôt légal : février 2009